U0453398

本书为教育部人文社会科学研究项目（青年项目）"诗学史视野中的南宋书院考论"（项目编号：20XJC751001）的结项成果

本书受西安外国语大学学术著作资助出版专项资助出版

诗学史视野中的
南宋书院考论

董 晨 ◎著

中国社会科学出版社

图书在版编目(CIP)数据

诗学史视野中的南宋书院考论 / 董晨著. -- 北京：中国社会科学出版社，2024.7. -- ISBN 978-7-5227-3937-3

Ⅰ.I207.227.442

中国国家版本馆 CIP 数据核字第 2024JR6966 号

出 版 人	赵剑英	
责任编辑	杨　康	
责任校对	张彦彬	
责任印制	戴　宽	

出　　版	中国社会科学出版社	
社　　址	北京鼓楼西大街甲 158 号	
邮　　编	100720	
网　　址	http://www.csspw.cn	
发 行 部	010-84083685	
门 市 部	010-84029450	
经　　销	新华书店及其他书店	
印　　刷	北京明恒达印务有限公司	
装　　订	廊坊市广阳区广增装订厂	
版　　次	2024 年 7 月第 1 版	
印　　次	2024 年 7 月第 1 次印刷	
开　　本	710×1000　1/16	
印　　张	18.25	
字　　数	265 千字	
定　　价	99.00 元	

凡购买中国社会科学出版社图书，如有质量问题请与本社营销中心联系调换
电话：010-84083683
版权所有　侵权必究

目　录

绪　论 …………………………………………………………… 1
　第一节　选题的来源及意义 ………………………………… 1
　第二节　前人研究成果综述 ………………………………… 7
　第三节　本书所要探讨的问题 ……………………………… 16

第一章　复合的创作指向 ………………………………… 20
　第一节　"与流辈相追逐"：应试的创作指向 …………… 21
　第二节　"随心而发自分明"：怡情的创作指向 ………… 40
　第三节　"山林计未成"：谋生的创作指向 ……………… 49
　小　结 ………………………………………………………… 61

第二章　日趋规范的创作方法 …………………………… 62
　第一节　"沉潜讽诵，涵泳其间"：构思阶段涵养之必需 … 62
　第二节　文体的选择：南宋书院诗歌创作实践中的诗体
　　　　　问题 ………………………………………………… 76
　第三节　"意与理胜"和"平淡朴重"：诗文内容与风格
　　　　　的要求 ……………………………………………… 97
　第四节　兼容并包、"执正驭奇"：创作形式的考量 …… 109
　第五节　"言易入而警人深"：诗文语言的要求 ………… 125
　小　结 ………………………………………………………… 143

第三章　以"理""趣"为中心的审美指向 ……………… 145
　第一节　审美指向之一：以诗文为"阐理之具" ……… 146

・1・

  第二节 审美指向之二：以诗文展现生活之趣 ………… 162
  第三节 审美指向之三：以诗文破解现实困境 …………… 172
  第四节 南宋书院诗歌创作对宋诗"清险风趣"的扬弃 …… 182
  小 结 ……………………………………………………… 197

第四章 徘徊于"经"与"文"之间的价值判断 ………… 199
  第一节 吕祖谦"诗人之心"的解读："理想之诗"
      的楷模 ………………………………………………… 200
  第二节 《丽泽集诗》与师法典范的选择 …………………… 213
  第三节 朱熹评《宋文鉴》选诗"衰飒"义涵考论 ………… 229
  第四节 "重理求实"思维影响下的"理想之诗" ………… 248
  小 结 ……………………………………………………… 262

第五章 诗学史视野中的南宋书院创作观 ………………… 263
  第一节 南宋书院创作观的总体特征 ……………………… 263
  第二节 南宋书院创作观评价 ………………………………… 269
  小 结 ……………………………………………………… 274

结 语 …………………………………………………………… 275

参考文献 ……………………………………………………………… 278

后 记 ……………………………………………………………… 286

绪　　论

第一节　选题的来源及意义

　　作为中国古代文化教育的一种重要组织，书院自中唐产生以来，便受到文人雅士、官僚乡绅甚至最高统治者的高度重视，书院教育亦因此成为中国古代教育的重要组成部分。宋代是中华文化发展的高峰期，同时也是书院教育崛起并得到极大发展的重要时期。朱汉民在《中国书院文化简史》中指出，书院在宋代的崛起及其教育制度的最终确立"对中国文化史、学术史、教育史均产生了重大影响"，邓洪波的《中国书院史》则将宋代定位为书院名扬天下并最终确立其教育制度的重要时期，其中南宋的书院不仅数量众多，办学规模进一步扩大，而且参与书院讲学和学习的人数也要远远超过北宋。就书院教育的内容而言，南宋书院教育的内容多承袭北宋而又有所发展，大体以经学和文学为主；众书院中各类文学创作活动及由此产生的文学批评（包括纳入教学内容的诗歌活动和教学之余师生之间学生之间的诗歌唱和、讨论等）亦极为兴盛，由此所反映出的创作观亦值得进行总结和研究。遗憾的是，这一问题在近年涉及的书院教育及其相关问题的研究中一直未能得到重视。本书聚焦"诗学史视野中的南宋书院"，以稽考南宋书院日常教学过程中的文学批评活动为基础，重点关注南宋书院教育过程中所生发出的诗文理论批评问题及其所反映出的创作理念、审美旨趣等相关问题。同时结合其他相关材料进行细致分析，探求南宋书院创作观在南宋文学批评史上的独特作用及其影响,并以此为契机,进一步推进相关研究的深入展开。

本书选择"南宋书院"作为考察对象,主要基于以下几点原因。首先,综合南北宋两朝存在的时间长度、其所面对的文学环境及其所要解决的问题来看,"南宋"这一时段具有更高的研究价值。纵观有宋一代三百余年的历史,若仅从南北两宋存在的时间长度进行对比,则二者的情况大体相当,甚至南宋还要略逊于北宋(自960年赵匡胤陈桥兵变登基到1127年靖康之变,徽钦二帝被俘,北宋一朝共存在一百六十七年;自1128年赵构称帝,宋室南渡到1279年厓山之战,南宋一朝共存在一百五十二年);但若进一步结合二者所面对的文学环境及其需要解决的问题加以审视,则二者面临的情况其实完全不同。众所周知,自立国伊始,北宋文坛在相当长的一段时间内处于自唐末五代以来形成的卑弱浮靡、浅易平庸之风弥漫于整个文坛。时人不仅"学古之文章而不求古之仁义之道",而且"连篇累牍,不出风云月露之状"。因此,对于那些志在扭转时下文坛颓势,以振兴一代文学为己任的有识之士而言,无论是在创作实践还是理论建树上,能够从前朝拿来直接继承的精华其实是非常有限的。这种艰难的状况可从宋初穆修《唐柳先生集后序》中窥其一斑:

> 予少嗜观二家之文,常病《柳》不全见于世,出人间者残落才百余篇。《韩》则虽目其全,至所缺坠,亡字失句,独于集家为甚。志欲补其正而传之,多从好事访善本,前后累数十,得所长辄加注窜。遇行四方远道,或他书不暇持,独斋《韩》以自随。幸会人所宝有,就假取正。凡用力于斯,已踰二纪外,文始几定。①

从穆修序中反映的情况可见,由于五代战乱不断、兵连祸结的

---

① 曾枣庄、刘琳主编:《全宋文》(第十六册)卷三二二,上海世纪出版股份有限公司上海辞书出版社、安徽出版集团安徽教育出版社2006年版,第31页。

影响和文坛上卑弱浮靡之风的盛行，如韩愈、柳宗元这类大作家的文集不仅无人问津，而且零落不全，甚至连寻觅善本作为后人学习的教材都变得十分困难。因此，对于宋初的批评家们而言，其所面临的首要问题是如何在收集善本的基础上整理和保存前代精华，之后才是在这一基础上激浊扬清，肃清前朝积弊对当代文坛的不良影响。仅前者一项便需要人力、物力的大量付出，而后者亦不能一蹴而就，更需要漫长的时间加以矫治。恰如《中国文学批评通史·宋金元卷》中总结的那样，宋初太祖、太宗、真宗三朝约半个世纪的时间，是整个有宋一代"文学批评的恢复发展时期"，这一时期的宋代文学虽已初步呈现兴旺之势，但并未"形成自己的文学格局"。①

相比之下，南宋自建立伊始便继承了北宋文学发展百年的丰硕成果，就其创作实践而言，不仅有北宋之前的历代名家名作可资借鉴，更可从梅尧臣、欧阳修、苏轼以及开创"江西诗派"的黄庭坚等诸位当代贤哲中寻找师法的榜样；就其理论建树而言，则不仅有"诗话"这一全新诗歌批评方式的崛起及其由"资闲谈""逞博辩"的闲谈随笔向更具针对性、理论性的文学批评论著逐渐转变，更有"江西诗法"全面兴盛并笼罩诗坛。如以欧阳修《六一诗话》中"常慕'白乐天体'"一条与周必大《二老堂诗话》中"白乐天诗"一条对比为例：

> 仁宗朝，有数达官，以诗知名。常慕"白乐天体"，故其语多得于容易。尝有一联云："有禄肥妻子，无恩及吏民。"有戏之者云："昨日通衢遇一辎軿车，载极重，而羸牛甚苦，岂非足下'肥妻子'乎？"闻者传以为笑。②

《白乐天集》第十五卷宴散诗云："小宴追凉散，平桥步月

---

① 王运熙、顾易生主编，顾易生、蒋凡、刘明今著：《中国文学批评通史·宋金元卷》，上海古籍出版社1996年版，第7页。
② （宋）欧阳修：《六一诗话》，载（清）何文焕辑《历代诗话》（上），中华书局1981年版，第264页。

回。笙歌归院落,灯火下楼台。残暑蝉催尽,新秋雁载来。将何迎睡兴,临睡举残杯。"此诗殊未睹富贵气象,第二联偶经晏元献公拈出,乃迥然不同。①

由引文可见,虽然二者的关注点都是白居易诗及后学者的模拟之作,但前者仅注意到白诗中言语平易,"多容易得"的特点;后者则将关注的重点转向白诗中所体现出的"气象"问题。二者相较,后者显然比前者更具理论深度。因此,对于那些身处南宋的士人和批评家而言,虽然他们也面临"靖康之变"、宋室南渡后如何重建道统,收拾人心及如何解决江西诗风日盛而其末流弊端日显等问题,但较之于上文所论北宋初年的前辈们所面临的情况而言,其基础较好,起点更高,所涉及和关注的文学批评问题亦更加广泛而深刻,从这一角度而言,选择"南宋"这一时段作为研究对象无疑更有利于本书的论述深入展开。

其次,结合整个宋代书院发展的情况来看,将"南宋书院"作为本书的研究对象亦是更为恰当的选择。笔者通过搜索和整理《全宋文》中与"书院"有关的篇目发现,其中涉及"书院"的文章共三百八十篇,涉及南宋书院的多达三百五十余篇(仅朱熹一人所作就多达五十九篇);换言之,在《全宋文》所有与"书院"相关的文章中,92.1%是关于南宋书院的,而与北宋书院有关的仅占7.9%。就其内容而言,这些关于南宋书院的文章中不仅有为新建书院撰写的题名、碑记,还涉及书院规章制度、人事任命、师生之间的书信交流等多个方面;反观那些涉及北宋书院的文章,不仅数量少(仅二十余篇),而且内容亦较为单一,多是为新建书院撰写的题名,并未涉及与书院相关的其他问题。二者相较,足见南宋书院发展之兴盛、人员交流之频繁。若进一步结合整个中国书院的发展史加以考察可知,宋代之所以能够成为中国书院史上的"黄金时期",

---

① (宋)周必大:《二老堂诗话》,载(清)何文焕辑《历代诗话》(下),中华书局1981年版,第659页。

其首要特点便在于这一时期的书院数量较前代而言有着大幅度的增加，就其增长的绝对数量而论，南方各地亦明显多于北方。据邓洪波先生《中国书院史》一书统计，北宋一朝共七十三所书院，其中仅江西一省就有二十三所，是北宋书院最发达的地区。① 从书院在北宋一朝的时代和地域分布上看，宋初太祖开国伊始兴建的四所书院全部在南方（其中江西两所、湖南一所、广东一所），而即便是到了仁宗、英宗、神宗这样的"承平时期"，在全国兴建书院数量均有所增加的情况下，南方兴建的书院数量依旧多于北方（仁宗时南方有浙江、江苏、安徽三地共兴建九所书院，而同时期的北方仅有陕西一地兴建一所书院）。② 因此，通过空间和时间两方面的南北相较可知，即便是仅就北宋一朝而论，南方民间教育的基础也是大大好于北方的。换言之，较之于北宋书院而言，南宋书院具有更为良好的教育基础——它完全根植于南方优秀的民间教育，并在这一基础上进一步发展壮大，最终在中国书院史上确立了"理想与典范"的崇高地位。

最后，随着南宋书院的不断发展和书院制度的逐步完善，特别是在如朱熹、张栻、吕祖谦等一批将毕生精力奉献于书院教育的学问大家倾心教授和努力推动下，"书院"已逐渐成为南宋有志学子们的求学之首选——对于那些有志于涵养君子人格，求得"真学问"的后学者而言，南宋诸书院的办学宗旨均以踏实读书、讲求大义，探明学问为本，摒弃并严厉批判记诵辞章、沽名钓誉的"科举俗学"；而对于那些志在由读书进阶仕途的学子来说，书院虽不似官学那样将科举作为唯一的教学内容，但这些就学于书院的生徒中亦不乏由此而一举高中者，这一点从魏了翁《赠王彦正书》中记载白鹤书院学子"赴类省试者会文其上，是岁自类元王万里而下凡得七人，其不在得中者，后亦接踵科第，或以恩得官，莫有遗者"③ 的情况

---

① 邓洪波：《中国书院史》（增订版），武汉大学出版社2012年版，第68—70页。
② 邓洪波：《中国书院史》（增订版），武汉大学出版社2012年版，第69页。
③ 曾枣庄、刘琳主编：《全宋文》（第三〇九册）卷七〇七七，上海世纪出版股份有限公司上海辞书出版社、安徽出版集团安徽教育出版社2006年版，第466页。

可得到印证。换言之，对于一个心怀抱负、意欲实现兼济之志的士子而言，若其身在北宋，则求学书院并不一定是其实现成功的最佳选择，若其身在南宋，则求学书院可以大大增加其成功的概率。笔者通过梳理相关资料发现，南宋一朝有许多名人都有执教或就学于书院的经历，其中亦不乏如朱熹、吕祖谦、赵蕃、真德秀、魏了翁等在文学史和批评史上多有提及的人物。从诗学史的视角来看，执教或就学于书院的这段经历是他们人生阶段中非常重要的一部分，无论是书院的日常讲学还是课余师友之间的切磋讨论，都对其诗文创作观的最终形成有着不可忽视的影响；此外，南宋后期官学衰落，许多士子面临进仕无望而又不甘流落江湖的两难局面，书院的存在无疑成为发挥其才能，扩大其影响力的最佳舞台，而这样的现实情况亦使得那些书院中人对于文学创作及审美理念等相关问题的探讨往往具有兼备"庙堂之高"与"江湖之远"的独特品格。值得注意的是，就"书院"和"文学"的关系而言，南宋书院虽多以经学教育为主，但这并不意味着对"文学"的彻底忽视或排斥。一些书院的执教者如胡宏、张栻等虽然秉承北宋二程等人提出的"作文害道"，视作诗为"闲言语"的思想，但实际上在其执教书院的过程中亦不乏与友人诗酒唱和以抒其志、评诗论文以明其道的情况；而笔者通过进一步梳理相关资料发现，南宋书院中的文学活动不仅内容丰富、形式多样，而且参与人员众多（讲学者和求学者皆有参与），这些活动本身亦成为南宋书院创作观不断发展并最终定型的有力推手。

此外，本书以"诗学史视野中的南宋书院考论"为题开展研究亦存在基于便利材料收集和论文写作的现实考量。以吴文治主编的《宋诗话全编》（全十册）为例，其中仅前三册整理收录北宋诸家诗话（第三册多录南渡诸家诗话），其余七册均为南宋诸家诗话。若就本书以诗学史为视角，通过在稽考南宋书院士人日常教学讲论及教学之余的诗歌酬唱、诗学批评活动的基础上探寻南宋书院士人在文学创作及审美理念等问题上的观点和看法而言，其前三册收录的北宋诸家中能够明确认定曾执教或就学于书院的仅有范仲淹、孙复、张方平、周敦颐、张载、二程七人；而在其余七册收录的南宋诸家中能够明确认定曾执教或就学于书院的仅朱熹及其弟子、再传弟子一脉便有十余人，其余名家有张栻、吕祖谦、陈亮、陈傅良等；除这些穷尽毕生之力投身于书院教学的名家之外，还有一些批评家在入仕授官或致仕居家后通过创办和执教书院振兴地方教育、教导族中子弟（杨万里、尤袤是其中的典型代表①），这类批评家创办或执教书院期间的诗论亦可作为本书的研究对象加以考察和论析。由此可见，选择"南宋书院"作为研究对象更能充分反映出作为"后世楷模"南宋书院及其书院文学的实际发展情况。

第二节　前人研究成果综述

随着近年来宋代文学研究的不断深入，一些执教于南宋著名书院（如白鹿洞书院、岳麓书院、丽泽书院、象山书院等）的饱学之士如朱熹、吕祖谦、张栻、陆九渊等的诗文作品及其诗文理论受到相当程度关注和重视，其相关著作均已得到整理和出版。朱熹执教书院期间的相关诗文理论有中华书局1986年出版、王星贤点校的《朱子语类》可供参考，其应张栻之邀，前往岳麓书院执教两月期间与张栻、林用中二人同登南岳衡山，途中酬唱所得之四百余首诗作均被收入文渊阁《四库全书》本的《南岳倡酬集》中，而其关于《诗经》的论述有中华书局1985年出版的标点本可资使用。吕祖谦执教丽泽书院期间讲演集录——《丽泽论说集录》被收录于黄灵庚、吴战垒主编《吕祖谦全集》（浙江出版联合集团浙江古籍出版社2017年版）中，体现吕祖谦"理想之诗"教学思想的《丽泽集诗》

---

① 据柳怡徵《常州书院志》记载，杨万里在淳熙五年（1178）就任常州知州后创办"城南书院"，振兴地方教育。李国钧主编《中国书院史》称尤袤晚年退居乡里时创办遂初书院作为藏书和教授族中子弟之所。杨、尤二人创办书院的事迹均未见其年谱中有相应的记载，正文姑以《常州书院志》《中国书院史》所言为准，留待日后考证。

亦被收录于该书的第十五册，其为士子习作诗文所选编的《宋文鉴》有中华书局 1992 年出版、齐治平点校的标点本。此外，朱、吕二人书院论学期间所编定的《近思录》有岳麓书社 2010 年版和中华书局 2017 年版的整理本。张栻执教书院期间的诗文除可见于中华书局 2015 年出版、杨世文点校的《张栻集》外，清道光年间余正焕编纂的《城南书院志》卷三亦有专门收录。陆九渊执教象山书院期间的诗文理论则可参看中华书局 1980 年出版、钟哲点校的《陆九渊集》。吴文治主编的《宋诗话全编》和王水照主编的《历代文话》两部书中对这些在南宋各个书院讲学的士人及其弟子的评诗论文之作品及言论均有收录。另外，北京大学古文献研究所编，傅璇琮、倪其心、孙钦善等主编的《全宋诗》（北京大学出版社 1998 年版）和曾枣庄、刘琳主编的《全宋文》（上海世纪出版股份有限公司上海辞书出版社、安徽出版集团安徽教育出版社 2006 年版）中收录的相关诗文亦可作为重要的参考资料。

关于南宋各个书院及其讲学人员的研究专著，迄今为止主要有杨布生的《岳麓书院山长考》（华东师范大学出版社 1986 年版）、李邦国的《朱熹和白鹿洞书院》（湖北教育出版社 1989 年版）、方彦寿的《朱熹书院与门人考》（华东师范大学出版社 2000 年版）。杨著主要考证了岳麓书院自北宋初年创立至清代共五十三位山长（南宋时期岳麓书院有八位山长）的生平履历、执教岳麓书院的具体时间及其办学思想、对书院发展所作的主要贡献，其间或涉及所论人物之所属学派及诗文作品（如在《彪居正考》中提到了张栻与彪居正二人感情深厚，朱熹亦有文极力推崇彪；《吴猎考》中提到了其学从南轩，有《畏斋集》六十卷；《欧阳守道考》中时提到其属于欧阳修学派，学生有文天祥等），但并未对其执教书院期间所进行的文学创作以及由此提出的文学批评等予以更加详细的论述。李著主要对朱熹的生平、哲学思想和教育思想作了简要评述，同时结合相关的时代背景，对朱熹复兴白鹿洞书院的举动予以高度评价。此外，该书还对白鹿洞书院的历史沿革及其管理制度作了详细的梳理和介绍，书后编有《白鹿洞书院年表》以记其大事；但其同样未对朱熹执教白鹿洞书院过程中所生发出的各类文学批评问题及其背后所呈现的创作观进行相应的论述和评价。方著主要分为"书院考"与"门人考"两部分：第一部分重点考证了与朱熹生平有关的书院七十六所，辨析与之无关的八所；第二部分则主要考证了朱熹亲手创办的四所书院及其门内弟子二百六十七人。较之于李著而言，方著虽然对朱熹创建、修复、讲学甚至题诗题词的书院及其门人作了细致考证，但同样没有关注到朱熹在书院执教及教育过程中所进行的诗文评论活动及其教授生徒如何写诗作文等问题。此外，邓洪波的《中国书院史》（武汉大学出版社2012年版）、李国钧主编的《中国书院史》（湖南教育出版社1994年版）、朱汉民的《中国书院文化简史》（中华书局、上海古籍出版社2010年版）等著作中亦有专章论述南宋书院。邓著从整个中国书院史的角度出发，将南宋定位为中国古代书院制度的确立时期，并从南宋书院的发展概况、理学家与南宋书院的兴起、书院与理学的一体化、书院制度的确立和南宋四大书院五个方面论述南宋书院的整体发展情况。李著除了辟出第三章专门论述南宋书院的勃兴及其原因，南宋书院勃兴与佛、道之间的关系及南宋书院勃兴对后世的影响外，另有第四章从白鹿洞书院的前期历史追溯、朱熹复兴白鹿洞书院、朱熹复兴白鹿洞书院与书院教育体制的确立、朱熹离去以后白鹿洞书院的建设四个方面专章论述朱熹对白鹿洞书院的复兴与大力发展之功，第五章、第六章、第七章和第八章则分别论述考亭学派诸书院、湖湘学派诸书院、象山学派及其书院、婺学与丽泽书院，其中亦有关于吕祖谦、陆九渊、魏了翁、真德秀等在书院执教情况的相关论述。朱著主要从文化史的角度论述书院制度和书院精神在南宋的最终确立，及其与儒家之道、儒家的教育传统、儒家的学术传统之间的关系。此外，朱汉民的《书院精神与儒家教育》（华东师范大学出版社2013年版）一书中亦有相关章节论述南宋书院与理学、南宋书院与儒家教育之间的关系，主要包括《宋代书院与理学》《张栻与岳麓书院学统》《儒家教育的人文精神》《儒家人文教育的任务：道、术、学》四篇文章。其中，《宋代书院与理学》主要探讨了宋代书院与理学的关系以及理学家们通过讲学将其学术思想渗透到书院教育中去，进而揭示理学对书院的教育思想、组织制度的影响以及书院对理学学术的促进作用；《张栻与岳麓书院学统》从"张栻及其著述""张栻主教岳麓书院""湖湘学统的奠定及其发展"三个方面梳理了张栻执教岳麓书院期间对湖湘学统奠定所作出的独特贡献；《儒家教育的人文精神》重在讨论儒家与教育及儒家"人文化成"的教育特色这两个问题；《儒家人文教育的任务：道、术、学》则通过对儒家教育中"道""术""学"的各自特点及三者之间关系的深入论析，探讨和阐释了儒家人文教育的特色。这些专著的共同点在于都将南宋视为书院教育规范化并极大发展的重要时期加以详细论述，虽然对部分著名书院及其讲学人员、讲学内容有所涉及，但均未对南宋书院教学中的创作观及其具体内容进行较为详细的论述。

涉及书院文学教育方面的专著有郭英德主编的《中国古代文学与教育关系之研究》（北京大学出版社2012年版）一书，该书第二编《文学教育的内容与文学变迁》中提到了吕祖谦的文学选本与文学教育。郭著认为吕祖谦虽以理学知名于世，却通过书院教育，成为宋代文学发展的积极推动者。由于在吕祖谦执教书院的过程当中还包括了应对科举考试的训练，因此，文学教育亦成为其中的一个重要组成部分。书中主要围绕"融合理学与文学""《读诗记》与吕祖谦的诗歌教育""《古文关键》与吕祖谦的散文教育"三个方面展开论述，深入探讨了吕祖谦兼容理学与文学的思想对后世产生的深刻影响和通过编辑选本，探讨文章的布局命意、笔法技巧，进而促成新文论体式的诞生所作出的贡献，同时指出吕祖谦兼容文、理的教育理念对文学发展具有积极的意义。但是，这种对于南宋书院文学教育的内容及其意义的关注仅限于吕祖谦个人，并未关注到同一时代执教其他书院的讲学人员及其执教书院过程中产生的诗文理论。

自20世纪80年代以来，已有相当数量的论文涉及书院文化与书院教育、书院教学活动、书院的学术教育及其诗文创作和批评等相关问题。通过对这些相关论文的内容进行梳理,可以将其总结归纳为以下几个方面。

一是对书院文化、书院精神的探讨和总结。这方面可资参考的文章主要有蔡方鹿的《张栻与岳麓书院》(《社会科学研究》1991年第4期),丁钢的《中国传统书院的文化建构》(《哲学与文化》1992年第5期),美国田浩撰、黄梓根翻译的《宋代中国的儒家书院》[《湖南大学学报》(社会科学版)2005年第6期]以及陈晓强、陈小芒的《江西书院文化谈》[《西南民族大学学报》(人文社科版)2004年第11期]。其中,蔡文通过梳理张栻执教岳麓书院的过程、执教岳麓书院期间的办学思想和教学方法、执教岳麓书院期间开展的学术活动及其人才培养,揭示出张栻卓越的学术活动和教育实践对书院精神的确立和岳麓书院成为当时的学术中心所作出的巨大贡献;丁文将书院建制引入研究视野,从书院的分布和建筑规模、书院的设置、书院的内部建筑布局等几个方面探讨了书院建筑与中国传统文化(特别是堪舆文化)之间的关系;田文以白鹿洞书院和岳麓书院这两座最富影响力的南宋书院为例,通过对书院学规及其著名会讲的记述,探讨南宋书院的执教者们如何培养出具有儒家道统价值取向的士人群体,同时对朱熹在南宋书院建设运动中的影响力予以关注;陈晓强、陈小芒二人的文章则通过梳理中国书院史上地处江西的几大著名书院,将文人游踪与书院文化结合讨论,进而指出江西书院所处自然环境的山清水秀有利于文人回归自然、陶冶情操,使文人游居书院成为一种时尚,最终将关注点落脚在江西诸书院的文化对其旅游文学的繁荣具有的促进作用上。

二是对与"书院"相关的文体及其文化意义的探讨。这方面的代表性论文主要有熊艳娥的《论宋代书院记的勃兴与文化意蕴》(《名作与欣赏》2008年第2期)、《论宋代书院记的时代特征与文化意义》[《山西师范大学学报》(社会科学版)2008年第1期]和李光生的《宋代书院与语录体》(《兰州学刊》2011年第2期)。熊艳娥的两篇文章通过探讨书院记这一兴起于北宋、兴盛于南宋的新型文学样式，指出明显的议论化倾向和表现手法趋于多样化是其突出的两大时代特征，体现了宋代书院教育的发展状况和学术思想的兴盛，同时反映出"记"这一文体在新时代中的变革与创新。李光生的文章认为，"语录体"是宋代书院制度的产物，它的出现反映了书院、理学与文学的联姻与背离；同时指出，"语录体"的出现及其盛行一方面促进了中国白话文学的发展；另一方面也给文学带来诸多负面影响。此外，李光生的《书院语境下的文学传播——以朱熹〈白鹿洞赋〉为考察对象》[《山西师范大学学报》（社会科学版）2011年第3期]一文以朱熹《白鹿洞赋》得到当时学子以及历代文人名士的吟诵、追和这一现象为考察对象，指出作为一种重要的教育机构，书院亦兼具传播媒介的职能，朱熹复兴白鹿洞书院的巨大影响、《白鹿洞赋》诗意栖居的生活方式、科举制度对书院课艺的要求是其能够得到广泛传播的深层动因；同时指出书院语境下的文学传播具有理学化和单一性的特点。

三是对书院教育理念和学术传承的研究与讨论。研究这一问题的代表性论文主要有李兵的《书院学术研究条件的分析及现代启示——以南宋书院为例》（《哲学与文化》2008年第9期）、曾春海的《朱熹、陆象山的书院理念及其现代意义》（《哲学与文化》2008年第9期）、李光生的《吕祖谦的教育实践及影响》[《内蒙古师范大学学报》（教育科学版）2010年第8期]、赵国权的《南宋时期书院的教学活动探微》[《北京联合大学学报》（人文社会科学版）2013年第4期]以及殷慧的《岳麓书院学术的传承和发展》（《中国文哲研究通讯》2011年第3期）。李兵文以南宋岳麓书院为例，指出与官学、私学的显著差异使得书院能够具有独立而具体的办学目标，并为学术研究提供良好的条件，为学者营造出自由研究的学术氛围，从而促使书院成为理学研究与传播的重要基地。曾文以同为南宋时代的理学大家朱熹和陆九渊为例，分析其在创办书院和讲学精神方面的异同及其产生原因，将两人的书院办学理念及实践风格与当下海峡两岸在教育理念和实践上的异同之处作一对比，以求为当下教育提供借鉴。李光生的文章将吕祖谦的教育实践总结为明理躬行、存心养性、以儒为本、经史简重、重视科举、提倡古文等几个方面，进而揭示其在学术领域、书院领域和科举领域所产生的重大影响。赵文从颁布学规，确定教学目标，以传习经学、"经济之学"和举业为教学内容三个方面论述了南宋书院丰富多样的教学活动和教学方法，并指出其对后世书院发展所起到的导向作用。殷文则重在梳理岳麓书院自南宋以来的学术传承，同时介绍岳麓书院在宋明理学史、经学史、诸子学等方面的研究特色。

四是对书院讲学人员及其文学创作和教学活动的梳理和论述。这方面的文章虽然数量较多，但学者们的关注热点主要在明清书院，涉及宋代书院讲学人员的比较少。可供参考的文章主要有周建华的《朱熹南赣理学和文学活动考》（《朱子学刊》2003 年第 1 辑）、杜海军的《吕祖谦的〈诗〉学观》（《浙江社会科学》2005 年第 5 期）、马东瑶的《吕祖谦的文学教育》[《河南教育学院学报》（哲学社会科学版）2008 年第 6 期]、杨世文的《张栻〈南轩诗说〉钩沉》（《儒藏论坛》第七辑，四川大学出版社 2014 年版）、程嫩生的《岳麓书院雅集活动与文学创作》（《中州学刊》2014 年第 5 期）和夏静的《"教化"新论》（《中国文化研究》2014 年冬之卷）。周文主要考述了朱熹在南康军知军期间的论学和文学创作活动，进而指出这一系列论学和文学创作活动的最终落脚点在于坚定了朱熹效法祖师，兴办书院的决心；最终促成白鹿洞书院的复兴和进一步发展。杜文从吕祖谦的《吕氏家塾读诗记》入手，通过"吕祖谦对《毛传》和《郑笺》在《南陔之什》排序上的批评"、"对《毛传》和《郑笺》不得诗人之意的批评"、"对《毛传》和《郑笺》训诂的批评"以及"《郑笺》对《毛传》的误解"四个方面的梳理和论述，意在廓清学者对吕祖谦"坚守毛郑""除毛郑之外便不说《诗》"的偏见。马文主要探讨了作为理学名家的吕祖谦对文学发展所作出的推动作用——即通过《吕氏家塾读诗记》《左氏博议》等讲义和编辑《古文关键》《宋文鉴》等选本，将其兼容理学与文学的教育理念传达给学生，这对文学无疑有着积极的意义；而吕祖谦对于选文的精心点评，对于文章命意布局、笔法技巧的细致探讨，不仅成为初学者的最佳教材，而且促进了散文批评的繁荣和进一步发展。杨文重在通过考证，从《吕氏家塾读诗记》、朱熹《诗经集传》等宋元《诗》学著作中钩沉张栻《诗说》之佚文。程文重在梳理和论述岳麓书院自南宋至清代的雅集活动与文学创作，其中谈到了张栻、朱熹、林用中三人讲学之余游览南岳衡山时的诗歌酬唱，并将这种雅集性质的游玩视为讲学过程中的一种调节；同时对其雅集创作中的道德烙印作出特别的强调和说明。夏文通过论析中国古代教化理念实践性中的理想性和超越性这两个方面，指出其中所包含的中华文化的思想精华与道德精髓，进而揭示出教化是一个时代形成"向善力量"的根本途径，为当下中国文化的发展提供思考和借鉴。

综上所述可见，以上所述五类单篇论文已经在书院文化与学术传承、书院精神与儒家教育、书院教学活动、书院的讲学人员及其诗歌活动等方面进行了一定程度上的深入研究和拓展，但若将着眼点集中于南宋书院中的创作观及其相关问题这一点上来看，还有以下几方面问题有待解决。

第一，对"南宋"这一时段的关注度不够。总结各类论述"书院史"的相关专著和文章可见，将南宋定位为书院教育的大发展时期已成为学界的普遍共识，但遗憾的是，作为南宋书院教育的重要组成部分，南宋书院中的文学批评实践及其创作观（这既包括书院讲学人员在执教过程中所提出的诗文理论问题，又包括书院师生在讲学及讲学之余的诗文酬唱与评诗论文活动等）却并未能引起足够的关注。虽然目前学界已经有人注意并开始着手研究中国古代书院中的讲学人员及其文学创作活动，但其关注的重点大多集中在明清时期，对南宋这一书院发展的"黄金时期"及其教育中所体现出的创作观，特别是将其与书院之外的创作观进行对比和论析，尚缺乏足够的关注和重视。

绪　论

　　第二，缺乏全面性和整体性。虽然已有学者开始关注南宋书院中讲学人员及其文学创作和教学活动，但其关注点大多集中在那些执教于各大著名书院的名家（如朱熹、吕祖谦等）及其针对某些问题的文学理论批评上，不仅未能全面观照这些名家执教书院过程中所涉及的文学批评问题，而且未能将其置于整个南宋书院教育的大背景下展开论述，全面性和整体性较为缺乏。以上文中所举与朱熹有关的专著和文章为例，虽然已有学界前辈就其亲手创办和执教过的书院及其门人作过相关考证，亦有考述其就职南康期间的理学和文学活动的单篇论文发表，却并未对其在执教书院过程中所生发出的一些文学批评问题及其背后所产生的创作观进行关注，更遑论探讨其执教书院期间在倡导群居切磋、匡正时下不正诗风、文风弊端等方面所做出的努力。这些都是本书将要予以关注的重点；此外，纵观整个南宋书院的发展历程，从南渡后绍兴年间胡宏等倡导书院教育的复兴到宋末谢枋得等以书院教授文章之学这150余年的历史，其间不仅涌现出如张、朱、陆、吕等因兴办和执教著名书院而名扬天下的大家，还有诸如何麟等虽名不见经传却主盟一方诗坛，借兴办书院以拓展其影响力的"小家"，这些都应该被纳入研究的视野，并将其放在整个南宋书院教育中的创作观这个大框架中加以考察。

　　第三，在论析南宋书院日常讲论、师友唱和过程中生发出的文学理论批评问题时，未能在稽考其书院日常活动的基础上将书院内外加以对比，论述相关问题。综观目前已取得的研究成果可见，前辈学者在讨论南宋书院讲学人员的文学创作活动和文学批评时，仅将关注的目光圈定在书院之内，却忽略了将其与同时代书院之外的文学批评和创作观进行对比，以凸显其"书院特色"。如就本书第三章所涉及的《南岳倡酬集序》而言，若仅从书院内部进行审视，很难发掘其背后所体现出的对士人"群居"问题的见解有何特别之处，但若将其与同时代书院之外批评家对士人唱和的普遍态度加以对比，才能发现其无论是从看问题的视角上还是从在对待"酬唱"这一问题的争论上都能体现出南宋书院中所特有的创作观。

第四，对于南宋书院创作观在整个中国古代文学批评史上的定位缺乏一个客观公正的评价。通过梳理目前已有的相关成果可知，一些前辈学者在论及南宋书院创作观及其相关问题时多受一些文学史、批评史已有结论的影响，将其简单归结为"宋代文学批评的阻碍力量"或"未能对宋代文学的进一步发展产生积极作用"；这样的结论不仅失之草率，而且未能以一种客观、公正的态度评价南宋书院创作观及其在中国古代文学批评史上所应有的地位。本书在梳理相关资料的基础上展开深入研究，既注重发掘南宋书院创作观在人才培养、革除文坛弊端、树立"理想之诗"等方面作出的贡献，同时亦不回避其自身存在的各种缺点和问题，力求以一种客观、公正的态度评价和看待整个南宋书院的创作观。

第三节 本书所要探讨的问题

本书共分五章展开。其中第一章为"复合的创作指向"，主要讨论南宋书院文学的创作指向问题。笔者通过梳理相关材料发现，纵观整个南宋书院的发展历程，虽然其所处的内部环境相对而言较为超然，但其不能不受到外部环境特别是时代变化的影响，因此，其创作指向亦是复合多样的。本章通过探讨"应试""怡情"和"谋生"这三种不同的创作指向，探寻这种复合创作指向的"书院特色"及其现实意义。第二章为"日趋规范的创作方法"，主要分析南宋书院讲学者和求学者对于诗文创作方法的相关论述。借助梳理相关资料可见，通过日常教学过程中的不断探索和总结，南宋书院文学逐渐形成了一套非常具体且规范性极强的创作方法，内容涉及文学创作的各个阶段，而贯穿其中的指导思想则是要求诗文创作回归"文道合一"统序的决心与促使后学者从学习诗文写作伊始便步入正途的良苦用心。对于初涉文坛的后学者而言，按照如此面面俱到的方法学习写作或许终究难成大家，却可以做到"入门须正"，避免"路头一差，愈骛愈远"、滑向歧途，其贡献和功绩是无论如何都不应被忽略的。第三章为"'理''趣'为中心的审美指向",内容主要涉及南宋书院创作观中的审美指向问题。笔者通过阅读、梳理和总结相关材料发现,南宋书院创作观中的审美指向可以概括为"'理''趣'为中心"。所谓以"理"为中心,就是将诗文视作"阐理之具",这也促使其在进行文学批评活动时能够别具慧眼,从"理"的角度出发来讨论问题,朱熹、张栻二人在《南岳倡酬集序》中争论便是一个很好的例证;而所谓以"趣"为中心,则多基于书院中人对"生活之趣"的全方位展示。而这里的"生活之趣"亦包含着两重含义:一是指这些讲学者和求学者形而上的"精神生活之趣",主要体现书院中人所追求的"文人雅趣"及其在审美指向上对宋诗"清险风趣"的扬弃;二是指这些讲学者和求学者对形而下物质生活特别是社会民生问题的关注和重视,这类作品中虽不乏意气风发之作,但由于其作者并未真正深入"社会生活"本身,想象成分较多,故总给人以"隔"的感觉。而这些讲学者和求学者在论及审美指向问题时所追求的终极目标便在于通过实现"理"与"趣"的水乳交融,进而使得具有这种审美指向的作品成为世人破解现实困境、体味万物之"道"的有效途径。第四章为"徘徊于'经'与'文'之间的价值判断",主要讨论南宋书院创作观中的价值判断问题。对于这些活跃于南宋各书院的讲学者和求学者而言,经学是其讲学(学习)过程中最为关注的部分,同时也是其所标举的文学创作之典范。因此,具体到本书所论之南宋书院的创作观这一命题而言,其在价值判断上主要表现为"经"与"文"之间的徘徊——书院中人既要求后学者在进行诗文创作时应以前贤经典(特别是以传统儒家推崇的"五经")为创作典范,另外也意识到了一些文学创作所特有的规律,要求后学者在创作过程中应予以重视。书院中人心目中理想的诗是什么,这些"理想之诗"标准的背后又有着怎样的缺憾——这些都是本章所要重点解决的问题。第五章为"诗学史视野中的南宋书院创作观",主要在总结前四章论述内容的基础上作出宏观的概括,在总结南宋书院创作观总体特征的同时指出其优势和劣势，同时探求其对后世产生的影响。总之，作为"学院文学"重要组成部分的南宋书院文学虽然并无特别的名人（朱熹等少数人除外）、名作或名集，但是其复合的创作指向、日趋规范的创作方法、"理""趣"为中心的审美指向和徘徊于"经"与"文"之间的价值判断却教育并影响了一代又一代负笈求学于书院的莘莘学子，成为其步入文坛的最初起点和指路明灯，从这一点上来说，其教育普及之功值得后人尊重并永远铭记。

本书的创新之处主要体现在以下几个方面。

一是以"诗学史视野中的南宋书院考论"为题，将关注的视角放在"南宋"这一书院教育崛起并进一步发展的黄金时期，同时注意避免前辈学者的相关论述中出现的碎片化问题，在稽考南宋各书院学者日常讲论、师友唱和等相关活动的基础上，从创作指向、创作方法、美学指向、价值判断等多个方面系统论述南宋书院的创作观。

二是将本书所关注的问题置于整个南宋书院教育的大背景下展开论述。本书既从新的角度关注那些执教于著名书院的大家、名家在执教书院过程中所产生的文学理论批评及其创作观，同时也兼顾那些"名不见经传"的"小家"及其相关论述；既从"创作指向""创作方法""美学指向"等多个方面进行关注和把握，同时又注意从中提取一些具有代表性的个案加以研究；既关注南宋书院创作观的独特优势，同时亦不回避其自身存在的缺陷；通过细致的资料考辨和梳理，以求全面而客观地反映南宋书院中的创作观。

三是注意将书院内外对某一文学理论问题的不同看法加以对比，通过这样的对比和论析，更能体现出南宋书院教育中的创作观确实具有的独到之处。如第三章第一节在关注"重'理'的审美指向"时便涉及同为对"文人酬唱"这一现象的讨论，朱、张二人在《南岳倡酬集序》中的关注点即与同时期置身书院之外的士人有着很大的差别，并以此发掘南宋书院教育中看待酬唱之风的独特视角及其特别提倡"群居切磋"的深刻意义。第四章"徘徊于'经'与

'文'之间的价值判断"在论"理想之诗"时特别提出了诗文选本的批评问题。通过书院内外进行对比可见,当时书院之外的士子对如吕祖谦所编《宋文鉴》一类的诗文选本皆奉为经典,而书院之内却有朱熹等人对其编选体例、所选文章、选文宗旨等问题提出批评意见,由此则更见其可贵之处。

四是通过对一些书院史、地方志类著作中标称为南宋所建的书院作出考辨,通过明确其是否存在于南宋,以决定是否将其纳入本研究的考察范围,避免出现穿凿附会或张冠李戴的错误。

本书在写作中遇到的困难和问题主要在于资料的零散和琐碎。虽然前辈学者对"南宋书院教育"或"南宋书院制度"等问题已经有较为深入的阐释和论析,但对于南宋书院教育中创作观这一问题关注较少,与此有关的资料汇编等方面的成果亦有所缺乏,可资参考借鉴的前人研究成果十分有限。因此,如何在浩如烟海的原始资料中整理和抽绎出与本书相关的内容并加以分类论析,是本书写作过程中要面临的一大挑战。

鉴于以上所列可能遇到的问题和困难,本书将借助目前已有研究成果(如南宋书院中各讲学人员的年谱、文集诗集、各书院志等)对涉及南宋书院教育中的文学批评及其创作观等相关资料进行细致的梳理和考辨,同时结合各种批评史、书院史等有关著作进行深入分析,力求得出一个较为客观而全面的结论。

第一章　复合的创作指向

　　本章主要讨论南宋书院创作观中的创作指向问题，这也是南宋书院创作观中的基础问题。恰如众多前辈学者指出的那样，所谓"创作指向"问题，不仅涉及写作者本人的"内在期望"（即创作出优秀的文学作品），更与其所处的时代、环境等外部因素有着密切关联。一般说来，写作者本人的"内在期望"是比较稳定的。因为对于一个写作者来说，无论经历怎样的时代变迁、世事更替，创作出优秀的文学作品始终是其内心不变的追求；但由于创作指向是写作者本人的"内在期望"与其所处的时代、环境等外部因素综合作用的结果，那么这些外部因素的变化便会在一定程度上影响到其创作指向的最终形成。笔者通过梳理相关资料发现，这样的观点同样适用于本书所论"诗学史视野中的南宋书院考论"这一命题——从写作者的"内在期望"来看，纵观整个南宋一朝，这些活跃于南宋各书院的讲学者和求学者均以创作出"明道义，美教化"的作品为己任，且不论其所属何种学派均坚持这一追求；而从写作者所处时代、环境等外部因素来看，若仅将关注的目光局限于"书院之内"的一方天地，则这样的"外部因素"同样处于一个比较稳定的状态，对于这些讲学者和求学者而言，其在书院之内的生活基本上以讲论圣贤之道、探寻经史之义、进行文学创作并开展切磋讨论等几方面构成，虽然不同书院之间可能会因为其所处地域不同而存在一些细微的差别，但从整体上看，这些细微差别尚不足以促使这种相对简单的生活发生特别重大的改变，因此可忽略不计；而若将关注的视角放置在整个南宋王朝这一大背景下加以考量就会发现，南宋书院的教育与南宋的科举制度之间同样存在密不可分的关联——诚如前文所论，随着南宋书院的不断发展和书院制度的逐步完善，特别是在如朱熹、张栻、吕祖谦等将毕生精力奉献于书院教育的学问大家的倾心教授和努力推动下，书院教育成为无数"有志于学"甚至志在兼济天下的南宋学子通向成功之路的最佳选择。既"志在兼济"则必须入仕为官，欲入仕为官则必由科举进阶。因此，在讨论南宋书院创作观中的创作指向问题时，"南宋的科举制度"便成为一个不可忽略的"外部因素"，也正是在这些"外部因素"与写作者"内在期望"的综合作用下，形成了南宋书院创作观中复合的创作指向。本章通过探讨"应试""怡情"和"谋生"这三种不同的创作指向，探寻这种复合创作指向的形成及其现实意义。

第一节 "与流辈相追逐"：应试的创作指向

"应试"是南宋书院文学创作的首要指向，虽然南宋诸书院多以反对"科举俗学"为办学目标，但诚如诸多前辈学者已经指出的那样，这种反对的重点在于"俗学"而并非"科举"本身。而结合相关史料可知，对于就学于书院的莘莘学子而言，由科举而入仕，进而达成兼济之志依旧是其实现人生理想的必由之路；而那些执教于各书院的讲学者亦会照顾到学子们的实际需要，将应试需要与"反俗学"的目标进行有机结合，重视议论便是其中最为突出的表现。本节从探讨南宋科举考试的具体内容入手，同时结合相关材料进行分析其与书院教学之间的关系及书院讲学者对待科举考试的态度，探寻其创作观中"应试指向"所具有的特点和意义，以求教于方家。

一 南宋书院科举考试的内容概述

关于南宋科举考试的具体内容，前辈学者已多有论及。按王凯旋《中国科举制度史》一书中所言，南宋的科举考试制度多承袭北宋而又有所完善。南宋的科举考试共分为解试（包括流寓试、牒试、国子监试和州郡发解试等形式)、省试、殿试三级,科目主要为诗赋、经义两科。① 就每一级考试的场次而言,解试、省试皆为三场,每场考试的具体内容亦因考生所参加科目的差别而略有差异。这一点在《宋会要辑稿·选举四》中亦有着较为详细的记载:

> 欲习诗赋人止试诗赋,不兼经义。第一场诗、赋各一首;第二场,论一首;第三场,策三道……欲习经义人依见止习一经,第一场,本经义三道;第二场,论一首;第三场,策三道。②

由引文所述可知,所谓"诗赋"与"经义"两科的差别主要体现在解、省两级考试的首场上——考诗赋者需作"诗、赋各一首",而考经义者则需作"本经义三道";从这一点上讲,较之"经义"科而言,"诗赋"科的难度相对较低。换言之,对于参加"诗赋"一科考试的士子而言,与参加"经义"科考试的士子相比,其胜算概率显然要更大一些。对于由此衍生的时人"竞习词赋,治经甚少"的问题,当时诸臣僚中亦提出通过增加录取率,甚至合并"诗赋、经义二科目"以鼓励士子修习经义的建议:

> 建炎二年,王唐公为礼部侍郎,建言复以词赋取士,自绍兴二年科场始。曾侍御统请废经义而专用词赋,上意向之,吕元直不可而止。十三年,国学初建,高司业抑崇言:"士以经术为本,请头场试经义,次场试诗赋,末场试子史论、时务策各一首。"许之。十五年,诏经义、诗赋分为两科。于是学者竞习词赋,经学浸微。二十六年冬,上谕沈守约曰:"恐数年之后,经学遂废。"明年二月,诏举人兼习两科,内大小经义共三道。三十一年,言者以为老成经术之士,强习辞章,不合音律,请复

---

① 王凯旋:《中国科举制度史》,北方联合出版传媒(集团)股份有限公司万卷出版公司 2012 年版,第 93 页。
② (清)徐松辑:《宋会要辑稿·选举四》,中华书局 1957 年版,第 4301 页。

第一章　复合的创作指向 ❖

分科取士。仍诏"经义合格人有余，许以诗赋不足之数通取，不得过三分。自今年太学公，补试行之。"迄今不改。先是，举人既兼经义，诗赋、策，论、因号四科。然自更制以后，惟绍兴十四年、二十九年两行之而止。盖举人所习已分为二，不可复合矣。①

由引文可知，这样的建议曾被最高统治者所采纳，进而促成"诗赋""经义"两科的短暂合并，但这种"诗赋""经义"两科并举的情况依旧是整个南宋一朝的主流。由于省试是南宋科举考试中最为重要的一环，因此那些主持解、省两试，特别是省试的考官亦会在出题之时竭力在"诗赋""经义"两科之间寻求平衡和折中，以期借此能够选拔出那些既通晓经史又颇富文采的经世之才，避免"鹄袍之士"鱼目混珠。两场考试的胜出者即可参加殿试。殿试的考试形式为试策一道，题目内容多涉及当时社会较为关注的国计民生问题，其主要目的在于考察士子是否具有处理和解决实际问题的能力。

通过以上对南宋科举考试内容的概述我们可以作出如下总结。一是从其考试的内容中可以看出，南宋科举考试中"论""策"两种文体占据的比重较大，士子们无论是参加较为容易的"诗赋"科还是选择相对更为复杂的"经义"科，都绕不开"论"和"策"的写作；由于这两种文体本身即具有论辩性较强，要求写作者必须于论辩中"论事断理"的特点②，这亦成为士子们日常创作和学习过程中予以关注的重点。二是从其选拔宗旨可见，南宋科举考试的最终目的是要选拔出那些既博通经史、颇具文采又善于处理和解决实际问题的经世致用之才；而这也为当时的学校教育（包括书院教育）提出了一个需要思考的问题——应该怎样做才能培养出这种符合朝廷需要的人才。

---

① （宋）李心传撰，徐规点校：《建炎以来朝野杂记》，中华书局 2000 年版，第 261 页。
② 褚斌杰：《中国古代文体概论》（增订本），北京大学出版社 1990 年版，第 345 页。

二　书院诸先生对待科举的态度及其教学实践

诚如前文所论，时至南宋，将进入书院求学作为自己通向"兼济"之路的第一步已经成为大多数学子的不二选择，而"应试的创作指向"能够最终成为南宋书院创作观中"复合创作指向"的一大分支，与那些执教于南宋各书院的先生对待科举的态度有着密切关联。恰如诸位前辈学者已经指出的那样，这些讲学者虽然均将"反对场屋俗学"作为其最主要的办学宗旨，但其最终目的并不在于"反科举"，而在于"反俗学"。对于"是否必须参加科举取士"这一问题，他们素来保持一种比较通达的态度。执教丽泽书院的吕祖谦可谓这一态度的典型代表：

> 令嗣在此读书，渐有绪。经书之类，却颇能诵忆，但程文未入律。今且令破三两月工夫，专整顿。……大抵举业，若能与流辈相追逐，则便可止。得失盖有命焉，不必数数然也。①

> 某侍旁粗如，近日士子相过，聚学者近三百人，时文十日一作，使之不废而已。其间有志趣者，亦间有之，城中相识如新当涂潘教授景宪、金华彭主簿仲刚，皆向学甚锐，朝夕过从，颇似有益。②

> 李茂钦作魁，大可喜。年来为学有意乡者，多为侪辈笑侮，往往不能自立。因此可稍强其志气，虽学不待外，然就渠地步上说，则殊有补尔。又可使世俗知本分为学者初不与科举相妨，所系殊不小也。③

---

① （宋）吕祖谦：《与朱侍讲元晦》（二四），载黄灵庚、吴战垒主编《吕祖谦全集》（第一册），浙江出版联合集团浙江古籍出版社 2017 年版，第 382 页。
② （宋）吕祖谦：《与刘衡州子澄》（二），载黄灵庚、吴战垒主编《吕祖谦全集》（第一册），浙江出版联合集团浙江古籍出版社 2017 年版，第 417 页。
③ （宋）吕祖谦：《与学者及诸弟》，载黄灵庚、吴战垒主编《吕祖谦全集》（第一册），浙江出版联合集团浙江古籍出版社 2017 年版，第 470 页。

由引文可见，这些讲学者并不反对科举考试本身，更不反对自己的亲人或学生参加科举考试，朱熹遣子就学于吕祖谦就是最好的例子。但在他们看来，参加科举考试只要能达到"与流辈相追逐"的成绩即可，没有必要将金榜题名视为成功的象征。另一个典型的例子是朱熹在《答吕伯恭》中谈及大儿子对于"程文"的疏懒散漫（"令诵程文，仅能记三两句耳"），这样的文字看似充满抱怨，实则更多带有一种调侃的意味；而这种态度应用于日常的教学和批评实践，便是其在教学实践中并不排斥教授"程文"等与举业有关的课程：

> 某到严两旬矣，郡庠亦渐有次序，日以躬行务实之语薰灌之，不专讲程文也。①

> 《左氏博议》者，为诸生课试之作也。……里中稍稍披蓬荜从予游，谈余语隙，波及课试之文。予思有以佐其笔端，乃取《左氏》书理乱得失之迹，疏其说于下。……予离群而索居有年矣，过而莫予辅也，跌而莫予挽也，心术之差，见闻之误，而莫予正也，幸因是书，而胸中所存、所操、所识、所习，毫忿发谬，随笔呈露，举无留藏。②

> 止斋年近三十，聚徒于城南茶院，其徒数百人，文名大震。初赴补试，才抵浙江亭，未脱草屦，方外士及太学诸生迓而求见者如云。吴琚，贵公子也，冠带执刺，候见于旅邸。……士友纷然从之者数月。其时止斋有《待遇集》板行，人争诵之。既登第，后尽焚其旧稿，独从郑景望讲义理之学，从薛常州讲经制之学，其后止斋文学日进，大与囊时异。③

---

① （宋）吕祖谦：《与潘叔度》（二九），载黄灵庚、吴战垒主编《吕祖谦全集》（第一册），浙江出版联合集团浙江古籍出版社2017年版，第458页。
② （宋）吕祖谦：《左氏博议序》，载黄灵庚、吴战垒主编《吕祖谦全集》（第六册），浙江出版联合集团浙江古籍出版社2017年版，第558页。
③ （宋）吴子良：《林下偶谈》卷四，中华书局1985年版，第42页。

由引文可见，不论是吕祖谦还是陈傅良，其在日常的书院教学实践过程中都没有排斥讲授"程文"等与"举子之业"相关的课程。吕氏《左氏博议》的创作目的就是专门为指导书院学子的"课试"之文而作，而陈傅良"聚徒于城南茶院"之所以会收到聚"徒数百人"、"文名大震"甚至"士友纷然从之者数月"的"轰动效应"，主要原因亦在于其"聚徒于城南茶院"的讲授内容是时下最为热门的"举子之业"。另一个显著的例子则体现在书院讲学过程中常见的"策问"上，对于就学于书院的众生徒而言，这样的"策问"是应对将来科举考试中"试策"一门的"日常演习"。如朱熹《白鹿书堂策问》云：

> 千有余年，诸生皆诵说孔子，而独荀卿、扬雄、王通、韩愈号为以道鸣者，然于孟子，或非之，或自比焉，或无称焉，或尊其功以为不在禹下。其归趣之不同既如此。而是数子者，后议其前，或以为同门而异户，或无称焉，或以为大醇而小疵，而不得与于斯道之传者。……本朝儒学最盛，自欧阳氏、王氏、苏氏皆以其学行于朝廷，而胡氏、程氏亦以其学传之学者。然王、苏本出于欧阳，而其末有大不同者，胡氏、孙氏亦不相容于当时，而程氏尤不合于王与苏也。是其于孔子之道，孰得孰失，岂亦无有可论者耶？杨、墨之说则熄矣，然其说之流，岂亦无有未尽泯灭者耶？……二三子其详言之。①

值得注意的是，无论是吕祖谦、陈傅良对"举子之业"的讲授还是朱熹执教白鹿洞书院时的"策问"，类似这样的内容仅仅是南宋书院教学的一部分，吕祖谦所谓"日以躬行务实之语薰灌之，不专讲程文也"即此意。这也正是南宋书院教学与朝廷官学的差别之所在——对于教授"举子之业"，后者往往刻意强调，甚至将其视为唯

---

① （宋）朱熹：《白鹿书堂策问》，载朱人杰、严佐之、刘永翔主编《朱子全书》（第二十四册），上海古籍出版社、安徽教育出版社2002年版，第3579页。

一的教学内容；前者则更为从容通达，更长于将其融入日常教学的点滴之中；而这一点在这些书院讲学者的批评实践中亦有充分体现。如《论学绳尺》载陈傅良评云：

> （评陈芳《荀氏有二仁》）见识透彻，议论老成。开阖抑扬曲尽其妙。①
>
> （评韩愈《与陈给事书》）陈止斋作论双关文法，皆本于此。②

由引文所列陈氏批语可见，无论是其对陈芳文"见识透彻，议论老成"的总结还是由评点韩愈文引出"双关文法"的讨论，二者突出的重点都在于启发和培养后学者逐渐掌握应用不同方法、选取多个角度进行论辩，并能够做到"透过现象看本质"的能力，若进一步结合上文所论可知，这种能力的培养与南宋科举考试考察的重点之间是颇为契合的。

综上所述，对于"举子之业"的讲授和学习，这些执教于南宋各书院的先生多有着较为通达的态度。从他们的日常教学活动和批评实践来看，对"举子之业"的教授亦是书院日常教学的一部分——对于这些讲学者而言，人之为学的根本仍在于"明道"和"修德"，后学者若能以勤勉的态度认真求学，循序渐进，则其在"举子之业"上亦可有所作为。恰如李兵在《书院与科举关系研究》一书中指出的那样，倡导将"修身养德"作为"举子之业"的基础，"通过学习儒家经典，在提高自身德行的基础上应举"③是这些讲学者的普遍看法。不同于一般士人对于科举考试结果"金榜题名"的期待，这些讲学者认为参加科举考试只要达到"与流辈相追逐"

---

① （宋）魏应天：《论学绳尺》，文渊阁《四库全书》本。
② （宋）魏应天：《论学绳尺》，文渊阁《四库全书》本。
③ 李兵：《书院与科举关系研究》，华中师范大学出版社2005年版，第94页。

的程度即可，以此证明"本末并不相妨"，同时展现一种更为通达和宽容的态度。

三 应试创作指向的"书院特色"

由上文所论可知，无论是在对待"举子之业"本身还是对其最终结果的期待上，南宋各书院的讲学者均持有一种通达而宽容的态度，这样的态度不仅促使"应试"这一创作指向的最终形成，更促使这一指向自身发展出区别于官学的"书院特色"。笔者通过梳理相关材料发现，这种"书院特色"可以归结为以下几个方面。

第一，将"应试"的创作指向建立在批判科举之弊，特别是批判"场屋利禄之学"造成的不良文风的基础上。这样可以促使后学者在创作伊始便踏入正途，即便是参加科举考试，亦不会受到这种不良文风的影响，更不会创作这样的作品。这一点以朱熹执教书院时对"干禄文风"的批判最为典型。关于南宋科举制度导致"干禄文风"盛行的原因，祝尚书《"举子事业"与"君子事业"——论宋代科举考试与文学发展的关系》[《厦门大学学报》（哲学社会科学版）2004年第4期]一文有着较为详尽的论述。按祝文所论，之所以会出现这样的情况，很大程度上应该归咎于南宋科举制度的"内部运作"。首先，从考官的角度而言，其主要面临突出考试权威性和控制录取人数两大任务，而加大考试难度是助其圆满完成这两大任务的最佳途径，一些专门用来"考校"考生的难题、怪题便应运而生；从考生的角度而言，由于科举考试是其通向仕途的唯一路径，若想顺利通过考试，就必须极尽其所能地"搜抉略尽"所有"待问条目"。长此以往，导致当时文坛"竞新务奥"之风盛行。其次，考官在决定考卷程文之去留时多奉行"技术标准决定一切"的原则（即主要看考生是否注意用韵、声律平仄是否合适、是否注意避讳等），对于广大考生而言，其首要关注的重点不是如何写出内容充实的文章，而是将钻研这些形式和技术上的东西放在首位，以求赢得考官青睐。从文学教育这一角度来看，这种"竞新务奥"的风气的恶果在于导致官学教育沦为科举的附庸，整个文坛"干禄之风"盛行。恰如朱熹所批判的那样，在这种"干禄文风"的影响下，本该作为当时官学教育之楷模的太学早已沦为时人追名逐利的媒介：

> 所谓太学者，但为声利之场。而掌其教事者，不过取其善为科举之文，而尝得隽于场屋者耳。士之有志于义理者，既无所求于学。其奔趋辐凑而来者，不过为解额之滥、舍选之私而已。师生相视，漠然如行路之人。①

本该以"传道受业解惑"为职责的"掌其教事者"，竟然仅以"取其善为科举之文"来教授生徒；这不仅使那些本来有志于探求义理的学子求学无门，而且在很大程度上助长了太学生"为解额之滥、舍选之私"而求学作文。这些太学生不仅将"工雕篆之文"视作科举进身的"敲门砖"，甚至将"进修之志""师儒之尊"完全抛在脑后。这些做法都导致了当时文坛"干禄文风"愈盛。

若进一步观照当时诗坛可见，居于诗坛统治地位的江西诗风虽然在拓展诗歌题材、丰富诗歌的语言表现形式，特别是突破唐诗"吟咏性情"的藩篱，开创宋诗特有的道路上作出了很大的贡献，但其弊端亦逐渐显现出来——学诗者多从黄庭坚诗法入手，进而效仿黄、陈诗风进行创作，黄、陈诗风素以之瘦硬生新为其特色；而恰如吕肖奂在《宋诗体派论》中所指出的那样，"深折过之则晦涩，劲健过之则粗硬，而且'庭坚体'的新奇过之则险怪，'后山体'而且朴拙过之则枯涩"②。对于这些"竞奔于名利之场"的士子而言，江西诗风同样是其学习作诗的典范，但长期的科举作文训练使其本来就有"竞新""务奇""雕篆"之习，而又不善于在学习过程中进行思考和辨析，以这样的习惯和思维来学习江西诗风，其结果

---

① （宋）朱熹：《学校贡举私议》，载朱人杰、严佐之、刘永翔主编《朱子全书》（第二十三册），上海古籍出版社、安徽教育出版社2002年版，第3363页。
② 吕肖奂：《宋诗体派论》，四川民族出版社2002年版，第140页。

必然是不得江西之妙处而将江西之弊端暴露无遗。故朱熹在论及当时诗坛之弊时,亦多有"细碎卑冗"之讥:

> 律诗则如王维、韦应物辈,亦自有萧散之趣,未至如今之细碎卑冗,无余味也。①

而对于时人作诗字字必求来处,甚至过分卖弄才学的做法,朱熹亦颇为不满:

> 或言今人作诗,多要有出处。曰:"关关雎鸠",出在何处?②

综上可见,不论是当时之文风还是诗风,这种专以"竞新务奇"为能事的"干禄文风"所造成的流弊都十分明显。笔者通过进一步梳理和总结发现,在这种"干禄之文风"影响下创作的诗文主要有如下特征。

一是重形式轻内容:整个行文看似严整,实则空洞无物。诚如上文所论的,由于科举取士好出偏题、怪题的倾向和考官评卷时以技术标准为决定考生程文之去留的唯一依据,这种情况亦造成考生对行文形式的关注大于内容,长此以往,便导致其养成了重形式而轻内容的行文风气——整个文章看似严整,实则空洞无物,徒为炫技之作而已。朱熹就多次对这一现象提出严厉批判:

> 大率古人文章皆是正行路,后来杜撰底皆是行狭隘邪路去了。③

---

① (宋)朱熹:《答巩仲至》,载朱人杰、严佐之、刘永翔主编《朱子全书》(第二十三册),上海古籍出版社、安徽教育出版社2002年版,第3095页。
② (宋)黎靖德编,王星贤点校:《朱子语类》(第八册),中华书局1986年版,第3324页。
③ (宋)黎靖德编,王星贤点校:《朱子语类》(第八册),中华书局1986年版,第3301页。

第一章　复合的创作指向

及宣政间,则穷极华丽,都散了和气。所以圣人取"先进于礼乐",意思自是如此。①

夫古人之诗,本岂有意于平淡哉?但对今之狂怪雕锼神头鬼面,则见其平;对今之肥腻腥臊、酸咸苦涩,则见其淡耳。②

由此可见,在朱熹看来,这种重形式而轻内容,甚至"穷极华丽"的文风内容空洞,"都散了和气",乍看起来炫人眼目,实则"狂怪雕锼,神头鬼面",而这种对"怪""奇"的追求已经对以道为本、以圣人经典为宗的文章统序造成了冲击。换言之,这样的"神头鬼面"之诗文早已偏离了其本该具有的"体道"功能,"行狭隘邪路去了";不仅如此,朱熹还进一步指出了这种"穷极华丽"之风的典型表现——好用怪癖字、生涩字,只求炫技而不论文章意思之通达:

看陈蕃叟《同合录序》,文字艰涩。曰:"文章须正大,须教天下后世见之,明白无疑。"③

由引文可知,"文字艰涩"是在这种"干禄文风"影响下创作出的诗文普遍存在的弊病,而这种创作上的不良倾向已经影响了读者对其诗文整体意思的理解,换言之,其作文的目的早已变成了单纯的炫技或"钓禄",而这无疑是对诗文写作本身的一种背离。

二是缺乏"丈夫气",文章整体看似雕琢华丽,实则有其"肉"而无其"骨"。中国古代文论中素有提倡诗文"辞采"与"风骨"

---

① (宋)黎靖德编,王星贤点校:《朱子语类》(第八册),中华书局1986年版,第3307页。
② (宋)朱熹:《答巩仲至》,载朱人杰、严佐之、刘永翔主编《朱子全书》(第二十三册),上海古籍出版社、安徽教育出版社2002年版,第3097页。
③ (宋)黎靖德编,王星贤点校:《朱子语类》(第八册),中华书局1986年版,第3322页。

兼备的传统，恰如刘勰《文心雕龙·情采篇》中所言的："昔诗人什篇，为情而造文；辞人赋颂，为文而造情。何以明其然？盖风雅之兴，志思蓄愤，而吟咏情性，以讽其上，此为情而造文也；诸子之徒，心非郁陶，苟驰夸饰，鬻声钓世，此为文而造情也。故为情者要约而写真，为文者淫丽而烦滥。"① 反观当时这些在"干禄文风"影响下创作出的诗文，就作者的创作目的而言，无非借此以场屋夺魁，沽名钓誉而已，正是刘勰所批判的"苟驰夸饰，鬻声钓世"之文字。这样的文章不仅无法使人从中体会到作家所要表达的真情实感，更无法显示出一种使人读后感到义理充足、正气凛然的力量。对于这类"为文而造情"、有"肉"而无"骨"的文章，朱熹亦多直接批判：

近岁以来，能言之士例以容冶调笑为工，无复丈夫之气，识者盖深忧之，而不能有以正也。②

后人专做文字，亦做得衰，不似古人。前辈云："言众人所未尝，任大臣之所不敢！"多少气魄！今成甚么文字！③

德粹语某人文章。先生曰："绍兴间文章大抵粗，成段时文。然今日太细腻，流于委靡。"④

面对这股盛行于当时文坛的萎靡之风，朱熹显然有着更深层次的忧虑——即这种"竞务新奥"的文风对传统的文章统序造成的沮

---

① （梁）刘勰著，范文澜注：《文心雕龙注》（下），人民文学出版社1958年版，第538页。
② （宋）朱熹：《跋曾仲恭文》，载朱人杰、严佐之、刘永翔主编《朱子全书》（第二十四册），上海古籍出版社、安徽教育出版社2002年版，第3917页。
③ （宋）黎靖德编，王星贤点校：《朱子语类》（第八册），中华书局1986年版，第3322页。
④ （宋）黎靖德编，王星贤点校：《朱子语类》（第八册），中华书局1986年版，第3316页。

扰。他批评齐梁间文章"了无一语有丈夫气，使人读之四肢懒散不收拾"。正是出于对当时文风重蹈齐梁覆辙的担心，他对雕琢辞采文风和苛求技巧的趋向反应激烈，这也正是他对文章功用的综合意见所致。从传统儒家文论中所强调的"人心—文章—治道"三者相互影响的角度看，这种专以"冶容调笑"为工，在文章的辞藻和布局上极尽"辛苦之态"的"干禄之诗文"不仅带坏了整个文坛风气，而且对于世风和人心也产生了极其恶劣的影响；而这一点可以联系《三朝北盟会编》中记载"靖康之变"北宋覆亡后太学生们的表现来看：

> 太学生皆求生附势，投状愿归金者百余人。……金人胁而诱之曰："金国不要汝等作文义策论，各要汝等陈乡土方略利害。"诸生有川人、闽浙人者各争持纸笔。陈山川险易，古今攻战据取之由以献。又妄指娼女为妻，要取诣军前。后金人觉其无能苟贱，复退者六十余人。①

结合上文所论可知，本该成为官学教育之楷模的太学既受到这种"干禄文风"的影响而仅以"善为科举之文"教授生徒，又因其这样的做法而导致"干禄文风"日盛。这种颇为功利的做法在当时看来或许无可非议，但当国家处于生死攸关之时，其弊端便显露无遗——这些终日只知场屋之事、一心以"举子事业"为唯一追求目标的太学生在面对山河破碎之时，所想到的并不是救民于水火，而是自己的前途和功名；而那些在太学中学到的行文之技，竟然成了其卖国以求荣的工具；更可见这种不讲"道义"而仅以"善为科举之文"教授生徒的做法不仅使当世之文风趋于功利，亦导致当世之人心走向堕落。而更为令人担忧的是，这种趋利之风在宋室南渡之后依然存在：

---

① （宋）徐梦莘：《三朝北盟会编》卷八一，上海古籍出版社1987年版，第609页。

> 建炎以来，尚苏氏文章，学者翕然从之，而蜀士尤盛。亦有语曰："苏文熟，吃羊肉。苏文生，吃菜羹。"①

宋室南渡之后，随着崇宁党禁的解除，苏轼文章成为当时士子们争相学习效仿的"热门"。其实若从师法前人的角度看，学习苏文本身并无什么问题；但从引文中可见，苏文之所以受到士子们如此追捧，与其能够通过学习苏文，进而改变自身命运，过上"吃羊肉"（中举为官）的体面生活有相当大的关联；既为应付科举而学苏，亦可以想见其对于苏轼文章的学习亦多流于形式而忽略其内容，实际上并未学到苏文的真正精髓——这一现象与前文所论之为科举而"竞新务奥"，作"干禄之诗文"并无任何实质上的区别。如果说这则出于陆游《老学庵笔记》中的记录尚不足以反映文坛弊端之全貌的话，那么杨万里在《答徐赓书》中对时文之弊的批判则显得更为全面和直接：

> 盖闻文者文也。在《易》为贲，在《礼》为缋。譬之为器，工师得木，必解之以为朴，削之以为质，丹腹之以为章，三物者具，斯曰器矣。有贱工焉，利其器之速就也，不削不丹不腹不解焉而已矣。号于市曰器，莫吾之速也。速则速矣，于用奚施焉？时世之文，将无类此！
>
> 抑又有甚者：作文如作宫室，其式有四：曰门，曰庑，曰堂，曰寝。缺其一，紊其二，崇庳之不伦，广狭之不类，非宫室之式也。今则不然，作室之政，不自梓人出，而杂然听之于众工。堂则隘而庑有余，门则纳千驷，而寝不可以置一席，室成而君子弃焉，庶民哂焉。今其言曰："文乌用式，在我而已。"是废宫室之式，而求宫室之美也。
>
> 抑又有甚者，作文如治兵，择械不如择卒，择卒不如择将尔。械锻矣，授之羸卒，则如无械尔。卒精矣，授之妄校尉，

---

① （宋）陆游著，李剑雄、刘德权点校：《老学庵笔记》卷八，中华书局1979年版，第100页。

则如无卒。千人之军，其裨将二，其大将一；万人之军，其大将一，其裨将十。善用兵者，以一令十，以十令万，是故万人一人也。虽然，犹有阵焉。今则不然，乱次以济，阵乎？驱市人而战之，卒乎？十羊九牧，将乎？以此当笔陈之劲敌，不败奚归焉？藉第令一胜，所谓适有天幸耳。

抑又有甚者，西子之与恶人，耳目容貌均也，而西子与恶人异者，夫固有以异也。顾凯之曰"传神写照，正在阿堵中"，又曰"颊上加三毛，殊胜"。得凯之论画之意者，可与论文矣。今则不然，远而望之，巍然九尺之干，近而视之，神气索如也，恶人而已乎！①

由引文可见，在杨万里看来，时文之弊主要在以下几个方面。其一，"利其器之速就也"，即作文之图快，不求精。其二，"作室之政，不自梓人出，而杂然听之于众工，堂则隘而庑有余，门则纳千驷，而寝不可以置一席""废宫室之式，而求宫室之美"，即盲目从众，为追求所谓的文章之"美"而忽略文章的结构安排，进而导致文章头重脚轻，结构失当。其三，"乱次以济，驱市人而战之，十羊九牧"，即不注重作文所必需的基础工作（如何遣词、如何造句、文章的中心论题是什么），而盲目追求形式（"阵"），恰如杨氏文中所言的，这样的"阵"即便最终形成，也是"乱阵""败阵"。其四，"远而望之，巍然九尺之干，迫而视之，神气索如也"，即不注重传神。中国古代文论素以"传神写照"为作文之核心要求，反观时文，由于篇目追求形式上的新奇浮华，导致所作之文如千人一面，乍看炫人眼目，实则空洞无物，读之索然无味。由此可见，在经历"靖康之耻"、家国之变后这种"干禄文风"所造成的流弊在南宋依然存在，更可见其确实亟须革除。

综上所述可知，朱熹时时注重将批判"干禄文风"，促使当时文

---

① （宋）杨万里撰，辛更儒笺校：《杨万里集笺校》，中华书局2007年版，第2807—2808页。

坛的诗文创作向"文道合一"的统序回归贯穿于其日常教学过程之中。这样的方法亦有助于那些求学于书院的后学者在学习诗文创作伊始便形成"不为干禄之文"的创作观念,实现"应试"的创作指向与反"干禄文风"之间的完美结合。

第二,通过学规的约束和日常教学的潜移默化,使学生树立为学当以"明道""修德"为本的思想,这种约束和教育亦促使其"应试"的创作指向中包含了"养德""为民""济世"等目标,避免其沦为令人鄙视的"鹄袍之士"。笔者通过梳理相关资料发现,要求学生以"讲明义理,以修其身"为本而不以"钓声名取利禄"为能事的规定几乎在每一个南宋书院的学规中都有所体现:

> 熹窃观古昔圣贤所以教人为学之意,莫非使之讲明义理,以修其身,然后推以及人,非徒欲其务记览、为词章,以钓声名、取利禄而已也。今人之为学者,则既反是矣。然圣贤所以教人之法,具存于经,有志之士固当熟读深思而问辨之。①

> 凡与此学者,以讲求经旨、明理躬行为本。②

> 文蔚闻之,为学之道,无如收放心以讲明义理。端庄专一,整齐严肃,所以收放心;亲师取友,切磋琢磨,所以讲明义理。③

恰如诸位前辈学者指出的那样,在经历了"靖康之变",宋室南渡的巨大动荡之后,如何重建道统、收拾人心便成为南宋各书院首

---

① (宋)朱熹:《白鹿洞书院揭示》,载朱人杰、严佐之、刘永翔主编《朱子全书》(第二十四册),上海古籍出版社、安徽教育出版社2002年版,第3587页。
② (宋)吕祖谦:《乾道五年规约》,载黄灵庚、吴战垒主编《吕祖谦全集》(第一册),浙江出版联合集团浙江古籍出版社2017年版,第329页。
③ (宋)陈文蔚:《双溪书院揭示》,载曾枣庄、刘琳主编《全宋文》(第二九〇册)卷六六〇六,上海世纪出版股份有限公司上海辞书出版社、安徽出版集团安徽教育出版社2006年版,第358页。

要关注的问题和义不容辞的使命;而通过学规的订立,则可以使求学者在入学之初便明确自身求学的最终方向在于"讲明义理""推以及人"而达到"传斯道以济斯民"的崇高目标。因此,对于那些志在兼济的书院学子而言,选择由科举而入仕不过是实现这一崇高目标的一种有效途径而已。具体到本书所讨论的诗文创作指向而言,其"应试"的创作指向亦应该为实现这一崇高的宏伟目标而服务——这就促使那些求学于书院的有志学子在进行诗文创作时虽然将"应试"作为其创作指向之一,但能将"明道""养德""为民"等理念贯穿其中,避免出现"异说胜则诡激之行起"的情况,回归"兴崇风教"的科举之本意——而这也是通过学规明确以"讲明义理"为就学之本的意义之所在。此外,这种影响亦通过书院讲学者们日常的教学实践得以体现,这些讲授看似并非有意强调为学应以"讲明义理"为本的道理,实则却于潜移默化中使这一观念根植于考生心中,颇具"润物细无声"之效:

> 承上接下,最是亲切工夫。吕与叔所谓"严而不离,宽而有闲",此两语殊有味。大抵《壸范》一书,须常置几案,时时观省,所补不小也。持养之久则气渐和,气和则温裕婉顺,望之者意消忿解,而无招咈取怒之患矣。体察之久,则理渐明,理明则讽导详款,听之者心谕虑移,而无起争见却之患矣。更须参观物理,深察人情,体之以身,揆之以时,则无偏弊之失也。①

> 犹子煜之一日持所业诗来前,请所以教。夫阶庭子弟操觚弄墨,从事词章,愈于缀珠作凤,拾香为囊,以嬉玩于诸父间者多矣。诗不易作,亦不易谈也。古之诗人名盖一时而流芳百代,惟杜工部一人,后世雌黄所不敢到。若元轻白俗,岛瘦郊寒,率不免讥议,况其下者乎!……今汝以年少学诗,当如前

---

① (宋)吕祖谦:《与学者及诸弟》,载黄灵庚、吴战垒主编《吕祖谦全集》(第一册),浙江出版联合集团浙江古籍出版社2017年版,第467页。

辈所谓熟读三百篇及楚词,至汉魏间诗人好处,以博其识,而后约而归诸理,殆庶几乎。①

由引文可见,无论是执教丽泽书院的吕祖谦还是少年时曾求学于书院的何梦桂,在指导后学者进行诗文创作时,均没有生硬地灌输"明理为本"的理念,而是通过剖析前代名家的成功范例,辅之以自身求学经历的总结,最后自然导出"约而归诸理"的结论。这样就使后学者既感到亲切细致,易于接受;又明确了其日后应该努力实现的最终目标之所在,同时还促使其在以"应试"为指向进行诗文创作时不致滑向"邀取功名""益尚奇怪"的歧途,可谓一举而三得。

第三,将"应试"的创作指向与强调学问的日常之"用"紧密结合,避免书院学子成为只知读书应试以求功名,却完全没有解决实际问题能力的"好尚空言"之人。以诗学史的视野而论,早在先秦时代,孔子即有"诗三百篇,授之以政,不达;使于四方,不能专对,虽多,亦奚以为"之说,力倡学诗的最终目的在于实际应用;从这一点上看,这些活跃于南宋各书院的讲学者可谓孔子这一主张的继承并发扬光大者:

> 问:文之时用,大矣哉!观乎天文以察乎时变,观乎人文以化成天下。所谓文者,殆非绘章雕句者之为也。"子以四教,文、行、忠、信",冠文于四教之首,而行则次焉。至于"行有余力则以学文",则行先文后。参两说而并峙,抑将何所取正耶?后世以文士名者,一觞一咏,互相标榜,傲诞纵弛,至自以不护细行自居。呜呼!文与行果两物,而文之所以为文既于是欤!《记》曰:"文王之所以为文也,纯亦不已。"学者盍深绎之!②

---

① (宋)何梦桂:《俚煜之诗序》,载曾枣庄、刘琳主编《全宋文》(第三五八册)卷八二九三,上海世纪出版股份有限公司上海辞书出版社、安徽出版集团安徽教育出版社2006年版,第82页。

② (宋)吕祖谦:《策问》(三二),载黄灵庚、吴战垒主编《吕祖谦全集》(第一册),浙江出版联合集团浙江古籍出版社2017年版,第640页。

然则后之学者贪高慕远，不循其本者，终何所得乎？故予愿与同志之士以颜子为准的，致知力行，趋实务本，不忽于卑近，不遗于细微，持以缜密，而养以悠久，庶乎有以自进于圣人之门墙，是录之所为作也。①

结合引文可知，无论是吕策开篇即申明"文之时用大矣哉"，进而引出对于"文""行"问题的思考，还是张序开篇即要求后学者"以颜子为准的"，其根本目的都在于启发和引导学生注重思考和解决实际问题的能力，将所学所思最终落实于"力行"之上。而结合整个南宋科举考试选拔标准来看，最高统治者在制订政策时亦非常注重要求考生具有应用所学以解决实际问题的能力：

（绍兴二十六年）闰十月二十四日，宰执进呈权兵部侍郎兼国子祭酒杨椿言："今时经学者，白首一经，如蠹书之鱼，词赋者骈四俪六，如儿女之戏，而皆不读史。乞下明诏训导，使学者博约兼通。"上曰："士人不习史，何以知古今治乱兴亡之迹？沈该等曰："诚如圣谕。今来臣僚所言，当扎下国子监，令长贰晓谕诸生。"②

由引文可见，宋高宗之所以会"下明诏训导"，要求学生修习史书，其最终的着眼点仍在于要求学生具备"博约兼通"的能力，通过"知古今治乱兴亡之迹"而反思并解决当下面临的实际问题，避免出现"经学者，白首一经，如蠹书之鱼，词赋者骈四俪六，如儿女之戏"的情况。因此，这些讲学者所倡导和强调的将"应试"的创作指向与强调学问的日常之"用"紧密结合与朝廷科举取士、选拔人才以"有益治体"的初衷也是一致的，这就进一步促使书院学

---

① （宋）张栻：《跋希颜录》，杨世文点校《张栻集》，中华书局2015年版，第1277—1278页。

② （清）徐松辑：《宋会要辑稿·选举四》，中华书局1957年版，第4410页。

子在求学过程中更加注重"学"与"用"、"文"与"用"的紧密结合，而不会变成为应举而"发高论""务空言"的书呆子。

综合以上各部分所论可知，"应试"之所以会成为南宋书院文学重要的创作指向之一，与南宋科举考试的内容、南宋广大士子的求学选择、书院讲学者对待"举子之业"的态度及其教学实践均有着密切关联。值得注意的是，也正是因为这些书院讲学者的不懈努力，才促使"应试"这一创作指向在"南宋书院"这一独特的环境中形成了自身的"书院特色"，这些特色不仅有助于书院学子从创作伊始便走上正途，避免其受到"干禄文风"的困扰，更能够促使其在实际学习和创作过程中注意将"讲明义理""传斯道以济斯民"作为最终目标，培养和锻炼自己应用所学分析和解决实际问题的能力，更与南宋朝廷科举取士以求选拔经世致用之才的初衷相一致，较之于当时官学"但为声利之场"，仅以"善为科举之学"教授学生的做法而言，其所起到的积极作用无疑是十分巨大的。

第二节 "随心而发自分明"：怡情的创作指向

"怡情"是南宋书院文学创作的重要指向之一。如果说"应试"的创作指向更多受到科举考试内容等"外部因素"的制约，那么"怡情"的创作指向则多源自写作者自身"内在期望"的触发。众所周知，南宋书院多选址于环境优美、风光秀丽的自然山水之中，士人置身其间讲学（求学）论道，享受翰墨飘香的书卷生活，再辅之以师友之间切磋讨论，相与出行，这一切都成为触发其以诗文创作怡悦性情的重要助力。而纵观一部中国书院史，书院中人在日常讲论之余寄情山水、吟咏性情是各类书院志中最为常见的记载。值得注意的是，与置身于书院之外的骚人墨客不同，书院中人对于"怡情"之"情"有着自身特殊的规定和考量，而这也是南宋书院文学"怡情"的创作指向中最具特色的部分。本节从探讨南宋书院中人"怡情"的体裁选择入手，并结合相关材料探讨其特点之所在，以求教于方家。

第一章 复合的创作指向

一 以诗为主:"怡情"的文体选择

以诗怡情是中国古代文学批评史上一个颇为传统的命题,从《毛诗序》"情动于中而形于言,言之不足故嗟叹之,嗟叹之不足永歌之,永歌之不足,不知手之舞之,足之蹈之"到陆机《文赋》"诗缘情而绮靡,赋体物而浏亮"①、钟嵘《诗品》"若乃春风春鸟,秋月秋蝉,夏云暑雨,冬月祁寒,斯四候感诸诗者也。嘉会寄诗以亲,离群托诗以怨……凡斯种种,感荡心灵,非陈诗何以展其义,非长歌何以骋其情"②、刘勰《文心雕龙》"人秉七情,应物斯感,感物吟志,莫非自然"③ 无一不在探讨和关注作为创作主体的人在受到外界环境影响时都会选择"诗"这种体裁作为其"感物吟志""展其义""骋其情"的表达这一问题。本书之所以要讨论书院中人"怡情"的体裁选择问题,主要是因为这种情况在宋代有了新的变化——随着"词"这种"要眇宜修"且"能言诗之所不能言"的体裁逐渐兴起并不断发展,以诗"展其义""骋其情"已不再是宋代士人表达自身感情特别是需要"怡情"之时的唯一选项。值得注意的是,与当时批评家们多将诗的文艺价值归结为"教化""感动人之善心"不同,对于词体存在的价值功能,他们的观点则与后蜀赵崇祚《花间集序》中"不无清艳之词,用助妖娆之态"的观点一脉相承,多关注于其娱乐性和通俗性的一面,"词别是一家""诗庄词媚"的观点即由此而来。④ 恰如在王兆鹏老师《唐宋词史论》中指出的那样,词的兴起促使一些文人士大夫将那些在诗中不方便表达的感情移之于词⑤;换言之,诗的一部分"怡情"功能亦因此而让渡于词。

---

① (晋)陆机著,张少康集释:《文赋集释》,人民文学出版社 2002 年版,第 99 页。
② (梁)钟嵘著,曹旭集注:《诗品集注》,上海古籍出版社 1994 年版,第 47 页。
③ (梁)刘勰著,范文澜注:《文心雕龙注》(上),人民文学出版社 1958 年版,第 65 页。
④ 方智范、邓乔彬、周圣伟等著,施蛰存参订:《中国词学批评史》,中国社会科学出版社 1994 年版,第 24—27 页。
⑤ 王兆鹏:《唐宋词史论》,人民文学出版社 2000 年版,第 128—129 页。

但不能忽视的是,对于词的接受问题,宋代始终存在一种士大夫"感性上的接受与理念上的排斥"①的情况,且这种情况在南宋时特别明显。胡寅《向芗林酒边集后序》称时人"文章豪放之士,鲜不寄意于此者,随亦自扫其迹,曰谑浪游戏而已也",陆游《长短句序》中称自己"予少时汩于世俗,颇有所为,晚而悔之。然渔歌菱唱,犹不能止",都是这种矛盾心态的生动体现。由此可见,置身于书院之外的人尚且在"以词怡情"的问题上表现出如此矛盾的心态,对于那些活跃于南宋各书院,以"讲明义理""美教化"为己任的讲学者和求学者而言,"以词怡情"便成为一个几乎不可能的选择。究其原因,这种矛盾感和排斥感的产生主要应该归结为宋人对于词体价值功能的认识与这些书院中人所继承的传统"教化"文艺观之间的矛盾。有鉴于此,"诗"依旧是这些书院中人以"怡情"为创作指向时的首选体裁。笔者通过梳理相关资料发现,其实这些书院中人亦间有词作流传于世,且其中不乏如朱熹、陈亮这样的词作高手之作,但就其整体水平而言,绝大部分书院中人或并无词作传世(如吕祖谦、欧阳守道等就如此),或虽有词作传世而其水平并不高明,甚至读来多给人以"高头讲章""押韵语录"之感,与本节所论"怡情"的创作指向相差甚远:

> 起披衣,瞻碧汉,露华清。寥寥千载,此事本分明。若向乾坤识易,便信行藏无间,处处总圆成。记取渊冰语,莫错定盘星。②

> 昨夕相逢。烟苞沁绿,月艳羞红。旭日生时,初春景里,太极光中。别来三日东风,已非复、吴中阿蒙。须信中间,阴阳大造,雨露新功。③

---

① 王兆鹏:《唐宋词史论》,人民文学出版社2000年版,第128页。
② 唐圭璋编:《全宋词》,中华书局1965年版,第1723页。
③ 唐圭璋编:《全宋词》,中华书局1965年版,第2385页。

为明确张栻、魏了翁二人在"诗"与"词"的创作上所体现的水平差异，此处再举张、魏二人诗各一首以方便对比：

积雨欣始霁，清和在兹时。林叶既敷荣，禽声亦融怡。鸣泉来不穷，湖风起沦漪。西山卷余云，逾觉秀色滋。层层丛绿间，爱彼松柏姿。青青初不改，似与幽人期。坐久还起步，堤边足逶迤。游鱼傍我行，野鹤向我飞。敢云昔贤志，亦复咏而归。寄言山中友，和我和平诗。①

严风吹衣落南土，手批魑猰藉封虎。缘山跨谷三里城，架竹编茅百家聚。天公似为羁人谋，闭藏佳境城东陬。介然用之便成圃，下视更得芙蓉州。水间木末高下照，名字既同形亦肖。自从嬴豕伏群龙，红白相辉转明耀。人怜风雪拘系之，委弃衰草蟠寒泥。谁知炯炯含内美，正于樵瘁生光辉。大书三字为吹送，唤起渠阳百年梦。却疑二华痴绝人，身既隐矣名焉用。②

要之，上述几首诗词虽然同为"怡情"而作，但无论是张词还是魏词，其中都出现了如"乾坤识易""太极""阴阳大造"等"理语"入词的情况；如果进一步将二人的诗、词进行对比就会发现，与二人诗作中"理语""诗意"完美融合、怡情之意跃然纸上相比，这样的"理语入词"显得有些生硬和做作，说教意味过于明显，一定程度上削弱了全词本应具有的表现力。从这一角度上看，这些书院中人在"以诗怡情"的创作上显得更为得心应手，创作出的作品也具有更高的质量，这也从另一角度诠释了为什么书院中人在面对"怡情"的创作指向时多选择"诗"而不是"词"进行创作。

---

① （宋）张栻：《三月七日城南书院偶成》，杨世文点校《张栻集》，中华书局 2015 年版，第 739—740 页。

② （宋）魏了翁：《鹤山书院前为荷塘三，即其小屿筑亭久矣，春后八日始榜曰芙蓉州》，张京华校点《渠阳集》，岳麓书社 2012 年版，第 3 页。

二 "直己自发"与"发而皆中节":"怡情"的主要特征

笔者在总结前人研究成果时发现,一些前辈学者在涉及"南宋书院创作观中的创作指向"这一问题时,多认为南宋书院中"主要强调以理节情""要求抑制个人情感的自然流露和表达",并认为"这种倾向对于文学创作而言没有任何积极的作用"或"这是对文学创作健康发展的主要阻力"。笔者认为,这些结论的得出多半源于学者自身的惯性思维,与南宋书院创作观的实际情况有着很大的出入。通过进一步梳理相关资料可知,南宋书院创作观中怡情的创作指向主要具有如下特征。

一是要求后学者在以"怡情"为指向进行创作时,其所怡之"情"必须是发自肺腑的"真性情"而非过分拘泥于"推敲"的矫饰之"情"。而之所以提出这一要求,不仅是源于写作者自身的需要(写作者受到外部环境的刺激,进而触发内心情感),同时也是反对当时文坛盛行矫饰之风的需要。对于当时文坛盛行多拘泥于字句之工稳而忽略诗文应发之于真情的矫饰之风,这些活跃于南宋各书院的讲学者亦多不满之情:

> 古人之作诗,犹天籁之自鸣尔,志之所至,诗亦至焉。直己而发,不知其所以然,又何暇求夫语言之工哉?……心无邪思,一言一句,自然精纯,此所以垂百世之典刑也。①

> 诚斋先生磊磊砢砢,挺挺介介,故发而为文,则浩气拍天,吞吐溟渤,足以推倒一世之豪杰。岂必聱牙屈曲,波谲涛诡,艰深蹇涩,思苦形枯,使人读之不能句,然后为工哉!②

---

① (宋)袁燮:《题魏丞相诗》,载曾枣庄、刘琳主编《全宋文》(第二八一册)卷六三七一,上海世纪出版股份有限公司上海辞书出版社、安徽出版集团安徽教育出版社2006年版,第138页。

② (宋)方逢辰:《诚斋文脍集序》,载曾枣庄、刘琳主编《全宋文》(第三五三册)卷八一七三,上海世纪出版股份有限公司上海辞书出版社、安徽出版集团安徽教育出版社2006年版,第216页。

> 诗人论诗严甚，而予不畏，何也？彼为严以怖我者也。……薰时清浊，体状形容，不过直致心辞，而感人乃在言外。①

强调诗文创作须出自作者之真情是中国古代文献批评的一贯传统。《庄子·渔父篇》曰："真者，精诚之至也。不精不诚，不能动人。"② 联系引文可见，在这些讲学者看来，不论是"直己自发，不知其所以然"的"古人之诗"还是"磊磊砢砢，挺挺介介"的杨诚斋文，虽然其所出时代不同，却有着以抒发真情为本而不以"聱牙屈曲，波谲涛诡"为工的共同特点，可谓《庄子·渔父篇》中"不精不诚，不能动人"的最佳注解；从读者的角度来看，较之于南宋时人"艰深蹇涩""思苦形枯"的"虚以矫饰"之作，这样的文字虽不着意于字句之精工，用典之广博，却能够做到"直致心辞""感人乃在言外"，达到"犹天籁之自鸣"的境界。因此，这些讲学者于此处特别拈出这些作品"直己自发""发而为文，则浩气拍天"的特点加以强调，其目的在于提示后学者在以"怡情"为指向进行创作时，首先亦必须做到"情由己出"而非"虚以矫饰"。唯有如此，才能使读者在阅读过程中不必拘泥于文字之艰深晦涩、用典之深奥广博，而把更多的注意力集中在体会作者发自肺腑的真情流露上，进而收获感动人心的力量。

需要特别注意的是，提出这种"情由己出"并不意味着无须在诗文创作中对遣词造句、谋篇布局等问题进行考虑。恰如上述引文中袁、方二人指出的那样，在诗文创作中"推敲"字句本身并无问题，但若"推敲"到"毫厘必计"，甚至"思苦形枯""使人读之不能句"的程度便不值得提倡了。换言之，这些讲学者所反对的核心在于当时文坛"重矫饰而轻真情"的弊端，而对于诗文创作中那些

---

① （宋）欧阳守道：《李瑞卿诗序》，载曾枣庄、刘琳主编《全宋文》（第三四六册）卷八〇〇九，上海世纪出版股份有限公司上海辞书出版社、安徽出版集团安徽教育出版社2006年版，第455—456页。

② （清）王先谦、刘武撰，沈啸寰点校：《庄子集解 庄子集解内篇补正》卷八，中华书局1987年版，第275页。

有助于作者情感表达的必要修饰,他们是十分赞赏的:

  况东坡先生之英才绝识,卓冠一世,平生斟酌经传,贯穿子史,下至小说杂记,佛经道书,古诗方言,莫不毕究。故虽天地之造化、古今之兴替、风俗之消长与夫山川草木禽兽鳞介昆虫之属,亦皆洞其机而贯其妙,积而为胸中之文,不啻如长江大河,汪洋闳肆,变化万状,则凡波澜于一吟一咏之间者,讵可以一二人之学而窥其涯涘哉!①

  盖公之文如三辰五星,森丽天汉,昭昭乎可观而不可穷;如泰华乔岳,蓄泄云雨,岩岩乎莫测其巅际;如九江百川,波澜荡潏,渊渊乎不见其涯涘。人徒见其英华发越之盛,而不知其本有在也。②

  由引文可见,不论是以旁征博引、汪洋恣肆见长的东坡诗,还是"如三辰五星,森丽天汉"的楼钥文,这些讲学者均不吝笔墨以表达自己的钦佩和赞赏;究其原因,则这些作品虽然以用典高深、笔力老到见长,但这些典故或是"奇笔"的最大价值在于为全诗(文)的情感表达服务,而非喧宾夺主,成为显示作者才华的工具——而这也正是那些求学于书院的后学者应该获得的启示之所在。

  二是要求后学者在以"怡情"为指向进行创作时,必须注意使其情感的表达控制在"发而皆中节"的范围内,以"思无邪"而感动人心,不可无所顾忌,以免流入邪僻之途。关注诗歌对于人心的引导教化作用,要求通过诗作的"发而皆中节"使人心归于中正平

---

 ① (宋)王十朋:《增刊校正百家注东坡先生诗序》,载曾枣庄、刘琳主编《全宋文》(第二〇八册)卷四六二八,上海世纪出版股份有限公司上海辞书出版社、安徽出版集团安徽教育出版社2006年版,第393页。
 ② (宋)真德秀:《攻媿先生楼公集序》,载曾枣庄、刘琳主编《全宋文》(第三一三册)卷七一六九,上海世纪出版股份有限公司上海辞书出版社、安徽出版集团安徽教育出版社2006年版,第151页。

和是自先秦以来儒家文学理论批评的一贯要求。因此，在具体的批评实践中，这些活跃于南宋各书院的讲学者亦特别注重引导后学者坚持以"中正"为准，使其情"发而皆中节"，避免"陷于异端"。这一点可以从咸淳年间执教昭文、石峡二书院的方逢辰对"以侠为诗者"的严厉批判中得到佐证：

> 以文为诗者昌黎，以史为诗者少陵，以侠为诗者非今之江湖子乎？放也，狂也，寓也，穷也，怨也，文也，史也，虽其为诗有不能皆出于情性之正者，而其所以诗，则亦各寄其情性而已，惟侠则诗之罪人焉。①

结合前文所论可知，这些活跃于南宋各书院的讲学者和求学者并不反对诗文之吟咏性情，他们甚至还通过赞赏"近代骚人咏性情，随心而发自分明。吐吞风月咽喉爽，咀嚼江山齿颊清"② 来反对当时文坛盛行的虚伪矫饰之弊；但这类"吟咏性情"的作品必须以"不失其正"为前提，倘若以诗怡情而不能出于"情性之正"，则必为"诗之罪人"。这一主张在欧阳守道《吴叔椿诗集序》中亦有所体现：

> 近世文慕古而诗尚今，其曰古诗，学汉魏晋宋体尔，余皆唐，甚者专主晚唐，未有以删前诗为诗也。……然视诗如文，视文如诗，未尝用诗家法，寻其所谓锻字炼句者，惟意思暇适，命儿童善抑扬音节者杂取《国风》《雅》《颂》歌之，间与相和。当此之时，胸襟悠然，有不可名之乐，视世所谓诗人苦思得句而后自快者予不与易也。然则予不作诗而固享有诗之至味矣。③

---

① （宋）方逢辰：《邵英甫诗集序》，载曾枣庄、刘琳主编《全宋文》（第三五三册）卷八一七三，上海世纪出版股份有限公司上海辞书出版社、安徽出版集团安徽教育出版社2006年版，第217页。
② （宋）徐元杰：《赠香溪留君东上》，《梅野集》卷十二，文渊阁《四库全书》版。
③ 曾枣庄、刘琳主编：《全宋文》（第三四六册）卷八〇〇八，上海世纪出版股份有限公司上海辞书出版社、安徽出版集团安徽教育出版社2006年版，第440—441页。

针对这股兴起于宋末诗坛的"独尚晚唐"之风,与同时代那些置身书院之外的批评家或从"入门须正"的角度出发,批判其并非学诗之正途,即严羽《沧浪诗话》中所谓"论诗如论禅、汉魏晋与盛唐之诗,则第一义也;大历以还之诗,则小乘禅也,已落第二义矣。晚唐之诗,则声闻辟支果也"①;或从诗文之炼字属对的视角出发,批判其"诗句尚切对,然气韵甚卑""诗多小巧,无风骚气味"等观点不同,南宋书院的讲学者在讨论这一问题时首先关注的便是在诗文创作的过程中如何在"抒发真性情"与"不逾中正"之间寻找平衡——对于那些就学于书院的初学者而言,这不仅是"诗三百"具有"诗之至味"的奥妙之所在,同时也是自己今后创作应该努力的方向之所在。

综上所述,南宋书院创作观中"怡情"的创作指向主要具有"情由己出"与"发而皆中节"两大特征,前者主要针对当时文坛矫饰之风的盛行而发,意在使后学者认识到文学作品的真正动人之处在于其"直致心辞,而感人乃在言外",而非谋篇布局的"波谲涛诡"、化用典故的"艰深寒涩"、遣词造句的"聱牙屈曲";后者则主要体现了对传统儒家文论中"思无邪"而自然感人,"发而皆中节"以"美教化,移风俗"等观念的传承和发展,意在使后学者在创作过程中把握好"情"与"正"的平衡,以"诗三百"为榜样,创作出既源自真情,又不逾规矩的上乘之作。

三 "怡情"创作指向的意义

综合以上各部分所论可知,书院中人对于"怡情"这一创作指向有着自身特殊的规定和考量。就其体裁选择而言,由于受到中国古代文论中"教化"文艺观的影响,南宋各书院的讲学者和求学者们在以"怡情"为创作指向进行体裁选择时,多采用传统的体裁"诗"而非新兴的体裁"词"进行创作;一些讲学者虽亦间有词作

---

① (宋)严羽著,郭绍虞校释:《沧浪诗话校释》,人民文学出版社1961年版,第11—12页。

传世,但从整体上看水平仍不及其诗作。就其特点而言,南宋书院创作观中"怡情"的创作指向主要包括强调"情由己出",反对过分"推敲"字句,虚伪矫饰与提倡"发而皆中节"两大特点,这两大特点一方面针对当时"重矫饰而轻真情"的时弊而发,对于引导后学者走向诗文创作之正途,特别是匡正时弊有着突出的现实意义;另一方面亦体现了南宋书院创作观中对传统儒家文论的继承和发扬。此外,"怡情"的创作指向亦催生了大量的创作实践,对于南宋书院创作观中"理""趣"结合审美指向的产生有着直接的促进作用,关于这一点,笔者将在第三章中予以详细论析。

第三节 "山林计未成":谋生的创作指向

谋生的创作指向主要盛行于南宋末年的江湖文人群体中。随着整个南宋王朝冗官问题日益严重,士人通过科举而求得进身之阶逐渐变得困难,面临"进退失据"的窘境——他们既无法通过科举登第入仕,完成"朝为田舍郎,暮登天子堂"的身份蜕变;又不甘心就此隐居山林,布衣终老。现实的困窘使得他们不得不将"以文为货"作为自己唯一的谋生手段。从整体上看,这一创作倾向虽既非南宋末书院文学所特有,亦不是南宋书院文学之主流,但整个庞大的江湖文人群体中亦包括如危稹、巩丰、曾极、盛烈、章粲等有在书院求学或创办书院之经历的文人士大夫,因此,"谋生"的创作指向亦是人们在考察和讨论相关问题时所不能忽略的。笔者通过梳理和分析相关资料发现,就其创作实践而言,与那些纯粹置身于书院之外的落拓之士相比,这些有就学或执教于书院之经历的士人虽以"谋生"为其创作指向,却特别注重"不妄作""不苟作",秉持节操,避免无底线、无原则地谄事权贵;此外,一些创作于其漂泊江湖或晚年独居期间的诗作中亦时常可见对书院生活的回忆及对游走江湖、以诗干谒的反思。本节从探寻其"以文为货"进行谋生的种种表现入手,进而结合相关诗人诗作分析这种创作倾向所体现出的

"书院特色",以求教于方家。

一 "鬻文卖赋":谋生创作指向的具体表现

按张宏生《江湖诗派研究》所论,这种"以文为货"的江湖诗风盛行于南宋诗坛的时间应以嘉定二年(1209)陆游去世为始,景炎元年(1276)元兵攻破临安城为终;结合这一时间段内相关诗人的酬唱情况以及不同版本《江湖集》诗作收录情况进行考证,最终可确定"江湖诗派成员"身份的诗人共计138位。① 在此基础上,笔者进一步梳理相关资料发现,江湖诗派成员如巩丰、曾极、危稹、盛烈、曾粲等有就学或执教于南宋书院之经历。通过阅读相关作品,人们可以窥见这些书院中人因仕进之路艰难,而不得不通过"鬻文卖赋""以诗干谒"求得"生活之资"的种种表现:

白发非有种,如何忽自生。尽从方寸地,莳此两三茎。场屋债犹欠,山林计未成。头颅知渐丑,羞向镜中呈。②

君今濯秀双溪水,下语不凡真可喜。若使徇为举子文,定自棘门儿戏耳。古来妙技如屠龙,不疗饥馁徒为工。不如高科取富贵,如一枣叶持针锋。③

我生兀兀钻蠹简,不肯低头植资产。缀名虎榜二十年,依旧酸寒广文饭。绿鬓半作星星华,岂堪风雨犹无家。大鹏小鷃各自适,只有鸿雁长汀沙。④

---

① 张宏生:《江湖诗派研究》,中华书局1995年版,第296—297页。
② (宋)盛烈:《白发》,载北京大学古文献研究所编,傅璇琮、倪其心、孙钦善等主编《全宋诗》(第七十二册),北京大学出版社1998年版,第45171页。
③ (宋)巩丰:《送汤麟之秀才往汉东从徐省元教授学诗》(节选),载北京大学古文献研究所编,傅璇琮、倪其心、孙钦善等主编《全宋诗》(第五十册),北京大学出版社1998年版,第31150页。
④ (宋)危稹:《上隆兴赵帅》(节选),载北京大学古文献研究所编,傅璇琮、倪其心、孙钦善等主编《全宋诗》(第五十一册),北京大学出版社1998年版,第32192页。

第一章　复合的创作指向　◆

诚如上文所论，这种以"谋生"为指向的创作倾向与南宋后期书院学子仕进之路受阻有着非常密切的关联。迫于生活压力，一些有就学或执教于书院之经历的士人选择了以"谋生""干谒"为指向进行创作，希望以此换取一些必要的生活之资或谋求可能出现的晋身之阶。无论是盛烈自述白发丛生功名无成，还是危积自言"酸寒"之态，都以一种非常直接的态度诠释了自己"以文为货"进行创作的原因之所在；而在慨叹自身困境的同时，他们亦毫不掩饰内心对于博取功名的渴望，这一点从引文中巩丰劝勉后学"循为举子文""高科取富贵"诸语中可以得到佐证。值得关注的是，由于这种以"谋生"为指向的创作本身往往与作者日常生存的维系直接相关，而这些以"谋生"为指向创作的诗歌又有着明确的干谒对象；因此，除前辈学者已经指出的诗境狭小、意象琐屑等弊病外，这些诗作中大凡涉及品评某一人物或事件时，作者多表现出一种极为审慎甚至曲意迎逢的态度，尽量避免因其言语失当而导致献诗对象不悦，确保自己能够通过"以文为货""献诗干谒"的创作方式维系日常生存：

　　君侯地位高入云，笔所到处皆成春。万间广厦苫许远，岂无一室栖贫身。王邓故处为邻曲，更得赵侯钱买屋。便哦诗句谢山神，饮水也胜樽酒绿。①

　　破裘芒履晚山前，手抱乌桐白玉弦。闻道知音在高处，一声弹入紫微天。②

由以上引文可见，这两首诗都涉及了评价献诗对象创作和欣赏

---

① （宋）危积：《上隆兴赵帅》（节选），载北京大学古文献研究所编，傅璇琮、倪其心、孙钦善等主编《全宋诗》（第五十一册），北京大学出版社1998年版，第32192页。
② （宋）危积：《上雷漕》，载北京大学古文献研究所编，傅璇琮、倪其心、孙钦善等主编《全宋诗》（第五十一册），北京大学出版社1998年版，第32193页。

水平的问题，虽然危稹诗中将自己的献诗对象视为能够触笔生春的"知音之人"，但若结合其他相关资料，特别是《全宋诗》《全宋文》的收录诗文作品的情况来看，这样的美誉恐有较多恭维或逢迎的成分掺杂其中。因其与前文所论南宋书院执教者一贯提倡诗文创作应"不为干禄之文"的主张有所冲突，亦引发了当时及后世批评家的批判或指摘：

> 降而晚唐，鸟哼虫鸣，娱悦儿女，宇宙间安用此物？①

> 庆元、嘉定以来，乃有诗人为谒客者。龙洲刘过改之之徒不一人，石屏亦其一也。相率成风，至不务举子业，干求一二要人之书为介，谓之阔匾，副以诗篇，动获数千缗以至万缗。如壶山宋谦父一谒贾似道，获楮币二十万，以造华居是也。……阮梅峰秀实、林可山洪、孙花翁季蕃、高菊硐九万，往往雌黄士大夫，口吻可畏。②

综上所述，这种谋生的创作指向虽然不是南宋书院中人的主要创作倾向，却是南宋后期一些书院中人创作状态的真实写照。就其"以文为货"进行创作的具体表现而言，他们常常通过在诗作中自述其贫病交加、寒酸破落的生活窘境来表明自己以"谋生"为指向进行创作的原因，同时亦毫不掩饰自己对功名利禄的强烈渴望。从整体上看，由于这种以"谋生"为指向的诗作多直接关涉诗人能否保障自身的基本生存，其诗作中难免存在消磨个性、曲意逢迎的情况；在一定程度上背离了南宋书院诸学者们普遍倡导的"不为干禄之诗"创作理念。通过对比可知，较之于那些纯粹置身书院之外的江湖诗

---

① （宋）陈著：《跋徐子苍徽池行程诗》，载曾枣庄、刘琳主编《全宋文》（第三五一册）卷八———，上海世纪出版股份有限公司上海辞书出版社、安徽出版集团安徽教育出版社 2006 年版，第 19 页。

② （元）方回选评，李庆甲集评校点：《瀛奎律髓汇评》（中），上海古籍出版社 1986 年版，第 840 页。

人，就学或执教书院之经历对于这些以"谋生"为指向进行诗歌创作的书院中人、或曾经是书院中人往往具有一定影响，其诗作亦具有一定的"书院特色"。笔者拟从梳理这些诗人的求学或执教于南宋书院的经历及其创作实践为切入点，结合相关材料进行论析，以求教于方家。

二 "无使世氛污"：谋生创作指向的"书院特色"

通过结合诗人生平经历对相关材料进行梳理，特别是将其创作、批评实践与那些完全置身于书院之外的"业文""献诗"者相较可知，这些有就学或执教于南宋书院之经历的江湖诗人在以"谋生"为指向进行创作时往往呈现出较为鲜明的"书院特色"。具体而言，主要体现在以下几个方面。

首先，这些诗人在创作实践中均非常重视并极力倡导诗之"不妄作""不苟作"。其以"谋生"为指向创作的诗歌作品虽不免消磨个性之处，却能够在总体上做到秉持节操，避免无原则地阿谀奉承、谄事权贵。如以曾赴竹林精舍问学于朱熹的江湖诗人曾极为例，据束景南《朱熹年谱长编》考证，庆元二年（1196）秋，曾极至竹林精舍，"执诗问学"于朱熹，朱熹有书答之。其问学之诗即《上朱晦庵》，兹节录如下：

> 珍重武夷翁，斯文今在兹。岩栖三十年，著书觉群迷。往者不可谏，来者犹可追。
>
> 趋隅偶未谐，凤昔梦见之。散发弄五弦，弹作南风诗。曲终起长嗟，弦绝有余悲。
>
> 止止不复弹，缪然歌采薇。鸾翙有时铩，鸱莺剌天飞。公平抱高寒，岁晚将安归。[①]

[①]（宋）曾极：《上朱晦庵》，载北京大学古文献研究所编，傅璇琮、倪其心、孙钦善等主编《全宋诗》（第五〇册），北京大学出版社1998年版，第31517—31518页。

曾极诗中通过引用陶渊明《归去来兮辞》"悟已往之不谏，知来者之可追"表达自己对朱熹的景仰之情，其所景仰、追慕的不仅是朱熹本人的渊博学识，更有朱子本人力图通过创办书院，阐扬先贤哲人之道（"弹作南风诗"）的理想与"缪然歌采薇"的高洁品格。朱熹在《答曾景建书》中谓其诗作"文词通畅，笔力快健，蔚然有先世遗法"①，赞赏之意溢于言表；同时朱熹亦详细分析其诗作之不足，为弟子指明今后努力的方向：

> 然文字之设，要以达吾之意而已。政使极其高妙而于理无得焉，则亦何所益于吾身而何所用于斯世？……所示佳篇句法高简，亦非世俗所及。然愤世太过，恐非逊言之道。千万谨之，尤所愿望。②

结合引文可知，就其诗作而言，朱熹对于曾极的教诲引导主要集中于两点：一是希望弟子能够注重诗中之"理"的阐发，以"明道"为上，不为文字之空言；二是提示弟子注意诗作文字应以中正平和为贵，切忌"愤世太过"，有伤中和之旨。庆元三年（1197）夏，曾极再度寄来《送蔡季通赴贬》诗求教，诗中"青云伯夷传，白首太玄经"二句借伯夷、扬雄事迹盛赞蔡季通品格之高洁，故朱熹回信中盛赞其"三篇甚佳，卒章尤工"，且在与蔡季通的书信往还中亦谓曾极此诗"甚佳""后生亦不易得"。要之，这段执诗问学于朱熹的经历亦深刻影响了曾极此后的创作。通过梳理《全宋诗》辑录的曾极诗作可见，在此后漂泊江湖的岁月里，曾极虽亦时有以"谋生"为指向的诗作，且诗作中亦不乏对献诗对象的颂美之辞，但这种对于干谒对象的称颂或褒扬往往确有其事，并非毫无原则的谄

---

① （宋）朱熹：《答曾景建书》，载朱人杰、严佐之、刘永翔主编《朱子全书》（第二十三册），上海古籍出版社、安徽教育出版社2002年版，第2974页。
② （宋）朱熹：《答曾景建书》，载朱人杰、严佐之、刘永翔主编《朱子全书》（第二十三册），上海古籍出版社、安徽教育出版社2002年版，第2974—2975页。

第一章 复合的创作指向

媚阿谀：

> 隐然风节动朝行，屡叩龙墀贡皂囊。未促相如归蜀道，翻令汲黯去淮阳。便藩自足荣莱服，邃殿谁当补舜裳。急召诸贤固根本，玺书早晚出明光。①

据徐德明《真德秀年谱新编》考证，嘉定九年（1216）冬，真德秀以右文殿修撰馆衔知泉州，并于次年赴任。在泉州任职期间，真德秀减免赋税、兴办教育、肃清海盗，颇有善政；曾极此诗似作于真德秀离任泉州之际。诗作首联即盛赞真德秀之高风亮节，颔联以汉武帝召司马相如于成都、召汲黯于乡间拜淮阳太守的典故侧面烘托朝廷对真德秀理政才能的认可——因其才干出众，故朝廷必定不会令其久赴外任，此次离任泉州必定另有重用。总之，作者通篇意在称颂真德秀的政治才能与高洁品格，虽为献诗，却与《元史》谓真德秀其人"直声震朝廷""宦游所至，惠政深洽，不愧其言，由是中外交颂"②的评价颇为契合。较之于那些以谄事权臣为能事，通过阿谀奉承换取口腹之资的江湖诗人之作而言，曾极此作既不为空言、浮言所累，亦并未违背以朱熹为代表的南宋书院诸先生一贯倡导的通过诗文创作以"明道"，挽救世道人心之意，由此可见问学书院的这段经历对于曾极本人以"谋生"为倾向进行诗歌创作产生的深刻影响。

另一个典型的例子是章粲的执教经历及其以"谋生"为倾向的诗歌创作。据《江湖后集》记载，章粲，临江人，与其兄章采同为江湖诗人。章粲曾主持絜矩书院，有《絜矩书院示学子》诗，兹节录如下：

> 至哉子朱子，讲道于考亭。……富贵真浮云，无为羡金籯。

---

① （宋）曾极：《送真泉州》，载北京大学古文献研究所编，傅璇琮、倪其心、孙钦善等主编《全宋诗》（第五十册），北京大学出版社1998年版，第31518页。

② （元）脱脱等：《宋史》，中华书局1977年版，第12964页。

荣华忽飘风，无为宠辱惊。……复坐吾语汝，而学发新硎。造道有标的，求己见准绳。①

这首诗与前文所列举的南宋各书院规约有颇多类似之处，其主旨亦在于引导诸生以踏实向学，读书明道，砥砺品格为要，诗中特别要求书院学子切勿被荣华富贵所累，无论世事如何变幻，务必坚持以"明道""求己"为念，努力养成兼具仁义礼智信的君子人格。通过梳理《江湖后集》中所录章粲诗可知，在漂泊江湖，辗转"谋生"的日子里，章粲亦如其在《絜矩书院示学子》中对于书院学子所期望的那样，即使不得不"献诗"谋生，却始终能够做到坚持内心道义，不作阿谀谄媚之诗：

野草闲花竞赏音，萧然坐阅岁年深。当贞固日知高节，只静虚中见本心。何处乾坤无凤集，他时风雨有龙吟。向来七子皆充隐，不止山王累晋林。②

此诗题为《敬赋大人竹林真隐图》，由题中"敬赋""大人"数语可以推知，这首诗应为诗人辗转"谋生"的献诗之作。就诗作内容而言，全诗紧扣题目"竹林真隐"四字，借魏晋之际竹林七贤的故事表达对于隐士不慕名利、甘老林泉之"高节""本心"的景仰之意。虽为"献诗"，却并无言过其实、曲意逢迎之处；作者甚至认为，若以真隐士之不慕荣利、闲静自处、恪守本心等品质观之，则竹林七贤皆为"充隐"而非"真隐"，更足见其本人对于慎独修身、砥砺品格的重视。较之那些以"干谒""阔匽"为能事，通过谄事权臣以换取钱财的江湖诗客而言，这种秉持节操，虽为"献诗"而不发谄媚之

---

① （宋）章粲：《絜矩书院示学子》，载北京大学古文献研究所编，傅璇琮、倪其心、孙钦善等主编《全宋诗》（第六十四册），北京大学出版社1998年版，第40359页。
② （宋）章粲：《敬赋大人竹林真隐图》，载北京大学古文献研究所编，傅璇琮、倪其心、孙钦善等主编《全宋诗》（第六十四册），北京大学出版社1998年版，第40360页。

第一章 复合的创作指向

词的创作特点显然与其书院执教经历有着较为密切的关联。

其次,在面对较为窘迫的生存困境时,这些有就学或执教于南宋书院之经历的江湖诗人往往更能够保持"君子固穷"、安贫乐道的态度,其诗作中虽亦常见对其困窘生活的咏叹,却较少寒士穷愁的哀鸣之声或意欲借助权贵之力改善生活状态,进而获得荣宠功名的意愿表达:

  鲛人织出绡五色,冯夷不敢閟深泽。闻得烛龙归崦嵫,横舒几占半天碧。光绚列岑浮紫翠,琉璃倒蘸成琥珀。何当乘风挈下来,并州快剪随意划。制就诗囊百万个,分与江湖放吟客。①

  岭外分携处,离觞话远途。黄花看不足,寒雁去何孤。农圃非吾业,衣冠本世儒。应当重行止,无使世氛污。②

  静观群动亦劳哉,岂独吾为旅食催。鸡唱未圆天已晓,蛙鸣初散雨还来。清和入序殊无暑,小满先时政有雷。酒贱茶饶新面熟,不妨乘兴且徘徊。③

综合上文所列诗作可见,面对奔波劳碌却依旧颇为困窘的生存境况,这些有就学或执教于南宋各书院的经历的江湖诗人依旧保持着一份难得从容自适之心,无论羁旅漂泊的谋生之路如何艰难漫长,这些诗人都能够以一种"静观"与"自得"的心态感受世间万物之美,同时不忘秉持节操,提醒自己及身边好友注重"慎独"之道,切勿因世事纷扰而改变心志。而这种自适心态的呈现多与其书院执

---

① (宋)盛烈:《湖天晚霞》,载北京大学古文献研究所编,傅璇琮、倪其心、孙钦善等主编《全宋诗》(第七十二册),北京大学出版社1998年版,第45171页。
② (宋)章粲:《重阳后送谨常兄之符离》,载北京大学古文献研究所编,傅璇琮、倪其心、孙钦善等主编《全宋诗》(第六十四册),北京大学出版社1998年版,第40360页。
③ (宋)巩丰:《晨征》,载北京大学古文献研究所编,傅璇琮、倪其心、孙钦善等主编《全宋诗》(第五十册),北京大学出版社1998年版,第31147页。

教或就学经历密切相关——盛烈主持西湖阆风书院之时就以《主阆风书院偶题西湖双清楼之下》诗自明心志,诗中"天然调度谁消得,不是吟家出手难""岁事从他沸似麋,小窗挂起只看诗"诸句与引文"制就诗囊百万个,分与江湖放吟客"可谓前后相继,均系诗人安闲自适之意的抒写;章粲诗中"应当重行止,无使世氛污"的勉励之辞亦与其对絜矩书院学子"求己见准绳"的要求一脉相承;巩丰回忆其就学丽泽书院的经历时,就有"先生为酬酢,讲贯忘暄凉。于时萃英髦,王路均且平。苏醒忧国病,斟酌鉴古情。……诲言皆砭石,易知复难忘。委曲到肝鬲,如啜黄昏汤。出门九徘徊,三复心遑遑。提撕不予弃,感切涕泗横"[①]诸语,足见丽泽书院的求学经历对其产生的深远影响。总之,较之于那些或以献诗为媒介,通过逢迎谄媚之诗博得权贵青睐;或不甘于生活窘迫,在诗中屡作寒士哀鸣者而言,这些有执教或就学于书院之经历的江湖诗人往往表现出更为淡泊从容的态度,虽间有穷愁之言见于诗作,但整体上更注重呈现其恪守本心,静观以"明道"的一面;而南宋各书院虽有学派主张、教学理念等方面的差异,在要求学子修身慎独,砥砺品格,勿因世事变幻或个人穷达而改变心志,更易操守的要求却是大体一致的。从这一点上看,这些有执教或就学于南宋书院之经历的江湖诗人在其以"谋生"为倾向创作的诗歌中呈现出上述特点,亦与其书院执教或求学的经历有着密切关联。

三 "殊途"与"同归":谋生创作指向的"执中"原则

总之,"谋生"的创作倾向虽然并非有就学或执教于南宋书院之经历的江湖诗人所独有,其创作实践却呈现出较为鲜明的"书院特色"。若从整个中国古代诗学史、批评史的视角出发,结合相关诗人的创作实践加以考察可知,这些兼具书院中人与江湖诗人双重身份的文人以"谋生"为指向所进行的诗歌创作及其"书院特色"的呈

[①] (宋)巩丰:《哀吕东莱》,载北京大学古文献研究所编,傅璇琮、倪其心、孙钦善等主编《全宋诗》(第五十册),北京大学出版社1998年版,第31148—31149页。

现具有更为深远的意义。从整体上看,这些活跃于南宋各书院的讲学者与求学者不论学派主张如何,大家通过匡正"诗道"以实现挽救世道人心的目的可谓殊途同归。通过梳理相关资料可知,就嘉定二年至景炎元年这一江湖诗人活跃于诗坛的时段而言,批评家们,特别是那些执教于南宋书院的学者对于当时"诗道不行"的批判主要聚焦于以下几个方面。

一是对于时人在创作实践中故发愤世嫉俗、目空一切的狂傲之言的现象提出批评。张宏生在《江湖诗派研究》一书指出:"江湖谒客是带有士大夫思想境界和平民生活特征的下层知识分子。这一特点,导致了他们的人格分裂,不断引起了他们的情感矛盾。"① 而也正是由于这种思想境界与实际生活状况的冲突存在,使得同一江湖诗人的不同诗作中常常呈现"自卑"与"自负"的不同情感侧面——他们一方面为生计所迫,不得不在创作实践中收敛个性以迎合献诗对象的喜好;另一方面又常有怀才不遇、生不逢时之感,故其诗作中亦多见恃才傲物、愤世嫉俗之语。对于这一现象,魏了翁《浦城梦笔山房记》中就有这样的评论:

> 灵均以来,文词之士兴,已有虚骄恃气之习。魏晋而后,则直以纤文丽藻为学问之极致。方其年盛气强,位亨志得,往往时以所能哗世眩俗;岁悒月迈,血气随之,则不惟形诸文词衰飒不振,虽建功立事,蓄缩顾畏,亦非复盛年之比。此无他,非有志以基之,有学以成之,徒以天资之美、口耳之知,才驱气驾而为之耳。②

据彭东焕《魏了翁年谱》考证,魏了翁于嘉定二年冬葬生父于长宁阡,并于其北卜地筑室,以为聚友读书之处,此即靖州鹤山书院前身;次年春,鹤山书院建成,魏了翁正式开门授徒。此后魏了翁仕途

---

① 张宏生:《江湖诗派研究》,中华书局1995年版,第59页。
② (宋)魏了翁,张京华校点:《渠阳集》,岳麓书社2012版,第96页。

多有波折，而其本人亦常在仕途遭遇挫折之时回到书院，继续教学生涯；致仕之时亦上表请求"归老鹤山之麓"①。鹤山书院建成伊始，魏了翁即希望书院学子能够不为"利禄之诱""纷华之说"所干扰，注重修身之道，以"质实"为本，"相与诵先王之遗言，随事省察"。诚如引文所言的，在魏了翁看来，虽然这种"虚骄恃气之习"为文词之士所固有，但在当时世人的创作中表现得尤为严重，若任由这一情况继续发展下去，必然导致"文脉"之衰微。这一主张与魏了翁的书院教学理念可谓一脉相承。就本书关注的问题而言，此论虽为作文而发，然结合前文所论江湖诗人之情感矛盾，则诗歌创作亦为同理。

二是不满于世人在诗歌创作中谋生求富贵而"矜利眩才"，在这些执教于南宋书院的学者看来，世人以诗文为进献之资，或求名利，或谋财帛，则从俗、媚俗之作便在所难免。恰如魏了翁《杨少逸不欺室集序》中指出的那样：

> 呜呼，世衰俗隘，矜利眩才，言语以为华，富贵以为事，求其脱然声利之表如公者既不可得，今观公退休以后之文，尤多雍容自得之趣。盖辞心声也，《易》曰'修辞立其诚'，辞非易能，所以立诚也。②

通过梳理相关资料可知，魏了翁《书鹤山书院始末》即有"学云学云，记览、文词云乎哉"之问，要求书院学子务以修辞立诚、勤勉向学为念，切不可将言语文辞作为谋求富贵功名的工具。反观同时代的江湖诗人，其以"谋生"为指向，以诗词为干谒进献之资，则这些以"谋生"为指向创作的诗词作品亦难免从俗、媚俗之弊。

---

① （宋）魏了翁：《跋御书鹤山书院四大字》，载曾枣庄、刘琳主编《全宋文》（第三一〇册）卷七〇八九，上海世纪出版股份有限公司上海辞书出版社、安徽出版集团安徽教育出版社2006年版，第192页。

② 曾枣庄、刘琳主编：《全宋文》（第三一〇册）卷七〇八一，上海世纪出版股份有限公司上海辞书出版社、安徽出版集团安徽教育出版社2006年版，第69页。

相较之下，本节所关注的那些有就学或执教于南宋书院之经历的江湖诗人以"谋生"为指向创作的具有"书院特色"的诗作中即带有较为明确的"反俗"意味——他们虽为现实生活所迫，有时不得不以诗为谋生之途、进献之资，却始终努力做到坚持自己内心的正道并身体力行之，虽"以文为货"却不失其气骨，不堕于邪僻；而这种"反俗"意味的彰显亦与其就学或执教书院的经历有着非常密切的关联。以诗学史或批评史的视角观之，这种以"谋生"为指向，同时兼具"书院特色"的创作实践亦是南宋书院学者普遍倡导诗歌创作应当遵循"执中"原则的体现。对于这些有就学或执教于南宋书院之经历的江湖诗人而言，如何在"谋生"与保持个人之节操品行、取悦献诗对象与不作谄媚妄悖之言间求得平衡，亦是其在创作实践中必须考虑的问题，而这一点亦是常常为那些纯粹置身于书院之外的江湖文人所忽略的。

小　　结

本章主要讨论了南宋书院创作观中复合的创作指向问题。其中"应试"和"怡情"这两种创作指向虽然一为外部因素对写作者个人创作指向影响的体现，一为写作者自身怡悦性情之需要，却自南宋书院兴起伊始便同时存在，共同促成了南宋书院创作观中复合创作指向的最终形成。"谋生"的创作指向主要出现于宋末的一些书院，虽然这一创作指向并非南宋书院创作观中创作指向的主流，且经常受到同时代书院中人的强烈批判，但鉴于亦有书院中人以此为指向进行创作，且其中仍葆有如"重格""反俗"等鲜明的"书院特色"，故本章亦予以相应的讨论。总之，南宋书院文学复合的创作指向是南宋书院创作观的重要组成部分，具有"将科举与明道结合""将科举与实践结合""重视写作者抒发真性情与要求写作者抒发中正平和之情并举"等鲜明的书院特色，对于广大书院学子的文学创作具有广泛而深刻的影响。

第二章 日趋规范的创作方法

本章主要分析南宋书院讲学者和求学者对于诗文创作方法的论述。通过梳理相关资料可见，南宋书院创作观中涉及创作方法问题的讨论不仅非常具体，而且有着日趋规范的显著特征。其内容涉及文学创作从构思到具体创作的各个阶段，而贯穿其中的指导思想则是通过对规则的强调以达到匡正时弊、促使后学者从学习诗文写作伊始便步入正途的良苦用心。对于初涉文坛的后学者而言，按照如此面面俱到的创作方法学习写作或许终究难成大家，却可以做到"入门须正"，并在此基础上不断进行实践，逐步提高自身的创作水平，避免"路头一差，愈骛愈远"、滑向歧途，其贡献和功绩是无论如何都不应被忽略的。

第一节 "沉潜讽诵，涵泳其间"：构思阶段涵养之必需

构思是文学创作的基础和起步阶段，也是文学创作最终能否取得成功的关键要素之一。刘勰《文心雕龙·神思篇》云"神居胸臆，而志气统其关键；物沿耳目，而辞令管其枢机。枢机方通，则物无隐貌；关键将塞，则神有遁心"[1]，足见构思在文学创作过程中的重要地位。笔者通过梳理相关资料发现，对于这一问题，这些活跃于南宋各书院的讲学者虽并无特别集中的专门论述，但其对"沉潜讽诵，涵泳其间"读书法的提倡与其要求文学创作构思阶段

---

[1] （梁）刘勰著，范文澜注：《文心雕龙注》（下），人民文学出版社1958年版，第493页。

应该完成的各项工作有着很大的一致性。因此,本章从梳理这一读书法的具体内容入手进行论析,将其与这些讲学者所提倡的"诗不苟作"相结合展开论述,探讨其对于匡正时下文学创作中的"竞躁"之风以及对于书院学子文学创作的构思阶段所具有的启示意义。

一 "沉潜讽诵,涵泳其间"读书法的提出

对于这些执教于南宋各书院的讲学者而言,虽然其治学思想不同,门径各异,但如何匡正彼时的空疏不学之弊却是其需要面对的共同问题。因此,对于彼时空疏不学之弊的批判便成为学者们共同关注的焦点:

> 读书一切事,须是有见处方可,不然,汩没终身,永无超越之期矣。众人汩没不自知觉,可怜,可怜!①

> 正患近来学者多只是想象,不肯着意下工。②

> 今人看文字,多是以昏息去看,所以不子细。故学者且于静处收拾教意思在里,然后虚心去看,则其义理未有不明者也。③

此外,世人读书徒知字训句释而不解其文意、不明其义理亦是这种空疏浮躁学风的典型体现:

> 试言读此书之法,为同志起予之益乎!反复乎句读,神明乎心体,知六经为启我之要。与其滞泥训诂传注之末,不知六

---

① (宋)胡宏:《与彪德美》,吴仁华点校《胡宏集》,中华书局1987年版,第138页。
② (宋)张栻:《答胡广仲》,杨世文点校《张栻集》,中华书局2015年版,第1176页。
③ (宋)黎靖德编,王星贤点校:《朱子语类》(第一册),中华书局1986年版,第177页。

> 经之旨，漫然放诞，不切于身者，犹王莽、霍光之有间，其初一间而已，可不慎哉！①

> 然自秦汉以来，儒者类皆不足以与闻斯道之传。其溺于卑近者，既得其言而不得其意，其骛于高远者，则又支离蹐驳，或乃并其言而失之，学者益以病焉。②

> 今之言《诗》者，字为之训，句为之释，少有全得一篇之意者。③

综上所论，这种流行于为学空疏不实之风盛行于当时所带来的直接后果便是世风日下，礼俗颓废，"人才岁衰于一岁"；具体到诗文创作而言，便是一些人在学习诗文创作的过程中仅以其作品的字句"类似古人"为上，不明其深意，不知其用途，"以怪辞为工，迭字为巧，字理舛谬不暇顾"；如刘克庄《后村诗话》中所言：

> 近岁诗人，杂博者堆队仗，空疏者窘材料，出奇者费搜索，缚律者少变化。④

作为书院求学者中的一员，在刘克庄看来，时人在进行诗歌创作时之所以会出现如"堆队仗""窘材料""费搜索"等弊病，其根源均在于受到当时文坛"竞躁"之风的影响——无论是治学还是诗文创作，这种风气的表现均为从学习和创作构思伊始便心浮气躁，不愿亦瞧不起从基础做起；而若想矫正这种空疏不实的学风，甚至

---

① （宋）胡宏：《程子雅言后序》，吴仁华点校《胡宏集》，中华书局1987年版，第158页。
② （宋）朱熹：《论孟精义自序》，载朱人杰、严佐之、刘永翔主编《朱子全书》（第七册），上海古籍出版社、安徽教育出版社2002年版，第11页。
③ （宋）吕祖谦：《丽泽论说集录·门人所记诗说拾遗》，载黄灵庚、吴战垒主编《吕祖谦全集》（第四册），浙江出版联合集团浙江古籍出版社2017年版，第106页。
④ （宋）刘克庄撰，王秀梅点校：《后村诗话》，中华书局1983年版，第31页。

进一步廓清其在当时诗坛文坛上的恶劣影响,首要任务便是以书院讲学为媒介,通过提倡正确的读书法来匡正世人读书全无"见处""于意味却不曾得"的浮躁学风;联系这些讲学者所秉承的"作诗以学不以才"的观点来看,学风既实,则时人之诗风文风必能循此正轨而得以改变。通过梳理这些讲学者在执教书院期间与"如何读书"有关的讲论之辞可知,提倡"沉潜讽诵,涵泳其间"读书法便由此成为诸位讲学者的共识,而就其对于后学者的教益这一角度进行考察可见,这样的启示主要表现在"涵养其心""涵养其气"和"涵养其学"三个方面。

二 "涵养其心":启示之一

通过梳理相关材料可知,在这些讲学者看来,实现"沉潜讽诵,涵泳其间"读书法的第一步便是通过"平心静气"以"涵养其心",唯有如此,才能体味到隐藏在文字背后的书中真意:

> 大抵读经书须平心易气,涵泳其间。①

> 读书有个法,只是刷刮净了那心后去看。若不晓得,又且放下;待他意思好时,又将来看。②

> 看文字,须要入在里面,猛滚一番。要透彻,方能得脱离。若只略略地看过,恐终久不能得脱离,此心又自不能放下也。③

由引文可见,后学者在读书时若想做到如朱熹所言的"入在里面,猛滚一番",首先必须做到"平心易气"、心无旁骛;就文学创

---

① (宋)张栻:《答潘端叔》,杨世文点校《张栻集》,中华书局2011年版,第1052页。
② (宋)黎靖德编,王星贤点校:《朱子语类》(第一册),中华书局1986年版,第177页。
③ (宋)黎靖德编,王星贤点校:《朱子语类》(第一册),中华书局1986年版,第163页。

作的构思阶段而论,便是要求写作者必须做到"虚静以待之"。活跃于南宋各书院讲学者们普遍认为,"虚静"是"仁"之本源,是君子人格得以养成的重要基础。朱熹执教书院期间的相关论述可谓其中的典型代表:

>明底人便明了,其他须是养,养,非是如何椎凿用功,只是心虚静,久则自明。①

>盖欲应事,先须穷理,而欲穷理,又须养得心地本原虚静明澈,方能察见几微,剖析烦乱,而无所差□。②

>敦笃虚静者,仁之本。不轻妄,则是敦厚也。无所系阂昏塞,则是虚静也。(释云:《孟子说》,阂,闭碍也。言动轻妄而不敦笃,则此心外驰,非仁也。有所系阂昏塞而不虚静,则此心固觉,非仁也。然必存心之久,实体于己,然后能深知其味。)③

由引文可见,对于那些以"讲明义理"为最终目标的书院学子而言,通过"实体于己"的涵养而实现内心之"虚静"是其中最为基础的第一步,为学应该如此,创作亦应如此。因为只有如朱熹所言那样,使自己的内心达到一种"虚静明澈"的状态,才能使自己具备"察见几微,剖析烦乱"的能力;从为学的角度上讲,具备这样的能力可以促使后学者循序渐进,逐步探究学问之本原;从诗文创作的角度而言,具备这样的能力可以使后学者在构思阶段心无旁骛地搜索和调动一切可资参考的素材服务于自身创作。由此观之,则无论是读书还是诗文创作的构思,通过"涵养其心"而使自己的

---

① (宋)黎靖德编,王星贤点校:《朱子语类》(第一册),中华书局1986年版,第204页。
② (宋)朱熹:《答彭子寿》,载朱人杰、严佐之、刘永翔主编《朱子全书》(第二十五册),上海古籍出版社、安徽教育出版社2002年版,第4882页。
③ (宋)叶采集解,程水龙校注:《近思录集解》,中华书局2017年版,第159页。

内心达到"虚静"的状态都是非常必要的。需要强调的是,这些讲学者此处所谓"虚静"是以"主敬"为前提的,同时亦鼓励作为论学(或创作)主体的人发挥自身的主观能动性,因此其并不全等同于老庄所谓"摒弃人为,纯尚自然""与事物不交涉"之"虚静"。

三 "涵养其气":启示之二

通过读书时的"沉潜讽诵"以"涵养其气",这既是南宋各书院讲学者们对后学者读书治学之要求,同时也对后学者诗文创作的学习提供了非常重要的启示。众所周知,"知言养气"是中国古代批评家们特别关注的重要命题。从《孟子》"我善养吾浩然之气"到韩愈"气盛则言之长短与声之高下皆宜",虽然其时代有所不同,但对于写作者在诗文创作进入构思阶段时就必须注意"善养其气"的要求可谓贯穿始终。对于这一命题,南宋各书院的讲学者亦有颇多相关论述。如朱熹《跋徐诚叟赠杨伯起诗》中所言:

> 熹年十八九时,得拜徐公先生于清湖之上,便蒙告以克己归仁、知言养气之说。时盖未达其言,久而后知其为不易之论也。①

按束景南《朱熹年谱长编》考证,此跋作于淳熙七年(1180)朱熹执教白鹿洞书院之时。由引文可知,作为前辈的徐诚叟在第一次见面时便以"知言养气"之说要求当时还是初学者的少年朱熹,足见其对于初学者所具有的重要意义——这一意义既体现在为学上,又体现在诗文创作的构思阶段之中。故日后执教书院的朱熹在回忆起自己这段少年求学的经历时依旧感激不已,称其可谓"不易之论"。日后朱熹在执教书院时特别重视后学者通过"涵养其气"以匡正当时文坛"干禄文风"所带来的"无复丈夫气"之弊。在批判

---

① (宋)朱熹:《跋徐诚叟赠杨伯起诗》,载朱人杰、严佐之、刘永翔主编《朱子全书》(第二十四册),上海古籍出版社、安徽教育出版社2002年版,第3847页。

时文柔靡不振,"以冶容调笑为工"的同时,朱熹在评论他人诗文之时亦特重赞扬其中所体现出的雄伟壮丽之气,以此引起众生徒的重视:

> 人老气衰,文亦衰。欧阳公作古文,力变旧习。老来照管不到,为某诗序,又四六对偶,依旧是五代文习。①

> 张子韶文字,沛然犹有气,开口见心,索性说出,使人皆知。近来文字,开了又阖,阖了又开,开阖七八番,到结末处又不说,只恁地休了。②

联系以上引文中朱熹数次提及"气"与行文之关系,可见孟子"知言养气"说对其文学理论批评产生的深刻影响——就其执教书院期间匡正时文弊端的努力而言,便是倡导以"浩然之气"灌注于诗作或文章之中,使整个行文充斥着一种汪洋恣肆、奔涌澎湃的宏伟之气,进而达到"结言端直,则文骨成焉。意气骏爽,则文风清焉"③的境界。为此,朱熹甚至认为,"人老气衰,文亦衰",因此他要求初学者善择师法对象,避免学习某些作家晚年的作品。此外,他还特别要求初学者在创作实践中做到学以致用,将对圣贤经典之"义理"的理解融入自身的诗文创作中去,而非徒以寻章摘句为能事:

> "通经之士,固当终身践言,乃为不负所学"。……然士之必于通经,正为讲明圣贤之训,以为终身践履之资耳;非直以

---

① (宋)黎靖德编,王星贤点校:《朱子语类》(第八册),中华书局1986年版,第3311页。
② (宋)黎靖德编,王星贤点校:《朱子语类》(第八册),中华书局1986年版,第3316页。
③ (梁)刘勰著,范文澜注:《文心雕龙注》(下),人民文学出版社1958年版,第513页。

第二章 日趋规范的创作方法

分章析句为通经，然后乃求践言以实之也。①

对照朱熹所极力批判的官学教育可知，因其仅以"善为科举之文"教授众生而不讲其义理，培养出的学生自然只知道以科举利禄为能事，更遑论"浩然之气"的养成了，故其所作诗文必然多为柔靡无骨之作。朱熹在执教白鹿洞书院时期就通过发布《白鹿洞书院揭示》表明书院的宗旨在于使四方学子"讲明义理，以修其身，然后推己及人"，而不是培养"徒欲其务记览、为词章，以钓声名取利禄"之徒；如此对比，则更可见构思阶段的"涵养其气"在写作者诗文创作过程中所起到的重要作用。

此外，在这些活跃于南宋各书院的讲学者看来，提倡"养气"不仅可以使初学者通过后天的学习汲取到"儒家经典所蕴含的精神力量"，同时亦能够促使其在创作实践中更好地实现"理融情畅""思锐以胜劳"；而达到这样的境界尤其需要初学者在读书过程中"虚心涵泳""究极其理"：

> 学者读书，须要敛身正坐，缓视微吟，虚心涵泳，切己省察。又云："读一句书，须体察这一句，我将来甚处用得。"又云："文字是底固当看，不是底也当看；精底固当看，粗底也当看。"②

总之，对于初学者而言，不论是治学还是诗文创作，"涵养其气"都有着非常重要的作用，而"沉潜讽诵，涵泳其间"读书法可谓实现其"养气"的重要途径。这一过程或许漫长，或许会出现暂时"不晓得"书中所言为何事的情况，但唯有经过这样一个"反复

---

① （宋）朱熹《跋胡澹庵所作李承之论语说序》，载朱人杰、严佐之、刘永翔主编《朱子全书》（第二十四册），上海古籍出版社、安徽教育出版社 2002 年版，第 3872 页。

② （宋）黎靖德编，王星贤点校：《朱子语类》（第一册），中华书局 1986 年版，第 179 页。

乎句读，神明乎心体"，甚至不放过领会书中每一个"缝罅处"的艰苦过程，才能在如此全身心地浸润其间，反复讽诵其文字、玩味其义理的过程中不断"充养其气"，进而才谈得上将其运用于自身的治学和写作实践之中，这也是"沉潜讽诵"读书法对后学者创作构思的第二点启示。

四 "涵养其学"：启示之三

周裕锴在《宋代诗学通论》中指出，宋代诗学的主要特征在于"书卷""内省"和"人文"三个方面，故文人诗作多为其"内在素质的流露"[①]；而作为体现诗人"内在素质"的重要指标，"学问涵养"便自然成为历代批评家在指导后学者进行诗歌创作时所强调的重点；特别是对于注重将为学的思辨精神、理性精神融汇入诗的书院讲学者们来说，这一点更是显得尤为重要。因此，对于那些就学于书院的求学者来说，"沉潜讽诵，涵泳其间"读书法对于其诗歌创作带来的启示主要体现在以下几个方面。

一是促使初学者将博学多识作为进行诗歌创作必要前提。作为"中国古典诗歌学问化的第一座高峰"[②]，学问要素的增加和学术品格的增强是前辈学者在论及宋诗特点时所公认的；南宋书院讲学者素以主张"为学工夫即为诗工夫"著称，学问含量的多少、是否能够借诗以"明义理"则是其品评诗歌高下的重要标准；而初学者若想使自己的作品臻于完美，就必须要做到博学多识。如朱熹在谈到孔子"兴于诗，立于礼，成于乐"时即有这样的论述：

> 或问"兴于诗，立于礼，成于乐"。曰："'兴于诗'，便是个小底；'立于礼，成于乐'，便是个大底。'兴于诗'，初间只是因他感发兴起得来，到成处，却是自然恁地。"……又曰：

---

① 周裕锴：《宋代诗学通论》，上海世纪出版股份有限公司上海古籍出版社2007年版，第143页。
② 魏中林等：《古典诗歌学问化研究》，中国社会科学出版社2012年版，第184页。

第二章　日趋规范的创作方法

"后世去古既远，礼乐荡然，所谓'成于乐'者，固不可得。然看得来只是读书理会道理，只管将来涵泳，到浃洽贯通熟处，亦有此意思。"①

不唯朱子一脉，陈傅良在《文章策》中论及"士之有文"时亦特别强调了"汲养之素"的作用：

> 士之有文，皆汲养之素。而谈笑之发，蹈履之熟，而议论之及，非有意也。是故虽其所出，而非其所为，虽其所有，而非其所知，文之在天下郁郁矣。②

朱、陈二人虽然属于不同学派，但结合引文内容可知，二人在倡导初学者应通过"沉潜"读书以"涵养"学力的认识上可谓所见略同——初学者唯有通过读书以涵养其学力，方能在创作实践中充分展现其深厚的学养；其作品亦自然有别于那些"规规于近局"的"不识"之作。值得注意的是，这些讲学者所要求的"博学多识"与刘克庄批判的"杂博"之徒是有本质区别的；恰如《随隐漫录》所言的：

> 退之《送穷文》自谓怪怪奇奇。《毛颖传》虽稍怪，然笔力已不及。不知者以怪辞为工，叠字为巧，字理舛谬，不暇顾，则诿之曰"自我作古。"又饰之曰"周诰殷盘，屈曲聱牙。"其实学力未充，笔下涩滞，仅足以诳聋瞽。③

而早年曾从学于朱熹的杜范在其《跋戴神童颜老文稿》中论及

---

① （宋）黎靖德编，王星贤点校：《朱子语类》（第三册），中华书局1986年版，第930—931页。
② 曾枣庄、刘琳主编：《全宋文》（第二六八册）卷六〇五二，上海世纪出版股份有限公司上海辞书出版社、安徽出版集团安徽教育出版社2006年版，第208页。
③ （宋）陈世崇撰，孔凡礼点校：《随隐漫录》，中华书局2010年版，第51—52页。

时下文坛多"揉心扼胆"之作时亦主张后学者应以熟读经、史为其创作之滋养,以矫其"揉心扼胆"之弊:

> 童科之设,以其神也。世无杨、晏,强教以摆之,苗而弗获,且殄其天,何以为神?……宜以经史华润薰浸而茂悦之,以需其成。谨勿以世俗干禄之文揉其心、扼其胆,而使之制而不得骋也。①

要之,对于初学者而言,读书时"沉潜讽诵,涵泳其间"是实现"博学多识"的重要前提——唯有读书时"沉潜讽诵,涵泳其间",方能深入领会书中一字一句的用法及其中深意,并于创作实践中去粗取精,取前人之所长以为己用;反观那些作诗"杂博"之徒,其所谓"博"实际上不过是以堆垛典故和"使怪字、难字"为胜;二者相较,自然高下立判。若结合上文所引张栻"若以博闻见助文辞,抑末矣"的主张加以分析,则张栻此言亦有警示就学于书院的初学者们切莫混同于"博杂"之徒的意味,不能以"重道轻文"一概论之。

更应值得注意的是,针对一些初学者虽然通过"沉潜讽诵,涵泳其间"以涵养其学力,并将之运用于创作实践(特别是诗歌创作)中,但其作品却呈现出"掉书袋""头巾气"过浓,甚至通篇说理的情况,南宋各书院的学者们亦有相应的关注和提示:

> 文字好用经语,亦一病。老杜诗:"致思远恐泥。"东坡写此诗到此句云:"此诗不足为法。"②

> 作诗不可直说破,须如诗人婉而成章。楚词最得诗人之意。

---

① (宋)杜范:《跋戴神童颜老文稿》,载曾枣庄、刘琳主编《全宋文》(第三二〇册)卷七三五二,上海世纪出版股份有限公司上海辞书出版社、安徽出版集团安徽教育出版社2006年版,第248页。

② (宋)黎靖德编,王星贤点校:《朱子语类》(第八册),中华书局1986年版,第3327页。

如言"沅有芷兮澧有兰，思公子兮未敢言"，思是人也，而不言，则思之之意深，而不可以言语形容也。若说破如何思、如何思，则意味浅矣。①

有前辈学者将宋代的说理诗归纳为两大类。一是"简单地将哲学义理以诗歌的形式出之"，这样的诗作恰如刘克庄所言的，多为"间有篇咏，率是语录讲义之押韵者耳"，不仅毫无诗歌创作所应具备的基本形象可言，更遑论诗歌所应有的含蓄蕴藉之美；这类单纯以"掉书袋""讲道理"为能事而又缺乏形象性和含蓄美的诗作正是这些讲学者所批判的"好用经语""直说破"之诗。另一则"能够将尚理与诗意完美结合"，这类诗作多"将义理推求与情思活动相互转化"，晓之以理而动之以情，既能将诗人之博学多识巧妙运用于诗歌之中，又能做到"婉而成章"，颇近风雅比兴之义。后者之所以能够将"尚理"与"诗意"完美结合，正是因为作诗人多能够在"沉潜讽诵，涵泳其间"前人佳作，收获间接经验的同时融入自己的理解和领会，得其精华而"使其言皆若出于吾之口""使其意皆若出于吾之心"。所谓要求初学者在读书时"沉潜讽诵，涵泳其间"以涵养其学力并将其运用于诗歌创作，最终归旨恰在于引导初学者在尊重诗"婉而成章"的前提下结合其"沉潜讽诵，涵泳其间"之所得，将"讲明义理"与诗思诗情结合起来进行创作，使读者于字里行间体会诗作中的无限的意味。

二是提出"诗不苟作"，即要求后学者将其读书"沉潜讽诵，涵泳其间"时所秉持的严谨态度应用于诗歌创作之中，言必有本，辞必谨慎：

（朱熹评张耒诗）张文潜诗有好底多，但颇率尔，多重用字。②

---

① （宋）张栻著，杨世文点校：《张栻集》，中华书局2015年版，第1487—1488页。
② （宋）黎靖德编，王星贤点校：《朱子语类》（第八册），中华书局1986年版，第3330页。

> 危稹逢吉曰：诗不可强作，不可徒作，不可苟作。强作则无意，徒作则无益，苟作则无功。①

> 《诗》三百篇，杂以小夫贱隶之作，而夫子蔽以思无邪，盖先王之泽也。王泽竭而后之诗驳矣，遗物绝俗者其辞诞，愤世嫉邪者其辞激，慷慨功名者其辞夸，流连光景者其辞靡。是故君子贵养其辞之所自出。②

通过梳理相关资料可知，"苟作"一词最早出现于南宋，李衡《周易义海撮要》云"圣人揲蓍，虚一分二，挂一揲四。归奇再扐，确然有法象，非苟作也"③，其后冯椅《厚斋易学》、朱鉴《文公易说》中均有类似的表述，可见其最初多应用于学者解经；但因其有"论述（行文）有依据，不穿凿附会"之意，故随后逐渐被应用于文学批评之中，如王质《诗总闻》评《长发》一诗时即有"古人文章，亦有所祖述，不苟作"之说。结合引文可见，不论是朱熹这样将毕生精力投身于书院教育、门生弟子遍布天下的"大家"，还是如其学生危稹、渔墅书院的创办者陈元晋等这些"名不见经传"的"小家"，均无一例外地强调诗之"不苟作"。更为重要的是，这些书院讲学者所强调的"诗不苟作"亦不仅要求后学者在进行诗歌创作时"有所祖述"，更要求其在命意布局、遣词造句之时审慎下笔，"养其辞之所自出"，不作"无本""无功"之诗。由此可见，对于初学者而言，在读书时"沉潜讽诵，涵泳其间"便成为其进行诗歌创作前必不可少的重要环节——唯有通过"沉潜讽诵，涵泳其间"，才能在洞悉"圣人法度"之意蕴、前人作品之精华的前提下对此加以灵活运用，创作出既"有所祖述"又"养其辞之所自出"的作品。

---

① （宋）魏庆之编，王仲闻点校：《诗人玉屑》，中华书局2007年版，第147页。
② （宋）陈元晋：《跋吴士刚诗》，载曾枣庄、刘琳主编《全宋文》（第三二五册）卷七四六四，上海世纪出版股份有限公司上海辞书出版社、安徽出版集团安徽教育出版社2006年版，第59页。
③ （宋）李衡：《周易义海撮要》，文渊阁《四库全书》本。

此外，这些执教于书院的讲学者对于"诗不苟作"的提倡还有另一层基于现实因素的考虑——即随着时代发展，诗人诗作数量大增所带来的作品质量问题。恰如胡云翼《宋诗研究》中指出的那样，后人虽然以宋词为"宋代最有特色的文学"，但诗在有宋一代仍然占据着不可撼动的正统和主流地位，作为宋代文人的标志和文化生命，"有宋一代，文人皆能诗"；雕版印刷业的发展亦促使同时代诗人的诗集能够更为迅速地印刷和传播。因此，宋代无论是诗人还是诗作数量均较前代有较大幅度的增加。这样的大幅增加虽然是宋代文化教育和诗歌创作普及的体现，却不可避免地遭遇到时人或为表现自身的"文人雅趣"，或为表明自己并未因耽于填词而"荒废正业"，"虽然不会作诗，也要瞎凑几卷"的情况出现。① 从这一角度看，这些讲学者"诗不苟作"的要求亦是希望后学者能够将其读书时"人在里面"、通过"沉潜讽诵，涵泳其间"来体会书中字句之间深刻意蕴的严谨态度应用于诗歌创作，创作出以质量胜出的"明义理"之作，而非仅仅是数量占优的"瞎凑"之笔。宋末书院讲学者们对于当时诗坛"专尚晚唐"导致时人诗作"率多肤浅"之弊的严厉批判就是一个非常典型的例子：

然闻古之《诗》三百篇，人心天理，流动充满，自然而然，有不容御。下逮杜少陵、韩昌黎，或于其忠爱，或于其事实，皆非余子所可及。流而晚唐，以瘦为本，弊斯极矣。瘦其肤浅之异名乎！②

综观整个南宋诗坛，对唐风的崇尚是其特点之一；而在这些以师法唐风为终极目标的诗人中，既有博采众长而自成一家者，又有

---

① 胡云翼：《宋诗研究》，巴蜀书社1993年版，第17—18页。
② （宋）陈著：《跋孝门吴子举瘦稿》，载曾枣庄、刘琳主编《全宋文》（第三五一册）卷八一一一，上海世纪出版股份有限公司上海辞书出版社、安徽出版集团安徽教育出版社2006年版，第29—30页。

师法姚、贾而"专尚晚唐"者。前者如陆游、杨万里等"中兴诗人",后者虽成就不如前者,但其作者人数和诗作数量却大大多于前者,特别是经过叶适褒扬"永嘉四灵"和陈起刊刻《江湖集》,"四灵体变江西"、学诗必学"晚唐"更成为宋末诗坛的流行风尚。众所周知,姚、贾一派诗作素以诗境之"清幽冷峭"、诗句之刻琢苦吟为主要特征,而恰如众多前辈学者指出的那样,这些以"专尚晚唐"为尚的诗作亦多以模仿姚、贾之凄清孤峭为能事,吟咏之物亦多局限于"鸟呼虫鸣,娱悦儿女"之间。结合上文所论可知,这样的诗作无疑与书院讲学者们要求通过"沉潜讽诵,涵泳其间"以提升作者学力、取前人作品之精华而"明其道"的主张背道而驰,故在同时代的书院讲学者们看来,如此"肤浅"的"苟作"之诗亦是不值得后学者学习的。

综上所述可见,正是痛感于时下士人为学的空疏竞躁之风及其弥漫于文坛造成的不良影响,这些活跃于南宋各书院的讲学者特别提出"沉潜讽诵,涵泳其间"读书法以期从根本上矫其弊端。就其对于后学者在诗文创作构思阶段所带来的启示而言,主要体现在"涵养其心""涵养其气"和"涵养其学"三个方面,前者主要针对写作者本人心理状态的调整和个人修养提升,后者则重在关注其学识的积累和储备,要求写作者在博学多识的基础上尊重诗文本身的创作规律,从构思伊始便保持严谨审慎的创作态度。总之,无论是"涵养其心""涵养其气",还是"涵养其学",三者的关注点均着眼于要求写作者从创作构思开始即注意自身的完善和规范的遵守,以便为步入具体的创作阶段打下良好基础。

第二节 文体的选择:南宋书院诗歌创作实践中的诗体问题

纵观整个南宋文学批评的发展历程,诗体问题始终是批评家们探讨的重要内容,因此,当将关注的视角转向南宋的书院教学,那

第二章　日趋规范的创作方法 ❖

些有执教或求学于南宋书院之经历的学者对于诗体问题的相关论述亦应纳入研究的范围。令人遗憾的是，前辈学者在论述这一问题时多将这些书院中人对于这一问题讨论简单归纳为"论诗作内容"和"论诗歌体式"两类，并据此认为较之于对诗歌内容方面的关注或阐释而言，这些活跃于南宋各书院的讲学者和求学者对于诗体问题的关注相对较少；继而得出结论，将"不注重诗歌创作中的诗体问题"视为南宋书院创作观的缺憾之一。本节以朱熹的书院教学为切入点，以其对于诗体问题的相关论述为中心，结合相关材料进行论析，以求教于方家。

一　不识体制，空疏浮泛：对诗坛时弊的批判

朱熹对诗体问题的关注首先体现在其对于当时诗坛各种弊端的强烈批判上。在朱熹看来，对不同诗体基本特点及其创作规范的掌握是初学者学习诗歌创作的先决条件，而这一点恰恰是当时那些初涉诗坛的后学者最为忽视的：

> 来喻所云漱六艺之芳润以求真澹，此诚极至之论，然恐亦须先识得古今体制、雅俗乡背，仍更洗涤得尽肠胃间夙生荤血脂膏，然后此语方有所措。如其未然，窃恐秽浊为主，芳润入不得也。近世诗人，正缘不曾透得此关，而规规于近局，故其所就皆不满人意，无足深论。①

按束景南《朱熹年谱长编》考证，巩丰字仲至，号栗斋，婺州武义人，吕祖谦弟子。庆元四年（1198）秋，朱熹致仕，居建阳，专心著书教学。同年年末，巩丰赴建阳问学于朱熹。是书作于庆元五年（1199）四月，同年二月至五月，林补、林季成、林贯之、陈

---

① （宋）朱熹：《答巩仲至》，载朱人杰、严佐之、刘永翔主编《朱子全书》（第二十三册），上海古籍出版社、安徽教育出版社2002年版，第3095—3096页。

刚、黄榦等后辈学者先后来访或来书问学①，故亦可将其视为朱熹书院教学的一部分。由引文可见，朱熹此处正是从一个教学者的视角出发，针对后学者应该如何学习诗歌创作，掌握入门之途径提出自己的看法——后学者若想真正实现"真澹"的审美理想，就必须在初涉诗坛之时即注重夯实基础，而"识得古今体制"则是这一过程中尤为关键的一步；反观"近世诗人"，其诗作之所以"皆不满人意"，亦是缘于其在入门之初时并未做到这一点。若在此基础上进一步结合朱熹执教书院期间的其他相关论述可知，诗坛的初学者对于"识得古今体制"的忽视确实是导致当时诗坛流弊丛生的重要原因之一：

> 因林择之论赵昌父诗，曰："今人不去讲义理，只去学诗文，已落第二义。况又不去学好底，却只学去做那不好底。作诗不学六朝，又不学李杜，只学那峣崎底。今便学得十分好后，把作甚么用？莫道更不好。如近时人学山谷诗，然又不学山谷好底，只学得那山谷不好处。"②

诚如诸多前辈学者已经指出的那样，纵观一部中国古代文学理论批评史，历代批评家对于"文体"这一概念的内涵和外延虽然有着各自不同的理解或诠释，却均将"某一类诗作或文章共通模式和基本形制规范的呈现"视为其重要内涵之一。结合以上引文可知，朱熹从教学者的视角出发，将当时诗坛的种种弊端归结为以下两个方面。一是时人在学习和创作实践中常常习惯于忽视诗歌的社会功能；为学诗而学诗者多，"作诗阐理""作诗明理"者少。二是时人在对诗歌创作的"共通模式和基本形制规范"的学习和掌握上多有

---

① 束景南：《朱熹年谱长编》（下），华东师范大学出版社2001年版，第1339—1346页。
② （宋）黎靖德编，王星贤点校：《朱子语类》（第八册），中华书局1986年版，第3334页。

不足,具体表现即为初学者多在"不识古今体制"的情况下"率尔作诗",在学习或评价前辈诗人诗作时亦多有"不识"之弊——或以奇怪诡谲为诗之上品,"只学那峣崎底";或随波逐流,"如矮人看戏"般"不学山谷好底,只学得那山谷不好处"。而进一步联系朱熹执教书院期间的相关论述及其他相关资料可知,上述种种弊端的出现主要应该归咎于当时官学教育"嗜利苟得""文具胜而利禄之意多"等空疏浮泛之风的影响:

> 今人所以事事做得不好者,缘不识之故。只如个诗,举世之人尽命去奔做,只是无一个人做得成诗。他是不识,好底将做不好底,不好底将做好底。这个只是心里闹,不虚静之故。不虚不静故不明,不明故不识。若虚静而明,便识好物事。①

> 江西之诗,自山谷一变至杨廷秀,又再变,遂至于此。本朝杨大年虽巧,然巧之中犹有混成底意思,便巧得来不觉。……今人都不识这意思,只要嵌字,使难字,便云好。②

祝尚书《论科举与文学关系的层级结构》一文指出,宋代的科举考试自真宗景德年间之后即出现了"工具化进而程式化"的倾向,这样的测试"盖有利于测验人的智力,如举子在音韵、语言运用上的高度准确性,逻辑思维的严密性,记忆力的超强等等,从而最大限度地体现考官评卷的'至公'原则,但所缺乏的是'思想',消失的则是文学特征"③;而这样的选拔标准亦直接导致整个官学系统"奔竞之风"盛行,士子们为求高中,亦多以"取近时科举中选之

---

① (宋)黎靖德编,王星贤点校:《朱子语类》(第八册),中华书局1986年版,第3333页。
② (宋)黎靖德编,王星贤点校:《朱子语类》(第八册),中华书局1986年版,第3334页。
③ 祝尚书:《论科举与文学关系的层级结构——以宋代科举为例》,《华南师范大学学报》(社会科学版)2010年第1期。

文，讽诵模仿"为能事。值得注意的是，较之于书院之外的其他批评家，以朱熹为代表的南宋各书院中人对于这种空疏浮泛的"奔竞之风"及其不良影响的批判尤为强烈。具体到本节所论诗体问题而言，朱熹认为这种不良学风蔓延于当时诗坛所直接导致的后果之一便是初学者们在学习和创作实践中往往舍本逐末——因其"心里闹，不虚静"，故在初涉诗坛时未能夯实基础，在"识得古今体制"上多下功夫，或以因袭模仿为能事，或以"嵌字，使难字"为高妙；但因其既未能充分掌握不同诗体的基本创作规范，又未能充分学习、借鉴前辈优秀作家作品的成功经验，故所作之诗不仅"事事做得不好"，而且忽略了诗歌这一文体本身所应该承载的"言志""教化"等社会功能，这一点也是以朱熹为代表的南宋书院中人最为重视、亦最为痛心之处：

> 古人六艺之教，所以游其心者正在于此。其与玩意于空言，以校工拙于篇牍之间者，其损益相万万矣。①

> 古之圣贤所以教人，不过使之讲明天下之义理，以开发其心之知识，然后力行固守以终其身。而凡其见之言论、措之事业者，莫不由是以出，初非此外别有岐路可施功力，以致文字之华靡、事业之恢宏也。②

郭英德在《中国文体学论稿》一书中认为，中国古代文体分类的生成方式虽然是在"一种庞杂的文章体系之内生成的"，但"文体分类的社会性特征深深地蕴藏于文体的文本方式之中，并由文体

---

① （宋）朱熹：《答谢成之》，载朱人杰、严佐之、刘永翔主编《朱子全书》（第二十三册），上海古籍出版社、安徽教育出版社2002年版，第2755页。按束景南先生《朱熹年谱长编》考证，谢承之即谢成之，朱熹弟子，曾参与朱熹《书集传》的编纂。

② （宋）朱熹：《答巩仲至》，载朱人杰、严佐之、刘永翔主编《朱子全书》（第二十三册），上海古籍出版社、安徽教育出版社2002年版，第3094页。

独特的行为方式及其社会功能得以彰显"。① 换言之，中国古代文体分类的生成方式虽几经变迁，但批评家们对于文体社会功能的关注和重视却是一以贯之的。就本节关注的诗体问题而言，同时代书院之外的批评家们在涉及诗之体用的问题时虽不乏"诗道迩来几熄"②、"盈简累牍皆华而无根"③之说，却鲜有批评家能够在批判的基础上提出较有针对性的，特别是能够从根本上解决这一问题的应对之策；由此观之，这更彰显出以朱熹为代表的南宋书院中人在讨论和应对这一问题时所起到的关键性作用——在讨论这一问题时，以朱熹为代表的南宋书院中人多能够从有利于初学者学习，要求初学者"入门须正"的角度出发，以其书院日常的教学实践为基础，通过强调"识得古今体制"的重要性，同时提供"古之圣贤"以诗文"讲明天下之义理"的师法榜样，切实引导初学者摆脱"玩意于空言，以校工拙于篇牍之间"的不良创作风气，循序渐进地掌握不同诗歌体式的创作规范要求，并最终由诗歌创作而彰显其教化意义；而这种基于书院师生日常论学过程中所提出的理论主张既切中当时诗坛弊端之要害，又能够从匡正时弊的角度出发，通过教学实践引导初学者这一影响和左右未来诗坛创作与批评倾向的重要群体在入门之初即树立正确的创作观，以期达到正本清源之效，可谓具有鲜明的"书院特色"。

总之，在以朱熹为代表的南宋书院中人看来，当时诗坛之所以流弊丛生，空疏浮躁之风盛行，其主要原因之一便是后学者在初入诗坛时未能做到夯实基础，特别是未能充分认识到"识得古今体制"的必要性和重要性，在尚未完全掌握诗歌创作的基本要求和规范的情况下"率尔而作"；进而直接导致了"玩意于空言，以校工拙于篇牍之间"的恃才弄笔之作充斥于时下诗坛；若以"收拾人心"

---

① 郭英德：《中国古代文体学论稿》，北京大学出版社2005年版，第3页。
② （宋）胡仔：《序渔隐诗评丛话后集》，廖德明点校、周本淳重订：《苕溪渔隐丛话·后集》，人民文学出版社1962年版，第1页。
③ （宋）释圆智：《钱唐闻聪师诗集序》，载曾枣庄、刘琳主编《全宋文》（第〇一五册）卷三一〇，上海世纪出版股份有限公司上海辞书出版社、安徽出版集团安徽教育出版社2006年版，第234页。

"重建伦常"的角度观之，则这种盛行于当时诗坛创作风尚亦是对诗体本身所应承载的"在心为志，发言为诗""讲明天下之义理"等社会功能的背离。因此，如何在具体的教学过程中对书院学子加以教育和引导，从夯实基础、树立榜样、正本清源入手，逐步廓清诗坛流弊，进而实现"文统"与"道统"的归复和统一，便成为摆在朱熹等南宋书院中人面前的首要问题。

二 推崇《选》诗，夯实基础：廓清流弊的努力

笔者通过梳理相关材料发现，面对弊端丛生的当时诗坛，以朱熹为代表的南宋书院中人在匡正诗坛时弊的问题上亦多将书院的日常教学作为解决问题的主要着力点；换言之，如何在师生切磋、教学相长的过程中培养和促使后学者初涉文坛之时即走上正确的治学、创作之路亦是朱熹本人执教书院期间关注的重点问题。因此，如何引导初学者在"识得古今体制"的基础上体会和揣摩前辈优秀作家作品，取其精华以为己用便成为朱熹在具体的讲学过程中重点关注的问题之一；而其在书院日常教学过程中对"《选》体""《选》诗"的推崇，即可视为一个非常典型例证：

> 李太白终始学《选》诗，所以好。杜子美诗好者亦多是效《选》诗，渐放手，夔州诸诗则不然也。①

关于"《选》体"的定义，前辈学者亦不乏相关论述。如胡才甫《诗体释例》中将《选》体归于"以风格分体"一类，认为"《昭明文选》所选之诗为《选》体，皆汉魏晋南北朝间五言诗也"②；曾枣庄的《中国古代文体学》认为，《选》体即"梁萧统《文选》（或称《昭明文选》）所选诗文的风格体制，具体指辞藻华

---

① （宋）黎靖德编，王星贤点校：《朱子语类》（第八册），中华书局1986年版，第3326页。

② 胡才甫著，王永波整理：《诗体释例》，文化艺术出版社2018年版，第3页。

丽，声律谐婉，讲究对偶的诗文风格"①，叶军、彭玉平、吴兆路的《中国诗学》（第四卷）认为，所谓"选体"即"以六朝格律较为严谨的五言古诗为主，后人遂将前代五言古诗和后代诗人仿照《文选》诗所作的五言古诗称为选体"②；傅璇琮、许逸民、王学泰等主编《中国诗学大辞典》则将"选体"定义为"南朝梁萧统《文选》所录诗歌的体式、风格……其内涵恐难用几句简单的话概括，后人可以从体式、风格上来认识《文选》所录作品的特点"③。若结合两宋时期的社会背景而论，宋代《文选》之学虽不似唐代那样兴盛，亦无研究大家出现，但《文选》在读书人中的影响力依然不可小觑——如宋神宗元丰二年（1079）进士郭思《瑶溪集》中即有"今人不为诗则已，苟为诗则《文选》不可不熟也"④之说，南宋曾季狸《艇斋诗话》中亦有"东湖尝与予言：'近世人学诗，止于苏黄，又其上则有及老杜者，至六朝诗人，皆无人窥见。若学诗而不知有选诗，是大车无輗，小车无軏。'东湖尝书此以遗予，且多劝读选诗"⑤之论，胡仔《苕溪鱼隐丛话》引《雪浪斋日记》云"晁以道诗云：'清霜下斗牛，凛然北固秋'，全似选诗。又有'谢公樽俎烟霞外，庾信文章涕泪前'极为佳句"⑥；这些都足以表明两宋亦有相当一部分诗人和批评家非常推崇《选》诗。郭英德《中国古代文体学论稿》认为，"一种文体的基本结构……应包括从外至内递进的四个层次，即：（一）体制，指文体外在的形状、面貌、构架，犹如人的外表形体；（二）语体，指文体的语言系统、语言修辞和语言风格，犹如人的语言谈吐；

---

① 曾枣庄：《中国古代文体学（下卷）中国古代文体分类学》，世纪出版集团上海人民出版社、上海书店出版社2012年版，第745页。
② 汪涌豪、骆玉明主编，叶军、彭玉平、吴兆路著：《中国诗学》（第四卷），东方出版中心1999年版，第146页。
③ 傅璇琮、许逸民、王学泰等主编：《中国诗学大辞典》，浙江教育出版社1999年版，第685页。
④ 郭绍虞辑：《宋诗话辑佚》（下），中华书局1980年版，第532页。
⑤ 丁福保辑：《历代诗话续编》（上），中华书局2006年版，第296—297页。
⑥ （宋）胡仔撰，廖德明点校、周本淳重订：《苕溪渔隐丛话·前集》卷第五十四，人民文学出版社1962年版，第371页。

(三)体式,指文体的表现方式,犹如人的体态动作;(四)体性,指文体的表现对象和审美精神,犹如人的心灵、性格"①。具体到本节所论朱熹对《选》诗的推崇,则主要体现在以下几个方面。

首先,就其体制特点而言,朱熹所推崇的《选》诗均为古体诗。诚如前文所论,朱熹对于当时诗坛"不识"古今体制的浮躁风气颇为不满;而若想从根源上彻底匡正这种空疏浮泛之风,就必须通过古今对比,使初学者能够更为直观地认识到"古人作诗"之"好处"与时人作诗之"不好处",并以此为契机,进一步明确应该如何学习古人之佳作:

> 若但以诗言之,则渊明所以为高,正在其超然自得,不费安排处。东坡乃欲篇篇句句依韵而和之,虽其高才,合凑得着,似不费力,然已失其自然之趣矣。况今又出其后,正使能因难而见奇,亦岂所以言诗也哉?东坡亦自晓此,观其所作黄子思诗序论李、杜处,便自可见。但为才气所使,又颇要惊俗眼,所以不免为此俗下之计耳。②

> 或问"诗言志,声依永,律和声"。曰:"古人作诗,只是说他心下所存事,说出来,人便将他诗来歌。其声之清浊长短,各依他诗之语言,却将律来调和其声。今人却先安排下腔调了,然后做语言去合腔子,岂不是倒了!"③

诚如前文所论,在朱熹看来,时人之诗之所以难以追攀古人,其主要原因之一恰在于后学者在初涉诗坛之时未能在夯实基础,特别是"识得古今体制"上多下功夫。结合引文可知,就"识得古今

---

① 郭英德:《中国古代文体学论稿》,北京大学出版社2005年版,第4页。
② (宋)朱熹:《答谢成之》,载朱人杰、严佐之、刘永翔主编《朱子全书》(第二十三册),上海古籍出版社、安徽教育出版社2002年版,第2755页。
③ (宋)黎靖德编,王星贤点校:《朱子语类》(第五册),中华书局1986年版,第2005页。

体制"这一问题而言,时人多将其简单等同于创作实践中对诗歌形式技巧的掌握和追求,即所谓"先安排下腔调了,然后做语言去合腔子",这样的诗作不仅存在"似不费力,然已失其自然之趣"的问题,亦常常疏于在抒写和表达创作者本人"心下所存之事"上下功夫。有鉴于此,朱熹将"《选》诗"作为初学者可资效法的榜样,亦是基于其体制上"近于古"的特点而言的。恰如张健《宋代文学论考》中已经指出的那样,"单从形式技巧层面看,近体诗要讲求声律对偶等,较古体诗技巧成分为多"①,换言之,以"《选》诗"为师法对象,可以在一定程度上避免初学者在学习过程中本末倒置,将过多的精力集中在"做语言去合腔子"等诗作形式和创作技法的钻研上。此外,由于《文选》以"事出于沉思,义归乎翰藻"为选编标准,故其所选之诗亦不乏"音节华畅"且"不留罅隙"之作;而后学者亦可在着重抒写情志,关注"志之所之"的同时求其新变,于循序渐进中逐步掌握诗歌创作的基本规范:

  然余尝以为天下万事,皆有一定之法,学之者须循序而渐进。如学诗则且当以此等为法,庶几不失古人本分体制。向后若能成就变化,固未易量,然变亦大是难事。果然变而不失其正,则纵横妙用,何所不可?不幸一失其正,却似反不若守古本旧法,以终其身之为稳也。李、杜、韩、柳初亦皆学《选》诗者,然杜、韩变多,而柳、李变少。变不可学而不变可学,故自其变者而学之,不若自其不变者而学之,乃鲁男子学柳下惠之意也。②

  按束景南《朱熹年谱长编》考证,引文作于庆元五年(1199)五月二十二日,朱熹此时已退居建阳,专心著书教学③;而朱熹所跋

---

① 张健:《宋代文学论考》,中华书局2019年版,第205页。
② (宋)朱熹:《跋病翁先生诗》,载朱人杰、严佐之、刘永翔主编《朱子全书》(第二十四册),上海古籍出版社、安徽教育出版社2002年版,第3968页。
③ 束景南:《朱熹年谱长编》,华东师范大学出版社2001年版,第1365页。

"病翁先生"诗即其师刘子翚之作。由引文可见,先师的创作和此后的日常教学实践亦使其认识到,后学者在学习诗歌创作的过程中应该特别注重"循序而渐进",将掌握诗歌创作的"一定之法"作为学习的首要任务;这样才能"庶几不失古人本分体制"。值得注意的是,朱熹此处以李、杜、韩、柳四位前辈诗人对《选》诗的学习及其创作实践为例,认为"杜、韩变多而柳、李变少,变不可学而不变可学",进而提示初入诗坛的后学者们应该"自其不变者而学之",这也从另一侧面说明初学者们对于《选》诗的学习和效法恰是贯彻"循序而渐进"的学习原则,真正做到"识得古今体制"的有效途径和关键环节。

其次,就其语体特点而论,朱熹对于《选》诗中那些语言俊爽健劲,浑然天成的作品多有褒扬;而这一褒扬亦多与其对时人诗作语言之"好用经语"、纤弱浮薄、"细碎卑冗"等诸多弊病的批评紧密相连:

> 鲍明远才健,其诗乃《选》之变体,李太白专学之。如"腰镰刈葵藿,倚杖牧鸡豚",分明说出个倔强不肯甘心之意。如"疾风冲塞起,砂砾自飘扬;马尾缩如猬,角弓不可张",分明说出边塞之状,语又俊健。①

> 文字好用经语,亦一病。老杜诗:"致思远恐泥。"东坡写此诗到此句云:"此诗不足为法"。②

> 律诗则如王维、韦应物辈,亦自有萧散之趣,未至如今之细碎卑冗,无余味也。……要使方寸之中,无一世俗言语意思,则其为诗不期于高远而自高远矣。③

---

① (宋)黎靖德编,王星贤点校:《朱子语类》(第八册),中华书局1986年版,第3324页。

② (宋)黎靖德编,王星贤点校:《朱子语类》(第八册),中华书局1986年版,第3327页。

③ (宋)朱熹:《答巩仲至》,载朱人杰、严佐之、刘永翔主编《朱子全书》(第二十三册),上海古籍出版社、安徽教育出版社2002年版,第3095页。

第二章 日趋规范的创作方法 ❖

古人诗中有句，今人诗更无句，只是一直说将去。这般诗，一日作百首也得。如陈简斋诗："乱云交翠壁，细雨湿青松"；"暖日薰杨柳，浓阴醉海棠"，他是什么句法！①

诚如前辈学者已经指出的那样，中国古代的每一种文体"都有一套自成系统的语词"②，不同文体亦有其各自特定的语体。结合上述引文及其他相关资料可见，能否在具体的诗歌创作实践中做到"得其体"是朱熹在评骘世人诗作之高下的重要标准之一；具体到诗作之语体而论，便是要求诗作在用字命意等方面契合其所对应的语言系统和语言风格。在朱熹看来，后学者所作诗歌的语言风格应该像其所赞赏的鲍照诗那样，既有"倔强不肯甘心之意"的自然流露，又有一种豪迈俊健之气充盈其中，从整体上则呈现出"里面自有法"、余味无穷的特点。反观时人诗作，其语体之弊亦主要集中于两个方面：一是诗作语言与诗体不契合，引文所论"好用经语"之弊即针对时人诗作好用"经语"以炫示学问，而"经语"本身却并不契合诗体特有的语言系统而发；二是诗作语言纤弱卑下、俗套乏味，或以"使难字、使巧字"为能事，或以"一直说将去"为"自然"。引文所谓"细碎卑冗，无余味也"即就此而言。由此观之，所谓"句法浑成"，既非炫示学问所得，亦非不讲句法，如流水账般"一直说将去"，而是将创作过程中的句法锻炼与诗人的情感表达结合起来，"自然从雕琢而出"。需要指出的是，引文中朱熹颇为赞赏的鲍照诗亦为《文选》选录，如"腰镰刈葵藿，倚杖牧鸡豚"③ 语出鲍照《东武吟》；"疾风冲塞起，砂砾自飘扬；马尾缩如猬，角弓不可张"④ 则

---

① （宋）黎靖德编，王星贤点校：《朱子语类》（第八册），中华书局1986年版，第3330页。
② 郭英德：《中国古代文体学论稿》，北京大学出版社2005年版，第9页。
③ （梁）萧统编，（唐）李善注：《文选》（第三册），上海古籍出版社1986年版，第1320页。
④ （梁）萧统编，（唐）李善注：《文选》（第三册），上海古籍出版社1986年版，第1321页。

是鲍照《出自蓟北门行》中的句子。对于鲍照诗作"语又俊健"的特点,朱熹之前的宋代批评家多有关注:如梅尧臣"谁爱鲍参军,登临多秀句"(《和潘叔治早春游何山》)、苏轼"乞取千篇看俊逸,不将轻比鲍参军"(《重寄一首》)、陈师道"鲍照之诗华而不弱"(《后山诗话》)等均对鲍照诗作之"俊逸"予以充分赞赏;但亦有如姚宽《西溪丛语》中将"俊逸鲍参军"视为杜甫对李白"亦有讥焉"之说,对于这一点,已有前辈学者指出,姚氏"亦有讥焉"之说的出现与宋代文选学衰落,时人为参加科举而"多读经义,《文选》读者明显减少"有着密切关联。从书院教学的角度来看,朱熹并未像书院之外的其他批评家那样,对于鲍照诗之优劣予以概括性的评价,而是从后学者善择师法的角度出发,着意选择"《选》之变体"鲍照诗作为例证,并特别提示后学者学习其诗作"俊健"的语言风格,其用意不仅在于从诗作之语体的角度为后学者提供一个可资师法的典范,同时亦在于正本清源,以教育后学为着力点,从根源上切实矫正弥漫于时下诗坛的纤弱浮靡之风。

再次,就其体性特征而言,在日常的书院教学中,对于《选》诗中那些"气韵高古"、气象阔大之作,朱熹一直予以高度赞扬:

> 《选》中刘琨诗高。东晋诗已不逮前人,齐梁益浮薄。①

> 苏子由爱《选》诗"亭皋木叶下,陇首秋云飞",此正是子由慢底句法。某却爱"寒城一以眺,平楚正苍然",十字却有力!②

刘琨诗素以风格雄峻著称,《文选》所录刘琨诗共三首(《答卢

---

① (宋)黎靖德编,王星贤点校:《朱子语类》(第八册),中华书局1986年版,第3324页。
② (宋)黎靖德编,王星贤点校:《朱子语类》(第八册),中华书局1986年版,第3325页。

谌诗并书》《重赠卢谌》《扶风歌》），其中尤以《重赠卢谌》中"何意百炼钢，化为绕指柔"二句最为后世批评家所赞赏；如钟嵘《诗品》谓刘琨诗"仗清刚之气，赞成厥美"①、"既体良才，又罹厄运，故善叙丧乱，多感恨之词"②，李白《留别贾舍人至二首》有"谁念刘越石，化为绕指柔"之语，《送宣城刘副使入秦》亦有"君即刘越石，雄豪冠当时。凄清横吹曲，慷慨扶风词"之论。若以此为参照，将引文中朱熹"《选》中刘琨诗高"之评与其对齐梁诗作"浮薄""使人四肢散漫不收拾"的批判对举可见，朱熹对"《选》中刘琨诗"的评价亦多基于其慷慨悲壮、清峻刚健的诗歌风格和审美精神而言。此外，引文中朱熹所赞赏的"寒城一以眺，平楚正苍然"两句出自谢朓《宣城郡内登望》诗，该诗亦为《文选》收录。唐宋批评家在评论这首诗时，多有下笔有力、浑茫开阔之论。如胡仔《苕溪渔隐丛话》引《唐子西语录》云："'寒城一以眺，平楚正苍然'，平楚犹平野也；吕延济乃用'翘翘错薪，言刈其楚'，谓楚，木丛。便觉意象殊窘，凡五臣之陋类若此。"③清沈德潜《古诗源》则称"'寒城'一联格高。朱子亦赏之"，可见朱熹对这首诗的喜爱亦源于其意境之开阔，审美精神之雄健有力。而这种对于"气韵高古"、意境雄浑之作的推崇在朱熹日常的书院教学中亦多有体现：

  唐明皇资禀英迈，只看他做诗出来，是甚么气魄！今《唐百家诗》首载明皇一篇《早渡蒲津关》，多少飘逸气概！④

  因举石曼卿诗极有好处，如"仁者虽无敌，王师固有征；无私乃时雨，不杀是天声"长篇。某旧于某人处见曼卿亲书此

---

① （梁）钟嵘著，曹旭集注：《诗品集注》，上海古籍出版社1994年版，第28页
② （梁）钟嵘著，曹旭集注：《诗品集注》，上海古籍出版社1994年版，第241页
③ （宋）胡仔撰，廖德明点校、周本淳重订：《苕溪渔隐丛话·前集》卷二，人民文学出版社1962年版，第8页。
④ （宋）黎靖德编，王星贤点校：《朱子语类》（第八册），中华书局1986年版，第3325页。

诗大字，气象方严遒劲，极可宝爱，真所谓"颜筋柳骨"！……曼卿胸次极高，非诸公所及。其为人豪放，而诗词乃方严缜密，此便是他好处，可惜不曾得用！①

由此可见，面对以争新竞巧为尚的当时诗坛，朱熹在教学实践中通过对前人诗作中那些气魄"英迈""方严缜密"之诗的赞赏无疑蕴含着救济时弊、匡正诗坛卑弱浮靡之风的良苦用心；以书院教学的角度观之，树立"《选》诗"这样一个可供师法的榜样无疑为那些书院学子在初涉诗坛之时指明了正确的学习途径。此外，痛感于时下诗坛多"狂怪雕锼，神头鬼面""肥腻腥臊，酸咸苦涩"之作，朱熹在书院日常教学中则多通过倡导诗作之"闲淡""无声色臭味"以矫其弊；而联系朱熹早年的学习经历可知，初学者若想创作出具有"萧散冲淡之趣"的诗作，则其对于《选》诗的学习与借鉴亦是必不可少的：

闻之诸先生皆云，作诗须从陶、柳门庭中来乃佳，不如是无以发萧散冲淡之趣，不免于局促尘埃，无由到古人佳处也。如《选》诗与韦苏州诗，亦不可不熟观，然更须读《语》《孟》，以深其本。②

按束景南《朱熹年谱长编》考证，这封信是朱熹绍兴二十年（1150）正月与其表弟程洵谈论诗文所作，亦是少年朱熹对自身学习经验的总结。在他看来，初学者在学习及创作实践中以"陶、柳门庭"为切入点，不断揣摩并最终创作出具有"萧散冲淡"之美的诗作虽为上策，但仅仅止步于此是远远不够的；若想真正做到破除藩

---

① （宋）黎靖德编，王星贤点校：《朱子语类》（第八册），中华书局1986年版，第3329页。

② （宋）朱熹：《与程允夫书》，载朱人杰、严佐之、刘永翔主编《朱子全书》（第二十七册），上海古籍出版社、安徽教育出版社2002年版，第179页。

第二章　日趋规范的创作方法 ❖

篱、达到"古人佳处",就必须以此为出发点,寻根溯源,通过"熟观"《选》诗,勤读《语》《孟》,"以深其本";而这种要求后学者在初涉诗坛之时注重夯实基础,通过"熟观《选》诗""以深其本"的主张在其日后的书院教学中亦可谓一以贯之。结合引文可知,朱熹将《选》诗视为创作"平易不费力"之诗的一个典型例证,足见其对于《选》诗审美精神、审美特点的认识亦包含着对于"萧散冲淡之趣"的追求;换言之,在朱熹看来,这种对于匡正时下文坛弊端颇有助益的"萧散冲淡之趣"亦是"《选》体"的体性特点之一。

最后,就其体用关系而言,朱熹将诗歌视为"人心之感物而形于言之余"的产物,因"圣人在上,则其所感者无不正,而其言皆足以为教",故后人在创作实践中亦应以"圣人之作"为楷模,以"有意乎温柔敦厚之教""不为文字之空言,而必要于实用"为诗歌创作的根本目的。朱熹之所以将《选》诗视为初学者可资借鉴和师法的对象,亦是基于其相应社会功能,特别是"教化"作用的彰显而论——即诗人应在"不为文字之空言"的基础上充分彰显诗体所承载的社会功能,做到"有意乎温柔敦厚之教":

> 故尝妄欲抄取经史诸书所载韵语,下及《文选》、汉魏古词,以尽乎郭景纯、陶渊明之所作,自为一编,而附于三百篇、《楚辞》之后,以为诗之根本准则。①

朱熹此处将《文选》与"汉魏古词""郭景纯、陶渊明之所作"列于"三百篇、《楚辞》之后",并将其视为能够体现"诗之根本准则"、可供后世学者效法的典范之作,足见"《选》诗"亦是其心目中能够实现"诗之体"与"诗之用"相互契合的典型代表;而朱熹此处所谓"诗之根本准则"即包含着其对于诗歌"明道""言志"

---

① （宋）朱熹：《答巩仲至》,载朱人杰、严佐之、刘永翔主编《朱子全书》（第二十三册）,上海古籍出版社、安徽教育出版社2002年版,第3095页。

"教化"等社会功能的期待和重视。通过梳理相关资料可知,在漫长的书院执教生涯中,如何凸显并实现诗歌的社会功能始终是朱熹特别关注的问题之一:

> 器之问:"《诗传》分别六义,有未备处。"曰:"不必又只管滞却许多,且看诗意义如何。……古人胸中发出意思自好,看着三百篇《诗》,则后世之诗多不足以观矣。"①

> 所谓"无邪"者,读诗之大体,善者可以劝,而恶者可以戒。若以为皆贤人所作,贤人决不肯为此。……所谓"诗可以兴"者,使人兴起有所感发,有所惩创。②

> 亚夫问:"'诵诗三百',何以见其必达于政?"曰:"其中所载可见。……圣人所以修德于己,施于事业者,莫不悉备。于其间所载之美恶,读诵而讽咏之,如是而为善,如是而为恶;吾之所以自修于身者,如是是合做底事,如是是不合做底事。待得施以治人,如是而当赏,如是而当罚,莫不备见,如何于政不达。若读《诗》而不达于政,则是不曾读也。"③

综上所引,认为诗歌创作应该以能够体现作者"胸中发出意思"和"诗人内心的志之所之"为最终归旨在朱熹执教生涯中亦可谓一以贯之。有鉴于此,初学者在学习和创作实践中,必须对"诗之体用"予以充分的关注和重视,在"识得古今体制"的基础上选择那些"诗之体"与"诗之用"相互契合且充分彰显诗体之"教化"作

---

① (宋)黎靖德编,王星贤点校:《朱子语类》(第六册),中华书局1986年版,第2070页。
② (宋)黎靖德编,王星贤点校:《朱子语类》(第六册),中华书局1986年版,第2090页。
③ (宋)黎靖德编,王星贤点校:《朱子语类》(第三册),中华书局1986年版,第1102页。

第二章　日趋规范的创作方法

用的诗作进行学习；反观当时诗坛，之所以会出现"浮泛新巧之声"盛行的乱局，除了初学者在学习过程中多存在不重基础，不识"古今体制"的竞躁虚浮之弊外，未能做到"善择其体"亦是导致其诗作以"细碎卑冗，无余味也"的主要原因之一：

> 其诗学屈、宋、曹、刘而下及于韦应物，视柳子厚犹以为杂用今体不好也。①

> 器之问诗。曰："古人情意温厚宽和，道得言语自恁地好。当时叶韵，只是要便于讽咏而已。到得后来，一向于字韵上严切，却无意思。汉不如周，魏晋不如汉，唐不如魏晋，本朝又不如唐。"②

按束景南《朱熹年谱长编》考证，黄子厚即朱熹同窗黄铢，尤精诗词，与朱熹多有唱和。庆元五年（1199）七月，三山许闳携黄铢诗集来访，朱熹为之作序。③ 朱熹在同年与巩丰论诗时盛赞黄铢诗作"自楚汉诸作中来，绝不类世人语"；结合引文可见，朱熹对黄子厚诗作批评主要集中在那些"杂用今体"的作品上；因此，亦有学者据此认为，朱熹在诗体选择的问题上"厚古薄今"，并将其归结为"一种比较保守的文体观念"。笔者通过梳理相关材料发现，这种说法并非中的之论——虽然朱熹在日常的书院教学中对《选》诗多有推崇，但这种提倡和推崇并不意味着对近体诗的一味排斥；对于那些能够实现"诗之体"与"诗之用"相互契合，特别是能够充分展现诗人"志之高下"且"尤有余味"的近体诗作，朱熹亦是予以肯定和褒扬的：

---

① （宋）朱熹：《黄子厚诗序》，载朱人杰、严佐之、刘永翔主编《朱子全书》（第二十四册），上海古籍出版社、安徽教育出版社2002年版，第3683—3684页。
② （宋）黎靖德编，王星贤点校：《朱子语类》（第六册），中华书局1986年版，第2081页。
③ 束景南：《朱熹年谱长编》，华东师范大学出版社2001年版，第1370—1371页。

> 子直诗甚佳，南容之篇尤有余味，已辄为题其后，因书幸以报之也。①

> 刘叔通江文卿二人皆能诗：叔通放体不拘束底诗好，文卿有格律入规矩底诗好。②

> 裘父诗胜他文，近体又胜古风，今乃见之，幸甚。③

朱熹在《答巩仲至》中指出，世人之所以多有"是今非古之意"，其主要原因便在于"古体"不如"近体""可以悦人之观听"④；有鉴于此，世人在面对诗体选择的问题上亦多以崇古抑今为尚，以求达到"惊俗眼""投世俗之耳目"的效果；而这种创作倾向漫延于文坛的最终结果，便是"正音不竞""诗道几熄"，空疏浮泛之风日盛。总之，朱熹对"《选》诗"的推崇和褒扬，既是基于其书院日常教学，从有利于后学者夯实基础、"识得古今体制"的角度提出的一个典型例证，同时又是贯彻其重视文体的社会功能，促使"文统"与"道统"归复于一的文体思想的充分体现。

三 余论

综上所述，若放眼整个南宋时期的文学理论批评，特别从比较"书院之内"与"书院之外"两个理论场域诗歌体式问题的关注和讨论的角度来看，以朱熹为代表的南宋书院中人在关注和讨论诗体问题时，主要呈现出以下几个特点。

---

① （宋）朱熹：《答王才臣》，载朱人杰、严佐之、刘永翔主编《朱子全书》（第二十三册），上海古籍出版社、安徽教育出版社2002年版，第2897页。
② （宋）黎靖德编，王星贤点校：《朱子语类》（第八册），中华书局1986年版，第3331页。
③ （宋）朱熹：《与平父书中杂说》，载朱人杰、严佐之、刘永翔主编《朱子全书》（第二十二册），上海古籍出版社、安徽教育出版社2002年版，第1798页。
④ （宋）朱熹：《答巩仲至》，载朱人杰、严佐之、刘永翔主编《朱子全书》（第二十三册），上海古籍出版社、安徽教育出版社2002年版，第3098页。

一是将对于诗体问题的讨论与对当时弊端的批判结合起来进行讨论,从"正本清源"的角度出发,提示和引导后学者由"识"出发,循序渐进地解决诗之"失体"及诗之体用等问题。综合上文所论可知,面对积弊丛生、诗风竞躁的当时诗坛,无论书院内外,世人均多有批判之词;而对于诗体问题的选择与讨论,南宋批评家不论其是否身在书院之内,亦多有关注;但相较于书院之外的批评家仅仅止于对诗道沦丧、诗之"失体"的批判或是泛论雅颂、畅言"正体"以为解决之道而言,以朱熹为代表的南宋书院中人在批判时弊的同时更加注重以其书院教学实践为依托,从有利后学的角度出发,在深入探讨诗坛积弊产生的不良影响的同时提供切实可行、更具针对性和操作性的救弊之策——在朱熹看来,这种竞躁之风盛行所带来的直接后果便是初学者在学习过程中不重夯实基础、不识"古今体制",因其"不识",故难作好诗,难出佳作;因此,解决这一问题的关键即在于通过日常师生论学,于教学相长、切磋琢磨的过程中通过列举实例,提供正反两方面的经验提示并要求初学者在涉足诗坛之处即注重夯实基础,特别是在"识得古今体制"上多下功夫。对于初学者而言,这样的要求和提示既具有较强的说服力,同时又具有较强的可操作性,无疑有助于其在初涉诗坛之时树立正确的学习观念、掌握正确的学习路径。就整个南宋诗坛未来发展的走向而言,这些初入诗坛的初学者无疑是未来诗坛创作与诗歌批评的重要力量,因此,从初学者的学习引导入手,以"识得古今体制"为切入点,以强调诗体社会功能,特别是其彰显其教化作用为落脚点,既充分说明南宋书院中人对于诗体问题的关注和重视,亦体现出其在"匡正"诗体问题上循序渐进的解决思路——即以"识"为出发点,由浅入深,通过学习实践逐步掌握不同诗体的创作规范,进而真正实现正本清源,彻底矫正当时诗坛盛行的竞躁浮泛之风。此外,在涉及诗歌的体用关系问题时,以朱熹为代表的南宋书院中人往往特别重视和强调诗歌的社会功能,特别是其"教化"作用的彰显,这一点亦与南宋书院中人力图通过创办书院来重建道德秩序,达到"收拾人心",重振道统的办学理想相一致。

二是多从书院教学实际出发,通过树立《选》诗这一可资师法的学习榜样,方便初学者在"识得古今体制"的基础上对于诗体问题进行更为全面的学习和掌握。综合上文所论可见,较之于书院之外的其他批评家,以朱熹为代表的南宋书院中人在论述诗体问题时往往更加注重从书院的日常教学实践出发,通过榜样的树立和细致分析使初学者明确诗体问题的各个方面,达到知其然亦知其所以然的学习效果。如在论述"识得古今体制"这一问题时,朱熹既批判当时诗坛积弊的角度论述其必要性,又将《选》诗作为一个可供初学者师法的典型例证,从《选》诗自身的体制特点、体貌风格等不同方面进行详细分析和说明;从不同角度、不同侧面为后学者提供可资学习和借鉴的榜样。对于初学者而言,这种理论与实证相结合的教学方式既有利于其在学习过程中进一步明确诗体问题的重要性,又能使其在学习和创作实践中明确师法对象,从体制、语体、体性、体用等多方面对《选》诗进行全方位的学习和借鉴,切实匡正时下诗坛将诗体学习简单等同于创作技巧的掌握,将"玩意于空言"视为作诗之高妙的不良创作倾向。

就其后世影响而论,朱熹之后的书院中人在论述诗体问题时亦多从匡正时弊、引导后学者掌握正确的创作路径出发,在提示初学者重视夯实基础的同时将"《选》诗"作为初学者可资学习和借鉴的典范之一。如赵蕃《寄谢新安丰守胡达孝见遗近诗一轴便呈甘叔异章梦与》即以"诗作文选体,字有眉山踪"[①]盛赞胡氏诗作之高妙;谢枋得在《与刘秀岩论诗》中提到自己的学诗之路时则有"凡人学诗,先将《毛诗》选精深者五十篇为祖,次选杜工部诗五言、选体、七言古风、五言长篇、五言八句四句、七言八句四句,八门类编成一集,只须百首;次于《文选》中选李陵、苏武以下至建安、晋、宋五言古诗、乐府编类成一集;次选陶渊明、韦苏

---

① (宋)赵蕃:《淳熙稿》,中华书局1985年版,第17页。

州、陈子昂、柳子厚四家诗,各类编成一集;次选黄山谷、陈后山两家诗,各编类成一集,此二家乃本朝诗祖;次选韩文公、苏东坡二家诗,共编成一集。如此拣选编类到二千诗,诗人大家数尽在其中。又于洪邃编晚唐五百家、王荆公家次通选唐诗内拣七言四句、唐律编类成一集,则盛唐、晚唐七言四句之妙者皆无遗矣。能如此用工,时一吟咏,不出三年,诗道可以横行天下"① 的经验之谈;文天祥《萧焘夫采若集序》中亦谓萧焘夫之诗"五年前善作李长吉体,后又学陶,自从予游,又学《选》。今则骎骎颜、谢间,风致惟十九首,悠远慷慨,一唱三叹,而有遗音"②。由上,足见其影响之深远。

第三节 "意与理胜"和"平淡朴重":诗文内容与风格的要求

本节重点讨论南宋各书院的讲学者们对于诗文创作在内容和风格上的要求。以朱熹为代表的一批书院中人极力倡导创作"平淡朴重"之诗文,并力图借此匡正当时文坛盛行的重繁缛雕饰之风、炫才逞博之弊。本节论析这些讲学者对于诗文内容的要求为切入点展开讨论,同时结合相关材料分析这一要求与"平淡朴重"风格之间的关联,进而探求以朱熹为代表的书院中人对诗文创作回归"文道合一"的统绪所作出的努力及其重要性。

一 "意与理胜":诗文内容的核心

诚如第一章所论,受到时下文坛"干禄文风"盛行的影响,时人在进行诗文创作时多存在"重形式而轻内容"、通过诗文创作以"炫才学、求利禄"等不良倾向。正是痛感于时下文坛的种种弊端,南宋各书院的讲学者在对这些弊端予以强烈批判的同时亦以自己的

---

① (宋)谢枋得:《与刘秀岩论诗》,《谢叠山集》,中华书局1985年版,第12页。
② (宋)文天祥:《萧焘夫采若集序》,《文天祥全集》,中国书店1985年版,第226页。

实际行动作出了种种努力以匡正其弊；而具体到"诗文创作内容核心"这一关键问题时，便是要求后学者在创作实践中以"重意"和"明理"为重，将"意与理胜"作为诗文内容的核心。通过梳理相关资料可知，朱熹执教书院期间反复提倡作文当以内容为本，同时主张士人应该将如何通过明白晓畅的文字来阐明道义作为其诗文创作的首要目标，是主张"意与理胜"的典型代表：

> 若夫所谓日用切己之功，则圣贤之言详矣。其在《大学》《中庸》《论语》《孟子》者文义分明，指意平实，读之晓然，如见父兄说门内事，无片言半词可以者什八九也。①

> 今人作文，皆不足为文。大抵专务节字，更易新好生面辞语。至说义理处，又不肯分晓。……圣人之言坦易明白，因言以明道，正欲使天下后世由此求之。②

众所周知，在朱熹看来，道为文之根本，文为道之枝叶，"惟其本乎道，所以发之于文，皆道也"；换言之，既然作文之根本在于如何阐明道义并将其传之后世，那么写作者在进行诗文创作时理应将其对"诗文内容是否以'明道义'为本"和"诗文所讲之'道'是否能为后世所理解"这两个问题的关注放在首位，而非仅仅关注文章的辞藻是否华丽。引文将"圣人之经"的"坦易明白""如见父兄说门内事"与今人作文之唯务新奇、"好生面词语"对比，意在使众生徒在学习圣贤经典的同时以"圣贤之经"为楷模，将其"因言以明道""坦易明白"的特点运用到自己的写作实践中去。但如果仅以圣贤为楷模，难免使后学者产生"时代久远""高而不切"之感，

---

① （宋）朱熹《答胡平一元衡》，载朱人杰、严佐之、刘永翔主编《朱子全书》（第二十三册），上海古籍出版社、安徽教育出版社2002年版，第2763页。
② （宋）黎靖德编，王星贤点校：《朱子语类》（第八册），中华书局1986年版，第3318页。

第二章　日趋规范的创作方法

故朱熹不论是在日常教学还是在其文章中均非常注意从本朝士人的诗文中寻找其内容"意与理胜"的榜样，使后学者从这些身边的例证中汲取成功经验：

> 欧公文章及三苏文好，说只是平易说道理，初不曾使差异底字换却那寻常底字。①

> 道夫因言欧阳公文平淡。曰："虽平淡，其中却自美丽，有好处，有不可及处，却不是阘茸无意思。"②

> （评张栻文）其见于言语文字之间，始皆极于高远，而卒反就于平实。此其浅深疏密之际，后之君子其必有以处之矣。③

结合引文可见，不论是欧、苏之文还是张栻之文，朱熹所提出的都是本朝文人的创作实例。这些士人的文章中既无晦涩生僻的字眼，更无炫人眼目的辞藻，但这些文章之所以能够得到后世读者欣赏和喜爱，凭借的正是其文章内容的"意与理胜"——对于读者而言，这些文章的最大特点正是使人于平易晓畅之中体味其"意"之幽远、"理"之深刻，而不必纠结于典故之晦涩或是辞藻之繁缛。对于后学者而言，前有圣贤经典虽"如见父兄说门内事"却因其"意与理胜"而成为万世楷模，后有本朝文人之诗文"虽平淡，其中却自美丽，有好处"为榜样，再辅之以对当时"干禄文风"的批判，使得书院众生徒在学习过程中既有实实在在的榜样可供师法，又能够从今昔对比中确切体会到当时流行的文风之弊端，最后痛下革除之决

---

① （宋）黎靖德编，王星贤点校：《朱子语类》（第八册），中华书局1986年版，第3309页。
② （宋）黎靖德编，王星贤点校：《朱子语类》（第八册），中华书局1986年版，第3312页。
③ （宋）朱熹：《张南轩文集序》，载（宋）张栻著，杨世文点校《张栻集》，中华书局2015年版，第1624页。

心。较之于单纯地强调诗文之内容应以"意与理胜"为本而言,这种理论与批评实践相结合的教学方式显然更容易为广大书院学子所接受。

二 "平淡朴重":基于诗文"明道"内涵的风格要求

对于当时文坛盛行为炫才逞博而吟诗作文的浮夸之风,早年曾从学于朱熹的杜范有着这样的批判:

> 大雅久不作,文士日以众。缵缉斗新美,靡靡相溃溃。春禽转巧舌,但可供好弄。取之以终身,只字不可用。古来名节人,往往多朴重。①

由此可见,在这些书院中人看来,那些以炫才逞博为能事的诗文作品不过是"春禽转巧舌"而已,这样的诗文或可供读者一时赏玩,却于其"终身之用"无益。从这一点上说,若想促使时下文学创作重归正轨,则必须以提倡诗文风格之"朴重"。前辈学者在论及这一问题时,往往将其归结为"南宋书院学者重道轻文的表现"。笔者通过进一步梳理相关资料可知,南宋书院中人所云诗文风格之"平淡朴重"往往蕴含着对诗文内容深度和广度的多重要求。

首先,提倡诗文风格之"平淡朴重"绝不意味着绝对侧重诗文之"义理"的阐发,而是要求写作者具备见微知著的能力,虽是以平易之文字写平常的"小事",却有深远之"意"、深刻之"理"蕴含其中,引发读者无限的思考与回味:

> 予平生不能诗,亦莫能识其浅深高下。然尝闻韩退之之论文曰:"纡余为妍,卓荦为杰。"黄鲁直论长短句,以为"抑扬顿挫,能动摇人心",合是二者,于诗其庶几乎!至于立意精稳,造语平熟,始不刺人眼目;自余皆不足以言诗也。桑泽卿

---

① (宋)杜范:《送子谨叔》(其三),载北京大学古文献研究所编,傅璇琮、倪其心、孙钦善等主编《全宋诗》(第56册),北京大学出版社1998年版,第35262页。

为诗百篇，无一句一字刺人眼，可谓用功于斯术者矣。①

（刘相岩）文字英发如其人……然挟其文不得试，意忽忽不乐。……今日见其诗稿，为读五六过不去手。……今其诗不然，思致幽洁，如在山平水远、鸟啼花落间，不见酒酣气张、悲愤激扬之态。②

由引文可见，无论是陈亮称桑泽卿诗"立意精稳，造语平熟"还是欧阳守道赞刘相岩诗"思致幽洁，如在山平水远、鸟啼花落间"，其共同的特点都在于这些作品立意工稳，看似平淡，实则却能够触发读者从中探求作者之深意。恰如刘克庄在《跋真仁夫诗卷》中所言的：

古以王官采诗，子教伯鱼学诗，诗岂小事哉！古诗远矣，汉魏以来，音调体制屡变。作者虽不必同，然其佳者必同。繁浓不如简澹，直肆不如微婉，重而浊不如轻而清，实而晦不如虚而明，不易之论也。③

由此可见，较之于时人在诗文创作过程格外注重"才"与"技"的呈现，甚至刻意追求其作品的"繁浓"、晦涩而言，南宋书院中人在提倡的诗文风格之"平淡朴重"对写作者的"才"与"技"提出了更高的要求——写作者应该具备于"简澹微婉"之中呈现其诗文内容之"意深理畅"的能力。因此，所谓诗文风格之

---

① （宋）陈亮：《桑泽卿诗集序》，载曾枣庄、刘琳主编《全宋文》（第二七九册）卷六三二八，上海世纪出版股份有限公司上海辞书出版社、安徽出版集团安徽教育出版社2006年版，第265页。
② （宋）欧阳守道《刘相岩诗序》，载曾枣庄、刘琳主编《全宋文》（第三四六册）卷八〇〇九，上海世纪出版股份有限公司上海辞书出版社、安徽出版集团安徽教育出版社2006年版，第456—457页。
③ （宋）刘克庄撰，辛更儒笺校：《刘克庄集笺校》，中华书局2011年版，第4154页。

"平淡朴重"绝不是"内容的平庸肤浅",而是包含着对诗文内容"深度"的要求。

其次,在这些讲学者看来,所谓诗文风格之"平淡朴重"不仅意味着对诗文内容要有于平淡闲远中呈现"意深理畅"的深度,还应该具备"知古鉴今"的广度,使读者在体会其"意深理畅"的同时能够做到举一反三,以史为鉴:

> 与正则书,足见所存远大,今之君子不能当也。两赋反覆不能去手,意广而调高,节明而语妥,铺叙端雅,抑扬顿挫,而卒归于质重,"齐一变而至于鲁",人之辞矣。钦羡之余,继以太息。……仲高之词,叔高之诗皆入能品。时得以洗老眼,在亮何其幸;而一言之不信,在诸贤何其辱也!①

值得注意的是,对于诗文风格"平淡朴重"的提倡并不意味着放弃对辞采修饰或谋篇布局的考虑。朱熹执教书院时期的许多相关论述就是其中的典型代表。在教学实践中,朱熹特别注意引导学生兼重诗文内容与辞采修饰、谋篇布局,避免因提倡"平淡朴重"之风而出现矫枉过正的情况:

> 退之要说道理,又要则剧,有平易处极平易,有险奇处极险奇。且教他在潮州时好,止住得一年,柳子厚却得永州力也。②

> 陈后山文如《仁宗飞白书记》大段好,曲折亦好,墓志亦好。有典有则,方是文章。③

---

① (宋)陈亮:《复杜伯高旗书》,载曾枣庄、刘琳主编《全宋文》(第二七九册)卷六三二三,上海世纪出版股份有限公司上海辞书出版社、安徽出版集团安徽教育出版社2006年版,第175页。

② (宋)黎靖德编、王星贤点校:《朱子语类》(第八册),中华书局1986年版,第3303页。

③ (宋)黎靖德编、王星贤点校:《朱子语类》(第八册),中华书局1986年版,第3306页。

第二章 日趋规范的创作方法 ❖

> 欧公文字字锋刃利,文字好,议论亦好。①

可见在朱熹看来,行文平易与适当的辞藻修饰、收放自如的谋篇布局并不冲突。而且就其所举韩愈、陈师道、欧阳修文的例子来看,其对于这些文坛前辈在文章结构和辞藻上的苦心安排、精致锻炼是非常欣赏和佩服的,甚至要求众弟子在学习作文时将韩文和欧阳修文作为案头之必备,主张学其佳处而用之,更足见其用心之良苦——若仅仅单纯提倡"平淡朴重"而反对"华辞雕饰",则后学者在创作实践中难免会出现轻视辞藻、布局之功用,以致发展为"质木无文"的极端情况。有鉴于此,就必须在反对这种华而不实的"干禄文风"的同时,提出可资学习和参考的榜样,特别是注重强调其在平衡诗文内容与形式关系上的苦心经营,这样就使众生徒在作文之时能够做到内容与形式并重,避免走向另一个极端。而这一观点在朱熹为他人诗文集所作的序跋中亦有体现:

> (评李邴文)盖自我宋之兴,百有余年,累圣相承,专以文治,而其盛极于崇、观、政、宣之间。……而李公以杰出之材雍容其间,发大诏令,草大笺奏,富赡雄特,精能华妙,愈出而愈无穷,直将关众俊之口而夺之气,斯已奇矣。②

> (评严居厚、马庄甫二人和诗)争新斗巧,时出古谈,篇篇皆有思致,读之不觉宦情羁思,恍然在目。讽咏不已,为书其后。③

无论是李邴文之"富赡雄特,精能华妙"还是严、马二人和诗

---

① (宋)黎靖德编、王星贤点校:《朱子语类》(第八册),中华书局1986年版,第3308页。
② (宋)朱熹:《六龛李文公集序》,载朱人杰、严佐之、刘永翔主编《朱子全书》(第二十四册),上海古籍出版社、安徽教育出版社2002年版,第3676页。
③ (宋)朱熹:《题严居厚与马庄甫唱和诗轴》,载朱人杰、严佐之、刘永翔主编《朱子全书》(第二十四册),上海古籍出版社、安徽教育出版社2002年版,第3936页。

之"争新斗巧",于朱熹序中均可见其赞赏与推崇之情,由此亦可见不论是在日常论文还是在书院教学过程中,其"重道而不轻文"的观点是一以贯之的。

要之,正是基于对"意与理胜"这一诗文核心内容的强调,这些讲学者极力提倡诗文风格之"平淡朴重",同时特别强调二者之间的相互配合。这样既可以避免喧宾夺主,使读者在实际阅读中将更多的注意力放在对诗文核心内容的思考和领会上,同时亦对写作者在创作实践中平衡内容与形式的关系提出了更高要求。

三 循序渐进:实现"文道合一"的回归

通过梳理相关资料可知,不管是谈论治学之道还是诗文创作之法,对于学习过程中应注意循序渐进、逐步深入的要求是南宋各书院的讲学者所一贯坚持和倡导的。诚如前文所论,在这些讲学者看来,要想彻底扭转当时文坛的"竞躁"之风,使时人的诗文创作回归到内容上"意与理胜"与形式上"平淡朴重"的完美结合并非一朝一夕之功。因此,他们力图通过书院教学的积极倡导来改变这种状况,使这些就读于书院的后学者在这种循序渐进的学习过程中逐渐走向正轨,彻底杜绝当时文坛上的不良风气及其带来的负面影响,进而努力使整个文坛回归到"文道合一"的统序之中。笔者通过梳理相关资料发现,这一方面仍以朱熹执教书院期间的相关论述最为典型。

首先,朱熹要求学生在初涉诗文创作时应该从模仿前人的优秀之作做起,同时为学生选择了韩愈、欧阳修、曾巩等内容与形式并重的作家的作品作为师法的榜样。值得注意的是,朱熹特别要求学生先应该通过阅读,了解其文章的优点与缺点,形成自己的判断和认识,而不能听信耳食之言,人云亦云:

> 夜来郑文振问:"西汉文章与韩退之诸公文章如何?"某说:"而今难说,便与公说某人优,某人劣,公亦未必信得及。须是

自看得这一人文字某处好，某处有病，识得破了，却看那一人文字，便见优劣如何。若看这一人文字未破，如何定得优劣！便说与公优劣，公亦如何便见其优劣处？但子细看，自识得破。而今人识古人文字不破，只是不曾子细看。"①

由引文可见，在朱熹看来，学习诗文创作的前提是"识文"，即具备对他人文章的优劣之处作出评价和判断的能力，这样的评价和判断不仅需要学生读熟各类前人的优秀作品，分析其优劣之处；还需要学会在比较中发现问题，最终达到"看破"前人之诗文的境界。而通过这一漫长的阅读和比较过程，学生所学到的不仅是"识文"之功，更重要的是朱熹所倡导的脚踏实地的学风和"尚平实、下新奇"的文风已经通过众生徒自己的切身体会而深入其脑海，这就为其下一步的模仿学习和逐步创新打下了坚实的基础。

其次，在选择何人作为师法对象的问题上，朱熹亦可谓匠心独运。他为学生所选择的韩愈、欧阳修、曾巩等人的文章不仅华实兼备，气势宏伟，形式多变，特别符合其所提倡的"尚平实"之风；而且法度谨严，条理分明，对学文者来讲既易于阅读，又便于上手模仿，从而使众生徒在一开始学习时便能做到师古人之精华：

人要会作文章，须取一本西汉文，与韩文、欧阳文、南丰文。②

韩文高。欧阳文可学。曾文一字挨一字，谨严，然太迫。又云："今人学文者，何曾作得一篇！枉费了许多气力。大意主乎学问以明理，则自然发为好文章。诗亦然。"③

---

① （宋）黎靖德编，王星贤点校：《朱子语类》（第八册），中华书局1986年版，第3300—3301页。
② （宋）黎靖德编，王星贤点校：《朱子语类》（第八册），中华书局1986年版，第3321页。
③ （宋）黎靖德编，王星贤点校：《朱子语类》（第八册），中华书局1986年版，第3306—3307页。

因改谢表,曰:"作文自有稳字。古之能文者,才用便用着这样字,如今不免去搜索修改。"又言:"欧公为蒋颖叔辈所诬,既得辨明,《谢表》中自叙一段,只是自从胸中流出,更无些窒碍,此文章之妙也。"①

由引文可见,在向众生徒讲授韩、欧、曾诸人之文时,朱熹亦非常注意从"实"处着手,在细致分析诸家文章利弊的基础上指导学生应该学什么、如何入手去学,而非笼统赞扬其好处。他虽然对韩文极为欣赏,讲学过程中亦对韩文之气势磅礴、立论鲜明多有称赞,却直言"韩退之墓志有怪者了"②,不欣赏也不主张学生学其奇怪;虽然多次赞扬曾巩之文法度严密,用字简洁,直言"后山之文字简洁如此"全赖曾巩之所传,但却指出其文"太迫"③,给人以过于紧促之感,亦不主张学生学其紧促。就其最终归旨而言,则是要求学生将日常工夫最终落实到"主乎学问以明理"上,通过读书养气,使文章最终回到以"明道义"为本的正轨上来;又在强调诸家可学之处的同时指出好文章应该以真情实意为基础,若情感"自从胸中流出",则自然可以避免出现时文的空疏无物之弊。

从另一角度看,朱熹在书院执教期间提倡学生诗文创作"有所学、有所不学"的主张还体现在其对于司马迁文和苏轼文的态度上。从其整体的文学理论批评观上来看,朱熹对于这两位作家作品多有赞赏之情,他称赞司马迁文"雄健,意思不帖帖,有战国气象",也赞东坡文字"明快""说只是平易道理",却并不赞成后学者将二人诗文作为师法对象:

---

① (宋)黎靖德编,王星贤点校:《朱子语类》(第八册),中华书局1986年版,第3308页。
② (宋)黎靖德编,王星贤点校:《朱子语类》(第八册),中华书局1986年版,第3305页。
③ (宋)黎靖德编,王星贤点校:《朱子语类》(第八册),中华书局1986年版,第3306页。

第二章　日趋规范的创作方法 ❖

> 问："舍弟序子文字如何进工夫"云云。曰："看得韩文熟。"……问："《史记》如何?"曰："《史记》不可学，学不成，却颠了，不如且理会法度文字。"问后山学《史记》。曰："后山文字极法度，几于太法度了。然做许多碎句子，是学《史记》。"①

> 坡文雄健有余，只下字有不贴实处。②

> 欧公文字敷腴温润。曾南丰文字又更峻洁，虽议论有浅近处，然却平正好。到得东坡，便伤于巧，议论有不正当处。……大抵已前文字都平正，人亦不会大段巧说。自三苏文出，学者始日趋于巧。③

苏轼在其《自评文》中这样描述自己的创作："吾文如万斛泉源，不择地皆可出，在平地滔滔汩汩，虽一日千里无难。及其与石山曲折，随物赋形，而不可知也。所可知者，常行于所当行，常止于不可不止，如是而已矣。"④ 而这种随物赋形，笔力曲折，无不尽意的文章之所以能够在艺术上达到相当的高度，与苏轼本人非凡的才华、高超的语言技巧、渊博的学识以及对于各种文章风格的理解和驾驭能力都有着密不可分的关系。因此，在朱熹看来，像苏文这样"以才力胜"的文章并不是每个人都能学会、都能掌握好的——这样的文章虽然读来气势磅礴，在文章辞采和形式上亦可谓千变万化，但对于初学者来说，这样"变"大多是不遵循法度的"变"，初学者基本法度尚未完全掌握作文的基本规矩和法度，若此时急于

---

① （宋）黎靖德编，王星贤点校：《朱子语类》（第八册），中华书局1986年版，第3320—3321页。
② （宋）黎靖德编，王星贤点校：《朱子语类》（第八册），中华书局1986年版，第3311页。
③ （宋）黎靖德编，王星贤点校：《朱子语类》（第八册），中华书局1986年版，第3309页。
④ （宋）苏轼著，（明）茅维编，孔凡礼点校：《苏轼文集》卷六十六，中华书局1986年版，第2069页。

求"变",就很可能出现"学不成,却颠了"的情况;有鉴于此,朱熹特别主张初学者作文应该首先从师法那些中规中矩的"法度文字"入手,待其掌握并且能够在这些规矩和法度的框架之内自由运笔之时再视其才力而谈新变。这样的观点在朱熹晚年所作的《跋病翁先生诗》一文中有着非常明确的表达:

> 余尝以为天下万事皆有一定之法,学之者须循序而渐进。如学诗,则且当以此等为法,庶几不失古人本分体制。向后若能成就变化,固未易量。然变亦大是难事,果然变而不失其正,则纵横妙用,何所不可;不幸一失其正,却似反不若守古本旧法,以终其身之为稳也。李杜韩柳,初亦皆学《选》诗者。然杜韩变多,而柳李变少;变不可学,而不变可学。故自其变者而学之,不若自其不变者而学之,乃鲁男子学柳下惠之意也。呜呼!学者其毋惑于"不烦绳削"之说,而轻为放肆,以自欺也哉![1]

综上所述,在朱熹看来,无论是学习作诗还是作文,"循序而渐进"是每个初学者必须遵循的基本原则。这样的学习应该以熟读前辈优秀作家的作品为基础,通过自己的阅读和分析知晓其文章之优劣,然后在师其所长的过程中逐步熟悉基本的规矩和法度,最终在熟知并能在法度框架下运笔自如的基础上求其新变,形成自己的风格。在这一学习过程中,应该注意以古人之"本分体制"为基础和本原,以师法其"不变者"为主,在夯实基础的前提下追求"新"与"变";若自身才力不足以驾驭其"变",那么谨守"古本旧法"进行创作亦可;未学法度而一味求新求变,"轻为放肆"最不可取。较之于官学仅以"善为科举之文"教人的"速成"作文法而言,朱熹这样的教学方式看起来不免"笨拙",但唯有这样脚踏实地地学

---

[1] (宋)朱熹:《跋病翁先生诗》,载朱人杰、严佐之、刘永翔主编《朱子全书》(第二十四册),上海古籍出版社、安徽教育出版社2002年版,第3968页。

习，才能使书院众生徒真正从中体会到诗文写作之三昧，写出内容平易晓畅而又华实并茂之诗文，进而达到匡正时下不良文风的目的。

综上所述，南宋各书院的讲学者们对于诗文内容和风格的要求以"意与理胜"和"平淡朴重"为主，这一方面是基于匡正时下文坛"重形式而轻内容"、为炫才逞博而作文等不良风气的考虑；另一方面也对写作者提出了更高的要求，即能够以平易朴实的语言和形式创作出既"意与理胜"又引人深思，使人获得教益的诗文作品；由于这种境界并非一朝一夕所能达成，这就要求后学者在学习过程中必须按照循序渐进的方法脚踏实地，从模仿前人的优秀作品入手，不断提高自己的诗文创作水平。与同时代批评家在批判时下文坛的不正之风时多笼统归之于"繁缛"或"浮躁"而言，这样的要求不仅更具有针对性和可操作性，而且还有助于就学于书院的学子们于潜移默化中树立起匡正不良文风的意识。夏静在《"教化"新论》一文中指出"教化所营造的是一个社会的整体风貌"①，就本节所论而言，以朱熹为代表的南宋各书院讲学者为促使诗文创作回归"文道合一"的文章统序所作出的努力，其实亦是在通过促使一个时代文坛的整体风貌回归正轨，进而达到"收拾人心，重建纲常"的目的，其重要性和深远意义，是不应被忽略的。

第四节　兼容并包、"执正驭奇"：创作形式的考量

本节主要探讨南宋书院的讲学者对已经进入创作阶段的诗文在形式方面的考量。较之于对诗文内容方面的要求而言，南宋书院的讲学者们关于诗文创作的形式问题的论述较少，这也体现出其整体创作观中确实存在对诗文形式问题关注不足的缺憾。但这并不意味着南宋书院的讲学者彻底忽略对相关问题的探讨。本节将以南宋书院讲学者论和韵诗的创作为例，结合相关材料进行论析，探寻其对

---

①　夏静：《"教化"新论》，《中国文化研究》2014 年冬之卷。

于创作形式的考量及其现实价值。

"和韵"一词最早可以追溯到刘勰《文心雕龙·声律篇》中的论述——"是以声画妍蚩，寄在吟咏，滋味流于下句，风力穷于和韵。异音相从谓之和，同声相应谓之韵"①；但刘勰所言"和韵"主要是就诗作的声律问题而言的，并非指某种诗体，这也是"和韵"一词的原始义。就其作为"诗的一种体裁"而言，和韵诗是中国古代诗歌中一种既非常常见又对诗人的创作有着特殊要求的诗体，它萌芽于南朝梁陈时期，确立体格于中唐元、白之手，并随着近体诗的不断发展而逐渐流行于文人士大夫之间。时至两宋，伴随着商品经济发展和城市繁荣，交游酬唱，切磋诗艺便成为生活在那个"礼敬文人"时代下的文人士大夫们重要的休闲活动。如陈傅良《分韵送王德修诗序》中即有"吾乡风俗，敬客而敦师友，每一重客至，某人主之……往往具觞豆，登览山水为乐。间相和唱为诗，致殷勤，或切磋言之；于其别，又以诗各道所由离合欢恻之意，冀无相忘"②的记载，足见其早已成为在南宋士人日常交际应酬中的普遍应用。由于"和韵诗"有着作诗者必须"依据所和诗的诗韵，以次韵、用韵、依韵等方式回和原诗"③的特殊写作要求，对于和诗者而言，这无疑意味着对其才力和诗技更大挑战和考验；也正是由于这种特殊的写作要求及其所带来的挑战，亦促使其在宋代的各类交游酬唱活动中被广泛应用。对"和韵诗"的相关批评和争论亦成为宋代批评家所关注的焦点。具体到本书所论南宋书院而言，"和韵诗"同样是南宋各书院师友唱和、师生唱和时经常应用的一种诗体；就批评实践而论，这些书院中人对于相关问题亦颇多中的之言。本节在结合其创作实践的基础上，围绕南宋诸书院讲学者对和韵诗的相关批

---

① （梁）刘勰著，范文澜注：《文心雕龙注》（下），人民文学出版社1958年版，第552页。

② （宋）邵浩：《坡门酬唱集引》，载曾枣庄、刘琳主编《全宋文》（第二六七册）卷六○三九，上海世纪出版股份有限公司上海辞书出版社、安徽出版集团安徽教育出版社2006年版，第436—437页。

③ 孙立：《日本诗话中的中国古代诗学研究》，北京大学出版社2012年版，第78页。

评展开讨论，以求教于方家。

一 "和韵"之辨——"最害人诗"与"匡正其弊"

谈到和韵诗在两宋创作之盛，文学史上多以元祐年间坡门酬唱为创作典范；由此带来的和韵诗创作之盛亦得以在南宋继续。这一点可以从时人所作序文中得到佐证：

> 隆兴癸未，始得第以归，有以诗篇来求和者，则藐不知所向。于是取两苏公之诗读之，因得窃窥两公少年时交游未甚广，往往自为师友，兄唱则弟和，弟作则见酬用事趁韵，莫不字字稳律，或隐去题目读之，则不知其孰为唱、孰为酬，盖无纤毫斧凿痕迹。其妙如此，浩心焉好之，为之讽诵谛绎，至忘寝食者几年，始仅能与人相应和，为韵语。①

随着和韵诗的创作成为士人之间日常交际的必备，为避免应答过程中出现"藐不知所向"的失礼之举，就必须从前人诗作中寻找范例，对其加以学习，并且至少要达到能够"与人相应和"的程度。作为一种有着特殊写作要求的诗体，对于作诗人而言，每一次和韵诗的创作都是新的挑战，因此，在创作实践中往往存在部分诗人将和韵之"多"与和韵之"奇"视为其诗作更胜一筹的关键，为更胜原作而不惜剑走偏锋，以艰涩险怪求胜的情况。故《四库总目提要》就有"和韵为诗，本不能曲折如志"之论。因此，当论及与和韵诗有关的问题时，诗人是否应该大力创作"和韵"之诗便成为历代批评家争论最为激烈的焦点。综观宋代以来的批评家们的相关论述可见，有相当一部分批评家将和韵诗的写作规则视为对创作者的束缚，甚至将其视为败坏时下诗坛风气的根源：

---

① （宋）邵浩：《坡门酬唱集引》，载曾枣庄、刘琳主编《全宋文》（第二七四册）卷六二一二，上海世纪出版股份有限公司上海辞书出版社、安徽出版集团安徽教育出版社2006年版，第401页。

和韵最害人诗。古人酬唱不次韵，此风始盛于元、白、皮、陆，本朝诸贤，乃以此而斗工，遂至往复有八九和者。孟郊之诗，憔悴枯槁，其气局促不伸；退之许之如此，何耶？诗道本正大，孟郊自为之艰阻耳！①

　　（论作七言律）勿和韵，勿拈险韵，勿傍用韵，起句亦然。勿偏枯，勿求理，勿搜僻，勿用六朝强造语，勿用大历以后事。此诗家魔障，慎之慎之。②

　　吴旦生曰："昔人言'和'之义有三，盖依韵和之，谓之次韵，或用其题而韵字同出一韵，谓之和韵。……然晋宋间何劭、张华、二陆、三谢，答其来意而已，非若后人为次韵所局也。……惟元白矜尚次韵，至皮陆而盛。若宋苏黄辈，唱一赓十，工拙见矣。③

　　由引文可见，宋严羽《沧浪诗话》明确指出"和韵最害人诗"，着意批判其束缚作者手脚以及由此带来的"其气局促不伸"之弊，足见其对于当时盛行的和韵诗创作持反对态度；而明王世贞《艺苑卮言》论及七言律诗的创作时更以"勿和韵，勿拈险韵，勿傍用韵"为第一要务；清吴景旭之言虽是针对刘攽《中山诗话》中论唐人和韵诗而发，但从其"若宋苏黄辈，唱一赓十，工拙见矣"的评价中亦可见其并不是非常赞同诗人创作和韵诗。总之，在这些批评家看来，唐代以前本无"和韵诗"之称，唐人虽有"和韵诗"，但多以"和意"为主，宋人则更加注重"和韵"之技巧，甚至以"和韵"为诗人之间"斗巧""争工"的手段，这种倾向势必会对时下

---

① （宋）严羽著，郭绍虞校释：《沧浪诗话校释》，人民文学出版社1961年版，第193—194页。
② （明）王世贞著，罗仲鼎校注：《艺苑卮言校注》，齐鲁书社1992年版，第28页。
③ （清）吴景旭：《历代诗话》，中华书局1958年版，第637页。

第二章 日趋规范的创作方法

诗坛产生"重技而轻意"的不良影响,"和韵诗最害人""不耐为和韵诗"的观点亦由此形成。

较之于同时代那些置身于书院之外的批评家(包括后世批评家)而言,南宋的书院中人在对待这一问题的态度上显然更为客观理性。就"和韵之作"盛行所造成的诗坛流弊而论,他们往往在批判其弊端以警示后学的同时努力探寻矫治弊端的可行方案:

> 近世往往以和韵争工,甚则有追和古作,全帙无遗,如东坡之于靖节翁者,语意天成,一出自然,不似用他人韵也。由此言之,才力有余,虽用他人韵亦复何局之有,况自用韵而自病其局乎!……舜功之作富矣,大概平易,自无艰难辛苦之态,诗之正也。今所谓《别集》则往往与其交游亲故赓酬,所萃凡若干首,盖无非用他人韵者,而意思整暇,全无窘束,于此而求工,则可谓工矣。诗之奇也,诗固难于正而又甚难于奇,奇不失正,非胸次有纵横出没变化之妙,岂易得此!①

文学创作中的"正"与"奇"是历代批评家颇为关注的问题之一。刘勰《文心雕龙·定势篇》云:"夫通衢夷坦,而多行捷径者,趋近故也;正文明白,而常务反言者,适俗故也。然密会者以意新得巧,苟异者以失体成怪。旧练之才,则执正以驭奇;新学之锐,则逐奇而失正;势流不反,则文体遂弊。"② 对于创作者本身而言,"正"意味着继承前贤已有之法;"奇"则意味着突破前人已有框架,独出新裁;因此,所谓"执正而驭奇",就是要求作家在进行文学创作时辨明体式,平衡好"正"与"奇"二者之间的关系,做到既突破固有而有所创新,又避免因"雅郑共篇"导致的"失体成

---

① (宋)欧阳守道:《陈舜功诗序》,载曾枣庄、刘琳主编《全宋文》(第三四六册)卷八〇〇九,上海世纪出版股份有限公司上海辞书出版社、安徽出版集团安徽教育出版社2006年版,第455页。

② (梁)刘勰著,范文澜注:《文心雕龙注》(下),人民文学出版社1958年版,第531页。

怪"之弊。结合引文可知,在对待和韵诗的创作问题上,这些书院讲学者的批评思路显然继承了刘勰《文心雕龙》中的观点——在承认"和韵之作"的存在有利于"交游亲故"的前提下要求后学者在创作过程中不为原作之韵所局限,做到"执正以驭奇"。唯有如此,才能在最大限度发挥其沟通情感、寻求共鸣、切磋诗艺等优势的前提下避免其成为士人炫技逞博的工具,走向"流弊不还"的讹滥之路,丧失作诗之本意。

二 执和韵之"正"——"以意为主"、温柔敦厚

综合上文所论可知,在和韵诗的创作问题上,南宋书院中人提出通过"执正以驭奇"来避免其可能产生的流弊。因此,厘清和韵诗的"诗体之正"与"诗体之奇"亦是探讨这一问题的关键所在。从整体上看,虽然受到写作规则的制约,但和韵诗创作的归旨依然在于通过"依原作者之韵,吟咏同一题目"的方式实现原作者与和作者之间的情感交流。故其"体之正者"应该是指那些能够在遵守和韵诗写作规则的前提下能够做到"意与理胜",并最终体现出"温柔敦厚"之旨的作品。有鉴于此,在涉及和韵诗的创作问题时,南宋书院中人多提倡在"以意为本"的前提下兼重和韵诗之创作规则,不必简单拘泥于一字一韵是否相和:

> 欲作书和韵,附此便致谢,以"雩"字韵险,捏合未成,且俟后便。①

> 别纸见教之诗,亦皆和韵。但"精一危微共一心"之句,文蔚未晓所谓,后讯更望详教。②

---

① (宋)朱熹:《与林井伯》,载朱人杰、严佐之、刘永翔主编《朱子全书》(第二十五册),上海古籍出版社、安徽教育出版社2002年版,第4912页。
② (宋)陈文蔚:《再答徐子融书》,载曾枣庄、刘琳主编《全宋文》(第二九〇册)卷六六〇三,上海世纪出版股份有限公司上海辞书出版社、安徽出版集团安徽教育出版社2006年版,第316页。

他如投赠饯送和韵之属，片言只字，皆有义味。……公不为奇崛险奥语，皆人所共知者，但人不能道耳。①

强调作者之意在诗作中的统率作用是中国古代批评家们一以贯之的关注重点。而在这些书院中人看来，能够在表情达意与遵守写作规则之间找到平衡支点，且能够充分展现"义与理胜"的作品才能成为后学者效法的榜样。因此，教导并提倡后学者在和韵诗的创作中在坚持"以意为主"的同时，兼顾规矩，避免因其过分专注于研究如何字句相和而忽略作者之意的呈现便是题中应有之义。如以张栻执教岳麓书院期间所作《和张晋彦游岳麓》为例：

斋舫凌烟浦，云屏入画图。日烘花炫画，风定水明湖。布谷催春种，提壶劝客沽。湘中无限景，赋咏继三都。②

虽然张晋彦原诗已佚，但从这首和诗中人们同样能够感受到宾主二人春日同游岳麓，饱览湘江诸景的惬意之情。全诗不押险韵、不使难字，纯为淡笔写景，却为读者描绘出一幅颇有情致的岳麓春意图。又如朱熹执教白鹿洞书院期间所作《和张彦辅落星寺之作》，这首和作同样不以押险韵、使难字为能事，其取胜之道，而重在描摹作者与友人登临落星寺所见之景，诗笔落而愁思现：

嵌空奇石战惊涛，楼殿峥嵘势自高。四面真成开玉鉴，三山应是失金鳌。题诗正尔难搜句，举酒何妨共作豪。倚遍阑干更愁绝，归来白尽鬓边毛。③

---

① （宋）刘克庄：《赵静斋诗稿后叙》，辛更儒笺校《刘克庄集笺校》，中华书局 2011 年版，第 4626 页。
② （宋）张栻著，杨世文点校：《张栻集》，中华书局 2015 年版，第 771 页。
③ （宋）朱熹著，郭齐、尹波点校：《朱熹集》，四川教育出版社 1996 年版，第 324 页。

更值得注意的是，当在创作实践中遭遇"和韵"与"达意"相冲突的情况时，这些书院中人并未像某些诗人那样完全拘泥于一字一句的依韵相和；而是以表达诗意为首要目标。如前文所引《与林井伯》中朱熹遇到的"雩"字属于"虞"韵，相对于其他韵部来讲，该韵部字比较少，确为"韵险"之列；有鉴于此，朱熹在和诗"捏合未成"的情况下选择附书致歉而非强行和之。对于初学者而言，如此慎重的处理方式无疑是一个可资借鉴的范例。此外，在具体的批评实践中，这些书院中人的关注重点亦在于和作之意能否与原作相契合。如张栻《和元晦择之有诗见怀》中所言：

> 作别又如许，何当置我旁，卷舒书在手，展转月侵床。合志师千载，相思谩一方。临风三叹息，此意渺难量。①

这首诗作于张、朱、林三人乾道三年（1167）南岳酬唱之后，全诗以"此意渺难量"作结，亦将作者手捧友人寄诗，反复涵泳，品味诗意的场景呈现在读者眼前。如此"难量"之意既是作者对友人的思念，又包含了作者对友人所寄之诗的赞赏；又如王十朋绍兴十八年（1148年）下第还家，将原书馆扩为梅溪书院，居院授徒期间所作《和韩永贞行》结尾对韩愈诗的评价，其着眼点同样在于展现韩氏原作（即韩愈《永贞行》）中所体现出的"警戒后来"之意：

> 子厚年少躁飞腾，身陷五党罹熏蒸。著文拟骚愁思凝，欲自辨白终莫曾。……退之鲠直愤不胜，诗篇史笔两可征，永贞覆辙宜痛惩。②

众所周知，韩愈之诗素以崇尚"巨刃磨天扬"的雄奇怪异之美

---

① （宋）张栻著，杨世文点校：《张栻集》，中华书局2015年版，第801页。
② （宋）王十朋著，梅溪集重刊委员会编：《王十朋全集》，上海古籍出版社1998年版，第132页。

著称，后世诗人亦多认为学韩并非易事。王十朋曾在《答毛唐卿虞卿借昌黎集》中自述其学韩之甘苦，表示自己之所以会选择韩愈作为师法对象，正是缘于对其诗"皇皇慕仁义"的推崇：

> 予少不知学古难，学古直欲学到韩。奈何韩实不易学，但觉昼夜心力殚。……韩子皇皇慕仁义，力排佛老回狂澜。三百年来道益贵，太山北斗世仰观。①

而对于这类通过追和前辈名人诗作以体现个人"尚友之志"的作品，这些活跃于各南宋书院讲学者普遍予以赞扬和鼓励，如杜范《题何郎中和陶、韩诗后》所言的：

> 陶诗平淡闲远，韩诗英健瑰杰，如天球神剑，不同其为器，而同其为宝也。何君智父于二诗有和篇，尚友之志卓矣。岂徒模拟其近似而出入于二者之间耶？②

由前文所举例证可知，无论是陈文蔚与友人关于和韵之句的讨论还是刘克庄对赵静斋和韵诗的评价，其关注的首要重点都是"诗句之意"或诗中"义味"而非"所和之韵"，对于那些负笈而至的书院学子来说，类似的批评亦会对其之后的创作实践具有非常重要的导向性作用。

按刘勰《文心雕龙》中所言，创作者之"执正"不仅意味着对《诗》《书》《礼》《易》《春秋》等儒家经典本身的学习和借鉴，还意味着后学者在选择师法对象时可以选择儒家"经典谱系流变中的典范著作"。通过梳理相关材料可知，南宋书院中人对于这类典范著

---

① （宋）王十朋著，梅溪集重刊委员会编：《王十朋全集》，上海古籍出版社1998年版，第6页。
② （宋）杜范：《题何郎中和陶、韩诗后》，载曾枣庄、刘琳主编《全宋文》（第三二〇册）卷七三五二，上海世纪出版股份有限公司上海辞书出版社、安徽出版集团安徽教育出版社2006年版，第245页。

作的学习亦相当重视,如魏了翁《古郫徐君诗史字韵序》所言的:

> 诗以吟咏情性为主,不以声韵为工。以声韵为工,此晋、宋以来之陋也。迨其后复有次韵,有用韵,有赋韵,有探韵,则又以迟速较工拙,以险易定能否,以抉摘前志为该洽,以破碎大体为新奇,转失诗人之旨。……今古郫徐君乃取杜少陵诗史,分韵摘句,为《学韵》四十卷,其于唱酬似不为无助矣。然余犹愿徐君之玩心于六经如其所以笃意于诗史,则沈潜乎义理,奋发乎文章,盖不但如目今所见而已也。①

又如其在《程氏东坡诗谱序》中所言的:

> 矧惟文忠公之诗益不徒作,莫非感于兴衰治乱之变,非若唐人家花车斜之诗,竞为瘦辞险韵以相胜为工也。②

由引文可见,魏了翁此处批判时人所作和韵诗"以抉摘前志为该洽,以破碎大体为新奇",其着眼点并非在于和韵诗之"害人",而是担忧如若此风"转成流弊",则后学者可能面临无"正体"可师的窘境,影响整个诗坛的健康发展;因此,当他看到徐史所编《学韵》四十卷"取杜少陵诗史"为师法,且"于唱酬似不为无助"之时才会大为赞赏——在他看来,《学韵》的选编不仅可以作为后学者学习"和韵之体"时可资效法的榜样(以杜诗为楷模),而且还照顾到"于唱酬似不为无助"这一应用于士人日常交际的需要,可谓一举而两得,无疑是促使初学者从创作伊始便坚持其创作以"体之正者"为本的重要保障。

---

① 曾枣庄、刘琳主编:《全宋文》(第三一〇册)卷七〇七九,上海世纪出版股份有限公司上海辞书出版社、安徽出版集团安徽教育出版社2006年版,第20页。
② 曾枣庄、刘琳主编:《全宋文》(第三一〇册)卷七〇七八,上海世纪出版股份有限公司上海辞书出版社、安徽出版集团安徽教育出版社2006年版,第2页。

三 驭和韵之"奇"——句出奇险、词富波澜

诚如上文所言，和韵诗既受到"依照原作"的规则限制，又多应用于士人之间切磋诗艺、酬唱赠答；这就要求和诗者在创作过程中既不能完全脱离原作，自说自话，又要在和韵的过程中充分展现自身特点，避免过分蹈袭原作。"求新"与"出奇"便成为和韵诗的创作实践中不可避免的现象。甚至从某种程度上看，和韵诗的出彩之处往往在于其"诗体之奇"的部分。结合前文所论，所谓和韵"体之奇者"则应该是那些在遵守和韵诗写作规则的前提下能够在炼字、用韵等方面别出心裁者。笔者通过梳理相关论述时发现，很多前辈学者在探讨相关问题时往往认为南宋书院中人的诗学观点多"重道轻技"之论——这样的观点很容易使人想当然地得出结论，即这些书院中人必然会严厉批判和韵诗创作过程中出现的"押险韵""出奇句"等情况；而若进一步结合这些书院中人的创作实践和批评实践来看，这些书院中人并非一味排斥和韵诗之"奇句"与"险语"：

> 首登诗坛出险语，张我孤军真畏友。重阳佳句更奇绝，西风猛向松关吼。中庸伯始遥遥胄，颖然作赋吟诗手。谢客篇章似春草，分得家传才一斗。句法天然自圆熟，长庆诗豪今有后。妙龄能作老成语，必大奇儿亦希有。邹郡太守司马孙，文与其人两温厚。我与数子无薰莸，文字相从十常九。①

> 舜卿词源浩万斛，下笔惊人风雨吼。季梁萧洒诗如人，飘然自是风骚手。用之年少富文墨，日出珠玑不论斗。诚叔思深希仲逸，齐驱未识谁先后。②

---

① （宋）王十朋：《郑逊志胡叔成谢鹏刘敦信万廓邹一唯和诗复用前韵》，载梅溪集重刊委员会编《王十朋全集》，上海古籍出版社1998年版，第73页。
② （宋）王十朋：《陈献可宋孝先万孝杰夏伯虎和诗复用前韵》，载梅溪集重刊委员会编《王十朋全集》，上海古籍出版社1998年版，第71页。

王十朋执教梅溪书院时有《梅溪题名赋》一文,详细记载了自执教梅溪书院以来从学于己的一百二十余位学生之姓名。结合《梅溪题名赋》可知,以上两则引文诗题中出现的人物均为梅溪书院的学生,虽然诗作的具体创作时间无从考证,但可以肯定是王十鹏执教梅溪书院期间师生唱和所作。从其中"首登诗坛出险语,张我孤军真畏友""重阳佳句更奇绝,西风猛向松关吼""舜卿词源浩万斛,下笔惊人风雨吼"等句可知,面对自己学生在和韵之作中"出险语""更奇绝"甚至作"惊人"之句,王十朋始终抱以鼓励和欣赏的态度。而这样的态度在陈傅良《和张孟阜寻梅韵》诗中亦有体现:

  不该羡子年少气豪敏,诗筒往往岁一来。语不惊人意不止,笔力待尽千松煤。我以病骥追霜隼,着鞭不上嗔人催。①

  诚如前辈学者所言,"奇"意味着对前人创作的突破和创新,如果运用得当,这样的推陈出新当然有利于作者本人甚至整个时代诗坛的发展。南宋各书院的讲学者们素来主张后学者创作实践中遵循基本规范的前提下体现充分展现其个性特点,因此,对和韵诗之"奇"与"变",这些书院中人并非是完全排斥的:

  子昔从予游,方读纸上语。磨砻出圭角,翦拂就规矩。不为中道废,当振大岳许。行将拭老眼,看子惊人举。②

  日来圭角突兀之病虽去,而偷惰因循之病复易生,每切自警也。③

----

① (宋)陈傅良著,周梦江点校:《陈傅良集》,浙江出版联合集团浙江古籍出版社2022年版,第12页。
② (宋)王十朋:《己巳梅溪同舍三十人其九人者游从之旧也酌别之夕独五人在焉谢子与能犹在予馆而四人者且去矣遂各以其姓赋诗送之许辉先》,梅溪集重刊委员会编《王十朋全集》,上海古籍出版社1998年版,第53页。
③ (宋)吕祖谦:《答潘叔度》(二四),载黄灵庚、战绍垒主编《吕祖谦全集》(第一册),浙江出版联合集团浙江古籍出版社2017年版,第456页。

第二章 日趋规范的创作方法 ❖

"圭角"一词原指"圭的棱角,比喻有锋芒的事物",后引申为"突出的特点";由引文可见,书院中人批判的主要是那些"圭角突兀"的诗作,即过分追求辞采或句法之"奇"的作品。具体到和韵诗而言,上述引文所举成功之作的共同点恰恰在于其能够做到"酌奇而不失其正",既"有圭角"而又不显"突兀";因此,如何运用好"纵横变化之妙",在"正"与"奇"之间寻找恰当的平衡点亦是这些活跃于南宋书院的讲学者颇为关注的问题之一。如在王十朋看来,诗人"出险语"、作"惊人"之句必须要以尊重诗意表达、做到"醇重典实,不尚浮靡"为前提。恰如其在《别宋孝先》中所主张的那样:

> 楚台风骚客,遥遥有奇孙。……琴书忽来游,文字获细论。经术有根蒂,词章富波澜。时时戏翰墨,动辄千万言。子固予所畏,语蒙子推尊。予尝语所学,文当气为先。气治古可到,何止科第间。子贤且乐善,服膺每拳拳。临行出新诗,殷勤记诸篇。好学见雅志,予言未应然。惜哉有离别,后会何夤缘。①

又如其《祭何提刑文》中所言的:

> 公将风骚,我严鞿靮。波澜何阔,声律殊谨。笔阵纵横,词锋捷敏。②

魏庆之《诗人玉屑》引姜夔《白石说诗》云"波澜开阖,如在江湖中,一波未平,一波已作。如兵家之阵,方以为正,又复是奇;方以为奇,忽复是正"③;但不论如何变化,"法度不可乱"是其中的根本原则。结合引文可见,在后学者学养丰富特别是其"经术有

---

① (宋)王十朋著,梅溪集重刊委员会编:《王十朋全集》,上海古籍出版社1998年版,第54页。
② 曾枣庄、刘琳主编:《全宋文》(第二〇九册)卷四六四〇,上海世纪出版股份有限公司上海辞书出版社、安徽出版集团安徽教育出版社2006年版,第169页。
③ (宋)魏庆之著,王仲闻点校:《诗人玉屑》卷二,中华书局2007年版,第14页。

根蒂"的前提下,作为书院执教者的王十朋不仅不反对其诗作(包括和韵诗)以"词章富波澜"取胜,甚至对其"时时戏翰墨,动辄千万言"的"新"与"变"大加称赞。不唯王十朋,朱熹在《答林择之》中亦有类似的观点体现。其文虽为论乐之和谐而发,但亦可通用于各种体式的诗歌(自然也包括和韵诗)的创作之中:

> 故乐三作也,八音克谐,虽若无所先后,然奏之以金,节之以玉,其序亦有不可紊者焉。盖其奏之也,所以极其变也。其节之也,所以成其章也。变者虽殊,而所以成之者未尝不一;成者虽一,而所历之变,洪纤清浊,亦无所不具于至一之中。①

值得注意的是,在这些讲学者看来,作诗者在和韵诗的创作过程中求"奇"求"变"除了不能以影响诗意表达代价外,更不能以争新斗巧、甚至"尽失自然之旨"取胜——这一点在朱熹《答谢成之》中有较为明确的体现:

> 若但以诗言之,则渊明所以为高,正在其超然自得、不费安排处,东坡乃欲篇篇句句依韵而和之,虽其高才,合凑得着,似不费力,然已失其自然之趣矣。②

由引文可见,在朱熹看来,真正的好诗应该如陶诗那样,能够使读者于平淡自然中咀嚼其无尽之味;东坡之和陶诗虽然"句句依韵",但却并未学得陶诗那种"与大化合一"的超然自得之感——毫无疑问,若和诗者仅停留在形式上做到"篇篇句句依韵和之",而不能在其原作基础上求"新"求"变",甚至无法达到原作本身的

---

① (宋)朱熹撰,朱人杰、严佐之、刘永翔主编《朱子全书》(第二十二册),上海古籍出版社、安徽教育出版社2002年版,第1972页。
② (宋)朱熹撰,朱人杰、严佐之、刘永翔主编《朱子全书》(第二十三册),上海古籍出版社、安徽教育出版社2002年版,第2755页。

思想高度，如此"徒有其形而乏其实"的和韵之作当然算不上成功。这一点在朱、张、林三人《南岳倡酬集》的创作实践中也有着比较典型的体现：

  畴昔朱陵洞，如今白帝城。天高云共色，夜永月同明。万象争回巧，千峰尽乞盟。登临须我辈，更约羡门生。（朱熹）

  两寺清闻磬，群峰石作城。风生云影乱，猿啸月华明。香火远公社，江湖鸥鸟盟。是中俱不着，俯仰见平生。（张栻）

  岳背三冬雪，真同不夜城。野烟何晃荡，涧水助空明。行橐多新句，青山有旧盟。堂堂身世事，渠漫说三生。（林择之）①

  将三人诗作对比可见，林诗颔、颈两联仅选择了"烟"和"水"两个意象描绘夜晚的寂静，朱、张二人的和诗则分别选择了"天""云""月""峰""猿""鸥"等多个意象加以组合，其寥寥数笔之间不仅充分表现出夜晚之静谧，同时亦勾勒出"万象争回巧"的眼前所见之景。这种基于原作的新变不仅没有伤害到诗中"自然之旨"，而且较之于原作而言内容更为丰富，诗意更加饱满，属于比较成功的和韵诗。

  刘勰《文心雕龙·辨骚篇》云："若能凭轼以倚《雅》、《颂》，悬辔以驭楚篇，酌奇而不失其贞，玩华而不坠其实，则顾盼可以驱辞力，咳唾可以穷文致。"② 可见无论是作诗还是作文，能否在其体之"正"与"奇"之间找到平衡是决定其成功与否的关键要素之一。综合上文所论可见，在这些活跃于南宋各书院的讲学者看来，作为一种受到特殊的写作规则制约，且常常被用于文人之间相互切

---

① （宋）朱熹、张栻、林用中：《南岳倡酬集》，文渊阁《四库全书》本。
② （梁）刘勰著，范文澜注：《文心雕龙注》（上），人民文学出版社1958年版，第48页。

磋诗艺的特殊诗体,作诗者只要其在创作过程中能够有所衔勒,能够把握"以意为主""明其道义""方轨前哲"等"诗之正体"应有的原则,则其所谓"奇"与"变"亦是可以接受并且应该得到肯定的。

四 和韵之作"执正以驭奇"的现实意义

综上所述,在面对如何看待和韵诗的创作这一问题时,这些活跃于南宋各书院的讲学者普遍采取了较为客观且有利于初学者掌握的态度——即在严厉批判当时和韵诗创作实践中出现的"破碎体制""寻章摘句以为新奇"等弊端的同时通过大量创作实践的探索和积累,提出和韵诗之创作应通过"执正以驭奇"来避免其走向炫技逞博、甚至破碎章句的讹滥之路。具体来说,他们一方面主张原作者与和诗者均应在遵守规则的前提下做到以意为本,充分展现诗作的中正平和之美;同时亦特别强调初学者应从儒家经典及其谱系流变中选择典范进行学习,这也是初学者"入门须正"的重要保障。另一方面他们认为和韵之作可以在尊重原作诗意且不妨碍诗的"自然之旨"的前提下突破原作、求新求变。总之,这样的主张既明确了其批判弊端以辨明正体之意,同时又充分考虑到和韵诗在当时士人之间酬答交际中应用广泛的实际情况,引导后学者在创作过程中发挥优势,避免可能产生的种种流弊,找到"正"与"奇"之间的"平衡点"。以后世评家的眼光来看,这些书院中人的和韵之作或许依旧颇具争议(如《瀛奎律髓》选朱熹《次秀野咏雪韵三首》,其中第二首有"瀹甘犹喜破龙团""无端酒兴催吟笔"两句,纪昀评之为"忽茶忽酒,为韵所牵耳"[①],可见其亦因囿于为和韵规则,存在诗意破碎的问题),但较之于那些仅将重点放在批判和韵诗之"弊",甚至因此认为人们没有必要写作和韵诗的批评家而言,这些书院中人的相关论述为需要"交际酬答"的书院学子提供了一条颇具参考价值的学习路径,无疑具有更大的现实意义。

---

① (元)方回选评,李庆甲集评校点:《瀛奎律髓汇评》(中),上海古籍出版社1986年版,第894页。

第五节 "言易入而警人深"：诗文语言的要求

本节主要探讨南宋各书院的讲学者对于已经进入创作阶段的诗文在语言方面的要求。对于南宋书院的讲学者们而言，如何使就学于书院的求学者在正确看待科举的同时写出警动人心的诗文，是其所必须考虑的重要问题。本节以吕祖谦执教丽泽书院时提出文章应"言易入而警人深"的主张为例，① 结合相关材料对其在文章内容和形式两方面的要求进行深入论析，可见吕祖谦在教学过程中对"言易"与"意深"的重视和如何将二者完美结合的多层次论述，无论是对于书院众学子的创作实践而言还是放之于整个宋代文学批评史上，均具有重要意义。

诚如本书第一章所论，南宋书院的创办者和讲学者们均将"反对场屋利禄之学"作为其办学宗旨和教学的主要目标，而其所反对的重点在于"利禄俗学"而非科举本身；换言之，这些就学于书院的生徒依然会将参加科举作为一种选择，文章之学亦由此成为南宋书院教学中的主要内容之一。若将关注的视角移向南宋书院中的教学实践可见，如何使就学于书院的众生徒在正确看待科举的同时写出警动人心的文章便成为南宋众书院教学的题中应有之义。较之于前人在关注这一问题时多聚焦于"养气""自然"等问题的某一点而言，吕祖谦执教丽泽书院时提出的"言易入而警人深"主张不仅将文章的语言之"易入"与其效用之"警深"相结合，而且从内容和形式两方面对这一问题作出了多层次的论述。本节将以此为例，结合相关材料进行深入论析，以求教于方家。

一 "言易入而警人深"的基本要求

"言易入而警人深"是吕祖谦在执教丽泽书院期间讲论《孟

---

① 吕祖谦此论虽为作文而发，但其原理亦适用于诗歌创作，故本节题目为"诗文语言的要求"。

子·梁惠王上》一章所言，吕乔年所辑《丽泽论说集录·门人集录孟子说》中对此有详细的记载：

> 孟子此章，一开一阖，故其言易入而警人深。细观节次，便自可见，政如医之治病相似。①

吕祖谦一贯主张学以致用。在他看来："百工治器，必贵于有用。器而不可用，工弗为也。学而无所用，学将何为也耶？"因此，学者读圣贤书、习先人之道，其目的就在于将其落实于日用之中。由此可知，吕祖谦此处对《孟子》"言易入而警人深"的称赞就不仅是针对《孟子》一书本身，而是意在提示书院学子们将这一特点作为自身诗文创作时可资借鉴的榜样。而要想使文章达到这种"易入"与"警深"完美融合的境界，最根本的一点便是使文章言之有"本"，换言之，固其本源是使文章言之"易入"与"警深"的重要根基之一：

> 贲，文也。山下有火，山上方有光辉，犹文章必从根极中来。聪明不可恃，人多恃其聪明以折狱，故失之于过。君子虽聪明，而不敢自恃其聪明，故于狱无敢折。②

> 大凡有本则有文，夫人之须不离于颐颔，文生于本，无本之文，则不足贵。③

通过梳理前辈学者已有的研究成果可知，此处吕祖谦所强调的

---

① （宋）吕祖谦著，黄灵庚、吴战垒主编：《吕祖谦全集》（第四册），浙江出版联合集团浙江古籍出版社 2017 年版，第 167 页。
② （宋）吕祖谦著，黄灵庚、吴战垒主编：《吕祖谦全集》（第四册），浙江出版联合集团浙江古籍出版社 2017 年版，第 35 页。
③ （宋）吕祖谦著，黄灵庚、吴战垒主编：《吕祖谦全集》（第四册），浙江出版联合集团浙江古籍出版社 2017 年版，第 35 页。

第二章 日趋规范的创作方法

文章之"本"即"道",按王凯符等主编的《古代文章学概论》所言的,吕氏所主张的这个"道"属于"达到修身、齐家、治国、平天下所必须遵从的一种思想政治主张或伦理道德观念",而所谓"文生于本",就是将作文的根本目的归结于为阐明这种儒家的圣贤之"道"服务。从另一角度看,从其讲授《论语》解释"朽木不可雕,粪墙不可污"时将"朽木""粪墙"一类归结为"本领坏了"来看,由此引申其对文章之"本"的重视:

"朽木不可雕,粪墙不可污。"苏子由《策》引"枝叶未有害,本实先拨",以规仁宗,此甚有理。譬如朽木、粪墙,皆是本领坏了,整顿不可得。谢上蔡释之曰:"志昏而气衰。"盖当此时,胸中愦愦,莫知所主,如何救得?①

对于文道关系这一中国古代文论中争论颇多的问题,吕祖谦采取文道并重的态度。论文以道为本,重道而不轻文,并将文之有本的最终导向在于"用";恰如其在丽泽书院讲授《周礼》时所言的:

盖陶冶之功,入人最深,动荡鼓舞,优游浃洽,使自得之。②

引文所言虽为论乐之功用而发,但其以乐阐明圣人之道,最终施之于"陶冶"教化的主张亦可放之于诗文创作。而对于时人只知埋头读书而不知其用的弊病,吕祖谦亦多次在其讲学过程中予以批判:

今人读书,全不作有用看。且如人二三十年读圣人书,及

---

① (宋)吕祖谦著,黄灵庚、吴战垒主编:《吕祖谦全集》(第四册),浙江出版联合集团浙江古籍出版社 2017 年版,第 153 页。
② (宋)吕祖谦著,黄灵庚、吴战垒主编:《吕祖谦全集》(第四册),浙江出版联合集团浙江古籍出版社 2017 年版,第 137 页。

一旦遇事，便与闾巷人无异。或有一听老成人之语，便能终身服行。岂老成之言过于《六经》哉？只缘读书不作有用看故也。①

学者推求言句工夫常多，点检日用工夫常少。此等人极多。然或资质敏利，其言往往有可采者，则不免资其讲论之益；而在我者躬行无力，又无以深矫其弊。②

从另一角度看，对于那些能够使自己创作"有补于风化"的诗作，吕祖谦亦多次表达其赞赏之情：

陈僖公以国小民寡，处心不大，委靡懦弱，愿而无立志，故诗人作《衡门》之诗以开导之。自后世而观，弱则必将振之以强，狭则必将振之以广。今诗人之诱僖公，不告之以辟土地、朝秦楚之说，而取其近而易晓者言之。③

至于"宽兮绰兮，猗重较兮。善戏谑兮，不为虐兮"，则武公之德为益至，从容中道，而从心不逾矩矣。武公之德既成，斯民之在其德中，如在春风和气中，则又非昔日之不可忘也。夫言不可忘犹可忘也，至于不知其不可忘，则民也与武公之德俱化矣。④

既然通过诗歌阐发圣贤之"道"的最终归旨在于施之社会政教，而又有孟子说齐宣王时以"于我心有戚戚焉"来启发其"心"的榜

---

① （宋）吕祖谦著，黄灵庚、吴战垒主编：《吕祖谦全集》（第四册），浙江出版联合集团浙江古籍出版社2017年版，第245页。
② （宋）吕祖谦著，黄灵庚、吴战垒主编：《吕祖谦全集》（第四册），浙江出版联合集团浙江古籍出版社2017年版，第237页。
③ （宋）吕祖谦著，黄灵庚、吴战垒主编：《吕祖谦全集》（第四册），浙江出版联合集团浙江古籍出版社2017年版，第116页。
④ （宋）吕祖谦著，黄灵庚、吴战垒主编：《吕祖谦全集》（第四册），浙江出版联合集团浙江古籍出版社2017年版，第112—113页。

第二章 日趋规范的创作方法

样在前;因此,在吕祖谦看来,诗人对圣贤之"道"的阐发应该达到如《孟子》那样"言易入而警人深""入人最深"的效果方为圆满;而要想做到言之"易入"与"警深"的完美结合,不仅需要使其诗作言之有"本",而且需要言之"出于胸臆",这是使文章做到"易入"和"警深"合二为一的又一基础:

> 《颜氏家训》虽曰平易,然出于胸臆,故虽浅近而其言有味。出于胸臆者,语意自别。①

恰如引文中吕祖谦指出的那样,《颜氏家训》这类"出于胸臆"的作品虽看似平易浅近,但也正是因为其言出于胸臆,故读之有味,因而更具有引人深思的力量。值得注意的是,这样的"出于胸臆"之言还必须具备"出乎诚"和"谨其所发"的特质,方能达到感动人心的效果:

> 大抵人之于辞,当谨其所发。辞之所发,贵出乎诚。敬修于外,而不修于内,此乃巧言令色,非所谓修辞。②

> (释咸卦)上六,至诚方能感人。上六以阴柔居卦象之终,专以口舌感人,譬之巧言如簧,其口虽不能辨,其心终不感。③

"巧言令色,鲜矣仁。"只看吾巧言令色时用心如何,便自体认得。能知"出辞气,斯远鄙倍",则见此矣。晋人书柱,疾雷破柱而神色不变,孔子却迅雷风烈必变。若如此看,晋人却

---

① (宋)吕祖谦著,黄灵庚、吴战垒主编:《吕祖谦全集》(第四册),浙江出版联合集团浙江古籍出版社 2017 年版,第 256 页。
② (宋)吕祖谦著,黄灵庚、吴战垒主编:《吕祖谦全集》(第四册),浙江出版联合集团浙江古籍出版社 2017 年版,第 4 页。
③ (宋)吕祖谦著,黄灵庚、吴战垒主编:《吕祖谦全集》(第四册),浙江出版联合集团浙江古籍出版社 2017 年版,第 63 页。

是强似孔子,此便是巧言令色。①

综观吕祖谦执教丽泽书院期间的所论所思可见,对"诚"的强调在其讲学过程中可谓一以贯之。在吕祖谦看来,人心之"诚"是个人端正其身,实现"修齐治平"的基础和出发点,正所谓"日用间若不加提策,则怠惰之心生矣;怠惰之心生,则放僻邪侈至矣"。既然诗文创作的最终目的在于阐明圣人之"道"并将其施之陶冶教化,使人心之"至理"得以"兴起",那么以出于胸臆的"至诚之言"进行诗文创作便是实现这一目的的基本条件。恰如其在《答潘叔度》(其四)中所言:

行实须削去浮华,直书事实。若有增饰,则心已不诚,非所谓事亲如事天也。②

由引文可知,这些"浮华""增饰"之词,与上文所引"专以口舌感人"的"巧言"一样,都是"敬修于外,而不修于内"所致;因其"不修于内",故多以炫技之作引人关注:

(释谦卦)无文学者,恐人轻其无文学,必外以词采自炫,实有者却不如此。③

由此可见,若想使诗文之言成为出于胸臆的"至诚之言"而非"专以口舌感人"的巧言,亦必须通过"敬修内外"而使其言"谨其所发",这就要求作者胸中必须具备深厚的涵养,才能使其在下笔

---

① (宋)吕祖谦著,黄灵庚、吴战垒主编:《吕祖谦全集》(第四册),浙江出版联合集团浙江古籍出版社 2017 年版,第 148 页。
② (宋)吕祖谦著,黄灵庚、吴战垒主编:《吕祖谦全集》(第一册),浙江出版联合集团浙江古籍出版社 2017 年版,第 448 页。
③ (宋)吕祖谦著,黄灵庚、吴战垒主编:《吕祖谦全集》(第四册),浙江出版联合集团浙江古籍出版社 2017 年版,第 18 页。

作文时保持"敬"的态度,以其涵养淬炼胸中之"言",并使其言最终达到"发于诚"的特质:

> 六艺之文,学之大端也,天地之间备矣。其次则习静一室,读《诗》及《书》,以涵养性情。每念古人君臣父子之间,反复规诲,词意恳恻,想见当时忠厚气象,使人感动,为之出涕。①

> 今人学得数句言语,且留在胸中涵养得熟,然后将出用,则若长江大河源源不可遏;若方学得一二句,便把出说了,都不留在胸中,此必终不能作文。②

由引文可见,在吕祖谦看来,后学者只有通过"读诗及书",从古人之"词意恳恻"中汲取营养,日积月累,才能使自己胸中之涵养日渐丰厚,其"言"才能在此基础上慎加选择而形之于文,成为出于胸臆的至诚之"言";正所谓"持养之久,则气渐和,气和则温裕婉顺,望之者意消忿解,而无招怫取怒之患矣"。而这一点也恰恰是时人学文时所忽略的。故其在讲学丽泽期间极力批判时人这种"方学得一二句,便把出说了"的空疏不实之风,要求学生不能仅仅把关注点放在学作文本身,而应该在日常的读书积累、涵泳性情上多下功夫。这一点在其《与朱元晦侍讲书》(一五)中论及自己昔年所学之失时亦有所提及:

> 追味往年喜合恶离之诲,诚中其病。推原病根,盖在徒恃资禀,观书粗得味,即坐在此病处,不复精研,故看义理则汗

---

① (宋)吕祖谦著,黄灵庚、吴战垒主编:《吕祖谦全集》(第一册),浙江出版联合集团浙江古籍出版社 2017 年版,第 805—806 页。
② (宋)吕祖谦著,黄灵庚、吴战垒主编:《吕祖谦全集》(第四册),浙江出版联合集团浙江古籍出版社 2017 年版,第 222 页。

漫而不别白，遇事接物则颓弛而少精神。①

需要特别指出的是，吕祖谦此处所言之"涵养"不仅包括书籍的阅读和知识的积累，还应该包括作者自身修养的提高：

> 大凡有文之人，自为人所重；而此象乃曰："终莫之陵"者，此盖有说。文士虽为人所爱，而亦为人所薄。若唐之王、杨、卢、骆，虽有文彩，终为人薄者，以不正故耳。若孔子、孟子，非不文也，而后人仰之，莫不肃然而敬者。以其永正也。《六经》之文亦然。②

吕祖谦《与陈同甫书》（二四）中有言曰："惟笃于忠厚者，视世间盎然，无非生意，故能导迎淑气，扶养善端。"既然士人作文之最终落脚点亦在于"导迎淑气，扶养善端"，则其自身亦必须摒弃如唐之王、杨、卢、骆等人的狂狷习气，而以"笃于忠厚"、守其"正"为本。这一点从其《祭汪端明文》中对汪应辰其人其文的赞扬中亦可得以佐证：

> 大雅之音，尚闻于公。学则正统，文则正宗。乐易平旷，前辈之风；崇深简重，前辈之容。③

综上所述，吕祖谦提出作文应"言易入而警人深"的基础是言之有"本"和出于胸臆。因其言之有"本"，故其文必以阐释圣贤之道为主；因其落脚点在施之于"用"，故其言必为出于胸臆的

---

① （宋）吕祖谦著，黄灵庚、吴战垒主编：《吕祖谦全集》（第一册），浙江出版联合集团浙江古籍出版社2017年版，第375页。
② （宋）吕祖谦著，黄灵庚、吴战垒主编：《吕祖谦全集》（第四册），浙江出版联合集团浙江古籍出版社2017年版，第38页。
③ 曾枣庄、刘琳主编：《全宋文》（第二六二册）卷五八九九，上海世纪出版股份有限公司上海辞书出版社、安徽出版集团安徽教育出版社2006年版，第126页。

"至诚之言"方能具有感动人心的力量。又因其具备"言之谨慎"且"出乎诚"这两个特质，故作文者必须注重日常的读书积累，从前人作品中汲取养料以丰富自身之涵养，使其言在形诸笔端之前得以打磨和淬炼，这样才能使其文具备"言易入而警人深"的潜质。

二 "言易入而警人深"的主要特征

"语有力而不露锋芒"亦是吕祖谦执教丽泽书院期间论及文章之言时提出的重要主张。如果说"文之有本"和"言自己出"是使诗文"言易入而警人深"的基础，那么"语有力而不露锋芒"便是"言易入而警人深"之诗文所应具备的主要特征之一：

> 语有力而不露锋芒者，善言也。自《孟子》以后，无如《易传》言近而指远者。①

既然诗文创作的最终落脚点在于施之教化，则其"深警"之言必有力而兼具锋芒。而在吕祖谦看来，高手之诗文的妙处恰在于能够将其"有力"与"锋芒"蕴藏于平和之中，达到"润物细无声"的效果。这一点在魏应天所著《论学绳尺》中总结"前辈论作文之法"时亦有所体现：

> 东莱吕（祖谦）公云：论各有体，或清快，或壮健，不可律看。做论有三等：上焉藏锋不露，读之自有滋味。中焉步骤驰骋，飞沙走石。下焉用意庸庸，专事造语。……题常则意新，意常则语新。意深而不晦，句新而不怪。笔健而不粗，语新而不常。②

---

① （宋）吕祖谦著，黄灵庚、吴战垒主编：《吕祖谦全集》（第四册），浙江出版联合集团浙江古籍出版社2017年版，第240页。
② 王水照编：《历代文话》（第一册），复旦大学出版社2007年版，第1077—1078页。

引文虽为针对当时科举考试最常用的策论文而发，但若结合吕祖谦将作文的最终落脚点归之于"用"的主张来看，引文中的这一主张推之于日常的诗文创作中亦可适用。可见在吕祖谦看来，文章的风格虽有"轻快"和"壮健"之别，但作者行文之"藏锋不露"是使其成为上乘之作的必备条件。因其"藏锋不露"，故需读者仔细体会其中之"滋味"，并在咀嚼其"滋味"的同时发现其中所蕴藏的"锋芒"，故其言自然"易入"而"警深"。因此，吕祖谦在讲学丽泽期间多次强调作者在写作文章时应该注意把握分寸，于字斟句酌之间表达其意：

（释比、师两卦）《象》"《比》之初六"，排一"比"字在"初六"上，此见圣人笔法，与作《春秋》、解《诗》一同，斡旋一字，便见意全。①

三王虽不及五帝，然其问答之际，从容款曲，忠敬诚悫，亦与后世间问答气味不同。②

如"惟君所行也"一句，似宽而严，似纵而拘。若只据人君初间看得惟我所行，可谓似宽似纵，然有一毫不是，便蹈流、连、荒、亡四事之中而不可行，岂非实严实拘。③

由引文可见，"圣人笔法"是吕祖谦在讲学时特别强调和推崇的一点，而其最主要的特点就在于能够在"从容款曲，忠敬诚悫"之际通过"斡旋一字"来表明自身的褒贬态度，这与吕氏所言"语有

---

① （宋）吕祖谦著，黄灵庚、吴战垒主编：《吕祖谦全集》（第四册），浙江出版联合集团浙江古籍出版社 2017 年版，第 12 页。
② （宋）吕祖谦著，黄灵庚、吴战垒主编：《吕祖谦全集》（第四册），浙江出版联合集团浙江古籍出版社 2017 年版，第 142 页。
③ （宋）吕祖谦著，黄灵庚、吴战垒主编：《吕祖谦全集》（第四册），浙江出版联合集团浙江古籍出版社 2017 年版，第 169 页。

力而锋芒不露"可谓异曲同工。吕祖谦之所以极力推崇这样的"圣人笔法",其中亦有提示就学于书院的学子们以此为师法对象,将其言语之妙运用于自身诗文创作之中的良苦用心。从另一角度看,对于那些语言犀利,甚至直指"君之过失"的文字,吕祖谦在讲学过程中亦对此多有批评:

> 常人闻人君之言,便阿意曲从;逢君之恶,固不足道。至有虽欲开悟人君,亦不得其道者,如宋玉答大王之雄风,谓之不忠则不可,谓之非正理亦不可,但只是指在楚王身上太急,故终不能有所开悟。惟孟子先言他人不安分者,亦欲享此等逸乐,既已言此之非,然后言不与民同乐亦非。其言和缓,不致麈迫,最得开悟人君之道。①

> 昔人有以屈原作《离骚》可配《风》《雅》者,亦以其有念念不忘君之心。观《离骚》一篇三致意,始言高飞远举,鸿蒙廓落,神仙幻化之术;中言富贵华丽,声色音乐,世间可喜之事;终言三江五湖,洞庭彭蠡,世间游观之乐,三者皆不足以解忧,而终归于爱君。后世称《离骚》为词赋之祖,以此也。虽然,屈原有爱君之心固是善,惜乎其发之不以正,自愤怨激切中来。其言神仙、富贵、游观,已是为此三件动也;故托辞以自解,本是怨怼,却反归爱君上来。若孟子则初无此心,其言语始终和缓,皆出于正。此屈原、孟子所以分。尹士之言,虽出于一时之狂狷,亦君子之病,特不可以测度孟子耳。②

由引文可见,较之于宋玉《风赋》中以"大王之雄风"讽谏楚

---

① (宋)吕祖谦著,黄灵庚、吴战垒主编:《吕祖谦全集》(第四册),浙江出版联合集团浙江古籍出版社2017年版,第168页。
② (宋)吕祖谦著,黄灵庚、吴战垒主编:《吕祖谦全集》(第四册),浙江出版联合集团浙江古籍出版社2017年版,第178—179页。

王而其语言失之"太急"、屈原《离骚》中"一篇而三致意"而终不免语言上的"愤怨激切",吕祖谦显然更加提倡后学者在作文时如《孟子》那样将其讽谏之意蕴于语言"始终和缓"的表述方式。在吕祖谦看来,常人对于人君之言"阿意曲从"的做法固不可取,但无论是屈原还是宋玉,其在讽谏人君,望其改过时言语过于激切,如此行文一则与"主文而谲谏"的传统相悖,未免有剑走偏锋之嫌;二来因其语言过于锋芒毕露,多给人以"促迫"之感,其言亦谈不上"易入",也就自然达不到"警人深"的最终目的;《孟子》则始终从"耳目接近彼之熟闻者"入手,蕴其锋芒于从容和缓之间,故其言"易入"人心,亦更易于达到"警人深"的效果。如此将二者的不同行文方式加以比较,则更见《孟子》之高明,故吕祖谦亦提倡丽泽书院的众生徒以此为效法的榜样。正因如此,吕祖谦在指导和评价后学作文时特别强调后学者在进行诗文创作时应蕴其语言之力于从容和缓之间,且不提倡在文中宣泄作者个人的"不平之气":

> 大凡急欲人听者,未必能使人信已,如谓伯夷贪,谓比干邪,人安肯信?观臧仓之言,从容和缓,等闲寻常问起,如浸润之谮,渐渐入来,故且问君所之。①

> 审观来示,似犹有迫隘气象,更放令宽平润泽为善。②

> 垂谕备悉,雅意再三玩怿,辞气平和,殊少感慨悲壮之意,极以为喜。驱山塞海,未足为勇,惟敛收不可敛之气,伏槽安流,乃真有力者也。③

---

① (宋)吕祖谦著,黄灵庚、吴战垒主编:《吕祖谦全集》(第四册),浙江出版联合集团浙江古籍出版社 2017 年版,第 170 页。
② (宋)吕祖谦:《答潘叔度》,载黄灵庚、吴战垒主编《吕祖谦全集》(第一册),浙江出版联合集团浙江古籍出版社 2017 年版,第 455 页。
③ (宋)吕祖谦:《与陈同甫》,载黄灵庚、吴战垒主编《吕祖谦全集》(第一册),浙江出版联合集团浙江古籍出版社 2017 年版,第 441—442 页。

第二章 日趋规范的创作方法

而这样的观点在其《司马迁论》中有着更为明确的体现：

> 人不可以有不平之气也。有不平之气，必有矫枉过直之言，言至于过直，则其害有不可胜言者矣。且人之所以矫枉者，盖欲使其直也。今既过其直，则吾之言先不直矣，又何以责彼之不直乎？……苟愤世嫉邪而为矫枉过直之言，则所矫之枉未息而过直之言先见矣。①

综合以上引文可见，吕祖谦之所以不提倡将作者个人的"不平之气"宣泄于行文之中，一方面是由于这样的文章在语言上锋芒毕露，更容易使读者产生咄咄逼人之感，若与"从容和缓"之文相比，则其更难以做到"言易入"，这样也就无法达到"警人深"的效果；另一方面则是由于人在这种"不平之气"的主导下难免产生"矫枉过直之言"，虽然这样的"矫枉过直之言"亦多针对时弊而发，但是由于其言失之偏颇，难以据此偏颇之言而"责彼之不直"，故其亦不具有"警人深"之效用。因此，在吕祖谦看来，作者在进行文章写作时必须注意"敛收不可敛之气"并将文章语言"放令宽平润泽"的能力，这就要求作者在明确作文之"本"的前提下使其言出于胸臆而深于涵养，既能以其"至诚"感人又能"谨其所发"；由此观之，则那些达到"言易入而警人深"这一境界的文章之所以具有"语有力而不露锋芒"的特征。

就其形式而言，这种"言易入而警人深"之文多以"一开一阖""节节发之"为主要特征：

> 王曰"于我心有戚戚焉"，若非节节发之，此心何自而发？

---

① （宋）吕祖谦著，黄灵庚、吴战垒主编：《吕祖谦全集》（第一册），浙江出版联合集团浙江古籍出版社 2017 年版，第 874—875 页。

自"恒产"、"恒心"以下,方教之以药方。①

大凡圣贤见人有一小善,虽未甚至,便称善,乃是提撕唤起其善念也。②

由引文可知,吕祖谦在称赞《孟子》其文"言易入而警人深"并特别指出其形式上"一开一阖""节节发之"这一特点的同时再次强调了其落脚点在于"启其自发""唤起善念",即通过"易人"之言于形式上的"节节发之"相互配合,进而起到"警人深"的效果。这在其讲论《孟子·滕文公上》一章时有着更为具体的解释:

此孟子教人之深意也。如医者之下药,各有次序。初举成睍之言者,欲使文公去其畏心而广其志气,如下一服瞑眩药而疗疾,若不下第二服以平补之,则向之瞑眩必复为害,是故孟子次举颜子之言者,下第二服药也,使世子之气平而安适。病既已去,又必赖第三服药以固养之,故孟子终举公明仪"周公岂欺我"之言,以固世子之信心。……此有以见孟子所以教文公,其缓急皆有先后,不可少差者也。③

刘勰在《文心雕龙·论说篇》中认为,论说之道在于"弛张相随",并将"顺情入机,动言中务,虽批逆鳞,而功成计合"之文章称为"上书之善说";此论虽就论说文而言,但其重视将内容与形式结合以"顺情动机"的主张亦具有普遍的适用性。结合以上引文可见,吕祖谦在此特别强调了若想使文章达到"言易入而警人深"

---

① (宋)吕祖谦著,黄灵庚、吴战垒主编:《吕祖谦全集》(第四册),浙江出版联合集团浙江古籍出版社 2017 年版,第 167 页。
② (宋)吕祖谦著,黄灵庚、吴战垒主编:《吕祖谦全集》(第四册),浙江出版联合集团浙江古籍出版社 2017 年版,第 168 页。
③ (宋)吕祖谦著,黄灵庚、吴战垒主编:《吕祖谦全集》(第四册),浙江出版联合集团浙江古籍出版社 2017 年版,第 179—180 页。

的境界，就必须要注意文章内容和形式上的相互配合。换言之，这种"言易入而警人深"之文除了应该在内容上做到"语有力而锋芒不露"外，形式上的"一开一阖""节节发之"亦是不可或缺的条件。特别是其在讲《孟子·滕文公上》一章时以孟子说滕文公时举成覸、颜渊、公明仪三人之言以"去其畏心"为例，将其层层深入的举例方式以医者疗疾作比，并指出，孟子如此举例的最终目的在于"教人"；而孟子这种"以近处教人"这样的特点在其讲授《孟子》中"天时不如地利"一段时亦有所强调：

> "孟子曰：天时不如地利止战必胜矣。"……人多错看了，谓天时果不如地利，地利果不如人和，遂分轻重，多以星亏山崩，武王不害于用兵，不知孟子之意，正不如此。且如向风而胜，逆风而败，何尝不取天时？然不得人和亦不可。山川丘陵，左洞庭、右彭蠡，何尝不取地利？然非人和亦不可。孟子如此说者，盖以近处教人。①

由引文可知，时人对于"天时不如地利，地利不如人和"的理解多局限于孟子重"人和"而轻其他，但在吕祖谦看来，这样的论述方式正是孟子善于在语言上"以近处教人"的妙处所在——孟子此论虽重在"明人和由于得道"，但其中并未否认"天时"和"地利"的作用；换言之，"天时""地利"的优势虽不可忽略，但若想发挥其作用，则"非人和亦不可"，从这一角度看，则更可见"人和"的重要性。《孟子》在论说问题上的这一特点也正是吕祖谦提倡后学者作文所要着重学习的一点——即注重文章在谋篇布局上的"一开一阖""节节发之"与语言上的"有力而不露锋芒"相互配合，以引起读者的阅读兴趣，并于文章的波澜起伏中体味其从容之语背后所蕴含的深意。这样的观点与其在《古文关键》中"论作文

---

① （宋）吕祖谦著，黄灵庚、吴战垒主编：《吕祖谦全集》（第四册），浙江出版联合集团浙江古籍出版社2017年版，第173—174页。

法"一节颇有相似之处：

> 文字一篇之中，须有数行整齐处，须有数行不整齐处。或缓或急，或显或晦，缓急显晦相间，使人不知其为缓急显晦。常使经纬相通，有一脉接乎其间然后可。盖有形者纲目，无形者血脉也。①

由引文可见，较之于为士子应付科举所作的《古文关键》中将"文字一篇之中，须有数行整齐处，须有数行不整齐处"作为一种行文模式加以强调而言，吕祖谦此处特举《孟子》其文之"一开一阖""节节发之"的特点加以称赞并提示众生徒以此为效法榜样，二者在关注重点上的差异可谓显而易见——前者的重点在于以此种模式博取考官青睐，未免有重形式而轻内容之嫌，故朱熹有所谓"太尖巧"之讥，正是针对其《古文关键》中这种模式痕迹过重的作文之法而言；后者则重在强调通过文章在结构布局上的"一开一阖"与内容上的以"道"为本、"语有力而不露锋芒"相结合，进而使文章达到"言易入而警人深"的境界，并特别指出其最终的落脚点在于施之日用，无论是就文章本身的创作还是其实用性而言，都显得更为全面和广泛。

三 "言易入而警人深"的现实意义

综上所述，"言易入而警人深"既是吕祖谦执教丽泽书院时对《孟子》行文特点的称赞，又是其要求就学于书院的求学者们所效法的榜样。从书院教学的角度来看，这与吕祖谦一贯提倡士人求学时应慎择门户和师法对象的主张有着较为紧密的关联：

> "始条理者，智之事也"，致知也。"终条理者，圣之事也"，

---

① 王水照编：《历代文话》（第一册），复旦大学出版社 2007 年版，第 236—237 页。

知终也。知之在先，成就在后。三子知处偏，故其成小；孔子知处全，故其成大。以射为喻最切。又如匠氏造屋为图，图有毫厘之差，则成屋有寻丈之谬。①

"公孙丑问曰止惟此时为然"，子路所学，乃圣门根本之学。若使其成就，岂管仲之所能及？管仲之功虽成，不过是功利之学。盖管仲如已熟之莨稗，子路如未熟之五谷。五谷未熟时，固不如莨稗；然或至于熟，岂莨稗之比哉！②

引文虽为吕氏讲学期间就论学而发，但就其所言"匠氏造屋为图，图有毫厘之差，则成屋有寻丈之谬"而论，则亦可用之于诗文创作的学习。结合上文所论可知，吕祖谦之所以提倡众生徒学习《孟子》行文"言易入而警人深"的特点，正是由于其从内容到形式上都体现着"文之正者"所应有的特征，对于初学者而言，选择这样的师法对象无疑有助于其日后在文章写作上取得更大的进步和成就。恰如引文中所言"子路所学"与"管仲所学"那样，子路所师法的"圣门根本之学"虽看似不如管仲的"功利之学"那样"速成"，但从长远来看，这样的"根本之学"对后学者的长远发展无疑更有帮助。更为值得注意的是，这样的"进步"和"成就"并非"徒玩文采"，以炫技博人眼球，而是要求其文章在以"道"为本、"出于胸臆"、"言之至诚"的基础上将语言之"有力而不露锋芒"与形式之"一开一阖""节节发之"相结合，最终以其"言易入而警人深"之文章施之于教化，落实于日常应用。

此外，"言易入而警人深"的主张亦体现了吕祖谦文章批评标准由早年的求新求异向晚年归于提倡质朴平正之文的变化。通过梳理

---

① （宋）吕祖谦著，黄灵庚、吴战垒主编：《吕祖谦全集》（第四册），浙江出版联合集团浙江古籍出版社 2017 年版，第 196 页。
② （宋）吕祖谦著，黄灵庚、吴战垒主编：《吕祖谦全集》（第四册），浙江出版联合集团浙江古籍出版社 2017 年版，第 172 页。

前辈学者现有的研究成果可知，风靡于当时科场的永嘉文体与吕祖谦早年的倡导和褒扬有着密不可分的关系，但从其写于淳熙五年（1178）的《与朱侍讲元晦书》中可见其对自己早年的这种做法有所反省：

> 书中具道所以箴戒儆厉之意，不胜感悚。去冬舍弟转致教赐，一一深中膏肓之疾，朝夕玩省，不敢忘。独所论永嘉文体一节，乃往年为学官时病痛，数年来深知其缴绕狭细，深害心术，故每与士子语，未尝不以平正朴实为先。①

由引文可见，吕祖谦对永嘉文体由提倡转向批判其"缴绕狭细，深害心术"之弊的认识正是基于自己数年来的创作实践得出的；对于自己早年创作的那些求新求异之文，吕祖谦亦多有批判之词：

> 前此谕及《博议》并奥论中鄙文，此皆少年场屋所作，往往浅狭偏暗，皆不中理。若或诵习，甚误学者。凡朋友问者，幸遍语之。②

正是基于这一认识的转变，他才会在丽泽书院的教学中通过提倡"平正朴实为先"的"言易入而警人深"之诗文来引导学生走向作文之正途。由于吕祖谦素来秉承"本分为学者初不与科举相妨"的理念，因此，其执教丽泽书院期间提出的这一主张与其《古文关键》中对"文字一篇之中，须有数行整齐处，须有数行不整齐处"的强调有着一定的一致性，但结合上文各部分的具体论析来看，较之于其在《古文关键》中的观点而言，"文易入而警人深"这一主

---

① （宋）吕祖谦著，黄灵庚、吴战垒主编：《吕祖谦全集》（第一册），浙江出版联合集团浙江古籍出版社2017年版，第389页。
② （宋）吕祖谦：《答聂与言》，载黄灵庚、吴战垒主编《吕祖谦全集》（第一册），浙江出版联合集团浙江古籍出版社2017年版，第460页。

张显然具有更大的实用性和更为丰富的内涵——对于那些求学于书院"本分为学者"而言，若能在文章写作过程中以"言易入而警人深"之文为榜样并向着这一方向努力，不仅有助于其文在科场上获得考官青睐，而且对其走上作文之正途，甚至扭转当时文坛以炫技为尚的不良风气都有着十分重要的意义。

小　　结

本章主要讨论南宋书院创作观中的创作方法问题。结合上述各节所论可知，在这一系列严格而日趋规范的创作方法中，对构思阶段"沉潜讽诵，涵养其间"的要求是诗文创作的基础和源泉。唯有通过"涵养其心"以使其专注于创作，"涵养其气"以使其振奋精神，"涵养其学"以使其学养深厚，才能使后学者从构思伊始便能兼顾到个人创作心理和个人知识储备两个方面，并以一种严谨而认真的态度将其落实到具体的创作实践之中，为下一步具体创作的开展打下良好的基础。对诗体的选择则主要要求书院学子从"识得古今体制"入手，以前辈优秀作家作品为师法对象，在夯实基础的前提下通过循序渐进地学习，逐步领悟诗歌创作之要义。朱熹执教书院期间对于"《选》诗"褒扬和推崇就是一个非常典型的例子。对内容"意与理胜"和风格"平淡朴重"的要求则是诗文创作的核心。坚持内容上的"意与理胜"，就是促使后学者明确诗文创作应以内容为主，以"达意"和"明理"为根本，避免其受到当时文坛"重形式而轻内容"陋习的干扰；也正是由于这一陋习的存在，在谈到创作方法问题时，这些讲学者和求学者关于诗文形式的论述较少，但从他们对和韵诗创作"执正以驭奇"的创作要求来看，他们亦主张后学者在进行诗文创作时应该重视内容和形式之间的配合问题，唯有做到"酌华而不失其正"，才能使二者相得益彰。值得注意的是，无论是创作前的构思还是创作过程中关于内容和形式的各种要求最终都要落实到语言表达上才能得以呈现，因此，诗文创作的语言问题亦成为南宋书院创作观中创作方法问题所必须关注的焦点之一。要求后学者在进行诗文创作中应该做到"言易入而警人深",就是要求其特别重视语言在其创作过程中所起到的载体作用,促使其诗文创作水平从整体上得到有效提升。

此外,一些前辈学者在论及这一问题时多认为这种从构思到具体创作、从内容到形式均有具体要求的严格规范"不利于文学创作健康、自由的发展",但通过以上各节的讨论可知,对于那些求学于书院且初涉文坛的后学者而言,这种日趋规范的创作方法的存在是非常必要的——它不仅是匡正当时文坛弊端的需要,同时也是促使初学者在入门之初便明确是非、走向创作之正途的重要保障。换言之,南宋书院的创作观中之所以会对于创作方法提出如此严格而具体的规范,其目的就在于使初学者在学习上由"无法可依,随心所欲"走向"有法可依,循序渐进",这不仅有利于初学者本人文学创作水平的逐步提高,同时也为整个南宋文坛走向秩序和规范作出了自己的贡献。

第三章 以"理""趣"为中心的审美指向

本章主要讨论南宋书院创作观中的审美指向问题。笔者通过阅读、梳理和总结相关材料发现,南宋书院创作观中的审美指向可以概括为"'理''趣'为中心"。所谓以"理"为中心,就是将诗文视为"阐理之具",这也促使其在进行文学批评活动时能够别具慧眼,从"理"的角度来讨论问题,朱熹、张栻二人在《南岳倡酬集序》中对于酬唱之风的讨论便是一个很好的例证;而所谓以"趣"为中心,则多为书院中人对生活之"趣"的展示。需要特别指出的是,这里的"生活"包含着两重含义:一是指这些讲学者和求学者形而上的精神生活,其审美指向亦多为文人雅趣之体现;二是指形而下的物质生活,特别是其对于如时局问题、民生问题等热点问题的特别关注,这类作品中虽不乏意气风发之作,但由于其作者并未真正深入"社会生活"本身,想象成分较多,故总给人以"隔"的感觉。而其所追求的终极目标便在于通过"学问融入现实"和"以现实表现学问"两种途径来实现二者在审美指向上的水乳交融与和谐统一,最终促使其成为世人破解人生困境、体悟万物之"道"的有效途径。"清险风趣"是郑振铎先生《插图本中国文学史》中对宋诗整体风格特点的总结,若从南宋书院中人的诗歌创作实践及其理论主张的角度出发进行考察,他们对于这种"宋诗的清险风趣"既有继承又有批判。这种"有扬有弃"的态度无论是对于促进宋诗风格的多样化发展还是匡正当时诗坛"矜利眩才"的空疏浮躁之风而言,都有着非常重要的意义。

第一节　审美指向之一：以诗文为"阐理之具"

重"理"是南宋各书院讲学者和求学者在评诗论文时普遍存在的审美指向之一。较之于那些置身书院之外的批评家而言，由于这些长期执教或就学于书院的讲学者和求学者接受了严格的学术训练，其在评诗论文时便不可避免地带有后世评家所说的"理学气"或"道学气"——他们多将诗文视为"明道义"的工具，其在面对相关的文学批评问题时亦多习惯于从这一角度出发考虑问题。换言之，这一审美指向的产生与南宋书院的"尚学"之风有着十分密切的关联。例如在讨论盛行于南宋士人之间的交游酬唱这一问题时，同时代书院外的批评家们对这类活动的评价大致可以用"追慕"二字归之。（一是追慕酬唱活动本身的"雅集"性质，赞扬这种活动所蕴含的"风流"之韵；二是在追慕前人雅集之"风流"的同时总结其在谋篇布局、下字命意等方面的优点，以资后来者学习和借鉴。而若将观察的视角转向书院之内就会发现，对于士人间的酬唱活动这一问题，这些活跃于书院之内的讲学者所关注的问题与那些书院之外的批评家完全不同，《南岳倡酬集序》中朱熹、张栻二人关于酬唱问题的讨论就是一个非常典型的例证。）《南岳倡酬集》是张栻执教岳麓书院期间与朱熹、林用中二人同登南岳衡山时的诗歌酬唱之衷集，其中张栻、朱熹二人所作之《南岳倡酬集序》中对于如何看待文人之间诗歌酬唱的态度之异同及由此可以窥见的南宋书院中重"理"的审美指向对宋代文学理论批评之影响一直没能引起足够的重视。本节从二人在序中对诗歌酬唱态度之异同切入，并结合张朱二人执教书院时对书院生徒进行文学教育的相关内容进行讨论，可见南宋书院创作观中重"理"的审美指向对宋代文人诗文创作和诗文评论中特有的理性精神和严肃态度及其兼容并蓄精神之最终形成均有深刻的影响。

南宋孝宗乾道三年（1167），张栻执教于岳麓书院，是年九月八

第三章 以"理""趣"为中心的审美指向

日,朱熹同林用中来访并应邀在此执教两个月,在此期间,三人同登南岳衡山,"其间"多有诗歌酬唱。《南岳倡酬集》就是三人同登南岳衡山时的诗歌酬唱之裒集。书成之后,张栻、朱熹二人分别为此书作序。笔者通过翻阅相关资料发现,虽然张、朱二人之间的交游论学一直是近年来学界讨论的热门话题之一,但二人在《南岳倡酬集序》中对于如何看待文人之间诗歌酬唱的态度之异同及由此可以窥见的南宋书院中文学教育对宋代文学理论批评之影响却一直未能引起足够重视。本节以张栻、朱熹二人在《南岳倡酬集序》中对待诗歌酬唱的态度之异同为切入点,结合张、朱二人执教书院时对书院生徒进行文学教育的相关内容,对南宋书院中由诗歌酬唱而引发的诗学争论作一初探,以求教于方家。

一 张序:"敬慎"之心与人不可"溺于物"

在张栻所作《南岳倡酬序》中,除叙述三人登山过程中所见所感外,结尾对于三人登山数日所得酬唱之诗有着这样的叙述:

> 间亦发于吟咏,更迭唱酬,倒囊得百四十有九篇。虽一时之作不能尽工,然亦可以见耳目所历与夫兴寄所托,异日或有考焉,乃裒而录之。方己卯之夕,中夜凛然,拨残火相对,念吾三人是数日间,亦荒于诗矣。大抵事无大小美恶,流而不返,皆足以丧志,于是始定要束,翌日当止。盖是后事虽有可歌者,亦不复见于诗矣。嗟乎,览是编者,其亦以吾三人者自儆乎哉!①

由此可见,张序中将三人数日之间的诗歌酬唱定位为"荒于诗",又以"大抵事无大小美恶,流而不返,皆足以丧志"为继,而之所以要编订此集,其重要目的之一就是让那些"后之览者""以吾三人者自儆",不要再做出这样"流而不返"甚至"足以丧

---

① (宋)张栻:《南岳倡酬序》,杨世文点校《张栻集》,中华书局 2015 年版,第 985 页。

志"的事情，可见其对于三人数日之间的诗歌酬唱行为在一定程度上是持否定态度的。笔者认为，张序中之所以会持有这样的观点，原因有三。

首先，这样的观点与其一贯所秉持的当以"敬慎"之心作文的态度的观点有着密切关联。综观张栻《南轩文集》可见，主"敬"是张栻反复强调的命题之一。在张栻看来，这个"敬"不仅是士人日常修养心性之必需，而且是士人写诗作文之时所必须坚持的准则：

> 修辞立其诚。修辞所以立其诚，意非徒修饰为也，若修饰则只不诚矣。平居亦当察此，而圣人独言于九三者，盖当危疑之地，处人情之变，辞危则易亢，辞逊则易枉，亦难乎有言矣。于是焉而能修之，则诚立矣。……修辞乃是体当自家诚意，深味曾子之所谓出辞气者则可知矣。于九三言之者，大抵谓君子之学如是，故能尽乎处上下之道也，不必云"于是焉而能修之，则诚立也"。①

> 但觉向来语言多所未安，尤不敢轻易立辞。②

> 鬼神之说，合而言之，来而不测谓之神，往而不返谓之鬼；分而言之，天地、山川、风雷之属，凡气之可接者皆曰神，祖考祠飨于庙曰鬼。就人物而言之，聚而生为神，散而死为鬼；又就一身而言之，魂气为神，体魄为鬼。凡六经所称，盖不越是数端。然一言以蔽之，莫非造化之迹，而语其德，则诚而已。……至于后世，异说炽行，诡张为幻，莫可致诘。流俗眩于怪诞，怵于恐畏，胥靡而从之。③

---

① （宋）张栻：《答俞秀才》，杨世文点校《张栻集》，中华书局2015年版，第1259页。
② （宋）张栻：《答朱元晦》，杨世文点校《张栻集》，中华书局2015年版，第1103页。
③ （宋）张栻：《题周奭所编鬼神说后》，杨世文点校《张栻集》，中华书局2015年版，第1278页。

第三章 以"理""趣"为中心的审美指向

"修辞立其诚"一语出自《易·系辞·文言》,原文为:"九三曰:'君子终日乾乾,夕惕若厉,何谓也?'子曰:'君子进德修业。忠信,所以进德也;修辞立其诚,所以居业也。'"① 查唐李鼎祚撰《周易集解》中引用了荀爽与翟玄的注解,荀注释为"修辞,谓终日乾乾;立诚,谓夕惕若厉;居业,谓居三也"②;翟注则解释为"立其诚信,民敬而从之"③。张栻此处另辟蹊径,认为"修辞"之"修"与"修饰"之意无关,"修辞所以立其诚,意非从修饰为也,若修饰则只不诚矣"。圣人之所以强调"修辞立其诚",是因为"盖当危疑之地,处人情之变,辞危则易亢,辞逊则易枉,亦难乎有言矣。于是焉而能修之,则诚立矣"。④ 故"修辞立其诚"所体现的是君子面对瞬息万变的局势和人情百态时显现出的灵活的处世态度。值得注意的是,张栻还特别强调了这个"诚"应该是"体当自家诚意";这个"诚"既然是君子日常修身养性所必需之功夫,为人处世所贯穿之品格,那么这种"诚"的要求便自然而然地贯穿到士人的文学创作中。换言之,此处之"诚"若置之于文学创作,则可以引申为要求作家在进行文学创作的过程中所应当具有的严肃认真的创作态度和以抒写"自家诚意"为本的创作理念。这样的要求不仅可以从上文所引其《答朱元晦》中所谓"尤不敢轻易立辞"和《题周奭所编鬼神说后》中对后世"异说炽行,诪张为幻"的不满中能够得以体现,更可以从其执教书院期间对学生作文所提出的要求中得到进一步的印证:

> 垂谕忿怒之病,气习偏私处,正当深致其力。损卦:"惩忿窒欲","惩"之为言,须思其所以然而惩艾之。⑤

---

① (魏)王弼撰,楼宇烈校释:《周易注》,中华书局2011年版,第4页。
② (唐)李鼎祚:《周易集解》,文渊阁《四库全书》本。
③ (唐)李鼎祚:《周易集解》,文渊阁《四库全书》本。
④ (宋)张栻:《答俞秀才》,杨世文点校《张栻集》,中华书局2015年版,第1259页。
⑤ (宋)张栻:《答戚如玉》,杨世文点校《张栻集》,中华书局2015年版,第1160页。

问:"奔逸绝尘存乎思?"曰:"如此等语,皆涉于浮夸,不稳帖。夫思者,沈潜缜密,优游涵泳,以深造自得者也。……"①

由此可见,对于那些有碍于士人涵养心性的"惩忿窒欲""涉于浮夸,不稳帖"之言,张栻均持否定态度;而如若这些"惩忿窒欲""涉于浮夸,不稳帖"之言施之于诗文当中,则同样有碍于士人之修身体道,故亦不可取。这就要求士人无论是在日常的修身养性还是写诗作文之时,都必须以"敬慎"之心为本,以"明道义"为先,"不敢少有舒肆之意",方能作出合乎道义之诗文。值得注意的是,张栻之所以会有这样的主张,又与其就学碧泉书院时其师胡宏的教诲密不可分:

辱示《希颜录》,足见稽考之勤。
先贤之言,去取大是难事。
……
文中子之言,诞漫不亲切,杨子云浅陋不精通,庄子"坐忘"费力,"心斋"支离;《家语》如"不容,然后见君子",恐亦未免于陋也。②
某之意:《希颜录》,如《易》《论语》《中庸》之说,不可瑕疵,亦须真实见得。不可瑕疵,然后可也。其它诸说,亦须玩味,于未精当中求精当。"③

从以上引文可见,张栻主张士人在进行诗文创作时必须以"敬慎"之心为本的严谨态度与其师胡宏的主张可谓一脉相承。就本节所论之《南岳倡酬集》而言,三人在登山数日的诗歌酬唱过程中有

---

① (清)黄宗羲原著,全祖望补修,陈金生、梁运华点校:《宋元学案》(二),中华书局1986年版,第1617页。
② (宋)胡宏:《答张敬夫》,吴仁华点校《胡宏集》,中华书局1987年版,第133—134页。
③ (宋)胡宏:《答张敬夫》,吴仁华点校《胡宏集》,中华书局1987年版,第134页。

第三章 以"理""趣"为中心的审美指向

着颇多的即时乘兴之作（如张栻《同元晦择之有岳道遇大雪马上作》中提到三人"旅榻诵新诗"、《游岳寻梅不获和元晦韵》中提到"应有梅花连夜发，却烦诗句写愁襟"等，都表明张、朱、林三人当时是借景生情，即兴赋诗），既为乘兴之作，则其中难免会出现一些信笔拈来的游戏之作。如前所述，在张栻看来，这样的作品不仅有失于"敬慎"之心，且其在遣词造句上亦可能有一些"涉于浮夸，不稳帖"充斥其中，更未能做到其师所要求的"于未精当中求精当"；而这样的诗作不仅有悖于其一贯所秉持的为文作诗之理念，更无益于作家本人的心性修养。因此，张栻也就自然会斥之于"丧志"，并要求后来读者"以吾三人者自儆"了。

其次，这样的观点还与张栻讲学过程中所一贯强调的人不可"溺于物"有关。结合张栻《南岳倡酬集序》中的相关论述可知，其此处所言之"溺"即"过分沉迷"之意；今《张栻集》中，多有"人不可过分沉迷于物"的相关论述：

> 孟氏没，圣学失传，寥寥千数百载间，学士大夫驰骛四出以求道，泥传注，溺文辞，又不幸而高明汨于异说，终莫知其所止。①

> 所谕读书欲自博而趋约，此固前人规摹，其序固当尔。但旁观博取之时，须常存趋约之意，庶不至溺心。又博与杂相似而不同，不可不察也。②

> 如笺注、诂训，学者虽不可使之溺乎此，又不可使之忽乎此，要当昭示以用工之实，而无忽乎细微之间，使之免溺心之

---

① （宋）张栻：《敬斋记》，杨世文点校《张栻集》，中华书局2015年版，第937页。
② （宋）张栻：《答胡季履》，杨世文点校《张栻集》，中华书局2015年版，第1145页。

病，而无躐等之失，涵濡浸渍，知所用力，则莫非实事也。①

由此可见，在张栻看来，人若陷入过分沉迷于他物的状态甚至"陷溺人心"，则必定会影响其修身体道的过程，以致"贻毒后世"；这就要求士人应该时时保持戒惕，"常存趋约之意"，以避免为他物所"陷溺"。联系本节所论之《南岳倡酬集》而言，张栻一行三人在数天的登山游览过程中虽不是专为作诗而登山，但"间亦发于吟咏，更迭唱酬，倒囊得百四十有九篇"，这样的创作产量还是比较可观的；而面对如此数量的诗作，就无怪乎张栻会有自己与朱、林二人数日来的诗歌酬唱活动过分沉迷于作诗而忽略其他的感觉，继而发出"大抵事无大小美恶，流而不返，皆足以丧志"的感叹，并表示应该"始定要束"了。

最后，这样的观点与张栻对俗儒"徒从事于言语之间"的严厉批判有关。邓洪波在《中国书院史》一书中指出，南宋理学家之所以热心于创办书院，其目的就在于"收拾人心，重建伦常，以一种新的价值观念维系世道民心"，其培养出的人才亦有别于那些虽"善为科举之文"却唯利是图，"知有科举而不知有学问"的官学弟子。换言之，南宋书院的创办者、讲学者对于那些"徒屑屑于文字"的"世俗之人"，即只讲究文章字句之精工、语言之华美而不重"抒写性情"，特别是不讲道义的作家的作品向来是深恶痛绝的。这一点可以从张栻作于淳熙三年（1176）的《五峰集序》中得到佐证：

> ……惟先生非有意于为文者也，其一时咏歌之所发，盖所以舒写其性情，而其他述作与夫答问往来之书，又皆所以明道义而参异同，非若世之为文者徒从事于言语之间而已也。……②

---

① （宋）张栻：《答陆子寿》，杨世文点校《张栻集》，中华书局2015年版，第1167—1168页。

② （宋）张栻：《五峰集序》，杨世文点校《张栻集》，中华书局2015年版，第978页。

朱汉民在《中国书院文化简史》中亦指出，张栻执教岳麓书院期间，最为反感的就是"科举利禄"的俗儒习气，这种"俗儒习气"在文学上的主要表现，便是上文中张栻所批判的"溺文辞""徒从事于言语之间"。而结合张栻一行在登览南岳过程中的酬唱活动来看，虽然其在事后回忆这次酬唱活动的诗作《上封有怀元晦》中称赞朱熹之诗作"剧谈无俗调，得句有新功"，但结合前文所论其在《南岳倡酬序》中提到此次酬唱活动中亦不乏一时乘兴之作可知，这些收录于《南岳倡酬集》中的作品亦难免带有一种文人之间相互炫耀诗技的意味，这在张栻看来颇有堕入世人"徒从事于言语之间"的俗套之嫌，故将其定性为"荒于诗"，并一再表达自己的反省戒惧之意。

值得注意的是，就张栻本人的创作实践而言，除《南岳倡酬集》外，《全宋诗》所载张栻诗作中这类文人之间的酬唱应答之作并不在少数；毫无疑问，这一现象与其在《南岳倡酬集序》中将三人之间这次诗歌唱和活动称为"荒于诗"的定性有所矛盾。笔者认为，之所以会出现这样"言行不一"的情况，主要还是基于其在作序之时重在"文以明道"，以此阐明自己反对俗儒之文的态度及应该以"敬慎"之心对待文学创作的主张；从另一角度看，张栻在序文的最后以"嗟乎，览是编者，其亦以吾三人者自儆乎哉"作结，可见其作序的目的亦有教育后来读者的一面，既然以"教育后人"为目的，那么序中所表达的观点自然就会与其执教书院时对众生徒提出以"敬慎"之心作文和不过分沉迷于外物的要求一脉相通了。

二 朱序："优游平中"与"群居相切磋"

除张栻外，朱熹亦为《南岳倡酬集》作序。在该篇序言中，朱熹亦表明了自己对于这次登览酬唱的态度：

> 丙戌之莫，熹谂于众曰："诗之作，本非有不善也。而吾人之所以深惩而痛绝之者，惧其流而生患耳。初亦岂有咎于诗哉！然今远别之期近在朝夕，非言则无以写难喻之怀，然则前日一

时矫枉过甚之约，今亦可以罢矣。"皆应曰："诺。"既而敬夫以诗赠，吾三人亦各得答赋以见意。熹又进而言曰："前日之约已过矣。然其戒惧警省之意则不可忘也。何则？诗本言志，则宜其宣畅湮郁，优柔平中，而其流几至于丧志。群居有辅仁之益，则宜其义精理得，动中伦虑，而犹或不免于流；况乎离群索居之后，事物之变无穷，几微之间，毫忽之际，其可以荧惑耳目、感移心志者，又将何以御之哉！故前日戒惧警省之意，虽曰小过，然亦所当过也。由是而扩充之，庶几乎其寡过矣。"敬夫曰："子之言善。其遂书之，以诏毋忘。"①

由以上引文可见，较之于上文所论张栻将三人这次诗歌酬唱活动斥之为"荒于诗"而言，朱熹的态度要更加全面且客观得多。首先，在朱熹看来，"诗之作，本非有不善也"，这既是对诗歌创作本身的肯定，也从一定程度上肯定了三人这次诗歌酬唱活动本身；但他同时指出，作家在进行诗歌创作时仍然要警惕"其流而生患"，这就要求作家在进行诗文创作时必须常怀"戒惧警省之意"，在诗歌创作时要以"义理"为本，注意阐发诗之温柔敦厚之旨。这一点不仅与上文所论张栻以"敬慎"之心作文和不可过分沉迷于外物的主张有相通之处，而且也是朱熹在其一生中在不同书院教授生徒时所一以贯之的主张：

作诗间以数句适怀亦不妨。但不用多作，盖便是陷溺尔。②

问："韩退之潮州诗，东坡海外诗，如何？"曰："却好，

---

① （宋）朱熹：《南岳游山后记》，载朱人杰、严佐之、刘永翔主编《朱子全书》（第二十四册），上海古籍出版社、安徽教育出版社2002年版，第3705页。
② （宋）黎靖德编，王星贤点校：《朱子语类》（第八册），中华书局1986年版，第3333页。

第三章 以"理""趣"为中心的审美指向

东坡晚年诗固好,只文字也多是信笔胡说,全不看道理。"①

人不可无戒慎恐惧底心。庄子说,庖丁解牛神妙,然才到那族,必心怵然为之一动,然后解去。心动便是惧处。韩文《斗鸡联句》云:"一喷一醒然,再接再砺乃!"谓虽困了,一以水喷之便醒。"一喷一醒",即所谓惧也。此是孟郊语,也说得好。②

由此可见,避免作诗过程中的"陷溺"与"全不看道理"是朱熹《南岳倡酬集序》中所谓"诗之作,本非有不善也"的重要前提。而既然已有那些"皆是敬之目"的"圣人言语"作为榜样,那么诗人在诗歌创作时就更应该心怀敬慎,以"义理"为本。只有这样,才能既达到借诗抒情的目的,又不会因随性而陷于"溺"。可见在论及作诗时诗人应秉持"敬慎"之心和人不应过分沉迷于外物这两点上,张、朱二人的观点是基本相同的。

其次,朱熹提出"非言则无以写难喻之怀",这比张栻"荒于诗"的否定态度要更为客观。更应引起重视的是,朱熹在《南岳倡酬集序》中提出了"非言则无以写难喻之怀",这样的论断显然更加贴近于诗歌的本质和规律。较之于张序中对三人酬唱行为的基本否定和不断自省,朱熹此论显然注意到了诗歌在这次酬唱活动中所起到的作用——三人游山数日,途中又恰逢大雪,所见瑰丽之景色可谓数不胜数;且三人又为故友重逢,面对此情此景,自然会有各种各样的感情酝酿于胸中,此时酬唱赋诗,正是"情动于中而形于言"的需要;而面对"近在朝夕"的"远别之期",诗歌则更成为三人之间"写难喻之怀""答赋以见意"的重要媒介。张少康先生在《中国文学理论批评史》一书中将"对诗歌的特点有比

---

① (宋)黎靖德编,王星贤点校:《朱子语类》(第八册),中华书局1986年版,第3326页。
② (宋)黎靖德编,王星贤点校:《朱子语类》(第八册),中华书局1986年版,第3327页。

较深刻的认识"归纳为朱熹诗论的特点之一，对照此处所论朱熹标举之"非言则无以写难喻之怀"，则其正是朱熹诗论中这一特点的体现。这种对诗歌特点的深刻认识，亦贯穿于其执教书院的教学过程之中：

> 文字好用经语，亦一病。老杜诗"致思远恐泥"，东坡写此诗到此句云："此诗不足为法。"①

> 今人所以事事做得不好者，缘不识之故。只如个诗，举世之人尽命去奔去声。做，只是无一个人做得成诗。他是不识，好底将做不好底，不好底将做好底。这个只是心里闹，不虚静之故。不虚不静故不明，不明故不识。若虚静而明，便识好物事。虽百工技艺做得精者，也是他心虚理明，所以做得来精。心里闹，如何见得！②

> 因林择之论赵昌父诗，曰："今人不去讲义理，只去学诗文，已落第二义。况又不去学好底，却只学去做那不好底。作诗不学六朝，又不学李杜，只学那峣崎底。今便学得十分好后，把作甚么用？莫道更不好。如近时人学山谷诗，然又不学山谷好底，只学得那山谷不好处。"③

由引文可见，对于诗歌创作的过程、古人和时人的作诗之弊，以及诗人应该怎样选择师法对象等问题，朱熹的看法都是颇有见地的——他虽然强调作诗以"明义理"为先，反对诗中"全不讲道

---

① （宋）黎靖德编，王星贤点校：《朱子语类》（第八册），中华书局1986年版，第3327页。
② （宋）黎靖德编，王星贤点校：《朱子语类》（第八册），中华书局1986年版，第3333页。
③ （宋）黎靖德编，王星贤点校：《朱子语类》（第八册），中华书局1986年版，第3334页。

理",却同样指出在诗歌创作中"好用经语"亦为弊病,要求后之诗人引以为戒;而在论及学诗者所应该学习的师法对象时,更是直指时人不重经典而好学"嶢崎"之弊,可谓中的之论。他虽然标举"文从道中流出",却并未因此而忽视诗文创作所特有的规律,故要求诗人在创作过程中应具备"虚静"的心理状态,唯有如此,才能真正做到不为外物所役而用心体会到世间万物之美,从内心深处把握其规律,才能创作出优秀的作品。就本节所论之《南岳倡酬集序》而言,朱熹虽然也在序中表达了与诸如"前日矫枉过甚之约,今亦可以罢矣""虽亦小过,然亦所当遏也"等类似于张序中对"荒于诗"的反省,其在讨论如何避免诗歌陷于"流而生患"的问题时,更能够注意从把握诗歌创作特点的角度上考虑问题,提出更为客观和全面的意见。

最后,应该引起重视的是,朱序中特别提到了诗人之"群居",即诗人之间的诗歌酬唱活动对于防止诗歌创作出现"流而生患"之弊的特殊意义。由序中引文可见,朱熹认为诗人在独居状态下更容易为外物所感而无法抵御,而群居既"有辅仁之益",又能使处于群体之中的诗人个体"动中伦虑",注意把握自己的感情而不致溢出"优游平中"的抒情范围。虽然这个"群居"的前提依旧是要怀着"戒惧警省之意"以避免走上"流而生患"的道路,但朱熹此论依旧可以视作其对于这次三人诗歌酬唱活动的肯定;而这样的主张与朱熹执教书院时对生徒的教授亦有着很大的一致性:

> 横渠曰:"……诗可以兴,是起人之善意也。犹孔子所谓'起予'者是也。可以观人之得失,可以群居也。盖不为邪,所以可群居。所以怨者,人情所不免。若不怨,则恩疏,虽则怨,然正于礼义,所怨者《当理》,《当理》《小弁》《击鼓》皆怨也,然则发乎情者有礼义,止乎礼义也。"[①]

[①] (宋)朱熹:《论语精义》,文渊阁《四库全书》本。

> 今人之学与古人异。如孔门诸子，群居终日，交相切磨，又得夫子为之依归。日用之间，观感而化者多矣。恐于融释，而脱落处非言说所及也。①

> 诸生请问不切，曰："群居最有益。而今朋友乃不能相与讲贯，各有疑忌自私之意。不知道学问是要理会个甚么？若是切己做工夫底，或有所疑，便当质之朋友，同其商量。"②

由引文可知，在对士人之"群居"予以肯定和推崇的同时，朱熹也对"群居"所要效法的对象提出了自己的要求——即以孔门之弟子为榜样，效法其相互之间交流学问、砥砺性情、"观感而化"。换言之，上文所论朱熹《南岳倡酬集序》中所言"群居有辅仁之益"的前提除群居之友必须怀有"戒惧警省之意"外，还必须注意选择如孔门弟子那样能够在德业、学问等诸多方面给自己以帮助的人作为"群居"的对象，而诗人"群居"之间的切磋交流亦应如孔门弟子一样，在以相互交流、学习为目的的基础上秉持"和而不同"的理念，能够真正做到不囿于门户之见，既学习他人之所长，又尊重他人之异议；否则依旧无法避免"流而生患"的问题。而如果将朱熹此论放在众多的中国古代文人交游酬唱活动中加以考察，则更可见其对于文人"群居"的准确定位：

> 近于洛下结穷九老会，凡职事稍重，生事稍丰者不得与焉。其宴集之式，率称其名，其事诚可嘉。尚其语多资喔嚎，因作小诗以纪之。③

---

① （宋）朱熹：《延平答问》，文渊阁《四库全书》本。
② （宋）黎靖德编，王星贤点校：《朱子语类》（第四册），中华书局1986年版，第2931页。
③ （宋）文彦博：《潞公集》，文渊阁《四库全书》本。

第三章 以"理""趣"为中心的审美指向

（郭绍虞先生论明代文坛之习气）愈是空疏不学，愈会胆大妄为，鞭挞古人，批评古人……所以像李梦阳这样，即对于何景明的议论犹且不能引为真实同志，而要一再驳斥，直至景明不复答辩而后已。所以像李攀龙、王世贞这样，即对于同社的谢榛也因为议论不合而终至绝交……完全是文人狂诞之习，而造成法西斯式的作风。①

结合上文朱熹所论可见，如宋代洛阳九老会这样规定"凡职事稍重，生事稍丰者不得与焉"且单纯以诗歌酬唱为目的的文人雅集显然更符合朱熹所推崇的"群居"——这样的文人酬唱特别重视文人之间的诗技和情感交流，"其宴集之式，率称其名"；参与雅集的文人之间亦是纯粹的诗友关系，既不以官职高低而论资排辈，又不因个人的诗学观点与他人不同而争论不休，甚至定要分出高下。故文彦博赞其"事诚可嘉"，并作诗表达其赞赏之意。反观郭绍虞先生所论明代文坛之习气，虽其亦有文人"群居"酬唱之名，但其中却少了文人"群居相切磋"时应有的务实精神和包容态度，不仅"空疏不学"，肆意批评古人，而且罔顾事实，特重门户之见，同社文人之间或以相互吹捧为能，或以相互攻讦为快——这样的"群居"不仅与朱熹《南岳倡酬集序》中所言之"群居"背道而驰，且此风在明朝愈演愈烈，流弊甚陷，最终导致清人在提及文人结社及其诗歌酬唱之时多有鄙夷之词：

余天性孤峭，雅不喜文社诗坛相互标榜。第念文章之患，莫大乎门户，元遗山诗曰："邺下曹刘气尽豪，江东诸谢韵尤高。若从华实评诗品，未便吴侬得锦袍。"此以疆域争门户也。刘后村诗曰："书如逐客犹遭黜，词取横汾恐亦非。筝笛安能谐雅乐，绮罗原未识深衣。"此以学术争门户也。朋党之见，君子

---

① 郭绍虞：《照隅室古典文学论集》（上册），上海古籍出版社2009年版，第516页。

病焉。①

诗坏于明，明诗又坏于应酬。朋友为五伦之一，既为诗人，安可无赠言？而交道古今不同，古人朋友不多，情谊真挚，世愈下则交愈泛，诗亦因此而流失焉。……唐人赠诗已多。明朝之诗，惟此为事。唐人专心于诗，故应酬之外，自有好诗。明人之诗，乃时文之尸居余气，专为应酬而学诗，学成亦不过为人事之用，舍二李何适矣！②

由引文可见，清人之所以会对文人之间的交往酬唱之作不满，主要是针对明人"群居"结社之弊而发的，其抨击的重点一是这些文人之间囿于门户之见而相互攻击，即纪昀所谓"朋党之见，君子病焉"；二是这些文人"群居"结社时的唱和之作多流于相互之间的吹捧应酬之类。这类诗作不仅内容空洞无物，而且毫无真情实感可言，即吴乔所谓"世愈下则交愈泛，诗亦因此而流失焉"，并因此认为作家在衷集自己的作品时不应将应酬之诗收入集中。这种以为"应酬诗不作为善"，甚至将诗道之"流失"归咎于文人之间诗歌酬唱的态度自然亦滑向了另一个极端——彻底否定文人"群居"的意义和存在价值，有过于以偏概全之嫌。从这一点上看，更可见朱熹《南岳倡酬集》序中对于文人"群居"的要求及其重要性的理解不仅更符合文学本身的规律，而且更加客观而深刻。

三　意义与影响

综上所述，张栻和朱熹在《南岳倡酬集序》中在如何看待文人之间进行诗歌酬唱活动这一问题上既有着在诗歌创作时应以"敬慎"的态度进行创作和作诗以"明道义"为先不可如俗儒一般陷溺于外

---

① （清）纪昀著，孙致中、吴恩扬、王沛霖等点校：《纪晓岚文集》（第一册），河北教育出版社1995年版，第219页。
② （清）吴乔：《围炉诗话》（第一册），中华书局1985年版，第101页。

物的相同认识,又有着很多的不同点:简言之,较之于张栻将这次三人之间的诗歌酬唱活动定性为"荒于诗"并在文章中不断加以自我反省,甚至希望后来读者从中得到警示不同,朱熹除了提出应该注意防止诗歌"流而生患"这一问题外,对于这次酬唱活动在整体上还是予以肯定的,特别是其对于诗人"群居"的要求及其意义的论述,更显示出其对于文学本身规律的深刻认识和准确把握。而另一点值得注意的是,不论是张栻还是朱熹,其序言中所提到的论点均与其书院讲学期间执教生徒时所提出的各种主张颇为一致。换言之,张、朱二人在《南岳倡酬集序》中所持的观点亦贯穿于其书院讲学的过程当中,这样潜移默化的教育对于就学于书院众多生徒甚至整个宋代文学理论批评的影响都是不言自明的。笔者认为,这样的影响主要体现在以下两个方面。

一是影响了宋代文人诗文创作和诗文评论中特有的理性精神和严肃态度的形成。萧华荣在《中国诗学思想史》一书中指出,理学的崛起和兴盛引起了中国古代诗学思想的内向转化。而理学家们将诗之本质归结于人的心性修养,即"吟咏性情之正"的说法,则直接成为"宋代诗学向内转化之一端"。联系前文所论可见,无论是张栻还是朱熹在其所作《南岳倡酬集序》中均将诗文写作时应有"敬慎"之心、应以"明道义"为本、要避免如俗儒一般"溺于物"甚至"溺其心"摆在首位,并在日常的书院教学中不断加以强调,这些强调都可以归结为是对于"诗之本质是吟咏性情之正"的强调;而正是因为这种思想以书院教育为重要的传播媒介,不仅其受众众多,传播范围广泛,而且影响力亦大。最终亦促使宋人在进行诗文创作和诗文评论之时特重于"理",故后人在评论唐宋诗文之不同时常将"唐人主于情而宋人主于理"作为二者的主要差别。这一点虽然前人多有论述,但书院中的文学教育在宋代文人诗文创作和诗文评论特重于"理"这一特点的形成过程中所起到的作用,是怎么强调都不为过的。

二是影响了宋代文人在诗文创作和诗文批评方面特有的兼容并

蓄之精神的形成。由上文所论可见，朱熹《南岳倡酬集序》和书院的日常教学过程中有所提及并加以强调的"群居"之所以较清人所论而言更加全面而深刻，正是因为其既强调了文人"群居"的作用和意义，又提出要善择其人"群居"以避免可能出现的流弊；既肯定这样的"群居"对于文人之间情感交流和文学技巧提高所具有的促进作用，又提出"群居"当以孔门弟子为榜样，不囿于门户、不流于诏媚和空谈，而这样的主张正是兼容并蓄精神的最好体现。而这样的主张通过书院日常教育这一平台加以广泛传播，最终促成了宋人这种兼容并蓄精神的形成。纵观整个宋代文学史和文学理论批评史，特别是南宋时期的文学史和文学理论批评史可见，就文学创作和文学批评而言，诸家虽观点不同、法度各异，甚至彼此之间相互对立，却始终能够秉持这种和而不同、兼容并蓄创作和批评理念，虽互有争论，却并未如明人那样，出现不同诗派甚至同一派别内部相互攻讦、争论不休甚至一定要以驳倒对方为最终目的的情况。从这一点上来看，南宋书院创作观中重"理"的审美指向在其中所起到的作用亦是非常明显的。

第二节　审美指向之二：以诗文展现生活之趣

　　本节主要讨论南宋书院创作观中求"趣"的审美指向。除重"理"之外，对"趣"的追求也是南宋书院文学的审美指向之一。较之于前文所论之重"理"源于"尚学"，这一审美指向更多地指向这些书院中人对于生活之趣的展示。值得注意的是，此处所谓"生活之趣"包含着两重意义：一是就"书院"这一特殊环境而言，这类作品的内容多为描写这些活跃于书院的讲学者和求学者形而上的精神生活，重在体现其审美指向中追求"文人雅趣"的一面，且多能于明丽轻快、短小活泼的文字中体现出作者更深层次的思考；二是对这些书院中人的形而下物质生活的抒写，特别是其对时局、民生的关注和关怀。虽然这类作品中不乏意气风发之作，但由于作

第三章 以"理""趣"为中心的审美指向

者长期生活于书院之中,对于这类问题往往缺乏必要的体验和实践,故大多给人以"隔"的感觉,是其以诗文展现生活之趣的另一种表现。本节从探讨南宋书院创作观中求"趣"这一审美指向的不同形态入手,结合相关材料进行分析,以求教于方家。

一 精神生活之趣

书院生活是活跃于南宋各书院的讲学者和求学者们最为常见的生活状态,也是他们在日常的诗文创作中着墨最多、描写最为细致的部分。通过阅读和梳理这些作品,可见其中有不少作品反映了这些书院中人对于精神生活之趣的独特体悟,是南宋书院创作观中求"趣"的审美指向的生动展现。就其作品内容而言,这种精神生活之"趣"既体现在书院生活中的读书论学之中,又表现于书院讲学之余个人的观赏景物、徜徉山水,以及师生之间、朋友之间的交游酬酢之余;就其作品体裁而言,除用以"怡情"的诗歌外,更有记、序等多种文体的应用;可谓丰富多彩:

> 为无经济学,万里筑幽栖。波涨青冥阔,柳垂春色低。烟花薰小院,风竹掩丹梯。便是神仙宅,世人应未迷。①

> (王十朋得岩松而植之瓦盆)是日与同舍饮茗谈故事,因共观之,咸有欲得之色,予曰:"有能赏之以言者,予不敢吝。"俄篇章争先而并至,皆佳作也。……且告之曰:"诸友讲于斯,食于斯,游息于斯,是松也常在焉,奚必几案间然后为吾物耶?虽然,是松之意不可不知也。岩产质松,肖形诸友不凡之姿也。青青之色,凌傲霜雪,诸友岁寒之心也。郁密轮囷,若偃若伸,爪距奋而鳞鬣生,诸友变化之象也。今日之观,岂曰

---

① (宋)胡宏:《书院即事》,吴仁华点校:《胡宏集》,中华书局1987年版,第67页。

玩物而已哉！"①

  宫墙芜没几经年，只有寒烟锁涧泉。结屋幸容追旧观，题名未许续遗编（自注：请为洞主，不报）。白云青石聊同趣（自注：谓西涧刘公），霁月光风更别传（自注：谓濂溪夫子）。珍重个中无限乐，诸郎莫苦羡腾骞。②

当一些后世批评家论及书院中人的创作实践时，总会想当然地将其诗文作品归之为"枯燥"或是"刻板乏味"，以上引文中所列举的都是南宋书院讲学者们对自身日常书院生活的记录，无论是从其内容还是所要表达的思想情感上看，其中处处都体现着这些讲学者对精神生活之趣的独特体悟和追求：对于那些置身于书院之外的士人而言，这种远离外界喧嚣，特别是"无为经济学""只有寒烟锁涧泉"的书院生活或许少了一些热闹，但对于胡宏而言，却有着可以于"柳垂春色低""烟花薰小院"读书赏春，静心体悟由此带来的怡然自得之趣；这种乐趣早已超越了世俗定义中对"乐"的追求，是更为纯粹的精神享受，即便是身处神仙宅院亦不过如此而已。对于王十朋而言，这样的精神生活之趣不仅在治学读书，更在于闲暇时与学生一起赋诗作文、赏玩岩松，体悟到以松之"青青之色"肖"诸友岁寒之心"、松之"郁密轮囷，若偃若伸，爪距奋而鳞鬣生"肖"诸友变化之象"的修身正己之理，这样的乐趣亦侧重于精神层面的喜悦和升华，远非书院外之人所能体会。对于那些置身书院之外的士人而言，所谓书院会讲不过是无"趣"可寻的"申说性命义理"而已，但在朱熹看来，这类会讲活动的意义不仅在于对前朝先贤的学问传承（"霁月光风更别传"），更有着以学会友，切磋

---

① （宋）王十朋：《岩松记》，梅溪集重刊委员会编《王十朋全集》，上海古籍出版社1998年版，第766页。
② （宋）朱熹：《白鹿讲会次卜丈韵》，郭齐、尹波点校《朱熹集》，四川教育出版社1996年版，第319页。

学问的"白云青石"之趣。因此,对于书院中人而言,"珍重个中无限乐",用心去体会这种书院讲学生活所带来的论学明道之趣才是其内心最真实的写照。

值得注意的是,在这类体现书院中人精神生活之趣的作品中亦不乏戏谑幽默之笔,这类作品多擅于通过明丽轻快、简洁活泼的文字来呈现书院中人收获的精神生活之趣,这也反映出后世某些批评家或研究者将书院中人的文学创作简单归结为高头讲章、押韵语录的评价有待商榷:

> 予文会梅溪,有友四人焉,皆佳士也,然各有少疵:罗文性坚刚而贪墨;毛颖工文词,动如人意,而不耐久;楮先生为人洁白,而轻薄;子墨客卿有渐磨之功,而好变白为黑也。四友与予文会久矣,予常取其能而不议其疵。数年间客上庠,陪俊游,果赖四友之力。然予老矣,四友方进未休,他日竹帛间慎毋相忘,子当掩予疵,如予今日之不废子也。庚午六月丙寅书。①

这篇王十朋执教梅溪书院期间所作的《四友录》所描写的对象其实就是作者本人书院生活中所必需的文房四宝,作者以戏谑之笔将其喻为"文会四友",除品评"四友"性格之优劣外,亦回顾了自己从少年求学到如今栖居书院,与"四友"一路相伴的种种经历。对于读者而言,除了欣赏文中模仿韩愈《毛颖传》的戏谑笔法外,更能体会到作者津津乐道的读书治学之趣。

总之,就其创作实践而言,南宋书院中人对于精神生活之趣的展现不仅在于讲学者或求学者个人读书治学、论学体道的过程中,还体现在其书院教学(学习)生活之余与友人的交游酬酢之内。这类作品不仅是南宋书院创作观中"怡情"创作指向的鲜明体现,同时也是南宋书院创作观中求"趣"这一审美指向的突出体现:

---

① (宋)王十朋:《四友录》,梅溪集重刊委员会编《王十朋全集》,上海古籍出版社1998年版,第796页。

> 游观不作难，呼舟度清泚。新晴宿潦净，群山政如洗。上方着危栏，万象见根柢。寒泉自可瀡，况复杂肴醴。高谈下夕阳，邂逅玄钥启。中流发浩歌，月色在波底。①

> 向来结友寻名山，下穷绝壑高危颠。胡为一旦堕尘网？五老在望心茫然。青牛底处有行迹？白鹿几时同正员？清游带雨想幽绝，妙处只恐诗中传。②

> 不到兹山又十秋，欲题名字记重游。转头前日梦相似，拭目诸公墨尚留。俗里尘埃随酒却，淡中生活为诗愁。晚来得趣无人解，一鸟不鸣山更幽。③

陈忻在《宋代理学家"记"类短文的理趣》中指出，这种"记"类短文之"趣"的产生主要源于作者在创作过程中"随物赋形，行云流水般的思维活动"④，南宋书院多建造于名山秀水之间、清净幽远之处，对于身居书院之中的讲学者和求学者而言，这样的环境亦促使他们在较少受到外界尘世的干扰的情况下更加自由地开展这种"随物赋形"的思维活动。结合引文可见，对于这些活跃于南宋书院的讲学者（求学者）而言，这种"随物赋形"的过程中除了享受流连山水之间带来的静观万物之趣外，更有着于山水之乐中体味"邂逅玄钥启""清游带雨想幽绝，妙处只恐诗中传"的论学体道之趣；前一种精神生活之"趣"是读者可以从字里行间感受到的，而后一种则需要读者充分展开联想，探寻文字背后的"言外之

---

① （宋）张栻：《同游岳麓，分韵得洗字》，杨世文点校《张栻集》，中华书局2015年版，第707页。
② （宋）朱熹：《读诸友游山诗卷不容尽和和首尾两篇》，郭齐、尹波点校《朱熹集》，四川教育出版社1996年版，第330页。
③ （宋）王信：《题石洞书院》，载北京大学古文献研究所编，傅璇琮、倪其心、孙钦善等主编《全宋诗》（第四十七册），北京大学出版社1998年版，第29563页。
④ 陈忻：《宋代理学家"记"类短文的理趣》，《文学遗产》2008年第2期。

意"方能获得。如果说前者是南宋书院创作观中"怡情"创作指向的体现，那么后者则充分展现出这些讲学者（求学者）在日常的书院生活中能够始终保持一种超越世俗功利价值观，追求纯粹精神愉悦的心理状态——这也正是南宋书院创作观中求"趣"的审美指向的典型表现。对于这些讲学者（求学者）而言，其所追求的"趣"亦不仅是世俗情感中的"趣"，而且是一种以"道心"体之，超越世俗情感的从容易乐之"趣"。

二 物质生活之趣

值得注意的是，在以求"趣"为审美指向进行创作时，南宋书院中人不仅将关注的目光投向形而上的精神生活，而且亦将其聚焦于形而下的物质生活之中，特别是能够从观照现实这一角度来表现其审美指向中对于生活之趣的展示和追求。就其创作实践而言，这些书院中人经常借诗文来表达自己对于社会现实问题的特别关注，或寄寓自身之感慨，或提出自己心目中理想的解决方案。其中尤以那些忧心时局、关怀民瘼的作品最能体现出南宋书院精神中富于人文关怀和责任担当的一面：

泛舟长沙渚，振策湘山岑。晦翁。烟云眇变化，宇宙穷高深。怀古壮士志，忧时君子心。敬夫。寄言尘中客，莽苍谁能寻。晦翁①

腰镰声相呼，十百南亩获。妇持黍浆馌，幼稚走雀跃。辛勤既百为，幸此岁不恶。王租敢不供，大室趣逋约。虽云粒米多，未办了升龠。姑宽目前饥，讵有卒岁乐。乐岁尚尔为，一

---

① （宋）朱熹、张栻：《登岳麓赫曦台联句》，郭齐、尹波点校《朱熹集》，四川教育出版社1996年版，第192页。

欸更何托。书生独多忧,何以救民瘼。①

由引文可见,朱、张二人的《登岳麓赫曦台联句》虽为登临赏景之作,其中却有着"怀古壮士志,忧时君子心"的慨叹,这种伤时忧世的感情亦使人不禁联想起陈子昂《登幽州台歌》"念天地之悠悠,独怆然而涕下"的无奈与孤愤。对于这些身处书院之中的讲学者和求学者而言,自己的日常生活虽多追求和享受那种"论文鼓琴,煮茶烹鲜"的精神生活之趣,但每每念及自己创办书院(求学书院)的最终目的在于"收拾人心,重建秩序"时,内心的使命感和责任感便促使他们将关注的目光投向现实生活,于怀古伤今中体现其对物质生活之"趣"的关注和追求。

如果说朱、张二人的《登岳麓赫曦台联句》重在怀古伤今,作者对于现实的关注尚表现得比较隐晦的话,那么这样的关注在张栻执教岳麓书院期间所作《道旁见获者》中便有着更为明确的体现——作者在看到南亩获稻的场景时,除了庆幸"岁不恶"而百姓得以赖此活命外,更将其悲天悯人的情怀融入其中:对于获稻的百姓而言,虽然粮食丰收却依旧要应付"王租敢不供""大室趣逋约""未办了升龠"等多重负担,即便是这些问题都得以解决,亦不过"姑宽目前饥"而已,哪里还有什么丰收的喜悦呢! 面对此情此景,作者不禁发出"何以救民瘼"的呼声,民胞物与之心、关切民生之情亦由此而毕现。

值得注意的是,这些书院中人对于现实生活的关注并不仅仅局限在对民生问题的关注上。众所周知,南宋王朝自其建立之初便处于北方金政权的威胁之下,虽然在隆兴和议之后维持了近四十年的和平,但随着蒙古的逐步崛起,宋金对峙的平衡局面亦随之瓦解,整个时局再次呈现出一种"山雨欲来风满楼"的状态。因此,对于这些活跃于南宋书院的讲学者和求学者而言,抒写对于时局的忧虑

---

① (宋)张栻:《道旁见获者》,杨世文点校《张栻集》,中华书局2015年版,第720页。

第三章 以"理""趣"为中心的审美指向

和关注亦成为其从另一角度发掘物质生活特别是现实生活之趣的着力点:

> 今天子即位之初,虏再犯边,君忧臣劳,兵民死之,而财用匮焉。距靖康之祸于是四十载矣。虽其中间尝息于和,而养安之患滋大。踵而为之,患犹昔也;起而决之,则又惮乎力之不足。嗟夫!事势之极,其难处非一日也。……今上既圣矣,而英豪之士阙乎未有闻也。余甚惑焉。①

> 我有芳樽与子同,老身却自悔从戎。休言晋事怀元凯,尚欠唐兵缚世充。往迹悠悠宁有极,短才咄咄叹无功。赋诗酾酒聊行乐,到底谁为一世雄。②

由引文可见,前者作于乾道年间金兵大举犯边之际,面对"虏再犯边,君忧臣劳"的危机,陈亮所忧心和慨叹的是时无英豪之士以拯时局之危亡,而其写作《英豪录序》的目的,亦在于促使世人思考"时无英豪"的真正原因并非"天意",而是其"非即人以求用者也""混于不可知之间"。因此,世人难免会将真正的英豪之士与那些"特自标树""虚张以求贾"的无能狂士混为一谈,故英豪之士多由此埋没终生;而其选编古之英豪事迹的目的,亦在于使世人能够由此认识到英豪之士"饥寒迫于身,视天下犹吾事也"的品质和担当,同时寄希望于朝廷能够借此慧眼识珠,发现真正有利于国家社稷的"英豪之士"而引为己用。后者则作于南宋咸淳三年(1267)蒙古军队大举南下,宋蒙双方对峙于襄阳期间,从诗题"襄捷"二字看,此时南宋军队尚有一定的优势;而这种情况也直接触

---

① (宋)陈亮:《英豪录序》,载曾枣庄、刘琳主编《全宋文》(第二七九册)卷六三二七,上海世纪出版股份有限公司上海辞书出版社、安徽出版集团安徽教育出版社 2006 年版,第 278 页。

② (宋)李曾伯:《襄捷和书院韵》,载北京大学古文献研究所编,傅璇琮、倪其心、孙钦善等主编《全宋诗》(第六十二册),北京大学出版社 1998 年版,第 38766 页。

发了作者面对这次"大捷"时的矛盾心态——结合全诗内容可知,作者既欣喜于时局的暂时好转,欲与友人"赋诗酾酒聊行乐"以示庆贺,而与此同时却又不免为自己"短才咄咄叹无功"而感到遗憾;此外,从其中"休言晋事怀元凯,尚欠唐兵缚世充"二句可见当时的局面并未完全稳定,作者对于时局变化的担忧亦隐现于诗间。综合以上例证可见,从作品的内容及其所要表达的情感来看,这些同样出于讲学者和求学者之手意在展现物质生活之"趣"的作品,并不像那些反映其精神生活之"趣"的作品那样重在体现一种超越世俗价值观的精神享受,而是通过对现实问题的关注来触发读者的思考和重视。二者相较而言,前者虽然不似后者那样随物赋形、轻盈灵动;却从另一角度展示了这些活跃于南宋各书院的讲学者和求学者对"趣"的追求,这种追求不仅超越了世俗价值观的功利追求,而且亦超越了追求个人"精神之乐"的范畴,将自身对"趣"的追求融入广阔的社会现实生活之中,并实现二者的合二为一。

值得关注的是,与那些反映精神生活之趣的作品多出于作者本人的切身体验不同,由于长期生活在书院之内,与外界相对接触较少,这些书院中人在创作实践中往往存在缺乏实际生活体验的情况。因此,这类作品中虽不乏意欲力挽时局之狂澜或着眼于解决某些实际的民生问题,但其中一些内容多源自作者头脑中的想象,作者提出的解决方案亦多不具备实践操作性,所以难免会给读者以"隔"的感觉:

> 羊公碑字晋苔昏,中有襄人古泪痕。忆作风烟涨尘土,自今日月照乾坤。维瓯有客伤前哲,以岘名坡续后昆。且莫掀窗看鬼白,为君王洗汉江浑。①

> 竹叶带晓露,茅檐起炊烟。蛩吟枯草根,犬吠坏垣边。田

---

① (宋)郑会:《题岘坡书院》,载北京大学古文献研究所编,傅璇琮、倪其心、孙钦善等主编《全宋诗》(第五十六册),北京大学出版社1998年版,第35255页。

第三章 以"理""趣"为中心的审美指向

家亦何营,生理固足怜。风霜摧我稼,稂莠长我阡。卒岁复何念,一饱未补前。我思昔之人,备豫理所先。积仓遍郊野,甘雨盈公田。临风重搔首,复古何由缘。①

"隔"与"不隔"语出自王国维《人间词话》②,一般多用来指文学作品中形象差别造成的作品"境界"之分。在王国维看来,"隔"的作品中事物或人物形象"如雾里看花",使人颇有迷离惝恍之感,始终无法把握其精髓之所在;"不隔"的作品中事物或人物形象则多以"豁人耳目"为胜,使人很容易便能联想到现实生活的真实场景,捕捉到作者的用情之所在。因此,从读者自身阅读体验的角度来看,写作者在创作过程中能够反映出社会现实生活的真实情况、表达自己的真情实感是实现作品"不隔"的重要保障。结合引文可知,郑作以羊祜堕泪碑事贯穿全篇,在表达自身缅怀之情的同时以"为君王洗汉江浑"作结,足见其内心亦有着如羊祜镇守荆襄时广施仁政、造福一方百姓的理想,字里行间洋溢着书生意气、兼济天下的渴望,但从作者书院中人的身份来看,这样的理想似乎仅仅局限于作者本人的一相情愿,并不具备付诸实践的可能性;张作则通过触目所见悲悯田家之辛劳,但提出的解决措施却是"积仓遍郊野,甘雨盈公田"等复古的主张,这样的主张显然源自作者个人对上古尧舜之治的美好想象,同样不具备实践的可操作性。对于读者而言,这样的作品所缺乏的正是对于社会现实生活的真实反映,读来自然也就多了一层"隔"的感觉。

---

① (宋)张栻:《田舍》,杨世文点校《张栻集》,中华书局2015年版,第741页。
② 王国维《人间词话》云:"问'隔'与'不隔'之别,曰:陶谢之诗不隔,延年则稍隔已。东坡之诗不隔,山谷则稍隔矣。'池塘生春草'、'空梁落燕泥'等二句,妙处唯在不隔,词亦如是。即以一人一词论,如欧阳公【少年游】咏春草上半阕云:'阑干十二独凭春,晴碧远连云。二月三月,千里万里,行色苦愁人。'语语都在目前,便是不隔。至云:'谢家池上,江淹浦畔'则隔矣。白石【翠楼吟】:'此地。宜有词仙,拥素云黄鹤,与君游戏。玉梯凝望久,叹芳草、萋萋千里。'便是不隔。至'酒祓清愁,花消英气'则隔矣。然南宋词虽不隔处,比之前人,自有浅深厚薄之别。"

三 求"趣"审美指向的总体特征

总之,从创作实践来看,南宋书院创作观中求"趣"的审美指向主要包括两个方面。一是对于形而上的精神生活之趣的探索,这类作品多为书院中人追求更为纯粹精神享受的真实记录,多擅于以简练活泼的文笔抒写作者的所见所感,同时使读者从中体会到书院中人读书论学、徜徉山水、交游酬唱之趣。二是对形而下的物质生活之趣的关注,由于长期生活在书院这一特定的环境之中,这类作品中有些确系作者亲身所见所感,有些则以作者自身的想象成分居多,读者读来难免会有"隔"的感觉。较之于前一方面而言,后一类作品多以忧虑深广见长,目的在于通过作品的表达来触发读者对于这一问题的思考,从中体味沉潜思理之趣。就其共同点而言,无论是对精神生活之趣的描绘还是对物质生活之趣的观照,它们都超越了世俗价值观"趣"的标准和对"趣"的要求,更加注重心灵上的共鸣和纯粹的精神愉悦;此外,它们都是南宋书院人文精神和"民胞物与、心忧苍生"的责任感、使命感的体现,对当时乃至后世的书院教育均产生了深远的影响。

第三节 审美指向之三:以诗文破解现实困境

"理"与"趣"的完美融合是南宋书院文学创作的最高追求,也是其审美指向的终极目的。恰如前辈学者在论及这一问题时所指出的那样,若仅有"理"而无"趣",则作品难免存在淡乎寡味之嫌,令人读之不悦;若仅有"趣"而无"理",则作品多易流于浅薄庸俗,评家对此亦嗤之以鼻;可见"理""趣"二者须紧密融合,方能实现其价值之所在。具体到本章所论的南宋书院创作观中的审美指向问题,则这样的融合主要表现在以下两个方面:一是将学问融入现实,在书写现实生活的同时体现作者对"理"的思考和感悟;二是通过现实表现学问,这类诗文看似与"理"无关,实则将写作

第三章 以"理""趣"为中心的审美指向

者对"理"的领悟贯穿于字里行间。无论是"学问融入现实"还是"通过现实表现学问",其最终目的都在于实现"理"与"趣"的水乳交融,进而使其诗文创作成为世人用以摆脱现实困境、体味万物之"道"的有效途径。本节从分析"理""趣"融合的不同方式入手,结合相关材料进行论析,以求教于方家。

一 学问融入现实

诚如第二章所论,通过提倡"沉潜讽诵,涵泳其间"读书法,要求书院学子们心无旁骛、笃实就学是这些活跃于南宋各书院的讲学者的共同主张;正所谓"古人之学以庄敬持守为先,而读书穷理以发其趣"。因此,如何促使学生提高学习兴趣以达到"笃实就学""讲明义理"便成为这些讲学者必须思考的问题。他们通过长期的教学实践发现,较之于单纯说教而言,利用文学作品这一富于美感的形式形象地传达后学者需要掌握和体悟的万事万物之"理"是一种非常有效的教育方式。因此,以"理"为诗歌创作的出发点和最终落脚点,将学问融入现实便成为其实现"理""趣"完美融合的途径之一:

> 古今同活法,妙处在阿堵。浮云不作祟,白黑可坐数。穷冬掩关卧,岂为作诗苦。挑灯读韦编,至味可深咀。[1]

> 端居托穷巷,廪食守微官。事少心虑怡,吏休庭宇宽。晨兴吟诵余,体物随所安。杜门不复出,悠然得真欢。良朋凤所敦,精义时一殚。壶餐虽牢落,此亦非所难。[2]

---

[1] (宋)张栻:《初春和折子明岁前两诗》(其一),杨世文点校《张栻集》,中华书局2015年版,第736页。
[2] (宋)朱熹:《再至同安假民舍以居示诸生》,郭齐、尹波点校《朱熹集》,四川教育出版社1996年版,第69页。

由引文可见，这两首诗虽然一为追和友人、一为训示学生所作，但都是以诗为载体，意在表达通过读书体道来克服眼下物质生活的暂时困难，在精神上收获更多快乐和满足的"读书论学之趣"。张诗开篇即化用顾恺之"传神写照，尽在阿睹之中；四体妍媸，本无关好恶"之典，虽有书卷气，但结合颔联"穷冬掩关卧，岂为作诗苦"二句可知，虽然作者处于风雪交加、独坐陋室的艰苦环境之中，却依旧能够如顾恺之作画一般，将自己关注的重点放在能使全诗"传神写照"的"理"上，既不会拘泥于"琐屑字句"，更不会因物质生活的艰苦而影响到自己作诗苦读的兴致。而作者之所以能够保持这种作诗苦读的兴致，便是缘于其在苦读过程中能够同时拥有"理"的体悟和"趣"的收获。故尾联以"挑灯读韦编，至味可深咀"作结，全篇虽无一字言"理"，却将自身所体悟到的治学读书之趣作为超越物质生活困境的良药贯穿全篇，可谓言有尽而意无穷。朱诗则通过叙述自己借寓民居的所见所感表达自身超越物质生活困难所感受到的读书体物之乐——对于作者而言，住地狭小、"壶餐虽牢落"等种种不利条件并未影响其"晨兴吟诵"、寻觅良朋的兴致；而其之所以能够在物质条件如此艰难的情况下保持这种悠然旷达的心态，亦源于其能够做到以"道心"为本、超越世俗之喜乐来体察万物，发掘万物自身之趣味——而这也正是作者意欲"示诸生"的目的之所在。恰如前辈学者指出的那样，这种"美善相乐"境界的传达最终目的在于诗之"教化功能的彰显"[①]。值得注意的是，以上引文中所举两例属于这种"融学问于现实"，通过"理"与"趣"完美融合以破解现实困境的成功案例，而结合南宋书院文学创作的整体情况加以考察可见，类似的作品中亦不乏失败的例子：

    灵台一似大圆镜，妍丑自分吾不知，秋杀春生天道耳，先

[①] 聂振斌：《理学家的理趣与艺术情趣》，《哲学研究》2004年第6期。

第三章 以"理""趣"为中心的审美指向

生喜怒一何私。①

万古湖山一望央,紫阳道脉壮官墙。佳朋鳞集互联榻,多士云从相共堂。地有金罍非福瑞,天将玉汝任纲常。要知学问无他术,只在功夫不怠荒。②

钱锺书先生《谈艺录》在论及"理趣"和"理语"的区别时指出,所谓"理趣",其最大特点在于"现心境于物态之中,即目有契,着语无多",看似无心,实则其"理"自明;而"理语"却"涉唇吻、落思维",时时将"理"摆在字面上,不免说教之嫌。若将上文所引两诗与前引文对比可见,二者的目的虽然都是"说理",但前者胜在能将其巧妙融合于对自身生活的记述当中,故能涉笔而成趣,使读者在阅读过程中逐步体味其"理"之所在,起到"润物细无声"的效果,最终使其成为读者摆脱现实困境,体味万物之"道"的有效途径;后者则仅以"大圆镜""秋杀春生""天道""纲常"等"理语"排列组合后入诗,而未能将其融合于自身的所见所感之中,特别是赵诗结尾还出现了"要知学问无他术,只在功夫不怠荒"这类说教气味明显的诗句,读来索然无味,更遑论以此"摆脱现实困境,超越人生苦难"了。由此可见,写作者若想通过"将学问融入现实"而实现"理""趣"的完美结合,其要点便在于找到其诗中所论之"理"与所描摹之"物态"之间的契合点,并将前者巧妙无痕地融入后者之中,唯有如此,才能使读者更好地享受到"理趣"之妙。

二 通过现实表现学问

笔者通过梳理相关资料发现,在一些前辈学者看来,"理"之所

---

① (宋)王阮:《送晦翁十首》(其四),载北京大学古文献研究所编,傅璇琮、倪其心、孙钦善等主编《全宋诗》(第五〇册),北京大学出版社1998年版,第31115页。
② (宋)赵友直:《创永泽书院初成》,载北京大学古文献研究所编,傅璇琮、倪其心、孙钦善等主编《全宋诗》(第七〇册),北京大学出版社1998年版,第43964页。

以能够成"趣",其关键就在于这个"理"是"包容于具体形象中的'理'"。因此,较之于"融学问于现实"的表现方式而言,"通过现实表现学问"以达到"理"与"趣"的完美结合,是南宋书院文学在创作实践中更为常用的一种方式。这类作品中写作者笔端所表现的往往是其触目所及、随心所感的平凡事物,看似与"理"无涉,实则却将其所论之"理"贯穿于字里行间,倾注于诗中的自然物象的摹写之中:

> 善鸣聊自适,不愿遇知音。深恐深山妪,误猜君子心。①

> 凌晨骑马踏新凉,来把湖边风露香。妙意此时谁共领,波间鸥鹭静相忘。②

> 卜筑隆冈远市朝,个中风景总堪描。溪云带雨来茅屋,涧水浮花出石桥。绿遍莎汀牛腹饱,青归麦垅鸟声娇。东邻西舍浑相似,半是渔人半是樵。③

由以上引文可见,这三首诗虽然都是作者闲居书院时所作,或为咏物,或为赏景怡情,看起来均与本节所论"以诗文破解现实困境"相去甚远,但实则却能够使读者于吟咏讽诵之间逐步体会到诗中作者通过传达自身体味到的"理""趣"来排解内心烦恼,摆脱人生困境的良苦用心。就王诗而言,其诗表面是在吟咏鹅之"自适""不愿遇知音",实则却用王羲之爱鹅而深山老妪烹之的典故自明心志——对于鹅而言,"善鸣聊自适"的生活就是最适合其生存的状

---

① (宋)王十朋:《书院杂咏·鹅》,梅溪集重刊委员会编《王十朋全集》,上海古籍出版社1998年版,第90页。
② (宋)张栻:《题城南书院三十四咏》(其五),杨世文点校《张栻集》,中华书局2015年版,第813页。
③ (宋)朱熹:《隆冈书院四景诗》(其一),郭齐、尹波点校《朱熹集》,四川教育出版社1996年版,第5723页。

态，既无须"知音"的欣赏，更不愿因此而成为他人"误猜君子心"的牺牲品；对于作者而言，自己也像诗中所咏之鹅一样，这种看似枯燥无味的书院生活不仅可以使自己远离俗世的喧嚣和纷扰，更能让自己于读书论学之间收获一份别样的乐趣，而这种如白鹅之"善鸣聊自适"般的乐趣正是写作者得以排解内心烦恼的有效途径。就张诗而言，其诗看似写作者凌晨骑马所观之景，实则却将"万物静观皆自得"之"理"寓于其中，从表面上看，这首诗所表现的是波间鸥鹭相忘之"静"，实则亦是作者体味到的"静观万物"之"趣"。朱诗则通过描写自己幽居隆冈书院时的所见所闻来表达一种以"道心"为本，超越世俗之喜乐的自得之趣——中国古代素有以"渔樵"表达甘心流连于世外山水，对世俗功名无所挂碍的态度。朱熹作诗素以陶渊明、韦应物为榜样，在他看来"作诗须从陶、柳门庭中来乃佳。不如是，无以发萧散冲淡之趣，不免于局促尘埃，无由到古人佳处也"。故全诗以颇似陶、韦风格的"半是鱼人半是樵"作结，表面上是在写作者居所附近的四邻多短褐布衣之辈，实则意在抒写自己幽居书院之中，隐于渔樵之间的居仁自适之乐。恰如前辈学者指出的那样，"理趣诗"的最大特点就在于"消弭了情理二者对立的界限"。而由引文所举三诗可见，这三首诗所要表达的"理"皆是凭借着诗人对于自然物象的描摹烘托而出，看似与"理"无涉，实则其自然物象早已是经过诗人理性思维重新整合后的"自然物象"，诗人要表达的所悟之"理"亦借此得以传达。与上部分所论同理，若结合南宋书院文学的整体创作情况加以考察，这种"借现实以表现学问"以实现"理""趣"融合的诗作中亦不乏失败的例子：

  玉梅苍竹拥冰壶，中有扬雄宅一区。地占清虚开境界，人从确实做工夫。穷经得趣横床易，体道存心壁画图。格物致知功用大，的传愿继考亭朱。①

---

① （宋）姚勉：《题朱氏梅芳书院》，载北京大学古文献研究所编，傅璇琮、倪其心、孙钦善等主编《全宋诗》（第六十四册），北京大学出版社1998年版，第40475页。

塞满乾坤本是仁，更无一物不洪钧。山桃自不知粗俗，也与梅花斗早春。①

恰如前辈学者所论，所谓"理趣诗"，其成功的关键就在于能否通过"托物寓理"或"寓景于理"来触发读者体悟其中之"理"。较之于前文所引三诗而言，这两首诗亦有"通过现实表现学问"之意，却都没有处理好所论之"理"与所咏之物的关系问题，没有实现二者的真正融合，给人以略微生硬的感觉。姚诗虽为写书院之景，却有大量的"理语"充斥其中，使人有"押韵讲章"之感；徐诗不仅前两句直接以"理语"入诗，而且第三句"粗俗"一词显得过于穿凿，亦使读者无从收获体味"理""趣"所带来的美感。

三 "理""趣"交融的批评实践

笔者通过进一步梳理相关资料发现，对于那些能够实现"理"与"趣"水乳交融，并以此成为破解写作者与阅读者现实困境之良方的作品，这些活跃于南宋各书院的讲学者和求学者均予以很高的评价。而这种批评本身不仅体现了其追求"理""趣"融合的审美指向，同时也意在提示后学者以此作为学习的榜样和典范：

> 状理则理趣浑然，状事则事情昭然，状物则物态宛然，有穷智极力之所不能到者，犹造化自然之声也。②

> 古人之作诗，犹天籁之自鸣尔。志之所至，诗亦至焉。直己而发，不知其所以然，又何暇求夫语言之工哉。……魏、晋诸贤之作，虽不逮古，犹有春容恬畅之风。而陶靖节为最，不

---

① （宋）徐元杰：《来青书院桃花》，载北京大学古文献研究所编，傅璇琮、倪其心、孙钦善等主编《全宋诗》（第六十册），北京大学出版社1998年版，第37822页。

② （宋）包恢：《答曾子华论诗》，载曾枣庄、刘琳主编《全宋文》（第三一九册）卷七三二八，上海世纪出版股份有限公司上海辞书出版社、安徽出版集团安徽教育出版社2006年版，第287页。

第三章 以"理""趣"为中心的审美指向

烦雕琢,理趣深长,非余子所及。①

此外,就其批评实践而言,这些讲学者在教学过程中都特别注意提示学生要通过"沉潜讽诵,涵泳其间"读书法来逐步体会这两种使"理"与"趣"水乳交融、完美结合的表现方式——诚如第二章所论,对于后学者而言,学习儒家经典及其谱系流变中的典范之作是其汲取创作经验、提升自身创作水平的有效途径。因此,后学者若想使自己的诗文作品达到"理"与"趣"水乳交融的完美境界,亦必须从前辈优秀作品中寻找可资借鉴的经验。而在其学习前辈优秀作品的过程中,必须运用"沉潜讽诵,涵泳其间"读书法反复吟诵和不断咀嚼,才能逐步体会这些典范之作是如何通过"融学问于现实"和"借现实以表现学问"这两种不同方法来实现"理"与"趣"的水乳交融。如《诗人玉屑》引朱熹教陈文蔚品鉴前人诗作时所言的:

> 陈文蔚说诗,先生曰:谓公不晓文义则不得,只是不见那好处。如昔人赋梅云:"疏影横斜水清浅,暗香浮动月黄昏。"这十四字谁人不晓得!然而前辈直恁地称叹,说他形容得好。是如何?这个便是难说,须要自得他言外之意,须是看得他物事有精神方好。若看得有精神,自是活动有意思,跳掷叫唤,自然不知手之舞之,足之蹈之,这个有两重:晓得文义是一重,识得意思好处是一重。②

由此可见,在朱熹看来,由于作品中往往蕴含着多重深意,如果说"晓得文义"重在对作品的初步了解,那么"识得好意思"便

---

① (宋)袁燮:《题魏丞相诗》,载曾枣庄、刘琳主编《全宋文》(第二八一册)卷六三七一,上海世纪出版股份有限公司上海辞书出版社、安徽出版集团安徽教育出版社2006年版,第183页。

② (宋)魏庆之著,王仲闻点校:《诗人玉屑》,中华书局2007年版,第169—170页。

重在探寻和揭示其文字背后所蕴含的"理"之所在；由于时人在进行作品鉴赏之时往往止于前者而忽略后者，因此，对于这些就学于南宋各书院的求学者而言，其所要做的便是发掘出被世人所忽略的后者——即体现作品中"物事有精神"的"理"；而这种重新发掘的过程必须由后学者自己通过"沉潜讽诵，涵泳其间"读书法来逐步体悟，而非依赖旁人指点所得。恰如吕祖谦《与朱侍讲元晦书》（二一）中所言的：

> 盖爱者仁之发，仁者爱之理，体、用未尝相离，而亦未尝相侵。所私窃虑者，此本讲论形容之语，故欲指得分明，却恐缘指出分明，学者便有容易领略之病，而少涵泳玩索之工，其原殆不可不谨也。①

而辅广《诗童子问》中亦可见类似的记载：

> 节奏，谓声音之节。指归，谓诗之旨意归趣也。皆将不待解说而直可吟咏以得之者，此古人于诗所以贵乎歌咏。而程伯淳所以浑不曾章解句析，只优游玩味吟哦上下，便使人有得处也。人才是讲说，意味便短，终不能尽诗人委曲之意。②

由引文可见，吕、辅二人所言虽各有侧重，但其在论及后学者如何体会诗人"委曲之意"及其背后所蕴含的"理""趣"之时却有着颇为一致的主张——对于后学者而言，旁人"指出分明"或可使其"容易领略"，但若仅仅满足于拾人牙慧，"就此放过"，则其依旧无法做到真正领会作品背后所蕴含的"理""趣"。进一步结合

---

① （宋）吕祖谦著，黄灵庚、吴战垒主编：《吕祖谦全集》（第一册），浙江出版联合集团浙江古籍出版社2017年版，第379页。

② 吴文治主编：《宋诗话全编》（第七册），江苏古籍出版社1998年版，第6796—6797页。

第三章 以"理""趣"为中心的审美指向

朱熹教陈文蔚品鉴前人诗作时所论可见,后学者若能够做到以"沉潜讽诵,涵泳其间"方法读《诗》(品鉴前人优秀作品),则其最终可以汲取两方面的创作经验——首先是能够借此"晓得文义",通过熟读深思来领会其字面意思,并择其善者加以借鉴;其次是能够"识得"这些优秀作品"理""趣"之所在(即作品的"意思好处"),特别是能够梳理其实现"理"与"趣"水乳交融的创作方法,并将其运用到自身的创作实践当中。知其然亦知其所以然,真正提高自身的创作水平。这一点从陈文蔚与朱熹等人论学的诸多书信中亦能够得到印证:

> 或深夜诵康节先生诗,便觉外务无一毫足以介意,所助良多,有新得,便中一赐警策,乃所深望。①

> 近于读书之眼,或吟哦讽诵康节诗,见得此老虽若疏放,至其用功处,未尝不密,抑能使人于人情物理间,练之渐熟,处之渐安。②

关于南宋人对邵雍诗的评价问题,魏崇周《邵雍文学思想研究》一书将其归纳为"极力称赞"和"有所批评"两类,其中"极力称赞"又包括"将其视为哲学讲义并认为其有补充于世教""认为其'接续三百篇'""认为其平易而有意趣""赞其不求工而自工""羡慕其吟诗的状态"等几种观点。③ 结合引文可知,陈文蔚体味到的邵雍诗之特点是以上这几种观点都没有涉及的——即邵氏作诗时看

---

① (宋)陈文蔚:《与吴伯丰书》,载曾枣庄、刘琳主编《全宋文》(第二九〇册)卷六六〇四,上海世纪出版股份有限公司上海辞书出版社、安徽出版集团安徽教育出版社2006年版,第329页。

② (宋)陈文蔚:《九月十一日拜朱先生书》,载曾枣庄、刘琳主编《全宋文》(第二九〇册)卷六六〇四,上海世纪出版股份有限公司上海辞书出版社、安徽出版集团安徽教育出版社2006年版,第334页。

③ 魏崇周:《邵雍文学思想研究》,中州古籍出版社2009年版,第229—230页。

似疏放而实则自有其用功处。需要特别强调的是，陈氏此处称赞的"用功处"与姚勉《适斋诗稿序》中所谓"不求其工而自工"①并不一致：前者主要强调其"诗外功夫"，即邵诗所呈现出的疏放自得之貌是其将深厚学力与人生体悟自然融会入诗的结果，看似无所用心，实则用心之处在于"诗外"，虽未刻意论"理"而"理"在其中，最终的关注点主要在于其"明理"和"用功"上；后者则主要针对邵诗不雕饰、不做作的特点而言，最终归结点则落实在"随性适意"上。由以上所举陈文蔚论邵雍诗之实例可见，邵雍诗中这类虽未刻意论"理"而"理"在其中的诗作不仅是书院学子们批评实践中关注的重点，同时也是其创作实践中需要悉心学习和认真揣摩的地方，而这也正是朱熹所谓其"用功处"之所在。

第四节　南宋书院诗歌创作对宋诗"清险风趣"的扬弃

纵观整个中国古代文学研究史，对于宋诗风格的叙述和阐释一直是宋代文学研究中讨论颇多的重点问题之一。较之于此前或同时期其他学者的文学史著作讨论"宋诗的风格"这一问题时或着重于从唐宋诗比较的角度入手进行论述，重在突出宋诗"体格渐与唐人不类"的差别化特征及其在整个中国古代诗歌史中"上承唐旧而变化生新，能与唐人争胜"②的特殊地位；或以宋初诗人苏舜钦、梅尧臣二人的创作为分界点，认为"苏舜钦以雄放易浮靡，梅尧臣以古淡易浓艳"，并由此将宋诗的整体风格归纳为"豪健浅露"③；或从诗歌创作的角度出发，认为不论是宗唐还是宗宋，写作者在具体的诗歌创作实践中均应"以气象、风神、格调为主"，"如徒列丽

---

① 曾枣庄、刘琳主编：《全宋文》（第三五一册）卷八一三四，上海世纪出版股份有限公司上海辞书出版社、安徽出版集团安徽教育出版社2006年版，第454—455页。
② 柳存仁、陈中凡、陈子展等：《中国大文学史》（下），上海书店出版社2001年版，第385页。
③ 林传甲、朱希祖、吴梅著，陈平原辑：《早期北大文学史讲义三种》，北京大学出版社2005年版，第291页。

句，征引故事，抑为末技矣。至于雕琢奇字与丽句，叠用典故，以炫世俗，是识者所不取也"①等，郑振铎先生在《插图本中国文学史》中以"清""险"二字归纳"宋诗的风趣"可谓对宋诗风格特征更为全面的概括。如果从南宋书院中人的诗歌创作实践及其理论主张的角度加以审视就会发现，他们对于这种"宋诗的清险风趣"既有着继承其重要特征并加以发扬光大的一面，同时又针对时下诗坛弊端，对其另一部分特点有针对性地加以批判。本节从辨析"清""险"二字的原始含义以及流变入手，在分析这种"清险"风趣丰富内涵的基础上结合南宋书院中人的创作实践和理论主张进行探讨，以求教于方家。

一 "清险"源流辨析

就"清险"一词的原始含义及其流变而言，《辞源》释"清"为"水清澈，与'浊'相对"；释"险"为"险要、阻难"；出现于先秦两汉时期的文献中的"清""险"二字亦多遵循其原始含义，如"河水清且涟猗"（《诗经·魏风·伐檀》）、"河汉清且浅，相去复几许"（《古诗十九首·迢迢牵牛星》）等以"清"形容水之清澈的例子；亦有如"终逾绝险，曾是不意"（《诗经·小雅·正月》）、"然困于险阻而不能进者，岂勇力智慧不足哉？形不利，势不便也"（贾谊《过秦论·下》）等以"险"形容地势或山势之险阻的例子。此后，随着魏晋南北朝时期逐渐兴起以吟咏山水为主题的诗文创作，以"清""险"二字描绘山水胜景亦逐渐成为当时文人诗文作品中颇为常见的表达方式。此时的骚人墨客在品评山水之明秀险峻时或云"清水流潭""跻险筑幽居"以突出溪水潺潺的流动之美、卜居高山的隐逸之趣，或曰"泉清恬以夷淡"，以水之澄澈喻个人品格之高洁。与此同时，随着魏晋南北朝时期文学观念的重大改变，特别是对作家创作个性的提倡和褒扬，"清""险"二字亦在此时突破了用

---

① ［日］盐谷温编：《中国文学概论》，陈彬龢辑译，志成印书馆1926年版，第24页。

以形容和品评明山秀水的原始含义，转而走向文学批评领域，成为时人评诗论文的常用概念。刘勰《文心雕龙》有"陈思之表，独冠群才。观其体赡而律调，辞清而志显，应物制巧，随变生趣，执辔有余，故能缓急应节矣"之语，此处"清"的含义即指向作者诗文作品的清新朗丽，而这种"清"所代表的美学精神亦成为"六朝人审美意识的主要特征之一"①。钟嵘《诗品》在评价鲍照诗作时亦有"贵尚巧似，不避危仄，颇伤清雅之调。故言险俗者，多以附照"②之论，可见在时人看来，这种"险"所代表的美学精神有"不避危仄，颇伤清雅"之意，而这种"不避"甚至主动追求生僻艰涩的诗作必然会对诗作的"自然风旨"有所妨碍。换言之，在时人看来，这种在诗歌创作上过分求"险"的艺术倾向极易导致并不利于整个诗坛的健康发展，后学者在学习诗歌创作的过程中应该注意避免陷入这一误区。而这种将"险""俗"同列，认为二者皆"颇伤清雅之调"的理论主张直到中唐韩愈崛起于诗坛后才有了较为明显的改变。

众所周知，韩愈在创作实践中常常有意追求遣词命意的生新险涩，而同时代的批评家们在评价韩愈诗歌创作时亦多将这种不避险涩的创作指向视为其诗作的重要特点之一。如王建《寄上韩愈侍郎》即有"不以雄名殊野贱，唯将直气折王侯。咏伤松桂青山瘦，取尽珠玑碧海愁。序述异篇经总别，鞭驱险句最先投"③之评，可见自韩愈崛起于诗坛之后，作为文学批评概念出现的"险"已不再像魏晋南北朝时期那样被视为文学创作中的弊端。这样的转变不仅使得整个唐代文学批评在审美指向上的多样化，同时亦直接影响了宋代的文学批评。

随着宋初诸家对韩愈及其诗作的推崇备至，以"清""险"二字对举的例子开始在宋人评诗论文的相关叙述中频繁出现。如梅尧

---

① 盛源、袁济喜：《华夏审美风尚史·第四卷·六朝清音》，北京师范大学出版社2015年版，第74页。
② （梁）钟嵘著，曹旭集注：《钟嵘诗品校释》，上海古籍出版社1994年版，第290页。
③ （唐）王建著，王宗堂校注：《王建诗集校注》，中州古籍出版社2006年版，第238页。

第三章 以"理""趣"为中心的审美指向

臣在《胡公疏示祖择之卢氏石诗和之》中称赞胡氏诗作"雄才落笔泻天河,缀韵孤清仍险窄"①;文同《试秘书省校书郎赵君墓志铭》在谈到赵氏的家学渊源时谓其祖父"善吟诗,其语清深险峭,不类近世作者"②;等等。从北宋诸作家的创作实践来看,"宋诗的清险风趣"早已不再局限于特指宋代某位作家或宋诗创作的某一阶段,而是一个动态的发展过程,这一过程贯穿了宋诗由初创到成熟的各个发展阶段,具有更为丰富的多重内涵。

首先,对于初创阶段的宋诗而言,这种"清险风趣"意味着孤清纯净,"不为靡艳之音"。寇准、王禹偁、钱易等宋初诗人诗作便是这一时期"清险风趣"的典型体现。诚如郑振铎先生在《插图本中国文学史》中指出的那样,这些诗人的共同点在于其诗作均以"清真、平淡、不为靡艳之音"为最大特色,"貌若清淡而中实深厚"。虽然郑振铎先生仅在论及钱易《西游曲》时称其"已深具宋诗的清险风趣",但就钱易诗作的整体风格特征而论,能够体现这一创作特点的诗作绝非《西游曲》一首。如其在《梦越州小江》中以"巨潮淹积石,瘦白涩无藓。橹响期西陵,苍岑屏曲展"③来呈现自己梦中那个凄清萧瑟的江边月夜;在《中秋》中则以"天惨严霜厚,神清宿雨微"④开篇,打破前人中秋诗作中多直接描写月夜的常规思路而以"惨""厚"二字描绘天寒霜降之景,不仅使读者有新奇的感觉,更营造出一种清冷寂寥的氛围,以清险之笔凸显诗人"每逢佳节倍思亲"的苦涩。上述二作虽在题材和表现手法上各有特色,却无不展现出一种孤清寂静、不落凡俗的诗歌境界。可见郑振铎先生所谓"清险风趣"在此处更加偏重于"清",即突出强调其

---

① (宋)梅尧臣著,朱东润编年校注:《梅尧臣集编年校注》,上海古籍出版社2006年版,第818页。
② (宋)文同:《丹渊集》,文渊阁《四库全书》本。
③ 北京大学古文献研究所编,傅璇琮、倪其心、孙钦善等主编:《全宋诗》(第二册),北京大学出版社1991年版,第1184页。
④ 北京大学古文献研究所编,傅璇琮、倪其心、孙钦善等主编:《全宋诗》(第二册),北京大学出版社1991年版,第1186页。

诗作在语言和意境建构上所特有的清冷孤高、不事雕琢的一面；而这一特点也正是钱易等宋初诗人之诗作区别于西昆诸家"惯以靡艳之意，著靡艳之辞"的关键所在，可见这种"清险风趣"亦是宋诗得以"自成一家"的重要因素。

其次，对于发展阶段的宋诗而言，这种"清险风趣"亦逐渐由偏重于"孤清境界"的建构转向"孤清瘦硬"与"艰险奇绝"并重，是"宋诗风趣"形成过程中的关键节点，这一阶段"清险风趣"以王安石诗作为典型代表。众所周知，王安石诗作的最大特色在于"所作皆以险绝为功，多未经人道语"[①]。而结合王安石本人的创作实践加以分析可见，较之于宋初钱易等人着力于"孤清境界"的建构，王安石诗作中的"清险风趣"在"清"与"险"两方面都有了更进一步发展。就其诗作之"清"而言，便是能够于"孤清"之中更见"出之以艰辛"的锤炼之工和"瘦硬"之貌。如其在《定林示道原》中以"湿银注寒晶，衾以青培堆。迢迢晻霭中，疑有白玉台。是夕清风兴，烦云豁然开"[②]数句详细描绘自己登山之所见，通过"青培堆""晻霭""白玉台""清风"等意象的提炼和叠加，既生动形象地描绘出林间雾气由初现、渐浓到消散的整个过程，同时又着力营造出"清""冷""静"的氛围，使读者在颇觉身临其境的同时体会到其诗中所特有的清劲瘦硬之风、"陈言务去"之貌。就其诗作之"险"而论，则是在创作实践中强调"道前人所未道之语"，力求翻新出奇、险绝制胜，这一点在宋人对王安石诗作的相关论述中多有涉及。如叶梦得《石林诗话》中即有"蔡天启云：'荆公每称老杜"钩帘宿鹭起，丸药流莺转"之句，以为用意高妙，五字之模楷'"[③]的记载，陈师道《后山诗话》中称王安石"平生文

---

① 郑振铎：《插图本中国文学史》（上），岳麓书社2013年版，第454页。
② （宋）王安石著，（宋）李壁笺注，高克勤点校：《王荆文公诗笺注》（上），上海世纪出版股份有限公司上海古籍出版社2010年版，第69页。
③ （宋）叶梦得：《石林诗话》，载（清）何文焕辑《历代诗话》（上），中华书局1981年版，第406页。

体数变，暮年诗益工，用意益苦"①，等等。可见这种"宋诗的清险风趣"在王安石手中早已不再满足像宋初诗人那样以摆脱晚唐风尚为唯一的创作指向，而是力图在"诗歌风格上的清劲瘦硬"与"诗作构思上的不期而然"上有所发挥，于"文体数变""用意益苦"中寻求一种"言随意遣，浑然天成"的自然境界。

最后，对于成熟阶段的宋诗而言，这种宋诗的"清险风趣"主要以黄、陈等那些"瘦削险峻""锤炼精工"的作品为代表，并最终通过江西诗派的理论总结，成为能够展现宋诗风格的主要特征之一。若将"清""险"二字分而论之，则这一阶段"清险风趣"的内涵又有了以下拓展。就诗作之"清"而言，以黄、陈为代表的江西诗派在继承前两个阶段优势的基础上更加注重诗作风格之"清"与作者内心之"情"水乳交融，使作品在整体上既葆有清劲瘦硬的风神，又能做到"清"中含"情"，看似枯瘠瘦硬，实则情味无穷。如黄庭坚《为曾公衮作水边梅》和陈师道《妾薄命》二首（其二）等善于"蘸淡墨作速写""虽若枯瘠，而实清韵无穷"②的诗篇都是体现这一特点的最佳例证。就诗作之"险"而论，以黄、陈为代表的江西诗派则在继承前辈诗人"陈言务去"等主张的基础上特别提倡"诗词高胜，要从学问中来"。如黄庭坚在《与方蒙书》中即对时人"多不肯治经术及精读史书，乃纵酒以助诗"的现象予以批判。可见在他看来，若诗人能在"治经术及精读史书"上多下功夫，熔铸古人之精华以为己用，则其诗作亦必然能够避免"致远则泥"的肤浅鄙陋之疾，于深邃悠长中显其意味。较之于上述两个阶段而言，这一阶段的"险"更偏重于"深邃险峻"，展现的是如黄、陈等江西诗派诗人于"不期而然"中见其学问涵养的熔铸锤炼之功；而随着江西诗派影响力的逐步扩大，这种"清险风趣"亦逐渐趋于定型。纵观黄、陈之后的两宋诗坛可知，那些江西诗派的后学诗人无论其最终的诗学取向如何，其在最初学诗之时均能够将这种"清中含情"

---

① （清）何文焕辑：《历代诗话》（上），中华书局1981年版，第304页。
② 郑振铎：《插图本中国文学史》（上），岳麓书社2013年版，第507页。

"险中见深"的诗风视为自身学习之楷模,这种"宋诗的清险风趣"亦由此成为能够体现宋诗风格的重要特征。

二 南宋书院诗歌创作对"清"的继承和发展

就本书所关注的南宋书院诗歌创作及其创作观而言,南宋书院中人对于这种"清险风趣"的态度可以概括为"扬弃"二字。所谓"扬",就是充分继承上述各前辈诗人对于诗作中"清趣"的丰富内涵,并在此基础上加以拓展深化。具体而论,这样的"拓展深化"主要体现在以下几个方面。

首先,就其创作实践而言,南宋书院中人创作实践中不仅充分继承了北宋各前辈诗人(特别是江西诗派诗人)诗作中"孤清瘦硬""清中含情"的特点,而且更加注重通过"清""情""理"三者有机结合来展现诗作的自然之美,这样的"清趣"不以意象的孤僻诡谲、用典的晦暗生僻取胜,却能够使读者于一唱三叹的涵泳咀嚼中体味作者匠心之所在:

> 浩浩长江水,东逝无停波。及此一回薄,湖平烟浪多。孤屿屹中川,层台起周阿。晨望爱明灭,夕游惊荡磨。极目青冥茫,回瞻碧嵯峨。不复车马迹,唯闻榜人歌。我愿辞世纷,兹焉老渔蓑。会有沧浪子,鸣舷夜相过。①

> 积雨欣始霁,清和在兹时。林叶既敷荣,禽声亦融怡。鸣泉来不穷,湖风起沦漪。西山卷余云,逾觉秀色滋。层层丛绿间,爱彼松柏姿。青青初不改,似与幽人期。坐久还起步,堤边足逶迤。游鱼傍我行,野鹤向我飞。敢云昔贤志,亦复咏而归。寄言山中友,和我和平诗。②

---

① (宋)朱熹:《奉同尤延之提举庐山杂咏十四篇·落星寺》,郭齐、尹波点校《朱熹集》(第一册),四川教育出版社1996年版,第337页。

② (宋)张栻:《三月七日城南书院偶成》,杨世文点校《张栻集》,中华书局2015年版,第739—740页。

第三章　以"理""趣"为中心的审美指向 ❖

　　结合上述引文所举诗作可见，无论是朱熹笔下深藏山间的落星寺还是张栻诗中风光如画的城南书院，都体现着这些书院中人对于"清趣"的深化和拓展。朱作风格以清新简净为主，全诗细致描绘了落星寺周边大江东去、湖面烟波、群山嵯峨的秀丽景致，并在此基础上将自己"我愿辞世纷，兹焉老渔蓑"的高蹈出世之情融入其中；于徜徉山水、寻访古寺中体味万事万物之"理"，一字一句纯为作者眼中所见、心中所思的自然流露，其诗风之"清"、心中之"情"、体悟之"理"亦由此而自然融合。张作则通过描绘书院周边草木葱茏、泉声泠泠、鸟鸣悦耳的"秀色"，自然引发出身为书院中人的作者内心之愉悦——能够静坐如此风光秀美的书院之中读书讲论，用心体味孔子《论语·侍坐篇》中"浴乎沂，风乎舞雩，咏而归"的从容淡泊，可谓人生之乐事。全诗风格以清隽晓畅见长，由景物之"清趣"触发作者愉悦之情，由作者"愉悦之情"而得圣贤从容淡泊之"理"，亦可谓"清""情""理"巧妙结合的典范之作。

　　值得注意的是，书院中人对于诗作之"清"的深化拓展与南宋末年江湖诗派诗人对"清"的追求有着很大的不同。通过比较以下两首相同题材的诗作，可以更加明确地体会到二者的不同之所在：

　　　　倚筇南山巅，却立有晚对。苍峭矗寒空，落日明影翠。[1]

　　　　曲迳一亭幽，三十六水聚。檐影接波光，蝉声入秋思。开奁静看云，爱月懒种树。濠上意如何，疏钟烟外寺。[2]

　　通过对比朱、陈二人诗作可知，虽然二者均以"咏亭"为主题，却展现出完全不同的风格——朱作以清隽之笔描绘出一幅"苍峭矗寒空，落日明影翠"的亭中观日图，虽为"晚对"却了无寂寥落寞

---

[1] （宋）朱熹：《武夷精舍杂咏·晚对亭》，郭齐、尹波点校《朱熹集》（第二册），四川教育出版社1996年版，第378页。
[2] （宋）陈起：《寄题当湖隐渌亭》，《江湖后集》，文渊阁《四库全书》本。

之意，晓畅明快，一气呵成；而陈诗则将关注的重点落在所咏之亭的"幽静"上，通过"水""蝉声""云""寺"等意象的叠加，凸显小亭之清冷寂静。二者一为"清隽"，一为"清瘦"，在诗作风格上有着非常明显的差异。究其原因，江湖诗派对"清"的追求主要源于其对晚唐姚、贾诗风的学习，故其诗作风格以"清瘦"为主；但恰如前辈学者指出的那样，受其性分才力所限，这种"清瘦"的风格往往通过诗中对"衰飒、清苦、阴冷物象"的特别关注得以呈现，故多有意象狭小支离、全篇结构破碎、作者视野不够开阔等弊端。反观南宋书院中人的诗歌创作，其诗作多为作者触目所及、心有所感诉诸笔下的产物，故较之江湖诗派的那些以"清瘦"见长诗篇，这些诗作风格无论是在全篇结构还是在诗作意象上都能够本着"以意为主"的原则处理好诗风之"清"、作者之"情"与作者所悟之"理"三者之间的关系，做到自然流转而毫无滞碍。因此，无论从"宋诗风趣"的深化发展还是从整个宋代诗坛诗歌风格多样化的角度来看，南宋书院中人对于"清趣"的继承和发展都是其中非常重要的一环。

其次，从理论层面而言，这种充分体现南宋书院中人深化和拓展"清趣"内涵的作品在内容上多如引文所举例证那样，以写作者对书院及其周边景致的描绘为主。这就涉及自然环境对诗人的创作心理的影响问题。中国古代诗论中素有"感物"之说，即认为诗歌创作是诗人内心感受与外界事物相互触发而产生的。如《礼记·乐记》中有"凡音之起，由人心生也。人心之动，物使之然也。……乐者，音之所由生也，其本在人心之感与物也"，刘勰认为"人禀七情，应物斯感，感物吟志，莫非自然"[①]（《文心雕龙·明诗篇》），等等。可见在文学创作的过程中，作家内心所感与外界事物之间的互动对于文学作品风格的最终形成有着非常密切的关联。具体到本节所论，则南宋书院的自然环境亦是书院中人形成"清隽"或"清新"诗风

---

① （梁）刘勰著，范文澜注：《文心雕龙注》（上），人民文学出版社1958年版，第65页。

第三章 以"理""趣"为中心的审美指向

的重要原因——南宋人在创建书院之时多以明山秀水、景色宜人之地为"传道受业"之所,对于身处其中的诸位讲学者和求学者而言,其触目所及之景或为"擢连娟之修竹,森偃蹇之乔松。山靡靡以旁围,谷窈窈而潜通"①,或为"带湘江之浮渌,矗远岫兮横空"②,或为"背夏涉秋,水木芙蓉更隐迭见,老梅稚杉,灌木丛筿,又将寻岁寒之盟"③;既无世间的喧嚣,又无凡俗之纷扰。虽然他们选择兴建书院的初衷在于为书院的讲学者和求学者提供一个可以涵养心性、静心体"道"的"藏修之地",但这种清新明秀的外在环境却能够充分激发书院中人的创作灵感,不仅促使其在"荡开灵襟、助发神观"的同时将自己的所思所见诉诸笔端,更促使其在诗作风格上偏重于"清新"或"清隽"一路。此外,在这种环境的影响下,其所感之情亦必然能够抛却追名逐利的竞躁而归于一种平和宁静的状态,这亦在客观上促成了诗作风格之"清"与作者所感之"情"、所悟之"理"的水乳交融,成为诗人内心之平和、体"道"之愉悦的最佳写照。

三 南宋书院诗歌创作对"险"的摒弃和批判

诚如前文所论,这些执教或求学于南宋各书院的书院中人在面对宋诗的"清险风趣"时始终保持着"有扬有弃"的态度,所谓"弃",就是在继承并进一步深入发掘前辈诗人诗作之"清趣"的同时有针对性地摒弃和批判时人(特别是江西末学)诗作中盲目求"险"的创作倾向。而书院中人之所以会秉持扬"清"弃"险"的态度,与当时诗坛出现的一系列弊端有着非常紧密的关联——随着江西诗派影响力的逐步扩大,一些后学者在师法江西诗派进行诗歌创作的过程中对黄、陈等江西诗派诗人诗作及其理论主张采取生搬硬套

---

① (宋)张栻:《风雩亭词》,杨世文点校《张栻集》,中华书局2015年版,第695—696页。
② (宋)张栻:《风雩亭词》,杨世文点校《张栻集》,中华书局2015年版,第696页。
③ (宋)魏了翁:《靖州鹤山书院记》,张京华校点《渠阳集》,岳麓书社2012年版,第59页。

的办法，诗坛弊端亦由此滋生：

> 学古人文字，须得其短处。如杜子美诗，颇有近质野处，如《封主簿亲事不合诗》之类是也；东坡诗有汗漫处；鲁直诗有太尖新、太巧处，皆不可不知。……然学者专力于此，则亦失古人作诗之意。①

> 近世江西之学者，虽左规右矩，不遗余力，而往往不知出此，故百尺竿头，不能更进一步，亦失山谷之旨也。②

结合引文所论可知，在吕本中看来，黄庭坚诗作的"短处"恰在于其诗作"有太尖新太巧处"，此处所谓"尖新"，即包含了黄庭坚本人某些诗作中对"新"和"险"的刻意追求；那些"近世江西之学者"不但没有意识到这一问题，反而将其视为诗歌创作的不二法门，"左规右矩，不遗余力"地机械模仿，由此亦导致整个诗坛流弊盛行。因此，对于这些志在通过书院教育以"收拾人心"、培养传道济民之才的书院中人而言，如何匡正这种不良诗风带来的消极影响是其必须思考和面对的重要问题。既然要匡正诗坛流弊，那么就应该从其中最为典型弊端入手进行矫治，而时人作诗过于注重对"险"的追求而流于生涩怪诞、佶屈聱牙便是其中最为典型的表现之一，由此观之，则书院中人从理论和实践两个层面对"求险"的批判和摒弃可谓顺理成章。通过进一步梳理材料可知，这些活跃于南宋书院的讲学者和求学者对于时人诗作中"求险"倾向批判主要集中在以下几个方面。

一是认为这种刻意"求险"的创作倾向与书院中人素来提倡的

---

① （宋）吕本中：《童蒙诗训》，载郭绍虞辑《宋诗话辑佚》（下），中华书局1980年版，第591页。

② （宋）吕本中：《与曾吉甫论诗第二帖》，《吕本中全集》（第四册），中华书局2019年版，第1772页。

第三章 以"理""趣"为中心的审美指向

"诗道合一"原则相悖。笔者通过梳理这些活跃于南宋书院的讲学者和求学者的相关论述发现,虽然他们在具体的治学问题上有所分歧甚至互有争论,但在"诗歌创作应该遵循的基本原则"这一问题上却一致坚持"诗道合一"的主张。既然"道"是诗歌创作的根本来源和最终归旨,那么写作者在进行诗歌创作时就应该以"体道"为中心,其所创作的诗歌无论是在内容上还是在形式上都应该为"阐明道义"服务。若作诗以刻意"求险"为尚,甚至将"险"作为诗歌创作的唯一追求,则写作者最为关心的问题必然是如何在创作过程中充分运用不同的艺术技巧或表现形式,使之达到"奇绝乃险""不期而然"的艺术效果,而非如何更好地做到"诗以明道",而这也正是南宋书院中人批判最为强烈的一点:

> 因林择之论赵昌父诗,曰:"(今人学诗)又不去学好底,却只学去做那不好底。作诗不学六朝,又不学李杜,只学那岭崎底。今便学得十分好后,把作甚么用?莫道更不好。如近时人学山谷诗,然又不学山谷好底,只学得那山谷不好处。"[1]

> (郑起)尝教思肖曰:"自汉以来,专意辞章,言浮于理,才骋于学,不身之以道,惟务言语为工,是委文为技耳。……有文而无行,终归于小人,汝其志之。"[2]

诚如朱熹所言的,正是受到这种流行于当时诗坛刻意求"险"之风的影响,时人在学习作诗的过程中存在两点误区:一为视野局促,即在师法对象的选择上重本朝而轻前朝;二为取径偏狭,即在具体的学习过程中仅以江西诗派代表人物黄庭坚诗作的"岭崎"者

---

[1] (宋)黎靖德编,王星贤点校:《朱子语类》(第八册),中华书局1986年版,第3334页。
[2] (清)陆心源撰,吴伯雄点校:《宋史翼》卷十七,浙江出版联合集团浙江古籍出版社2016年版,第360页。

为学习对象。在朱熹看来，这种所谓的"学习"既不利于后学者开阔视野，转益多师，兼取六朝、李杜等前朝诗人之长为己所用；亦不利于后学者领悟江西诗法"平淡处山高水深"的精髓所在，最终亦导致其作品多有舍本逐末之弊。如此作诗既不能在内容上"阐明道义"，使读者于沉潜讽诵、一唱三叹中品味其深刻含义；又不能在形式上与内容上相互配合，使全诗浑然一体；其唯一能引起读者注意的地方不过是"求险"而已。而在身处宋季乱世的郑起看来，这种不以"明道"为本、过度强调"求险"的创作倾向不但严重败坏了诗坛风气，更直接导致时下诗坛"矜利眩才"、沽名钓誉之风愈演愈烈。故其教子之言看似针对"自汉以来"文坛上"专意辞章"的创作倾向，实则仍将批判的重点指向本朝。总之，既然这种弊端的源头在于时人的"求险"之风，这些活跃于南宋书院的讲学者和求学者自然要有针对性地加以批判，以此正本清源，扫除积弊，促进当时诗坛的健康发展。

二是认为这种刻意"求险"的创作倾向与书院中人主张学诗应注重基础、循序渐进的学习要求不符。对于那些长期致力于南宋书院教学和人才培养的书院中人而言，矫治盛行于官学之中"下质实而上新奇"的空疏不学之习，倡导后学者养成"沉潜讽诵，涵泳其间"的踏实学风是其创办和执教书院的主要目标。具体到"初学者如何学习诗歌创作"这一问题，就是要求初学者在学习诗歌创作时亦必须具备踏实的学风，特别是以"沉潜讽诵，涵泳其间"前贤经典和前人优秀作品为基础，如此日积月累、循序渐进，才能真正学会如何作诗：

> 今人所以事事做得不好者，缘不识之故。只如个诗，举世之人尽命去奔做，只是无一个人做得成诗。他是不识，好底将做不好底，不好底将做好底。①

---

① （宋）黎靖德编，王星贤点校：《朱子语类》（第八册），中华书局1986年版，第3333页。

第三章 以"理""趣"为中心的审美指向 ❖

  昔老泉苏公之初为文也，举进士不中，曰，此不足为吾学。于是闭门读书，绝笔不为文辞者五六年。涵蓄充溢，抑而不发，久之慨然曰，可矣。由是下笔沛然，但见其中之源泉混混而不知其所从来。至于诗之优柔，骚之清新，投之所向，无不如志，此苏公之自述也。……以吾子之才之气，作诗特余技，何事于子长，尚当端拜老泉先生以为师，则他日为远器。①

  钱塘白斑，余识之早。幼颖悟，五岁以工属对，嗣而嗜学，刻苦忘寝食，泛滥书史间，得《离骚》意度为多。益之以左江右湖，胜概激濯，日以沈郁，卒敛而归诸诗。平而澜，癯而力，静洁恬澹而光自泽，味自腴。腾播散落，与春风草木争芳润。②

  上述引文中方、陈二人均以"勤学"为出发点，说明循序渐进、刻苦读书对于后学者学习诗歌创作的重要性——方序认为汪氏诗作虽已小有成就，但仍需"端拜老泉先生以为师"，特别是秉承苏洵于日积月累"涵蓄充溢"的踏实学风，才能更加精进，"他日为远器"；陈序则重在赞扬后学诗作的成就，并着重指出白斑诗作之所以能够"与春风草木争芳润"，是其注重日积月累，不断努力，"刻苦忘寝食，泛滥书史间"的结果。可见在这些书院中人看来，这种注重"沉潜讽诵，涵泳其间"的踏实学风不仅能够使后学者在学习过程中积累知识，丰富学养，更能够充分培养、提高其创作和鉴赏能力，促使其最终达到"下笔沛然""其中之源泉混混而不知其所从来"的从容境界。朱熹所言则从另一角度反观当时那些盲目"求险"的作诗之人，指出其虽有"尽命去奔"的执着，却因其空疏不

---

  ① （宋）方逢辰：《汪君明诗序》，载曾枣庄、刘琳主编《全宋文》（第三五三册）卷八一七三，上海世纪出版股份有限公司上海辞书出版社、安徽出版集团安徽教育出版社2006年版，第217—218页。
  ② （宋）陈著：《钱塘白斑诗序》，载曾枣庄、刘琳主编《全宋文》（第三五一册）卷八一一〇，上海世纪出版股份有限公司上海辞书出版社、安徽出版集团安徽教育出版社2006年版，第10页。

学而缺乏基本的判断和鉴赏能力，不仅将刻意"求险"视为成功的捷径，而且亦将其等同于"只要嵌字，使难字"的表面功夫，与前文所论王安石诗"以险绝为工"、黄庭坚诗以"险深为美"可谓相去甚远。

三是这种刻意"求险"的创作倾向与书院中人崇尚"真味发溢"的美学主张相背离。在书院中人看来，诗歌是"吟咏性情"的产物，是作者在"发而皆中节"的原则下畅言其喜怒哀乐的结果。这就意味着后学者在进行诗歌创作时应该将更加关注"发而皆中节"前提下个人情感的表达，若一味在求"险"的道路上使尽浑身解数，不仅极易产生使诗作流于凝滞艰涩，影响读者理解和领会其诗意，亦违背了书院中人诗歌创作应注重"真味发溢"，以自然为上的美学要求：

（《邵氏击壤集》）凡立乎皇王帝霸之兴替，春秋冬夏之代谢，阴阳五行之运化，风云月露之霁曀，山川草木之荣悴，惟意所驱，周流贯彻，融液摆落，盖左右逢原，略无毫发凝滞倚着之意。①

喜怒哀乐未发谓之中，发而中节谓之和。诗所以吟咏性情而已矣，感物而动，矢口而言，不失其性情之正，斯可也。②

由此可见，这些活跃于南宋书院的讲学者和求学者所赞赏的是如邵雍《伊川击壤集》那样"惟意所驱，周流贯彻，融液摆落"的自然之作，而非那些以"求险"为能事的时人诗作。前者虽然可能

---

① （宋）魏了翁：《邵氏击壤集序》，载曾枣庄、刘琳主编《全宋文》（第三一〇册）卷七〇七九，上海世纪出版股份有限公司上海辞书出版社、安徽出版集团安徽教育出版社2006年版，第14页。

② （宋）方逢辰：《汪称隐松萝集序》，载曾枣庄、刘琳主编《全宋文》（第三五三册）卷八一七三，上海世纪出版股份有限公司上海辞书出版社、安徽出版集团安徽教育出版社2006年版，第218页。

在诗作形式或创作技巧上有所欠缺，却能够以"明道义"为本，以"抒写其性情"为重，使读者于涵泳讽诵间充分体味其诗中真意；后者虽一心以求"险"，却徒有"声利之表"而无抒情、"明道"之实，更遑论"真味发溢"的自然之美了。从这一角度来看，美学追求的背离亦是这些书院中人批判后学者在诗歌创作中刻意"求险"的原因之一。

综上所述，"清险风趣"是宋诗主要的风格特征之一，从北宋诸诗人的创作实践来看，这种"清险风趣"的形成贯穿了宋诗由初创、发展到成熟的整个过程，是宋代诗人和批评家们能够在充分结合自身的创作实践的基础上不断深化和扩展的结果。就本书所论南宋书院诗歌创作而言，南宋书院中人在创作实践和理论主张上对这种"清险风趣"采取了一种"有扬有弃"的态度——他们一方面充分继承前辈诗人对"清"的关注和重视，并在此基础上加以拓展，实现了诗风之"清"、作者之"情"、诗作之"理"的紧密结合；另一方面亦从"诗道合一""学力为先""自然为美"等不同角度出发，有针对性地批判了时人诗歌创作过程中盲目求"险"的创作倾向，力图以此为契机，矫治弥漫于整个诗坛的浮躁诗风，促使整个诗坛的创作和发展回归到"以明道为本"的轨道上来。由此观之，这种"有扬有弃"的态度无论是对于促进宋诗风格的多样化发展还是匡正当时诗坛"矜利眩才"的空疏浮躁之风而言，都有着非常重要的意义。

小　　结

以"理""趣"为中心的审美指向是本章讨论的主要问题。综合上文所论可知，"重理"与"求趣"是这些活跃于南宋书院的讲学者和求学者普遍具有的审美指向。较之于同时代那些置身于书院之外的批评家而言，这样的审美指向促使他们能够用更为独特的视角看待文学创作和文学批评，并由此引发对于一些重要问题的讨论。

本章第一节所论南宋书院中的酬唱诗风及其诗学问题就是最为典型的例证之一。此外，对于这些讲学者和求学者而言，实现"理"与"趣"的水乳交融，进而达到"将审美本体的情感与宇宙人生哲理融为一体"[①]的最高境界，并将其作为世人破解现实困境，体悟万物之"道"的有效途径是这种以"理""趣"为中心的审美指向追求的最高目标。因此，本章第二节和第三节主要对"趣"的讨论和对"理""趣"交融的两种方式进行关注，并结合这些讲学者和求学者的创作实践加以论析，探寻其意义之所在。本章第四节从辨析"清""险"二字的源流入手，结合北宋诸诗人的创作实践论析宋诗"清险风趣"的多重含义，并在此基础上进一步探寻南宋书院中人从诗歌创作实践和理论主张两方面对于这种"清险风趣"的扬弃。

[①] 叶朗主编，朱良志副主编，潘立勇、陆庆祥、章辉等著：《中国美学通史 5·宋金元卷》，江苏人民出版社 2014 年版，第 18 页。

第四章　徘徊于"经"与"文"之间的价值判断

　　本章主要讨论南宋书院创作观中的价值判断问题。中国古代文学批评素有"宗经"之传统，从孔子《论语》"小子何莫学夫《诗》，《诗》可以兴，可以观，可以群，可以怨。迩之事父，远之事君，多识于鸟兽草木之名"① 到荀子《正论》"圣人也者，道之管也。天下之道管是矣，百王之道一是矣，故《诗》《书》《礼》《乐》之归是矣。……故凡言期议命，是非以圣王为师"②，扬雄《法言》"好书而不要诸仲尼，书肆也；好说而不要诸仲尼，说铃也"③，刘勰《文心雕龙》"若禀经以制式，酌雅以富言，是仰山而铸铜，煮海而为盐也"④，可见将传统儒家经典作为文学创作的最高楷模和师法典范是以上这些论述的共同特点；而对于这些活跃于南宋各书院的讲学者和求学者而言，经学是其讲学（学习）过程中最为关注的部分；同时也是其所标举的文学创作之典范。因此，具体到本章所要讨论的南宋书院创作观中的价值判断，特别是涉及对诗歌作品的价值判断这一问题时，其主要表现便是在"经"与"文"之间徘徊——书院中人一方面要求后学者在进行诗文创作时必须要以传统儒家经典及

---

　　① 《十三经注疏》整理委员会整理，李学勤主编：《十三经注疏·论语注疏》，北京大学出版社1999年版，第237页。
　　② （清）王先谦撰，沈啸寰、王星贤点校：《荀子集解》，中华书局1988年版，第133—324页。
　　③ （汉）扬雄撰，韩敬注：《法言注》，中华书局1992年版，第41页。
　　④ （梁）刘勰著，范文澜注：《文心雕龙注》（上），人民文学出版社1958年版，第22—23页。

其谱系流变中的典范之作（特别是以传统儒家推崇的"五经"）为师法对象；另一方面也意识到了一些文学创作所特有的规律（特别是诗歌创作），并要求后学者在创作过程中予以特别关注和重视。值得关注的是，这种徘徊于"经"与"文"之间的价值判断既表现在其对于传统儒家经典（特别是《诗》）的解读和分析中，也体现在其对当时流行的一些诗文选本的批评中。从这些解读和批评中人们既可以窥见其创作观中"理想之诗"的标准之所在，亦可以看到其文学批评上表现出受"重理求实"思维影响而想象力相对缺乏的问题。

第一节　吕祖谦"诗人之心"的解读： "理想之诗"的楷模

作为执掌南宋四大书院之一——丽泽书院多年的著名学者和教育家，吕祖谦对宋代诗学思想的形成发挥着举足轻重的作用。本节以其执教丽泽书院讲说《诗经》的实录《门人所记诗说拾遗》为分析文本，从辨析中国古代文论中"心"的概念流变入手进行讨论和分析，探寻其在立足于传统诗学基础上对"诗人之心"的深层次解读及其在宋代诗学思想的形成和完善上所作出的独特贡献，以求教于方家。

一　"诗人之心"命题的提出

较之于前代（特别是汉代）经学家"字为之训，句为之释"的解经方法而言，吕祖谦在研读和讲解《诗经》之时显然更加重视其作为文学文本所具有的独到之处，而这也是宋代学者一贯主张读《诗》应"即辞求事，即事求意"的典型体现。诚如沈松勤等前辈学者指出的那样，这种方法的最大优势就在于抛却了训示字句的烦琐而将更多的注意力转向对《诗》之本身的关注。吕祖谦则在此基础上将其关注的目光投向了"诗人之心"及其背后的多重意蕴。综

第四章　徘徊于"经"与"文"之间的价值判断

观整部《门人所记诗说拾遗》可知,"诗人之心"是吕祖谦在讲解《诗经》过程中经常提到的一个重要命题:

> 将仲子"无逾我里",非谓其恐伤害吾兄弟也,不欲明受杀弟之名,而扬拒之也。"仲可怀也",感其馨忠,不觉形之于辞气也。①

> 谷风　此诗大抵极叙妇人之忠厚,深言夫之恶薄也。……盖谓此章旧妇追叙其在夫家时之勤劳,不问浅深,不问有无,皆向前去做。东邻西舍有缓急时,不惜头面去救助,如此辛苦,皆是为汝,乃忍弃我乎?②

> 行苇《行苇》一篇,见仁之全体。"方苞方体,其叶泥泥",其生生之意,盖自然而然,详缓涵泳,忠厚和蔼之气见于言外。③

吕祖谦执教丽泽书院期间论及前代解《诗》之法时有着这样的论述:"前人于《诗》,有举之者,有释之者。举之者,断章取义;释之者,则如《大学》之《淇奥》,乃正释《诗》之法也。又《诗》体宽,不可泥著,然亦不可只读便过,若只读便过,亦不见其言外之意趣。"④ 可见其所赞赏的解《诗》方法不仅是建立在"沉潜讽诵,涵泳其间"的阅读基础上,而且要求在照顾全诗大意的基础上"释之"而非"断章取义"地"举之"。结合引文可见,在解读《诗经》之时,吕祖谦始终在以一个"释之者"的态度进行讲解,或着重挖掘诗人"忠厚之心",或极力表现其"和蔼之气",可以说其所

---

① (宋)吕祖谦著,黄灵庚、吴战垒主编:《吕祖谦全集》(第四册),浙江出版联合集团浙江古籍出版社 2017 年版,第 114 页。
② (宋)吕祖谦著,黄灵庚、吴战垒主编:《吕祖谦全集》(第四册),浙江出版联合集团浙江古籍出版社 2017 年版,第 109—110 页。
③ (宋)吕祖谦著,黄灵庚、吴战垒主编:《吕祖谦全集》(第四册),浙江出版联合集团浙江古籍出版社 2017 年版,第 122 页。
④ (宋)吕祖谦著,黄灵庚、吴战垒主编:《吕祖谦全集》(第四册),浙江出版联合集团浙江古籍出版社 2017 年版,第 107 页。

谓"诗人之心"亦有着多重意蕴。在中国古代文学批评史上，"心"是一个十分常见且具有重要地位的概念。因此，笔者认为，若想对吕祖谦"诗人之心"的多重含义进行深入分析，先必须从梳理"心"这一概念在中国古代文学批评史上的流变入手进行讨论。

　　作为中国古人眼中重要的思维器官，"心"不仅是"形神之君""神明之主"，同时也是一切形式的文学创作之源。许慎《说文解字》云："心，人心，土藏，在身之中，象形。……凡心之属皆从心。"①《孟子·告子上》曰"心之官则思，思则得之，不思则不得也。"中国古代文论中"物感"之说就是建立在以"心"为起点的基础上——既然"心"是一切思维活动的起点，那么外物的变化亦会因此而触发人的内心"有所动"，并发而为文；若由此进一步窥察，则可以通过"心之所动"来感受人之所悲所喜，进而体味人心之妍媸善恶。恰如前辈学者指出的那样，这种对人心的重视，既体现了中国古代文学批评中对"人"这一文学批评主体心理意识的重视，同时也引发了"文艺与人的欲望之关系"这一令古人非常头痛的问题——在这些批评家看来，文艺创作本身即源于人类欲望的萌发，而若其完全服从于人类欲望的追求，则不免会出现流于讹滥或走向灭裂之嫌。而综观先秦两汉儒家的相关论述可见，传统的儒家文论非常重视对于人心的引导，并力图通过这种引导使其在"以心体物"的过程中处于一种"中正平和"的最佳状态：

> 夫乐者，乐也，人情之所必不免也。故人不能无乐……乐则不能无形，形而不为道，则不能无乱。先王恶其乱也，故制《雅》《颂》之声以道之，使其声足以乐而不流，使其文足以辨而不諰，使其曲直、繁省、廉肉、节奏，足以感动人之善心，使夫邪污之气无由得接焉。②

---

① （汉）许慎：《说文解字》，中华书局1963年版，第217页。
② （清）王先谦撰，沈啸寰、王星贤点校：《荀子集解》，中华书局1988年版，第379页。

第四章 徘徊于"经"与"文"之间的价值判断

> 诗者,志之所之也。在心为志,发言为诗。情动于中而形于言,言之不足故嗟叹之;嗟叹之不足故永歌之;永歌之不足,不知手之舞之,足之蹈之也。情发于声,声成文,谓之音。治世之音安以乐,其政和。乱世之音怨以怒,其政乖。亡国之音哀以思,其民困。①

> 夫民有血气心知之性,而无哀乐喜怒之常。应感起物而动,然后心术形焉。是故志微、噍杀之音作,而民思忧;啴谐、慢易、繁文、简节之音作,而民康乐;粗厉、猛起、奋末、广贲之音作,而民刚毅;廉直、劲正、庄诚之音作,而民肃敬;宽裕、肉好、顺成、和动之音作,而民慈爱;流辟、邪散、狄成、涤滥之音作,而民淫乱。②

结合引文可见,《荀子·乐论》中"形而不为道,则不能无乱"的主张便是沿着这种通过"乐"之好坏以体察人心之喜恶的思路而来的,并最终将其上升到影响一国之兴衰治乱的高度,在荀子看来,既然"乐"的产生源于"人情所不免"而其本身又具有感动人心之功效,于是先王便采取"制《雅》、《颂》之声"的方法对其加以引导,使其能够在"感乐"的过程中始终保持一种"中正平和"的状态,达到"感动人之善心"的功效;而产生于汉代的《毛诗大序》和《礼记·乐记》则完全接受了这种"音乐—人心—治道"的思维模式,并将其上升为传统儒家文论的重要原则之一,使其成为"长期封建社会中儒家文艺正统思想的核心"③。

众所周知,中国古代儒家文论素以重视文学创作的外部规律而著称,因此以上所论"人心感物"之说亦主要从"文学创作的外部

---

① 《十三经注疏》整理委员会整理,李学勤主编:《十三经注疏·毛诗正义》,北京大学出版社1999年版,第6—7页。

② (清)孙希旦撰,沈啸寰、王星贤点校:《礼记集解》,中华书局1989年版,第998页。

③ 张少康:《中国文学理论批评史》(上),北京大学出版社2005年版,第46页。

规律"这一角度而论;若将关注的目光转向素以重视文学内部创作规律的道家可见,在先秦的道家文论看来,"心"作为一切思维活动(包括文学创作)的起点,其必须始终处于一种空明澄澈的状态才能最终达到道家文论提倡的"大音希声,大象无形"之境界,这就要求写作者在进行文学创作的过程中必须摒弃一切来自外界和自身的干扰,专心致志地投入创作:

"老聃曰:'汝齐戒,疏瀹而心,澡雪而精神。'"①

"回曰:'敢问心斋?'仲尼曰:'一若志,无听之以耳而听之以心;无听之以心而听之以气。听止于耳,心止于符。气也者,虚而待物者也。唯道集虚。虚者,心斋也。'"②

诚如笔者在第二章所指出的那样,这种"心斋"与"坐忘"的方法从关注人内心的活动状态入手,不仅适用于"体道"的过程,同时也适用于文学创作——因为对于一个写作者而言,其要想创作出最为优秀的作品,就必须在其构思阶段时尽可能多地调动一切材料为己所用,而心无旁骛,忘却来自外界的种种干扰和自身的一切欲望恰恰是保证其能够实现这一目标的重要前提;汉赋大家司马相如所谓"赋家之心,苞括宇宙,总览人物"正是对这一状态的最好诠释——写作者唯有摆脱一切主客观因素的束缚,实现自身主观精神与客观事物的完美融合,尽情释放自身的想象力和表现力,才能使其作品达到一种自然而崇高的至美境界。西晋陆机《文赋》则在此基础上通过对"为文之用心"的探讨讲述其作文之甘苦:

---

① (清)王先谦、刘武撰,沈啸寰点校:《庄子集解 庄子集解内篇补正》,中华书局1987年版,第188页。

② (清)王先谦、刘武撰,沈啸寰点校:《庄子集解 庄子集解内篇补正》,中华书局1987年版,第35页。

第四章　徘徊于"经"与"文"之间的价值判断

> 其始也，皆收视反听，耽思傍讯，精骛八极，心游万仞。……其致也，情曈昽而弥鲜，物昭晰而互进，倾群言之沥液，漱六艺之芳润。……观古今于须臾，抚四海于一瞬。……然后选义按部，考辞就班。……因枝以振叶，或缘波而讨源。……罄澄心以凝思，眇众虑而为言。笼天地于形内，挫万物于笔端。①

结合引文可见，从开始构思之始到进入实际创作之时，小到遣词造句，大至谋篇布局，无一不是写作者"为文之用心"的生动体现；陆机《文赋》所着眼的问题，亦是对其"作文如何而用心"和"作文之心应用于何处"的关注。而素有"体大虑周"之誉的《文心雕龙》更以"文心"为其书题；此处的"心"亦不仅局限于写作者"为文之用心"，更有着"契合自然之道"的意味包含在内。恰如陶礼天在《〈文心雕龙〉与六朝审美心物观》一文中指出的那样，由于刘勰既强调文学的社会政治功用，同时又受到魏晋玄学家"自然论"的影响，故其《文心雕龙》在论及"心"与"物"的关系时"舍弃了玄、道、释中一些'忘言'、'无名'的神秘直觉论的观点，同时又吸收了其'心斋'、'坐忘'心物思想中合理的内容"，提倡在文学创作中"'意会'与'言宣'并举"，从而构建出"以天、地、人、文相统一为其宏观构架的审美心物观"。② 由此可见，到刘勰创作《文心雕龙》之时，历代批评家对于"心"的含义之讨论已由最初的"心之官则思"扩展到对作家"为文之用心"甚至"为文之要旨、本源"的论析。毫无疑问，对于写作者而言，"诗人之心"在其创作过程中扮演着非常重要的角色，它既需要保持一种空明澄澈的状态，以有利于写作者充分发挥自身的艺术想象力和表现力，又需要通过外界引导以促使其始终保持在一种"中正平和"的状态。结合前文所论可见，宋代诗经学所谓"触事触辞"以产生感动的解

---

① （晋）陆机著，张少康集释：《文赋集释》，人民文学出版社2002年版，第36—89页。

② 陶礼天：《〈文心雕龙〉与六朝审美心物观》，《文艺研究》1997年第4期。

读方式亦是沿着这一思路的延续，而这也是本节所论吕祖谦"诗人之心"的重要缘起。

二 "诗人之心"的解读

综观《门人所记诗说拾遗》全篇可见，吕祖谦所云"诗人之心"有着极为丰富的多重含义。首先，这种"诗人之心"是对孔子《论语》"诗三百，一言以蔽之，曰思无邪"中"无邪"二字的最佳诠释。在吕祖谦看来，虽然这种"无邪之心"在整部《诗经》中有着多种表现形式，但那些体现"诗人之忠厚和蔼"的篇章无疑是其中最为主要的：

> 君子于役　人之思亲，亦有两端：后世见其亲之行役不归，则归咎于君上；此诗当时虽行役之久，不敢归咎于君，但言今既不得便归，苟在彼得无饥渴之患足矣。此盖诗人忠厚之情。①

> 节南山"弗躬弗亲，庶民弗信。弗问弗仕，勿罔君子"，言幽王不自亲政，枉教百姓怨嗟，枉得恶名，何如躬亲为治，勿为小人所欺。当时非无君子，但"弗问弗仕"，他却厚诬说道无君子。此章最见诗人忠厚，不忍归过于君之意。②

> 何人斯　暴公不敢入苏公之门，此固是为恶者有所慊，然犹胜匿怨而友其人者，此见古人之犹厚。③

"思无邪"三字究竟作何解释是一个历代学者讨论颇多的问题。

---

① （宋）吕祖谦著，黄灵庚、吴战垒主编：《吕祖谦全集》（第四册），浙江出版联合集团浙江古籍出版社2017年版，第113页。
② （宋）吕祖谦著，黄灵庚、吴战垒主编：《吕祖谦全集》（第四册），浙江出版联合集团浙江古籍出版社2017年版，第119页。
③ （宋）吕祖谦著，黄灵庚、吴战垒主编：《吕祖谦全集》（第四册），浙江出版联合集团浙江古籍出版社2017年版，第121页。

如朱熹在《诗序辨说》中认为,所谓"思无邪"即"明其皆可以惩恶劝善,而使人得其性情之正耳"①;《二程遗书》将其释之为"兴起人之善意";《诗集传》强调指出"诗之言,美恶不同,或劝或惩,皆有以使人得其情性之正。然其明白简切,通于上下,未有若此言者。故特称之,以为可当三百篇之义,以其要为不过乎此。"②而在吕祖谦看来,"诗人以无邪之思作之,学者亦以无邪之思观之"便是对"思无邪"的最好解释。结合引文可见,不论是《君子于役》中那个思念亲人远征却"不敢归咎于君"的妇人、《节南山》中以"弗问弗仕,勿罔君子"暗刺幽王之"不自亲政"的家父,还是《何人斯》中"固是为恶者有所惮,然犹胜匿怨而友其人"的诗人,均是对这种"无邪之思"的最好诠释;对于那些就学于丽泽书院的求学者而言,若能通过"沉潜讽诵,涵泳其间"读书法反复体味,则既可使其善心得到感动,归于"中正平和"的状态,同时又可以感受到这些作品中"隐然自见于言外"的"闵惜惩创之意"。此外,还应该看到,吕祖谦之所以将体现"诗人之忠厚和蔼"作为对诗人"无邪之心"的最佳诠释并予以特别强调,其中还有一个非常重要的目的——即促使后学者在其自身进行诗文创作时能够将《诗经》中的这些篇目作为师法榜样,于"主文而谲谏"的"无邪之思"中体现其"温柔敦厚"之意;进而达到"动人之善心"的效果。

其次,诗中之"气象"亦是吕祖谦"诗人之心"的重要表现形式。"气象"一词是中国古代文学批评史上的重要概念,其最初多用于指"气候,天象"或"能预示凶吉变化的云气",后被广泛应用于文学批评中,意指"作品从整体上所呈现出的风貌特征"。综观《门人所记诗说拾遗》全篇可知,"气象"一词在其中出现的频率是非常高的。兹略举两例作为代表:

---

① (宋)朱熹:《诗序辨说》,文渊阁《四库全书》本。
② (宋)朱熹集撰,赵长征点校:《诗集传》,中华书局 2017 年版,第 362 页。

> 菀柳　天叙有典，君臣本合，自有相亲道理，自非大无道之世，犹不忍舍去，惓惓之心有加无已。……次章气象，比前章稍薄。末章则厌弃之矣。人君读此诗则当自警。①

> 狼跋　"公孙硕肤，赤舄几几"，凡人进退不能之时，必须皇惑不宁，而周公方且肤体丰硕，容仪恬然，看此两句，可见周公气象。②

由引文可见，吕祖谦讲授《诗经》时所提到的"气象"一词主要有两层含义。一是指诗人在整首诗中所要表达的情感（或所要呈现的整体风貌），作此意解时其多着重于提示读者关注全诗感情之变化或起承转合之布局，使读者在阅读过程中更好地领会"诗人之心"的变化过程及其用意之所在。二是将"气象"一词作为"圣贤气象"的简称。按姜锡东《论"圣贤气象"——宋代朱熹、吕祖谦〈近思录〉研究之一》一文中的解释，所谓"圣贤气象"，就是指"圣贤风度、圣贤风范，是做人的最高境界"③；它以"求道、明理、能遵循规律做事和发言"为根本，其他的相关要求则涵盖了在"教授后学""待人接物""个人修养"等方面的"重道""和善有常"和"不涉偏私，光明磊落"等多个方面。吕祖谦在其执教丽泽书院讲授《诗经》时提及"气象"一词时多为此意。无论是《螽斯》所言"凡不妒忌，则自有和平乐易气象，才说妒忌，无非乖争陵犯"所表现的"后妃贤德，平和乐易之象"，还是《十亩之间》"然而克己复礼，使天下皆归仁，其气象以二亩处之而有余也"所隐含的"圣人克己复礼，故天下归心"之象，其中均体现着南宋书院中人所

---

① （宋）吕祖谦著，黄灵庚、吴战垒主编：《吕祖谦全集》（第四册），浙江出版联合集团浙江古籍出版社 2017 年版，第 122 页。

② （宋）吕祖谦著，黄灵庚、吴战垒主编：《吕祖谦全集》（第四册），浙江出版联合集团浙江古籍出版社 2017 年版，第 116—117 页。

③ 姜锡东：《论"圣贤气象"——宋代朱熹、吕祖谦〈近思录〉研究之一》，《河北学刊》2006 年第 1 期。

第四章　徘徊于"经"与"文"之间的价值判断

一贯推崇的明道义、重担当的人文精神和宋代士大夫"先天下之忧而忧，后天下之乐而乐"的理想人格，也从另一角度诠释着"诗人之心"所蕴含的"无邪之思"。

需要指出的是，《门人所记诗说拾遗》中所载吕祖谦"大抵人看诗，不比诸经，须是讽咏诗人之言，观其气象"的主张亦应落实于其在教化上的意义。恰如吕祖谦在《近思录》中所指出的那样："潜玩圣贤气象，庶养之厚而得之深，若徒考论文义，则末矣。"对于后学者来说，这一主张就是要求其在学习《诗经》的过程中既要通过"观其气象"来理解《诗经》中那些经典篇目所要表达的感情（或所要呈现的整体风貌），同时也要以诗中的"圣贤气象"为自己个人修养和文学创作的榜样，将其中所蕴含的品格和担当落实于具体的文学创作之中，实现自身修养和创作水平的双重提升。

最后，"重道"与"体道"亦是吕祖谦"诗人之心"的重要内容。对于"重道"和"体道"的提倡是贯穿吕祖谦整个执教生涯的重要命题：

> 自古文武只一道。尧、舜、三代时，公卿大夫在内则理政事，在外则当征伐。①

> 只缘义理之上，不可增减分毫。②

而具体到其执教丽泽书院期间对《诗经》的解读，这种对于"重道""体道"的强调便体现为对"诗人之心"中"主敬""重道"一面的着力发掘和诠释：

---

① （宋）吕祖谦著，黄灵庚、吴战垒主编：《吕祖谦全集》（第四册），浙江出版联合集团浙江古籍出版社2017年版，第219页。
② （宋）吕祖谦著，黄灵庚、吴战垒主编：《吕祖谦全集》（第四册），浙江出版联合集团浙江古籍出版社2017年版，第214页。

>　　板　此章又教厉王入道门路主敬。而言若能敬，则出话必不肯为不然矣。……若敬则无此，而易世为三代矣。①

>　　天作　"高山"，岐山也。天下之山皆天为之也。天为岐山久矣，至太王然后治。……"彼徂矣，岐有夷之行，子孙保之"此三句乃一诗要处，后世因物思人，如岘山之类，以为人既亡，不可复见，所存唯陈迹耳。古人观物则异于是。太王、文王虽往而其坦易可行之道，昭然皆在，与山俱存而未尝亡也。子孙保此足矣。学者能细释此旨，推此气象以观书，则物物皆新，事事有生意矣。②

"主敬"是儒家思想中的核心理念之一，这一概念源起于传统儒家非常重视的祭礼，所谓"哀主丧，祭主敬"，意在要求人们在遵循其仪式规程的同时心怀悲哀和敬重，避免徒有其表而无其实。后随着这一概念逐步深化和扩展，"敬"的对象亦由最初仅局限于天地、祖宗、鬼神而逐渐扩展到人事、学问和文章等。北宋大儒程颐称"敬"为"主一之谓"，意为"对世间的任何事物没有偏颇厚薄亲疏，只一心专注于伦理道德修养"[3]；朱熹《四书或问》则认为"敬者，一心之主宰而万事之本根也"[4]，将"敬"作为君子为人处世所必须遵循的根本准则，这一观点亦为南宋书院的讲学者所普遍接受，成为其教导学生时一再强调的重点。既然"敬"是君子为人处世的根本准则，那么这也就意味着真正的君子在日常生活中应该心中时时有"敬"；故其在诗文创作时将"主敬"和"重道"作为根本准则亦是理所当然。结合引文可知，吕祖谦此处强调的"主敬"与

---

① （宋）吕祖谦著，黄灵庚、吴战垒主编：《吕祖谦全集》（第四册），浙江出版联合集团浙江古籍出版社2017年版，第125页。
② （宋）吕祖谦著，黄灵庚、吴战垒主编：《吕祖谦全集》（第四册），浙江出版联合集团浙江古籍出版社2017年版，第133—134页。
③ 陈竹：《中国古代气论文学观》，华中师范大学出版社1995年版，第85页。
④ （宋）朱熹：《四书或问》，文渊阁《四库全书》本。

第四章　徘徊于"经"与"文"之间的价值判断

"重道"之意亦是其所谓"诗人之心"的重要内容——既然人在"体道"之时心中必须"主敬",而诗文创作又以"明道义"为根本,那么这样的"诗人之心"不仅是"思无邪"的"诗人之心",同时也是"主敬"与"重道"的"诗人之心"。这一点在吕祖谦讲解《天作》一篇时所论"古今人之观物不同"的观点中有着最为明显的体现:以《天作》一诗观之,古人观物的重点在于对"道"的坚持,无论时移世易,沧海桑田,只要世间尚存"其坦易可行之道"而后人亦能体味其精髓、传承其衣钵,那么斯人(物)虽去而精神犹存;今人(指宋人——笔者注)观物的重点则在于物之本体,虽"因物思人",感怀伤事,却并不重视对如何探寻并传承其背后所蕴含的"道"。相较而言,则今人(指宋人——笔者注)之"观物"未免徒有其表而不重其实。故吕祖谦以"学者能细释此旨,推此气象以观书,则物物皆新,事事有生意矣"作结,不仅意在向后学者传授学习此篇时应该关注的重点,也是着重于提示后学者亦应该将古人这种对"道"之传承与坚守的重视应用于自己今后的学习和创作实践之中,将"古之人观物"的眼光融入自身创作实践,以这种"主敬"与"重道"的"诗人之心"为自身创作的楷模和努力的方向。

吕祖谦《左氏传说》云:"自三代以后,至春秋间,正心诚意,修身齐家之学不讲,故言语无力,不能动人。"[①] 既然"心"是一切思维活动的源泉,那么在文学创作中实现"言语动人"亦应以"正心诚意"为前提。就本节所论吕祖谦执教丽泽书院期间提倡的"诗人之心"而言,就是表明这样的"诗人之心"之所以能够达到"言语动人"的效果,恰恰是因为其本身亦具有"正心诚意"的特质。因此,无论是充溢诗中的"圣贤气象",还是其"无邪之思""忠厚之意",抑或是其"主敬"与"重道"的特质,最终都可以归结为"正心诚意"四字。《二程遗书》曰:"或问:'进修之术何先?'曰:

---

① (宋)吕祖谦著,黄灵庚、吴战垒主编:《吕祖谦全集》(第十七册),浙江出版联合集团浙江古籍出版社 2017 年版,第 47 页。

'莫先于正心诚意。诚意在致知，致知在格物，格，至也。'"① 南宋书院中人亦多继承二程之说而来，将"正心诚意"视为"进修之根本"，而这个"意"正是"心之所发"之"意"；因此，后学者若想使其"意""一于善"先必须做到使其心"无自欺"。吕祖谦此处所提倡的"诗人之心"正是"无自欺"之"心"，故其能够具备"主敬"与"重道"的特质，于"无邪之思"中见其光明磊落之"气象"；而这些同样是后学者需要认真领会并加以学习之处。

三 "诗人之心"的价值判断

综上所述，从南宋书院文学的价值判断这一角度而言，吕祖谦执教丽泽书院时所提倡的"诗人之心"其实可以视为南宋书院文学中"理想之诗"的楷模和典范。综观《门人所记诗说拾遗》全篇可见，其对于诗人"无邪之思""忠厚之意"的提倡，对诗中"圣贤气象"的赞赏，对"诗人之心"之"主敬""重道"特质的关注共同构成了南宋书院文学"理想之诗"的典型——在内容上以"明道义"为根本，重在表现诗人的"无邪之思"和"忠厚仁德"之意，风格上则以"质实"为标准，以"平淡朴重"为主导，间或辅之以必要的修辞手段，但不会刻意追求辞采的华美或用典的生僻；在情感表达上则始终以"哀而不伤，乐而不淫"为准的，能够以"中正平和"之态委婉表现其"闵惜惩创之意"。此外，由于以"主敬"为重要特质，因此写作者在创作之时亦会将"敬慎"之心放在首位，严格遵循"诗不妄作，不苟作"的原则，使其作品能够引发读者深入思考，并从中获得切实的教益。吕祖谦《近思录》曰："识路径，则知趋向；立门庭，则有规模；得于师友者如此。然后归而求之，可矣。"② 此论虽为求学而发，其理却亦可用于诗文创作——对于初学者而言，唯有做到"识路径"才能明确自己努力的方向，不断提高自身的创作水平；而此处将"诗人之心"作为"理想之诗"的楷

---

① 《二程遗书》，文渊阁《四库全书》本。
② （宋）叶采集解，程水龙校注：《近思录集解》，中华书局2017年版，第107页。

模和典型，就是要向后学者指明何种"路径"方为正途，使其找到可资借鉴的榜样并明确今后努力的方向。吕祖谦在执教丽泽书院时指出："大抵为学不可令虚声多，实事少，非畏标榜之祸也。当互相激扬之时，本心已不实，学问已无本矣。"① 可见后学者若想完成对这类典范之作的深入学习，仅凭自己在课堂上获得的讲授和提示是远远不够的，还必须通过"优游吟讽，抑扬舒疾之间"体会其"善乎明道之言"，理解其于"抑扬舒疾之间"所包含的"委屈折旋之意"，做到既"平易观之"而又"以情体之"，形成自己独到的见解，避免人云亦云；最后，领会"诗人之心"的关键还在于将其运用到实践中去，正所谓"学《诗》贵于告往知来"②、"百工治器，必贵于有用。器而不可用，工弗为也。学而无所用，学将何为也邪"③。唯有做到既"怀其旧俗"又"达于事变"，读古而鉴今，才能将其真正内化为自身创作实践中不可或缺的一部分。

第二节 《丽泽集诗》与师法典范的选择

在讨论南宋的书院教育及其相关问题时，南宋书院教育的"非官方色彩"是前辈学者予以重点关注和讨论的问题之一。具体到本书所关注的诗学史视野下南宋书院的创作实践而言，这样的"非官方色彩"不仅表现在其特别注重对学生创作指向、创作方法和审美指向进行规范和引导上，还表现在通过编纂诗歌选本、提出可供后学者学习和借鉴"理想之诗"来影响书院学子的价值判断上。体现吕祖谦诗歌编纂思想的《丽泽集诗》即可作为讨论这一问题的切入点。作为一部以"丽泽"之名刊行的历代诗歌选集，《丽泽集诗》

---

① （宋）吕祖谦著，黄灵庚、吴战垒主编：《吕祖谦全集》（第四册），浙江出版联合集团浙江古籍出版社2017年版，第254页。
② （宋）吕祖谦著，黄灵庚、吴战垒主编：《吕祖谦全集》（第四册），浙江出版联合集团浙江古籍出版社2017年版，第108页。
③ （宋）吕祖谦著，黄灵庚、吴战垒主编：《吕祖谦全集》（第四册），浙江出版联合集团浙江古籍出版社2017年版，第254页。

重在通过选编前人佳作以教授书院学子,使其领会作诗之法门。本节从对比《丽泽集诗》与《宋文鉴》二书所选诗作之异同入手展开论析,探寻书院选本批评视野下的"理想之诗"。

一 《丽泽集诗》相关问题辨析

关于吕祖谦《丽泽集诗》,前辈学者已有较多讨论。其中最具争议性的问题当属今传《丽泽集诗》是否为吕祖谦所编。一种观点以浙江古籍出版社2017年出版的《吕祖谦全集》为代表,认为此书的编者就是吕祖谦本人。其最主要的证据是援引《朱子语类》中朱熹对吕祖谦"丽泽诗"的评价:

> 朱熹于《朱子语类》卷八十一尝云:"向见伯恭《丽泽诗》有唐人女言兄嫂不以嫁之诗,亦自鄙俚可恶,后来思之,亦自是见得人之情处。为父母者能于是而察之,则必使之及时矣。此所谓'诗可以观'。"子升问:"《丽泽诗》编得如何?"曰:"大纲亦好,但自据他之意拣择,大率多喜深巧有意者。若平淡底诗,则多不取。"问:"此亦有接续三百篇之意否?"曰:"不知。他亦须有此意。"据此,可信吕祖谦确为此书之编者,后世或疑托名者,误也。①

此外,亦有学者引述叶适《习学记言》中的相关论述作为吕氏确实编纂《丽泽集诗》之佐证:

> 按吕氏有《家塾读诗记》《丽泽集诗》行于世,本朝诗与今篇目不同无几,乃其素所诠次云尔。……吕氏自古乐府至本朝诗人,存其性情之正,哀乐之中者,上接古诗,差不甚异,

---

① (宋)吕祖谦著,黄灵庚、吴战垒主编:《吕祖谦全集》(第三十七—三十八册),浙江出版联合集团浙江古籍出版社2017年版,第1—2页。

第四章　徘徊于"经"与"文"之间的价值判断

可与学者共由,而从之尚少,故略为明其大概如此。①

另一种观点则以祝尚书《宋人总集叙录》中的观点为代表,认为由于流传过程中存在诸多变数,尚不能确定吕祖谦当时所编之书与今人所见之《丽泽集诗》是否完全一致:

> 是书编者及结构,方回《跋刘光诗》云:予最爱《丽泽诗选》,或云东莱吕成公(祖谦)所选也。《三百五篇》,经圣人选矣。成公所选,第一卷郭茂倩古乐府,选焉。第二卷昭明太子《文选》诗,再选焉。第三卷陶渊明诗,专选焉,徐、庾诸人诗不选。第四卷至第十四卷,唐人王无功至许用晦四十二家选焉,杜子美甫诗最多,李太白、元次山、韦应物亚之。韩、柳、元、白又亚之。第十五卷王荆公《唐百家诗选》,再选焉,凡二十八家。第十六卷至三十五卷始选宋人诗,分为九体。回谓后之学为诗者,读此足矣。(《桐江集》卷四)
> 则是书编者,宋末元初人已不能言定,方回仅谓"或云"吕祖谦所选,虽当有所据,但南宋书坊及丽泽书院托名吕氏之书甚多,似又不可深信。②

综合上述两种观点,从《朱子语类》中朱熹评"丽泽诗"诸语和叶适《习学记言》中的论述看,吕祖谦确曾编纂《丽泽集诗》一书,但宋人所见之《丽泽集诗》与今天流传的版本是否完全一致尚无法确定。从方回所见《丽泽集诗》之卷目次序上与今人所见版本的次序一致来看,方氏所见之《丽泽集诗》应该就是流传至今的这个版本。方回为宋末元初人,可见今天所能看到的这个《丽泽集诗》确为宋人编选无疑。至于今传《丽泽集诗》能否充分呈现吕祖谦本人的选编思想,祝尚书《宋元文章学》中的相关论述可以作为重要参考:

---

① (宋)叶适:《习学记言序目》(下),中华书局1977年版,第700—701页。
② 祝尚书:《宋人总集叙录》,中华书局2004年版,第142—143页。

> 吕祖谦尝在家乡婺州（今浙江金华）创办丽泽书院，书院刊书例以"丽泽"冠名，如《丽泽集诗》、《丽泽集文》等，或托名吕祖谦。……（这些选本）虽说不一定是吕祖谦所著，但撰著思想至少是他的。①

由此可见，即便今人所见之《丽泽集诗》不是吕祖谦所纂，但亦可将其视为吕祖谦编纂思想的体现；特别是如《丽泽集诗》这样以"丽泽"冠名的诗歌选本，可以视作南宋书院创作观中通过选本编纂以体现其价值判断的典型代表。有鉴于此，本节将同样体现吕祖谦编纂思想的《丽泽集诗》《宋文鉴》二书中所选宋人诗作进行比较论析，为探讨南宋书院教育中所特有的"民间色彩"在南宋书院创作观上的具体表现问题提出一个可供观察的视角。

二 《丽泽集诗》与《宋文鉴》选诗之异同

作为同样体现吕祖谦编纂思想的诗文选本，《丽泽集诗》与《宋文鉴》无疑具有很多的相似之处。首先，从整体上看，两书所选宋人诗作在篇目上基本相同。就其内容而言，二者均注重所选题材、风格和内容的多样化，既有歌功颂圣、咏史抒怀之作，又不乏伤时悯农、独居静思之诗，既有俊逸豪迈之作又有冲和恬淡之诗，可谓无所不包；就其选诗体裁而言，二者所选诗作均涉及四言、乐府、五言、六言、七言、杂体、骚体等多种体裁，既有古诗又有律诗，且其中不乏如苏轼《荔枝叹》、欧阳修《水谷夜行寄子美圣俞》、王安石《明妃曲》等脍炙人口的名篇佳作，足见其选诗体裁之完备、眼光之独到。另外，二者在诗人诗作的选取标准上亦有很大的一致性。由上文可知，朱熹对吕祖谦所选之"丽泽诗""有接续三百篇之意"的编纂思想表示肯定；叶适《习学记言》将吕氏《丽泽集诗》的选诗标准归纳为"存其性情之正，哀乐之中者"，并认为这

---

① 祝尚书：《宋元文章学》，中华书局2013年版，第70页。

第四章　徘徊于"经"与"文"之间的价值判断

样的编纂思想对后来学者大有裨益,"可与学者共由而从之"。这种在选编过程中注重选取文质兼备、传承风雅比兴之义的作品的编纂思想在吕祖谦《宋文鉴》中亦有着充分体现:

> 古赋诗骚,则欲主文而谲谏,典册诏诰,则欲温厚而有体。奏疏表章,取其谅直而忠爱者,箴铭赞颂,取其精悫而详明者。以至碑记论序书启杂著,大率事辞称者为先,事胜辞则次之;文质备者为先,质胜文则次之。①

> 窃观汴宋之时,光岳气完,贤才众多。周程以理学显,欧苏以古文倡,韩范以相业著;其他文人才士,后先相望。讽咏之间,有规戒焉。议论之下,有褒贬焉。上足以格君心而扶人纪,下足以明善恶而别邪正,所谓文之有补于治道者如是。②

由引文可见,无论是《丽泽集诗》还是《宋文鉴》,二者对于其所选诗作均以是否能够传承"诗三百"开创的风雅比兴传统和《毛诗序》中所提倡的"温柔敦厚""主文而谲谏"的主张为重要的选择标准。此外,由于二者均强调其所选诗作"非所谓徒为辞章",因此,两书在选诗过程中虽然均宣称以"事辞称者为先"为首要标准,但其中亦不免选入一些艺术性不强的质木无文之作。

其次,就其在选取诗人诗作的客观性和包容性上而言,二者亦有着一定的一致性,这一点在二者对待王安石诗的态度上有着明确的体现。作为以"变法"著称于世的一代名臣,王安石其人其诗在整个宋代都具有很大的争议性。特别是宋室南渡之后,时人多将王安石变法视作祸乱朝廷、导致北宋亡国的元凶,对诗作多亦批判之词:

---

① (宋)周必大:《皇朝文鉴序》,载(宋)吕祖谦编,齐治平点校《宋文鉴》(上),中华书局1992年版,第2页。
② (明)商辂:《宋文鉴序》,文渊阁《四库全书》本。

苕溪渔隐曰:"介甫居金陵,作《谢安墩绝句》云:'我名公字偶相同,我屋公墩在眼中,公去我来墩属我,不应墩姓尚随公。'或云:'介甫性好与人争,在庙堂则与诸公争新法,归山林则与谢安争墩。'此亦善谑也。"①

苏子由云:"(王安石)未得志也,为兼并之诗,其诗曰:'三代子百姓,公私无异财。人主擅操柄,如天持斗魁。赋予皆自我,兼并乃奸回。奸回法有诛,势亦无自来。后世始倒持,黔首遂难裁。秦王不知此,更筑怀清台。礼义日以偷,圣经久烟埃。法尚有存者,欲言时所咍。俗吏不知方,掊克乃为才。俗儒不知变,兼并可无摧。利孔至百出,小人私阓开。有司与之争,民愈可怜哉。'及其得志,专以此为事,设青苗法以夺富民之利……民知有夺取之心,至于卖田杀牛,以避其祸。朝廷觉其不可,中止不行,仅乃免于乱。然其徒世守其学,刻下媚上,谓之享上,有一不享上,皆废不用,至于今日,民遂大病。原其祸出于此诗,盖昔之诗病,未有若此酷者也。"②

由引文可知,时人对于王安石诗的评价多从"诗如其人"的角度考虑,批判其"好与人争"的个性及其变法政策。若将观察的视角转向南宋书院中人可知,其中亦不乏因反对王氏的政治和治学主张而批判其诗文创作,甚至将之视为导致时下文坛"诵其虚文以供应举""尚其声律浮华之词"的根源:

熙宁二年召对,上问曰:胡瑗文章与王安石孰优?舜曰:胡瑗以道德仁义教东南诸生,时王安石方在场屋,修进士业。

---

① (宋)胡仔纂集,廖德明校点,周本淳重订:《苕溪渔隐丛话·前集》,人民文学出版社1962年版,第227页。
② (宋)胡仔纂集,廖德明点校,周本淳重订:《苕溪渔隐丛话·前集》,人民文学出版社1962年版,第225—226页。

第四章 徘徊于"经"与"文"之间的价值判断

> 臣闻圣人之道,有体有用有文。君臣父子,仁义礼乐,历世不可变者,其体也;诗书史传,子集垂法,后世者文也。举而措之,天下能润泽其民,归于皇极者,其用也。国家累朝取士,不以体用为本,而尚其声律浮华之词,是以风俗偷薄。①

> 熙宁以来,王安石变乱旧制,废罢《仪礼》,而独存《礼记》之科。弃经任传,遗本宗末,其失已甚。而博士诸生,又不过诵其虚文以供应举,至于其间亦有因仪法度数之实而立文者,则咸幽冥而莫知其源。②

值得注意的是,吕祖谦虽然也如引文所举诸家一样,在政治和治学主张上对王安石的观点颇有微词,但他却能够以较为客观公正的态度来看待王安石在诗文创作上取得的成就。如其《与内弟曾德宽书》所言的:

> 今去试尚远,且读秦、汉、韩、柳、欧、曾文字,四六且看欧、王、东坡三集。以养根本。③

综上,无论是奉旨编纂《宋文鉴》,还是为书院学子学诗所编《丽泽集诗》,两书中均有相当数量的王安石诗入选——《宋文鉴》共入选王安石诗作八十九首,仅次于苏轼和黄庭坚,在《宋文鉴》选诗最多的十位诗人中排名第三;《丽泽集诗》不仅在此基础上"有所增益",而且还整体编入王安石《唐百家诗选》。从两书所选王安石诗作的内容上看,其中亦不乏在时人眼中颇具争议的作品。如《宋文鉴》和《丽泽集诗》中均有选王安石《汉文帝》一诗:

---

① (宋)朱熹撰,李幼武补编:《宋名臣言行录》,文渊阁《四库全书》本。
② 曾枣庄、刘琳主编:《宋文鉴》(第二四三册)卷五四三四,上海世纪出版股份有限公司上海辞书出版社、安徽出版集团安徽教育出版社2006年版,第115页。
③ (宋)吕祖谦:《与内弟曾德宽书》,载黄灵庚、吴战垒主编《吕祖谦全集》(第一册),浙江出版联合集团浙江古籍出版社2017年版,第463页。

轻刑死人众，短丧生者偷。仁孝自此薄，哀哉不能谋。露台惜百金，灞陵无高丘。浅恩施一时，长患被九州。①

这首诗秉承了王氏咏史诗善于从某一历史人物、历史事件中发掘新的观察角度，进而生发出超越通常思路的新观点的一贯风格，从"轻刑死人众，短丧生者偷"的视角看待汉文帝"轻刑""短丧"这一为世人所称道的"德政"，并批评其做法是"浅恩施一时，长患被九州"，认为其从长远来看并不高明。针对王氏此论，葛立方在《韵语阳秋》中有"是诬文帝"之评：

汉文欲轻刑而反重，议者以为失本惠而伤吾仁，固也。或又咎帝短丧为伤于孝，余观遗诏，率皆言为已损制，未尝使士庶皆短丧也。厥后丞相翟方进与薛宣服母丧，皆三十六日而除，而颜师古注云："汉制，自文帝遗诏，国家遵以为常。"则咎不在文帝矣。而王荆公诗云："轻刑死人众，短丧生者偷。仁孝自此薄，哀哉不能谋。""轻刑死人众"，则固然矣；"短丧生者偷"，则似诬文帝也。②

由引文可见，《韵语阳秋》中视王安石之诗为"诬文帝"之作同样是基于历代史家将文帝"轻刑""短丧"的政策视为"德政"这一传统观点出发，后人对于这首诗的批判亦多沿袭葛氏之辞，置之于南宋中后期王学衰微，王安石"权奸"形象深入人心的时代背景之下，这样的观点亦是当时绝大多数读书人的普遍认识。从这一点上看，无论是"奉旨编纂"的《宋文鉴》，还是为书院众学子学诗所作的《丽泽集诗》，均能够在编选过程中做到不囿于世俗眼光，以一种更为客观公正的视角看待王安石诗作并发掘其独特价值，这

---

① （宋）吕祖谦著，黄灵庚、吴战垒主编：《吕祖谦全集》（第三十七—第三十八册），浙江出版联合集团浙江古籍出版社2017年版，第392页。
② （清）何文焕辑：《历代诗话》（上），中华书局1981年版，第530页。

第四章　徘徊于"经"与"文"之间的价值判断

样的态度无疑是可贵的。

最后，由于吕祖谦本人属于理学家，其所编纂的诗文选本往往较为推崇理学家的作品。无论是《宋文鉴》还是《丽泽集诗》均入选了大量的理学家诗作。虽然《丽泽集诗》中所选理学家诗作从范围和数量上都较《宋文鉴》"有所增益"，但二者所选诗作的主旨与情感倾向上有着颇多异曲同工之处。如《丽泽集诗》中所选北宋理学家邵雍《天津闲步》：

> 洛阳城里任西东，二十年来放尽慵。故旧人多时款曲，京都国大体雍容。池平有类江湖上，林静或如山谷中。不必奇功盖天下，闲居之乐自无穷。①

纵览全诗，可以感受到作者意在以闲适之笔抒写自身"闲居之乐"。而这样体现作者潇洒惬意之感诗作在《宋文鉴》所选邵雍诗中亦有体现：

> 安乐窝中诗一编，自歌自咏自怡然。陶镕水石闲勋业，铨择风花静事权。意去乍乘千里马，兴来初上九重天。欢时更改三两字，醉后吟哦六七篇。……②

> 洛下园池不闭门，洞天休用别寻春。纵游只却输闲客，遍入何尝问主人。更小亭栏花自好，尽荒台榭景才真。虚名误了无涯事，未必虚名总到身。③

---

① （宋）吕祖谦著，黄灵庚、吴战垒主编：《吕祖谦全集》（第三十七—三十八册），浙江出版联合集团浙江古籍出版社2017年版，第630页。
② （宋）邵雍：《安乐四吟·诗》，载（宋）吕祖谦编，齐治平点校《宋文鉴》第二十五卷，中华书局1992年版，第379页。
③ （宋）邵雍：《洛下园池》，载（宋）吕祖谦编，齐治平点校《宋文鉴》，中华书局1992年版，第372页。

综合以上引文可知，与《宋文鉴》所选邵雍诗作相比，《丽泽集诗》中的这类"增益"篇目同样体现了吕祖谦编纂思想中特别注重选择那些传达宋儒思想观念及生活方式上的追求和体验、反映有宋一代"儒者气象"的一面。此外，祝尚书在《宋人总集叙录》中指出，对于后世学子而言，由于科举备考的实际需要，"官方为了示范，时常将优秀程文汇编成册"，因此，宋代的总集亦成为其学习诗文写作时的师法榜样和重要参考。因此，就其作为后世学子师法和效仿的榜样来看，专注于选取历代诗歌佳作的《丽泽集诗》和兼顾诗文的《宋文鉴》在"示范作用"上同样具有一定的相似性。

需要指出的是，作为体现吕祖谦选编思想的诗文选本，《丽泽集诗》与《宋文鉴》亦存在一些不同之处。编纂目的不同是造成二者之间存在差异的根本原因。众所周知，《宋文鉴》是吕祖谦的"奉旨编纂"之作，通过编纂此书以歌颂本朝历代皇帝圣德、"文治之功"便成为其主要目的。反观《丽泽集诗》，其在诗人诗作的编选上虽亦有"接续三百篇"之志，但其最终目的仍在于教授书院学子以学诗之法。而这种编纂目的上的根本差异亦直接导致了二者在选诗范围、选诗内容等方面的一系列差别。首先，从选编范围来看，《宋文鉴》的选编范围可谓诗文并重，但其入选的作家作品仅限北宋一朝（自太祖开国至宋室南渡），编者之所以将所选诗文限定在这一时段，主要基于以下三点原因。一是体现文学发展的"寻根溯源"。将选编的作家作品限定在北宋一朝，正是为了追溯"我宋文章"的肇始之源及其发展过程，从侧面强调两宋诗文"兴盛至今"有赖于前人打下的良好基础。二是可以更好呈现宋代诗文"气全理正"特点。在时人看来，"气全理正"是有宋一代诗文区别甚至高于"汉唐文章"的重要标志。而其开创之功亦应上溯至欧阳修、苏轼等纵横北宋文坛的一代名家。因此，将选编的作家作品限定在北宋一朝，显然有着凸显宋代文学时代特点的考量。三是出于歌颂有宋一朝历代帝王"文治之功"的安排。将选编的作家作品限定在北宋一朝，不仅是追溯"我宋文章"兴盛之本源、展现有宋一代诗文之"气全理正"的需要，亦蕴含着对统治者重视文治、着意构建崇文盛世的褒扬。《丽泽集诗》虽然只涉及诗作的选编，但由于此书旨在便利书院教学，故其在诗作的选择上亦有着适用于书院教学的一面。一是更加注重以"史"的眼光进行考量，通过诗作的选编梳理和呈现中国古代诗歌的发展流变轨迹。二是更加注重诗作在体裁、风格、内容等方面的多样化呈现。较之于《宋文鉴》而言，其在诗作选择上不仅内容更为丰富，风格更为多样，而且在数量上有着明显增加。甚至还将王安石所编《唐百家诗选》编入书中，足见编者意在通过选编丰富多样的诗作促使初学者开阔眼界，在转益多师中不断进步；故方回《跋刘光诗》中盛赞其选诗之完备，认为"后之学诗者，读此足矣"，更可见其对于初学者领悟习得作诗门径上所起到的关键作用。

其次，就其选诗内容而论，《宋文鉴》与《丽泽集诗》亦存在显著差异。这一差异性或可从二书选编隐逸诗人诗作和理学家诗人诗作的不同比例上得以体现。综观中国古代历史上因其"隐逸"身份而著称于世的士人可知，其中虽不乏如卢藏用这类将终南捷径视为进身之阶的假隐士，但亦不乏如陶渊明等"心远地自偏""不为五斗米折腰"的真隐者；对于这些真正的隐逸之士而言，这种"疏离于当世"的身份从本质上讲就是一种政治上"不合作"的表现，是一种"有意识、有目的的行为"，这样的"不合作"既包括了"针对政治权威的不服从"，又具有"脱离政治轨道"或"反其道而行之"的意味（史飞翔《终南隐士》语）。有鉴于此，历代的封建统治者虽然常常在表面上摆出一副"尊隐"的样子，正史上亦不乏对"隐者高其行"的称赞，但出于网罗人才以稳定其政权统治、治理国家的实际需要以及避免这些流落于民间的隐逸之士成为皇权潜在威胁的实际考量，历代统治者还是希望通过"征召""求贤"等方式促使隐逸者弃隐入世；而这一点在《宋史·隐逸传》中亦有着明确的体现：

> 五季之乱，避世宜多。宋兴，岩穴弓旌之招，叠见于史，然而高蹈远引若陈抟者，终莫得而致之，岂非二卦之上九者乎？①

> 林逋，字君复，杭州钱塘人。少孤，力学，不为章句。……真宗闻其名，赐粟帛，诏长吏岁时劳问。……临终为诗，有"茂陵他日求遗稿，犹喜曾无《封禅书》"之句。②

> 高怿，字文悦，荆南高季兴四世孙。……会诏举沈沦草泽，知长安寇准闻其名荐之，辞不起。景祐中，录国初侯王后，怿推其弟忻得官。③

由引文可见，宋代统治者虽然对如林逋等隐逸之士屡有褒奖赏赐，但仍希望通过"岩穴弓旌之招"促使其入世为官。就本节关注的问题而论，由于《宋文鉴》系奉旨编纂，且全书以"约一代之治体，归之于道"为指导思想，将"有益于治政"为全书的选编原则之一，故书中在对待隐逸诗人及其诗作的态度上必须与最高统治者保持高度一致。因此，《宋文鉴》虽然将隐逸诗人及其诗作纳入选编之列，但较之于以服务书院教学为目的的《丽泽集诗》而言，这类诗作无论是在入选数量还是在题材内容上都要明显少于后者。如《丽泽集诗》中选林逋《杂兴》诗一首：

> 湖上山林画不如，霜天时候属园庐。梯斜晚树收红柿，筒直寒流得白鱼。石上琴樽苔野净，篱阴鸡犬竹丛疏。一关兼是和云掩，敢道门无卿相车。④

---

① （元）脱脱等：《宋史》卷四百五十七，中华书局1977年版，第13417页。
② （元）脱脱等：《宋史》卷四百五十七，中华书局1977年版，第13432页。
③ （元）脱脱等：《宋史》卷四百五十七，中华书局1977年版，第13433页。
④ （宋）吕祖谦著，黄灵庚、吴战垒主编：《吕祖谦全集》（第三十七—三十八册），浙江出版联合集团浙江古籍出版社2017年版，第592页。

第四章　徘徊于"经"与"文"之间的价值判断 ❖

查《林和靖集》，此诗是林逋《杂兴四首》组诗中的第三首，意在展现作者"梅妻鹤子"，隐逸山林的舒适惬意之情。尾联以"一关兼是和云掩，敢道门无卿相车"作结，与《宋史》中所载"茂陵他日求遗稿，犹喜曾无《封禅书》"二句可谓异曲同工——二者均表明林逋甘于隐逸泉林，不愿与当朝统治者合作的态度。这样的态度在《丽泽集诗》选林逋《书孤山隐居壁》中亦有明确呈现：

> 山木未深猿鸟少，此生犹拟别移居。直过天竺溪流上，独树为桥小结庐。①

据《诗林广记》记载，这首诗主要叙写林逋"居西湖之孤山，结庐其上"的所见所思，意在表达"作者虽有卜居之意，犹以为入山未深，入林未密也"的慨叹之情；而这种感慨的背后依旧传达着一种"不合作"的态度——作者结庐孤山尚觉其喧嚣，更遑论其挂怀世事，甚至步入仕途了。对于以体现"治政"为目的的《宋文鉴》而言，引文所举的林逋诗与其着力体现的"官方意志"明显不符，自然不会在选编之列。但对于以便利书院教学为主要目的的《丽泽集诗》而言，如何使书院学子们通过阅读和学习前人诗作来领悟作诗之法门才是编者最为关心的问题。单就引文中罗列的林逋诗而言，这些诗作不仅是林诗"写景精细、字句精练"这一特点的重要体现，诗作中所呈现出的洁身自好、不慕荣利的抒情主人公形象与南宋各书院普遍提倡的修身养性，讲明学问，不做竞奔名利之徒的修身理念颇有契合之处，将其编入《丽泽集诗》中供初学者学习亦是当然。

值得关注的是，类似的差异也体现在编者在对待一些诗人闲适之作的取舍上。如《丽泽集诗》中选王安石《午睡》诗（此诗《宋文鉴》中未选）：

---

① （宋）吕祖谦著，黄灵庚、吴战垒主编：《吕祖谦全集》（第三十七—三十八册），浙江出版联合集团浙江古籍出版社 2017 年版，第 682 页。

檐日阴阴转，床风细细吹。翛然残午梦，何许一黄鹂。①

与上文所引林逋《杂兴》诗一样，这首意在表达诗人午睡之后闲居快意的诗作并未选入《宋文鉴》，究其原因，除《宋文鉴》与《丽泽集诗》的编纂目的不同外，对王安石这类"争议人物"的评价问题亦是一个不容忽视的原因。虽然吕祖谦编纂《宋文鉴》时坚持不因其人而废其言的理念，但"奉旨编纂"的性质还是促使其在选编王安石这样"不为清议所予"的诗人的诗作时更为审慎；比较而言，以书院教学为主要目的的《丽泽集诗》则仅需结合王安石的实际创作水平，选编王氏诗作中那些可供后学师法者即可。这一点亦可从笔者整理的《丽泽集诗》较《宋文鉴》多选篇目的统计表（以七言绝句为例）中得到佐证（见表4-1）。

表4-1 《丽泽集诗》较《宋文鉴》多选篇目统计（以七言绝句为例）

单位：首

作者姓名	增选诗数量	备注
张载	30	其中《送苏观修赴阙》组诗两书均入选；《宋文鉴》仅选其中四首，《丽泽集诗》选十首
邵雍	29	
王安石	28	
张耒	13	
苏轼	12	其中《望湖楼醉书》组诗二书均入选；《宋文鉴》仅选其中三首，《丽泽集诗》选五首
黄庭坚	11	
晁无咎	8	
吕大临	8	其中《北郊》组诗二书均入选，《宋文鉴》仅选其中一首，《丽泽集诗》选两首

---

① （宋）吕祖谦著，黄灵庚、吴战垒主编：《吕祖谦全集》（第三十七—三十八册），浙江出版联合集团浙江古籍出版社2017年版，第667页。

第四章 徘徊于"经"与"文"之间的价值判断

续表

作者姓名	增选诗数量	备注
陈瓘	6	
程颐	6	
欧阳修	5	
苏辙	5	
陈师道	4	
林逋	3	
秦观	2	
崔德符	2	
汪信民	1	

通过表4-1的统计和梳理可见，仅就七言绝句这一体裁的诗作而言，《丽泽集诗》较《宋文鉴》多选了28首王安石诗，是除张载、邵雍二位理学家诗人诗作外增选最多的一位，且其中不乏如《书湖阴先生壁》《钟山即事》这类脍炙人口的名篇。由此更可见《丽泽集诗》在诗作的选编上特别注重展现前辈作家诗作的不同特点以供初学者学习参考——王安石的诗作素以各体兼备、精工自然著称，特别是其晚年所作绝句诸篇就赢得黄庭坚"雅丽精绝，脱去流俗"之评；因此，对于初学者而言，王安石诗是一个不错的师法对象。推而广之，这样的选择和安排亦体现出南宋书院教学的独特优势——即对于这些活跃于南宋各书院的讲学者来说，其在讲学过程中可以不必过多考虑"官方意志"的影响和束缚，而以有利于书院教学和书院学子学习为准的来选择其讲授内容。具体到本节关注的问题而言，这样的处理方式无疑更有利于初学者全面了解和学习不同诗人、不同体裁诗作的多种特点，于开阔视野、"转益多师"中积累创作经验，进而在实践中不断提高自身的创作水平。

最后，就当时学者对两部书编选诗作的评价而言，《丽泽集诗》较《宋文鉴》存在更为明显的问题——即朱熹所论"编得泛"之弊。出于便利书院教学的实际考量，《丽泽集诗》在选编实践中虽然可以根据诗作本身特点及其是否有利于初学者进行选择，不必过多受到"官方意志"的束缚，但这也使得编者在编选过程中难免存在为促使初学者全面学习，编选诗作过于宽泛、贪多求全之弊。如《丽泽集诗》选林逋《猫儿》诗（此诗《宋文鉴》未选）：

纤钩时得小溪鱼，饱卧花阴兴有余。自是鼠嫌贫不到，莫惭尸素在吾庐。①

较之于上文所引林逋之《杂兴》《书孤山隐居壁》，这首诗同样意在表达作者隐居避世、安贫乐道之意，但在遣词造句和表现手法上明显要逊色很多。类似的情况亦出现在《丽泽集诗》对于一些宋人诗作中的组诗的处理上：在选编这些组诗之时，《宋文鉴》多选取组诗中更能展现作者创作特点的某几首编入；而《丽泽集诗》则多采取全盘收录的方式以保持其完整性。如邵雍的《首尾吟》组诗，全诗共一百三十五首，《宋文鉴》仅选其中一首，而《丽泽集诗》却选择了其中的四十二首。二者相较而言，虽然《丽泽集诗》比《宋文鉴》的选编更为全面，但这样的"全面"亦从侧面暴露出其在选诗过程中存在"失之于粗"的问题，这也是当时及后世批评者谓其"编得泛"的主要原因。

三 《丽泽集诗》的总体特征和影响

朱熹在与弟子论及《丽泽集诗》的选诗特点时，称其所选诗作"喜深巧有意者"，而综合上文所论可见，相较于《宋文鉴》中所选宋人之诗不免掣肘于"官方意志"而言，这样的"深巧有意"既蕴含对其能够超脱于"官方意志"而更重视并选取不同诗人所擅体裁的褒扬，同时又是对其所选之诗能够在体现风雅比兴之义和儒家所

---

① （宋）吕祖谦著，黄灵庚、吴战垒主编：《吕祖谦全集》（第三十七—三十八册），浙江出版联合集团浙江古籍出版社 2017 年版，第 682 页。

推崇的"君子人格"的基础上兼顾诗技之"巧"的肯定。虽然其中个别篇目出现编选过滥、不能反映诗人诗作最高水平的情况,但从整体来看,这部书还是很好地体现了吕祖谦执教书院期间所提倡的兼容并蓄、转益多师的治学思想。此外,就其对于当时及后世的影响而言,《丽泽集诗》虽不像《宋文鉴》有着"钦定"的身份,却因其"深巧有意"的选诗特点和更加全面包容的选诗内容而成为南宋众多书院教学和初学者学诗的必备书籍,而书中所入选的诸多诗歌选本(如王安石的《唐百家诗选》等)亦凭借着此书广泛的受众得以进一步巩固和强化其经典地位。元人则通过提倡学诗"以毛《诗》、屈《骚》为祖,以丽泽选为宗"来实现自己师法前人而最终超越唐宋诸家的诗学追求,更足见其对于无数后世学诗者的深远影响。

第三节 朱熹评《宋文鉴》选诗"衰飒"义涵考论

《宋文鉴》是吕祖谦于淳熙年间奉旨编纂的一部宋人诗文总集。自其问世以来,时人对于这部书的评价便存在一定的争议——如奉旨为此书作序的周必大盛赞吕氏此书选编诗文之精当,"古赋诗骚,则欲主文而谲谏,典册诏诰,则欲温厚而有体,奏疏章表,取其谅直而忠爱者,铭箴赞颂,取其精慤而详明者"①,认为《宋文鉴》既充分体现了有宋一代之诗文"气正理全"的特点和独立于汉唐之外而自成一家的盛况,同时在"有补于治道"等方面也有着非常重要的意义;而张栻在《答朱元晦书》中则认为吕氏此书是"敝精神于闲文字中"的无用之作,"何补于治道?何补于后学?徒使精力困于翻阅,亦可怜耳"②。从诗学史的视角出发,结合南宋书院的日常论学情况可知,《宋文鉴》亦是南宋书院师生日常讲论过程中多有提及的书籍之一。如据《朱子语类》记载,朱熹在执教书院期间就多次

① (宋)吕祖谦编,齐治平点校:《宋文鉴》(上),中华书局1992年版,第2页。
② (宋)张栻著,杨世文点校:《张栻集》(三),中华书局2015年版,第1132页。

谈及《宋文鉴》，而其中颇为引人注意的一点，便是朱熹对于《宋文鉴》中所选诗作的"衰飒"之评：

> 先生方读《文鉴》，而学者至。坐定，语学者曰："伯恭《文鉴》去取之文，若某平时看不熟者，也不敢断他。有数般皆某熟读底，今拣得也无巴鼻。如诗，好底都不在上面，却载那衰飒底。把作好句法，又无好句法；把作好意思，又无好意思；把作劝戒，又无劝戒。"林择之云："他平生不会作诗。"曰："此等有甚难见处？"①

笔者通过梳理前辈学者的相关研究成果发现，学者对于朱熹"衰飒"之评的具体指向主要有两种观点：一是认为朱熹对《宋文鉴》的"衰飒"之评主要针对吕氏所选诗作之"无好句法""无好意思""无劝戒"而言；二是认为吕氏选编此书时多选东坡诗，且入选篇目多为东坡诗中的"峭拔"之作或"奇恣"之笔，因其与朱熹"平易不费力"的诗学主张有所冲突，故朱子对此多有诟病。笔者认为，上述观点虽均将这一问题的落脚点归结到朱、吕二人诗学观念的分歧上，但亦存在明显不足——一是未能从"衰飒"一词的本义出发，更为全面地结合相关材料进行考察分析，探寻朱熹"衰飒"之评的具体指向；二是虽然注意到朱熹此评与朱、吕二人诗学观念的分歧，但并未从中国古代文学的批评策略入手对这一问题进行更加深入的探讨。笔者不揣浅陋，拟从分析"衰飒"一词的内涵入手，结合相关材料对这一问题论析，以求教于方家。

一 内涵之一：所选诗作"无气魄"

笔者通过梳理相关资料发现，在朱熹以"衰飒"评《宋文鉴》所选诗作前，其他诗文评类书籍或诗文集中均未发现以"衰飒"一

---

① （宋）黎靖德编，王星贤点校：《朱子语类》（第八册），中华书局1986年版，第2954页。

第四章　徘徊于"经"与"文"之间的价值判断

词运用于诗文批评的相关记载。因此，若想更加准确地理解朱熹对《宋文鉴》中选诗"衰飒"之评的具体指向，就必须由考察其原始含义入手进行分析。通过进一步梳理相关文献可知，"衰飒"一词最初多用于形容草木"衰落萧索"的状态，唐人诗文中的"衰飒"一词多为此意：如唐张九龄《登古云阳台》中有"庭树日衰飒，风霜未云已"①、吴融《红叶》中有"一时衰飒无多恨，看着清风彩剪成"② 等等。与此同时，唐人诗赋中亦常由"形容草木衰落萧索"而进一步引申，以"衰飒"一词形容人之"衰老"。如李白《惜余春赋》"春不留兮时已失，老衰飒兮逾疾"③、李益《罢镜》诗"衰飒一如此，清光难复持"④ 等诗赋作品中的"衰飒"一词即为此意；宋人诗文中亦多用此意，如王禹偁《送都官梁员外同年之江南转运》有"不似谪官淮水上，鬓毛衰飒咏江篱"⑤、蔡襄《九日许当世以诗见率登高》有"正是秋风洗烦暑，力将衰飒上高台"⑥ 等等。此外，宋人诗文中还出现了以"衰飒"形容个人精神状态"颓废失落，意气消沉"，如彭汝砺《次周户曹见寄》诗中有"车马欹危冒险艰，烟尘衰飒病容颜"、王安石《送逊师归舒州》中有"亦见桐乡诸父老，为传衰飒病春风"⑦ 等等。具体到本节所关注的问题，按《朱子语类》记载，朱熹执教书院期间与学生日常论学时共有五处提到"衰飒"一词，就其意义来看，除评论吕祖谦《宋文鉴》选诗"衰飒"外，其余四处均以"衰飒"一词形容"个人精神状态颓废失落、意气消沉"。兹列举如下：

或问："一向把捉，待放下便觉恁衰飒，不知当如何？"曰：

---

① （唐）张九龄撰，熊飞校注：《张九龄集校注》，中华书局 2008 年版，第 140 页。
② （清）彭定求等编：《全唐诗》，中华书局 1960 年版，第 7891 页。
③ （唐）李白著，（清）王琦注：《李太白全集》，中华书局 1977 年版，第 19 页。
④ （唐）李益著，郝润华整理：《李益诗集》，中华书局 2014 年版，第 14 页。
⑤ （宋）王禹偁：《小畜集》，《四部丛刊》影印本，上海书店出版社 1989 年版。
⑥ （宋）蔡襄著，陈庆元等校注：《蔡襄全集》，福建人民出版社 1999 年版，第 156 页。
⑦ （宋）王安石撰，（宋）李壁笺注，高克勤点校：《王安石诗笺注》，上海世纪出版股份有限公司上海古籍出版社 2010 年版，第 834 页。

"这个也不须只管怎地把捉。若要去把捉，又添一个要把捉底心，是生许多事。公若知得放下不好，便提掇起来，便是敬。"①

敬子问自然之数。曰："有人禀得气厚者，则福厚；气薄者，则福薄。禀得气之华美者，则富盛；衰飒者，则卑贱。气长者，则寿；气短者，则夭折。此必然之理。"②

文振说浩然之气，曰："不须多言，这只是个有气魄、无气魄而已。人若有气魄，方做得事成，于世间祸福得丧利害方敌得去，不被他恐动；若无气魄，便做人衰飒愞怯，于世间祸福利害，易得恐动……"③

语或人曰："公且道不去读书，专去读些时文，下梢是要做甚么人？赴试屡试不得，到老只怎地衰飒了，沉浮乡曲闲；若因时文做得一个官，只是怎地卤莽，都不说着要为国为民、兴利除害，尽心奉职，心心念念，只要做得向上去，便逐人背后钻刺，求举觅荐，无所不至！"④

"气"是朱熹书院教学时经常提及的重要概念。《朱子语类》将朱熹和学生讨论"理气关系"的相关记载置于卷首，足见朱熹在日常讲学过程中对这一问题的重视。在朱熹看来，"理""气"二者是密不可分的。因为"气虽是理之所生，然既生出，则理管他不得。

---

① （宋）黎靖德编，王星贤点校：《朱子语类》（第一册），中华书局1986年版，第215页。
② （宋）黎靖德编，王星贤点校：《朱子语类》（第一册），中华书局1986年版，第80页。
③ （宋）黎靖德编，王星贤点校：《朱子语类》（第四册），中华书局1986年版，第1243页。
④ （宋）黎靖德编，王星贤点校：《朱子语类》（第一册），中华书局1986年版，第245页。

第四章　徘徊于"经"与"文"之间的价值判断

如这理寓于气了，日用间运用都由这个气，只是气强理弱"①；联系引文可知，在朱熹与书院师友弟子日常讲论的过程中，每当涉及"气"或"养气"问题的讨论即常常用到"衰飒"一词。例如在论述如何修身养性这一问题时，朱熹认为"人若有气魄，方做得成事……（人）若无气魄，做人便衰飒"②；既然"（人）若无气魄，做人便衰飒"，那么诗作"无气魄"亦应为"衰飒"之诗。由此可见，朱熹以"衰飒"一词评《宋文鉴》所选诗作，其内涵之一即针对《宋文鉴》所选诗作"无气魄"而言。若以此为出发点对照《宋文鉴》所选诸家诗作的实际情况进行考察，则其中确有一部分诗作是朱熹所谓的"无气魄"之作。如以《宋文鉴》卷二三所选梅尧臣《泛溪》诗为例：

中流清且平，舍楫任船行。渐近鹭犹立，已遥村觉横。何妨绿樽满，不畏晚风生。屈、贾江潭上，愁多未适情。③

通过梳理相关材料可知，宋人在评价梅尧臣诗作的特点时，多有"深奥古淡"之评，如欧阳修谓梅尧臣诗"覃思精微，以深远闲淡为意"就是一个非常典型的例证；而这首《泛溪》亦常被视为能够充分体现梅尧臣"平淡"诗风的代表作。此外，自宋代以来，批评家与研究者在论及《宋文鉴》所选梅尧臣诗作时，亦多认为吕氏之选编从整体上"以体现梅诗'清丽而平淡'的诗风为主"。若在此基础上进一步结合朱熹书院讲学期间对梅尧臣诗作的论述可见，其对世人将梅诗风格归纳为"平淡"二字并不认同：

欧公大段推许梅圣俞所注《孙子》，看得来如何得似杜牧注底

---

① （宋）黎靖德编，王星贤点校：《朱子语类》（第一册），中华书局1986年版，第71页。
② （宋）朱熹撰，朱人杰、严佐之、刘永翔主编《朱子全书》（第十五册），上海古籍出版社、安徽教育出版社2002年版，第1711页。
③ （宋）吕祖谦编，齐治平点校：《宋文鉴》，中华书局1992年版，第332页。

好？以此见欧公有不公处。或曰:"圣俞长于诗。"曰:"诗亦不得谓之好。"或曰:"其诗亦平淡。"曰:"他不是平淡,乃是枯槁。"①

联系朱熹与师友论学期间的其他相关论述可知,朱熹所言"枯槁"一词多有物体"生气已绝"之意,如"枯槁之物,谓之无生意则可,谓之无生理则不可。如朽木无所用,止可付之爨灶,是无生意矣"②;而此处所谓"生气已绝""无生意",是指事物的生命状态已接近枯竭,故谓之"枯槁";推而广之,以"枯槁"评诗,即意味着诗作中所呈现的意象亦呈现一种生命枯竭、精神衰颓的气象,而这种对于诗歌所用意象的描绘亦与"衰飒"一词形容个人精神状态之"颓废失落"有异曲同工之处,而这一点亦可从侧面印证朱熹对于《宋文鉴》选诗"衰飒"之评的具体指向之一即为朱熹眼中的"无气魄"之作。

二 内涵之二:所选诗作不能"明道"

不能"明道"是朱熹评《宋文鉴》选诗"衰飒"的第二重内涵。结合朱熹《四书章句集注》对于"养气"问题的诠释可知,一个人若想使"浩然之气"充溢体内,避免"失养故馁",就必须注意气之"配义与道",才能做到"当大任而不动心":

> 凡天下之言,无不有以究极其理,而识其是非得失之所以然也。"浩然",盛大流行之貌。气即所谓体之充者,本自浩然,失养故馁,惟孟子为善养之以复其初也。盖惟知言,则有以明夫道义,而于天下之事无所疑。养气,则有以配夫道义,而于天下之事无所惧。此其所以当大任而不动心也。③

---

① (宋)黎靖德编,王星贤点校:《朱子语类》(第八册),中华书局1986年版,第3313页。
② (宋)黎靖德编,王星贤点校:《朱子语类》(第一册),中华书局1986年版,第61页。
③ (宋)朱熹:《四书章句集注》,中华书局1983年版,第231页。

第四章　徘徊于"经"与"文"之间的价值判断

诚如引文所言的，在朱熹看来，《孟子》所谓"浩然之气"是人自身所固有的，而其"善养"之要诀便在于须以"道义"充斥其间；而一个人若想"以道义充养"其自身之"气"，就必须在"知言"上狠下一番功夫。对于那些书院的学子而言，努力向学，坚持读书亦是由"知言"而"明道"，进而养成"开阔弘毅"之气的必要条件。反观那些"专去读些时文下梢"的"干禄"之徒，其之所以"到老只恁地衰飒了"，亦是因为在求学过程中不求真知而徒为利禄，未能由"知言"而"明夫道义"；因其不明道义，故无法做到"是非无不判，诐、淫、邪、遁之害无不知"，更遑论"养得浩然之气"了。由此可见，在论述"气"与"养气"这一问题时，朱熹所谓"衰飒"之评是带有明确指向性的，其论人之"衰飒"，即意指其不能"知言，则有以明夫道义"；以此类推，则其评论诗作之"衰飒"亦有批评诗作不能"明夫道义"之意。因此，朱熹对吕祖谦《宋文鉴》选诗"衰飒"之评的内涵亦应包括就《宋文鉴》所选诗作之不能"明夫道义"而论。对照《宋文鉴》所选诗作的具体情况来看，其中亦确实存在这样的情况。如《宋文鉴》卷十五所选梅尧臣《范饶州坐中客语食河豚鱼》就是较有代表性的例子。联系朱熹执教书院期间与师友论诗的相关记载可知，对于梅尧臣诗作中这类"锻炼之后有意模仿韩愈、孟郊等人怪奇作风"的诗作，朱熹是多有批评的：

> 择之云："欧公好梅圣俞诗，然圣俞诗也多有未成就处。"曰："圣俞诗不好底多。如河豚诗，当时诸公说道恁地好，据某看来，只似个上门骂人底诗；只似脱了衣裳，上人门骂人父一般，初无深远底意思。……"①

按欧阳修《六一诗话》记载，梅尧臣此诗作于范希文席上，是

---

① （宋）黎靖德编，王星贤点校：《朱子语类》（第八册），中华书局1986年版，第3334页。

梅尧臣诗作中为数不多的"顷刻而成"之作。在欧阳修看来,这首诗的开篇两句是全诗的最大亮点——"河豚常出于春暮,群游水上,食絮而肥。南人多与荻芽为羹,云最美。故知诗者谓只破题两句,已道尽河豚好处"①。这是从善言物候的角度称赞梅诗曲尽其妙。而朱熹所谓"初无深远底意思",则是从字句锤炼直言梅尧臣此作过于诡谲峭刻,使人难以于"平易不费力"之中涵泳其意,发掘诗作背后的深刻内涵。而进一步联系朱熹执教书院期间的师生讲论所言可知,此处所谓"初无深远底意思",即意指诗作在"明夫道义"上多有不足之处:

> 徐问"思无邪"。曰:"非言作诗之人'思无邪'也。盖谓三百篇之诗,所美者皆可以为法,而所刺者皆可以为戒,读之者'思无邪'耳。作之者非一人,安能'思无邪'乎?只是要正人心。统而言之,三百篇只是一个'思无邪';析而言之,则一篇之中自有一个'思无邪'。"②

> 子寿言:"论语所谓'兴于诗'。又云:'诗,可以兴。'盖诗者,古人所以咏歌情性,当时人一歌咏其言,便能了其义,故善心可以兴起。今人须加训诂,方理会得,又失其歌咏之律,如何一去看着,便能兴起善意?……"③

> 文蔚曰:"淇奥一篇,卫武公进德成德之序,始终可见。一章言切磋琢磨,则学问自修之功精密如此。二章言威仪服饰之盛,有诸中而形诸外者也。三章言如金锡圭璧则锻炼以精,温

---

① (宋)欧阳修:《六一诗话》,载(清)何文焕辑《历代诗话》(上),中华书局1981年版,第265页。
② (宋)黎靖德编,王星贤点校:《朱子语类》(第二册),中华书局1986年版,第538—539页。
③ (宋)黎靖德编,王星贤点校:《朱子语类》(第三册),中华书局1986年版,第933页。

第四章 徘徊于"经"与"文"之间的价值判断

纯深粹,而德器成矣。前二章皆有'瑟、僩、赫、咺'之词,三章但言'宽、绰、戏、谑'而已。于此可见不事矜持,而周旋自然中礼之意。"曰:"说得甚善。卫武公学问之功甚不苟,年九十五岁,犹命群臣使进规谏。至如抑诗是他自警之诗,后人不知,遂以为戒厉王。毕竟周之卿士去圣人近,气象自是不同。且如刘康公谓'民受天地之中以生',便说得这般言语出。"①

结合引文所举例证可知,在与书院生徒讨论《诗》之大意与读《诗》之法时,无论是朱熹还是其弟子都特别注重对于诗歌"明道"属性的强调和阐发。如在论及"思无邪"时,朱熹着重阐发了《诗》三百"所美者皆可以为法,而所刺者皆可以为戒"之教化意义;其弟子在阐释"诗可以兴"时,亦着重阐释古人由吟咏诗歌而"了其义,故善心可以兴起",这同样是就诗歌"可以感发人之善心"的教化作用而论;而在论及如《淇奥》等具体《诗》中的具体篇目时,朱熹及其弟子亦聚焦于发掘其"自警"之意。要之,无论是教化意义的彰显还是"自警"之意的阐发,都需要读者于涵泳讽诵之间逐步体会其"深远底意思",而其最终指向则均可归结到以朱熹为代表的南宋书院中人对于诗歌"明道"属性的强调和重视。

另一个典型的例子是《宋文鉴》所选苏轼、黄庭坚、张耒、陈师道等几位诗人的部分诗作:

> 小雨暗人日,春愁连上元。水生桃叶渚,烟湿落梅村。晚市人归尽,孤舟鹤踏翻。犹堪慰寂寞,渔火乱黄昏。②

> 云横疑有路,天远欲无门。信矣江山美,怀哉谴逐魂。长

---

① (宋)黎靖德编,王星贤点校:《朱子语类》(第五册),中华书局1986年版,第2107页。
② (宋)苏轼:《新年二首》(其一),载(宋)吕祖谦著,齐治平点校《宋文鉴》(上),中华书局1992年版,第342页。

波空永记，佳句洗眵昏。谁奈离愁得，村醪或可尊。①

物理有终极，人情从往还。阴阳消长际，老疾去留间。申白徒怀惠，巢由不买山。更歌吾和汝，风日稍侵颜。②

斜日去不驻，好风来有情。江城过风雨，花木近清明。水树闲照影，山禽时引声。吾年行老矣，淹泊塞何城。③

由引文所举例证可知，这些作品或因诗人超然旷达的心态和对苦难的超越而为人称颂，或因诗人艺术技巧上的锻炼而受人追捧。总之，上述这些诗作虽然较为典型地体现了宋人诗作在思想上追求心灵的平静，在艺术上力求超越流俗等特点，但朱熹最为看重和极力主张的"明道"却并非其极力表现或重点突出的内容。吕肖奂《宋诗体派论》认为，以朱熹的观点来看，既然文人作诗的最终目的在于以诗"言志"而涵养心性，而这个"志"又可视为"道"的同义词，那么《宋文鉴》的选诗便算不上"纯粹的理学标准"④。结合本节所论朱熹的"衰飒"之评而言，既然这些诗作的共同问题在于"不能明道"，那么自然谈不上以此来"涵养心性"，而人之心性若不加涵养，则其人其诗必然"衰飒"。因此，"不能明道"亦是朱熹"衰飒"之评的内涵之一。

综上所述，若仅就"无气魄"或"不能明夫道义"而言，则《宋文鉴》所选部分诗作确实存在这样的弊病；但同样需要指出的是，《宋文鉴》所选诗作中亦不乏"有气魄"且"知言则有以明夫

---

① （宋）黄庭坚：《和文潜舟中所题》，载（宋）吕祖谦著，齐治平点校《宋文鉴》（上），中华书局1992年版，第345页。
② （宋）陈师道：《和王子安至日》，载（宋）吕祖谦著，齐治平点校《宋文鉴》（上），中华书局1992年版，第349页。
③ （宋）张耒：《近清明》，载（宋）吕祖谦著，齐治平点校《宋文鉴》（上），中华书局1992年版，第350页。
④ 吕肖奂：《宋诗体派论》，四川民族出版社2002年版，第268—271页。

道义"的作品。如《宋文鉴》卷一三选欧阳修《庐山高赠同年刘中允归南康》诗,宋叶梦得《石林诗话》引欧阳修自评云"吾《庐山高》,今人莫能为,惟李太白能为之",宋费衮《梁溪漫志》亦谓其"气象壮伟,殆与此山争雄。非公胸中有庐山,孰能至此"①;卷一五选欧阳修《飞盖桥玩月》诗,胡仔《苕溪渔隐丛话》谓其"盖欲自出胸臆,不肯蹈袭前人,亦其才高,故不见牵强之迹耳"②;这些诗作都足以成为《宋文鉴》选诗之"有气魄"者的代表。又如《宋文鉴》卷一三选张载《鞠歌行》《君子行》、卷一三选王安石《杜甫画像》、苏轼《荔枝叹》等,这些诗作或以"明道"为归旨,彰显诗人对于躬行实践、养成君子人格的重视,或通过对前辈诗人"人品心术、学问才情"的全面总结和褒扬,彰显其人格精神带来的示范意义,或从关心民瘼的角度出发,鞭挞时事,展现其"补世"之作用;即便以朱熹本人批评标准进行考察,上述这些诗作或为朱熹所言"语又俊健"之作,或为朱熹所云"气象近道"之诗,亦与那些不能"明夫道义"的"衰飒"之作相去甚远。由此观之,若仅将朱熹对《宋文鉴》选诗"衰飒"之评的具体指向局限在"无气魄"与不能"明夫道义"上,似乎颇有以偏概全之嫌。换言之,若要在此基础上更为全面地分析朱熹"衰飒"之评的具体指向,就必须进一步拓展视野,联系朱熹执教书院期间的其他相关论述,特别是朱熹对于吕祖谦的相关评价来进行更为深入的探析。

三 内涵之三:所选诗作伤于"求巧"

认为《宋文鉴》所选诗作多有过分"求巧"之弊是朱熹"衰飒"之评的第三重内涵。联系《朱子语类》中的相关记载可知,在书院的日常教学过程中,对吕祖谦治学、论诗、选诗之"巧"的批判,是朱熹与书院学子多有论及的话题之一:

---

① (宋)费衮撰,金圆整理:《梁溪漫志》,大象出版社 2019 年版,第 81 页。
② (宋)胡仔纂集,廖德明校点,周本淳重订:《苕溪渔隐丛话·后集》卷二三,人民文学出版社 1962 年版,第 168 页。

> 伯恭说诗太巧，亦未必然，古人直不如此。今某说，皆直靠直说。①

> 崔德符鱼诗云："小鱼喜亲人，可钩亦可扛；大鱼自有神，出没不可量。"如此等作甚好，文鉴上却不收。不知如何正道理不取，只要巧！②

> "伯恭解说文字太尖巧。渠曾被人说不晓事，故作此等文字出来，极伤事。"敬之问："大事记所论如何？"曰："如论公孙弘等处，亦伤太巧。"③

结合引文可见，在朱熹看来，有意取"巧"是吕氏治学、论诗以及编纂诗文总集时最为突出的弊端之一。若在此基础上进一步将关注的视野扩展到朱熹书院教学的整体情况可知，朱熹对于吕氏有意取"巧"的批判既非其教学过程中的特例，亦并非基于朱吕二人治学路径、诗学思想等方面的差异所引发的"门户之争"，而是与朱熹对世人在治学、论诗及诗文创作等方面着意求"巧"、取"巧"的批判一脉相承：

> 古人说"诗可以兴"，须是读了有兴起处，方是读诗。若不能兴起，便不是读诗。因说，永嘉之学，只是要立新巧之说，少间指摘东西，鬭凑零碎，便立说去。纵说得是，也只无益，莫道又未是。④

---

① （宋）黎靖德编，王星贤点校：《朱子语类》（第六册），中华书局1986年版，第2092页。
② （宋）黎靖德编，王星贤点校：《朱子语类》（第八册），中华书局1986年版，第3330页。
③ （宋）黎靖德编，王星贤点校：《朱子语类》（第七册），中华书局1986年版，第2953页。
④ （宋）黎靖德编，王星贤点校：《朱子语类》（第六册），中华书局1986年版，第2086页。

第四章　徘徊于"经"与"文"之间的价值判断

> 杜子美"暗飞萤自照",语只是巧。韦苏州云:"寒雨暗深更,流萤度高阁。"此景色可想,但则是自在说了。……晋宋间诗多闲淡。杜工部等诗常忙了。①

> 近日时文屈曲纤巧,少刻堕在里面,只见意气都衰塌了。也是教化衰,风俗坏到这里,是怎生!②

综合引文所述,在朱熹看来,不论是前辈作家还是当时士子,在治学或创作实践中的有意取"巧"都是不值得提倡的——如杜甫《倦夜》之"暗飞萤自照",虽有"不着一'倦'字字面,故浑然无迹"之誉,却仍可见诗人苦心锻炼之痕迹,不及韦应物之"流萤度高阁"圆融自然。而在论及时下文坛现状时,他不但直接将士人之"意气衰塌"、世风之"教化衰,风俗坏"归咎于时文之"屈曲纤巧",更将这种专注求"巧"的创作倾向视为时下士林风气不振、"志气消削"的主要根源。换言之,在朱熹看来,若诗文创作一味求巧,则主要会导致以下两种弊端出现。其一,诗人在创作实践中的"着意取巧"极易使诗文在用字或意境构造上流于纤巧卑弱,与朱熹执教书院期间经常批判的"纤巧"时文类似,这类作品通常会使有些读者产生"意气消索""气骨顿衰"之感,而这种审美体验即与上文所论以"衰飒"形容个人精神状态之颓废失落相一致。其二,诗人在创作实践中对于"巧"的过度追求亦极易导致世人舍本逐末,以炫才逞博为能事,这类作品往往看似新意迭出,实则空洞乏味,毫无内涵可言;长此以往必将阻碍整个文坛健康、有序的发展。若在此基础上进一步结合《宋文鉴》选诗的整体情况进行分析,则《宋文鉴》所选诗作中多有兼顾"诗道"与"辞采",且以"巧"见

---

① (宋)黎靖德编,王星贤点校:《朱子语类》(第八册),中华书局1986年版,第3327页。

② (宋)黎靖德编,王星贤点校:《朱子语类》(第一册),中华书局1986年版,第247页。

长者。兹以《宋文鉴》中选诗较多的几位诗人为代表,略举例如下:

> 种柏待其成,柏成人亦老。不如种丛箽,春种秋可倒。阴阳不择物,美恶随意造。柏生何苦艰,似亦费天巧。天工巧有几,肯尽为汝耗。君看藜与藿,生意常草草。①

> 春寒晴碧来飞雪,忽忆江清水见沙。夜听疏疏还密密,晓看整整复斜斜。风回共作婆娑舞,天巧能开顷刻花。政使尽情寒彻骨,不妨桃李用年华。②

> 午鸠鸣春阴,独卧林壑静。微云过一雨,淅沥生晚听。红绿纷在眼,流芳与时竞。有怀无与言,伫立钟山暝。③

由引文所举诗作可见,其中苏诗既有"正面说理,不入肤廓"之长,又以其谋篇布局"曲折以尽其致",而诗作结尾托喻巧妙,感慨遥深,尤为后世批评家所称道,清人王文诰谓其"从柏入手,箽次之,法似并起而句则单行,其后柏则明点,箽则暗结,兼双收侧注之意,此又一章法也"④,足见东坡此作起承转合之处颇具匠心;黄诗以"奇巧"著称,方回《瀛奎律髓》评其"夜听疏疏还密密,晓看整整复斜斜"一联时盛赞此诗"有昆体之变而不袭其组织,其巧者如作谜然。此一联亦雪谜也,学者未可遽非之"⑤;而王诗则以

---

① (宋)苏轼:《和子由寄园中草木二首》(其一),载(宋)吕祖谦著,齐治平点校《宋文鉴》(上),中华书局1992年版,第245页。
② (宋)黄庭坚:《咏雪》,载(宋)吕祖谦著,齐治平点校《宋文鉴》(上),中华书局1992年版,第388页。
③ (宋)王安石:《独卧有怀》,载(宋)吕祖谦著,齐治平点校《宋文鉴》(上),中华书局1992年版,第229页。
④ (宋)苏轼撰,(清)王文诰辑注,孔凡礼点校:《苏轼诗集》,中华书局1982年版,第203页。
⑤ (元)方回选评,李庆甲集评点校:《瀛奎律髓汇评》(中),上海古籍出版社1986年版,第886页。

其对仗巧妙,炼字精当而"看似容易"为后人所称道。联系前文所论"衰飒"的多重内涵加以考察可知,若仅就"无气魄"或不能"明夫道义"而论,则引文所列举的三首诗作皆不符合,但若以是否有意取"巧"为考察指标,则上述三作的共同之处恰在于以"奇巧"见长。需要指出的是,引文所列举的三首诗作之"巧"是作家不断积累创作经验,千锤百炼、久久为功的结果,并非一蹴而就。而据前辈学者统计表明,上述这类以"巧"见长的作品在《宋文鉴》全部所选诗作中占有较大比重。诚如笔者前文所论的,朱熹执教书院期间始终提倡初学者在初入诗坛时应特别注意"循序而渐进"的原则,特别是应在熟悉"古今体制",掌握不同文体创作规范的前提下由学习前辈优秀作家作品入手,逐步提高,切忌以"只要巧"为能事。因此,从指导后学的角度来看,如《宋文鉴》这类对于初学者的诗作学习具有一定导向性意义和作用的诗文选本在选编过程中亦应注意体现这种"循序渐进"的学习路径,才能给初学者以积极的正面引导;若选本中"奇巧"之作比重偏高,则极易使初学者产生"误读"的可能——即将"着意取巧"视为诗歌创作的不二法门,堕入"规规于近局"的"卑弱琐屑"之流,而这种"卑弱琐屑"的刻意求"巧"、取"巧"之作所存在的最大弊端即为"衰飒"之弊。由此观之,朱熹对《宋文鉴》所选诗作的"衰飒"之评亦包含对于《宋文鉴》所选诗作伤于"取巧",过分"求巧"的批判。

四 "衰飒"之评的产生原因和批评策略

笔者通过梳理学界相关研究成果发现,对于朱熹以"衰飒"二字评价《宋文鉴》所选诗作的原因,前辈学者亦有所涉及。如叶文举在《南宋理学与文学:以理学派别为考察中心》一书中指出,朱熹批评《宋文鉴》选诗"衰飒"的主要原因在于其认为吕祖谦"缺乏鉴赏的能力,甚至缺乏一定的创作体会"[①]。此外,朱熹在对待文

---

① 叶文举:《南宋理学与文学:以理学派别为考察中心》,齐鲁书社2015年版,第274页。

采的问题上亦"稍显偏执,不及吕祖谦开放与宽容"①,而这也是其对《宋文鉴》选诗评价不高的原因之一。又如方东旭《新儒学义理要诠》则认为朱熹此评的主要原因是不赞成吕祖谦的"编辑方针与眼光"②。总之,上述诸家虽均将朱熹"衰飒"之评的原因归结为朱、吕二人诗学观念的分歧,却未能结合朱熹"衰飒"之评的具体语境,特别是未能从"南宋书院"这一特定场域出发,对朱熹"衰飒"之评的产生原因和批评策略进行深入探讨。笔者在结合上文所论的基础上梳理相关材料发现,朱熹之所以对《宋文鉴》选诗有"衰飒"之评,主要应基于以下几方面的原因。

首先,从书院教育的角度而论,这一评价与以朱熹为代表的南宋书院中人重视并强调后学者注重君子人格的养成一脉相承。诚如前辈学者已经指出的那样,将诗文作品的风格旨趣视为作家品格之外在表现是中国古代儒家文艺思想的核心内容之一;从孔子《论语·宪问》"有德者必有言,有言者不必有德"、《孟子·万章下》"颂其诗,读其书,不知其人,可乎"到扬雄《法言·问神》"言,心声也;书,心画也。声画形,君子小人见也",无不展现着中国古代儒家文艺思想中将创作主体之人格品质与作品之思想品格直接关联的主张。对于朱熹等旨在通过书院办学以实现"收拾人心,重建伦常"的书院中人而言,要求书院学子做到"文""言""行"三者一致、砥砺品性、修身养气、踏实向学,不作"摘奇巧"、"求富贵"之诗文亦是其日常教学过程中特别强调的问题。如在讲到《论语》"大人不失赤子之心"时,朱熹即以"大人事事理会得,只是无许多巧伪曲折"及"只恁地白直做将去,无许曲折"诠释"赤子之心",可知在朱熹看来,凡事刻意取巧既是对"赤子之心"的违背,又无益于君子人格的养成;修身如此,诗文创作亦是如此。又如在论及《论语》之"先进、后进"时,朱熹则通过古今对比,

---

① 叶文举:《南宋理学与文学:以理学派别为考察中心》,齐鲁书社2015年版,第275页。

② 方东旭:《新儒学义理要诠》,生活·读书·新知三联书店2019年版,第325页。

第四章 徘徊于"经"与"文"之间的价值判断 ❖

特别提示后学者注意"古人只是正容谨节,后人便近于巧言、令色"。而联系前文所论,反对写作者在诗文创作中汲汲于求"巧"亦是朱熹"衰飒"之评的具体指向之一。由此观之,则朱熹对《宋文鉴》所选诗作的"衰飒"之评与其重视书院中人君子人格的养成,匡正当时官学教育"使人见利而不见义"的努力有着密切关联。

其次,就南宋书院日常读书讲论的文学批评实践及其批评策略而言,朱熹对于《宋文鉴》所选诗作的"衰飒"之评亦是南宋书院中人通过日常讲论以勉励学子踏实向学,勿以取巧为能事,力求匡正盛行于当时的竞躁浮泛的学风、诗风、文风的典型体现。诚如笔者前文所论的,《宋文鉴》所选诗作中虽不乏既有气魄又能"明夫道义",且作者主观上并无刻意取巧的"臻于自然"之作,但亦不乏如梅尧臣《范饶州坐中客语食河豚鱼》等师法韩愈、孟郊怪奇之风及苏轼、黄庭坚、陈师道等以谋篇运思、人工锻炼而著称的诗篇。结合上文所述可知,朱熹对于这些诗作的评价或有"枯槁"之论,或有"费安排""只要巧"之论,其立论的出发点和落脚点亦多有基于初学者读书治学与诗文创作的实际情况——若治学求"巧",则极易"伤事";说诗"太巧",则极易偏离作者原意,不能全面理解领会"诗人之心";而编纂诗文选集求"巧",则极易导致后学者在"传习"过程中舍本逐末,以"巧言"为能事:

> 或以巧言为言不诚。曰:"据某所见,巧言即所谓花言巧语。如今世举子弄笔端做文字者,便是。看做这般模样时,其心还在腔子里否?"[①]

如朱熹在《答吕伯恭》中指出的那样,"向见所与诸生论说左氏之书,极为详博。然遣词命意,亦颇伤巧矣。恐后生传习,益以

---

① (宋)黎靖德编,王星贤点校:《朱子语类》(第一册),中华书局1986年版,第479页。

浇漓，重为心术之害"①。此言虽为作文而发，但论诗亦有相通之处。具体到本节所讨论的问题而言，虽然朱熹对《宋文鉴》"衰飒"之评的具体指向并非完全契合《宋文鉴》所选诗作的整体情况，但只要其中存在符合某一具体指向的诗作，就有可能在某种程度上对后学者起到错误的示范。正如引文所言的，在浮泛竞躁之风盛行于当时诗坛的大背景下，一些初入诗坛的后学者在具体的创作实践中多有刻意取"巧"，甚至不惜违背本心"弄笔端做文字"以求功名之举。若任由此风滋长蔓延，甚至在编选诗文选集时依旧将诗文作品之求"巧"、取"巧"视为本朝区别于前代的最大特点加以提倡和褒扬，便无法从根本上扭转时人"奔驱辐辏"，以"使嵌字、难字"为高的创作倾向。需要指出的是，朱熹本人对于那些能够于作者巧思中做到"情""文"契合，颇具含蓄蕴藉之美的作品同样抱以赞赏的态度——执教书院期间，他在讲论《诗经》时认为《鹤鸣》诗"做得极巧，更含蓄意思，全然不露"；又如其评价好友李勉仲之诗时，亦对其"清新稳密，时出巧思"之处多有褒扬。可见朱熹对于诗歌创作之"巧"并非一味采取排斥或否定的态度，其对于"巧言"及取"巧"之作的排斥和批评更多是基于匡正当时学风、诗风的现实考量。对于初学者而言，无论是读书治学还是诗文创作，都需要脚踏实地地积累、勤奋刻苦地练习，同时还必须秉持一种上下求索、勤勉认真、不骄不躁的态度。纵观朱熹一生的书院执教生涯，他多次强调"新巧者易作，要平淡便难"，而这一观点同样是基于引导书院学子踏实向学及矫正当时诗坛竞躁浮泛之弊的现实考量。因此，从某种程度上看，朱熹对于《宋文鉴》所选诗作的"衰飒"之评亦是南宋书院日常讲论时采取的一种文学批评策略——在面对《宋文鉴》这样一部"奉旨编纂"，旨在体现有宋一代"文治之功"的诗文总集时，朱熹能够从书院教学和初学者学习的批评视角出发，在考量书中所选诗作对初学者可能带来的负面导向的基

---

① （宋）朱熹：《答吕伯恭》，载朱人杰、严佐之、刘永翔主编《朱子全书》（第二十一册），上海古籍出版社、安徽教育出版社2002年版，第1429页。

第四章 徘徊于"经"与"文"之间的价值判断

础上作出"衰飒"之评,其中虽未明言,却隐含着对于书院学子的特定期待,即希望通过这一评价振起书院学子的读书向学之心,在"明道""养气"的基础上循序渐进,不求"花巧",不尚"新奇",不作"衰飒"之诗文,最终达到收拾人心、重建社会道德、学术及文坛秩序的目的。

值得注意的是,自朱熹以"衰飒"一词评《宋文鉴》选诗以来,后来的批评家亦开始将"衰飒"一词运用于诗文批评之中。究其意义而言,亦对朱熹"衰飒"之评的多重内涵有一定的延续和拓展:

> (李因笃)尝慨世争新斗巧,日趋于衰飒。故宁拙毋纤,宁朴毋艳,宁厚毋漓,乍读之不甚可喜,而沉吟咀味意思深长。①

> 苏大年,字昌龄,扬州人。元之翰林编修。天下乱,寓姑苏,为文章有气,不喜衰飒。江海襟怀,亦人中之豪也。②

> 今诗余名《望江南》外,《菩萨蛮》《忆秦娥》称最古,以《草堂》二词出太白也。近世文人学士或以实然。余谓太白在当时直以风雅自任,即近体盛行,七言律鄙不肯为,宁屑事此?且二词虽工丽而气衰飒,于太白超然之致不啻穿壤,藉令真出青莲,必不作如是语。③

由引文可见,无论是潘耒评李因笃诗以朴拙厚重救当时争新斗巧的"衰飒"之弊、《珊瑚木难》中对苏大年文章"有气"的称赞,还是胡应麟认为《菩萨蛮》《忆秦娥》二词"虽工丽而气衰飒",定非李白所作,三者共同的特点恰恰在于对朱熹"衰飒"之评多重内涵的继承和拓展——一是对于其具体含义的继承,即将"衰飒"一

---

① 潘耒评李因笃诗。参见(清)刘于义等监修《陕西通志》,文渊阁《四库全书》本。
② (明)朱存理编:《珊瑚木难》,文渊阁《四库全书》本。
③ (明)胡应麟:《少室山房笔丛》,上海书店出版社2009年版,第423—424页。

词作为诗风文风浇薄、甚至"世风日下"的代名词加以批判，同时均通过褒扬前人或当时作家诗文创作中"朴拙""厚重"等特点来重新树立可供后人学习的典范；二是对于其教育意义的继承，引文所列举的这些批评家均意在通过对当时诗文"衰飒"之弊的批判警示后学，并要求后学者在自身的诗文创作过程中应该慎择师法对象，力避"衰飒"之习。总之，就"衰飒"一词应用于文学批评领域及其后世批评家对其多重含义的继承和拓展来看，朱熹执教书院期间以"衰飒"一词评价吕祖谦《宋文鉴》所选诗作是极为重要的一环；其多重内涵的生成、批评策略的展现均与南宋书院整体的教学理念、办学宗旨密切相关，换言之，"衰飒"一词最终得以进入文学批评领域，亦与"书院"这一特定的文学批评发生的场所有着不可分割的联系。由此观之，南宋书院所起到的教学传播之功是无论如何都不应被忽略的。

第四节 "重理求实"思维影响下的"理想之诗"

"重理求实"是宋人理性思维的重要表现形式，虽然这一思维方式的出现并非始于南宋书院，但它却是南宋各书院讲学者和求学者在思考和解决问题时最常运用的思维方式之一；其影响范围不仅涵盖了这些讲学者和求学者日常讲论和读书，同时也涉及南宋书院创作观在价值判断上的选择。本节从梳理宋人"重理求实"的传统及其在文学批评上的实际应用入手，结合相关资料进行论析，以求教于方家。

一 "重理求实"的传统及其批评实践

"重理求实"是有宋一代文人士大夫惯有的思维方式，这一思维方式不仅体现在其对日常事务的处理上，同时也体现在其诗歌创作和文学批评的实践应用之中。恰如赵敏俐主编的《中国诗歌史通论》中在论及"宋人的诗学思想与审美理想"时指出的那样，宋人将

第四章　徘徊于"经"与"文"之间的价值判断

"主理"视为本朝诗歌的最大特色，并认为这一特色是其区别甚至超越唐诗的"一大法门"；就其创作实践而言，宋人在进行诗歌创作时往往喜欢深入事件内部，探究其内在逻辑和发生的渊源，"将理智放在激情之上进行创作"①。就其文学批评而言，这种"重理求实"的思维方式在宋人的各类著作中亦多有体现。其中最为典型的案例莫过于宋初欧阳修评张继《枫桥夜泊》"夜半钟声到客船"句：

> 诗人贪求好句，而理有不通，亦语病也。……唐人有云："姑苏台下寒山寺，半夜钟声到客船。"说者亦云，句则佳矣，其如三更不是打钟时！②

结合引文可见，与前人在论及张继此诗时多着眼于欣赏其意境的浑融、静谧不同，欧阳修之所以将"夜半钟声到客船"称为"语病"，是因为其主要着眼于"句则佳矣""而理有不通"，即"三更不是打钟时"。有趣的是，自欧阳修提出这一问题之后，亦有多位宋代批评家参与到讨论之中，如叶梦得《石林诗话》即以"吴中山寺皆夜半打钟"的例子对欧阳修所论予以驳斥：

> "姑苏城外寒山寺，夜半钟声到客船"，此唐张继《题城西枫桥寺》诗也。欧阳文忠公尝病其夜半非打钟时，盖公未尝至吴中。今吴中山寺，实以夜半打钟。继诗三十余篇，余家有之，往往多佳句。③

南宋陆游则在《老学庵笔记》中通过考察与张继同时期诗人诗作中"夜半钟"之说的使用情况，并结合唐朝的相关制度进行推论，

---

① 赵敏俐主编：《中国诗歌史通论》，人民文学出版社2013年版，第197页。
② （清）何文焕辑：《历代诗话》（上），中华书局1981年版，第269页。
③ （宋）叶梦得著，逯铭昕校注：《石林诗话校注》卷中，人民文学出版社2011年版，第140页。

认为欧、叶二人的说法均有偏颇之处：

> 张继《枫桥夜泊》诗云："姑苏城外寒山寺，夜半钟声到客船。"欧阳公嘲之云："句则佳矣，其如夜半不是打钟时。"后人又谓惟苏州有半夜钟，皆非也。按于邺《褒中即事》诗云："远钟来半夜，明月入千家。"皇甫冉《秋夜宿会稽严维宅》诗云："秋深临水月，夜半隔山钟。"此岂亦苏州诗耶？恐唐时僧寺，自有夜半钟也。京都街鼓今尚废，后生读唐诗文及街鼓者，往往茫然不能知，况僧寺夜半钟乎？①

将以上三例加以综合分析可见，三者的共同特点在于他们讨论这一问题时都保持着一种"重理不重境"的态度：无论是最初欧阳修"其如三更，不是打钟时"、叶梦得"今吴中山寺，实以夜半打钟"，还是陆游"恐唐时僧寺自有夜半钟"，其关注的重点都不是"夜半钟声到客船"一句所营造出的静谧诗境，而是关注"夜半钟声"是否"合于生活之常理"；这种善于以理性思维把握诗中意象的批评态度可谓宋人"重理求实"思维方式的最佳写照。而通过进一步梳理相关资料可知，关于"夜半钟"的讨论虽然是一个非常著名的典型案例，但这样的讨论绝非个案，类似的事例在欧阳修之后的其他批评家那里亦多有记载：

> 真宗问近臣："唐酒价几何？"莫能对。丁晋公独曰："斗直三百。"上问何以知之，曰："臣观杜甫诗：'速须相就饮一斗，恰有三百青铜钱。'亦一时之善对。"②

---

① （宋）陆游撰，李剑雄、刘德权点校：《老学庵笔记》，中华书局1979年版，第130页。

② （宋）刘攽：《中山诗话》，载（清）何文焕辑《历代诗话》（上），中华书局1981年版，第289页。

第四章 徘徊于"经"与"文"之间的价值判断

山东二经生同官,因举郑谷诗曰:"任是深山更深处,也应无计避王徭。"一生难之曰:"野鹰安得王徭?"一生解之曰:"古人宁有失也?是年必当索翎毛耳!"①

潘大临,字邠老。有登汉阳高楼诗曰:"两屐上层楼,一目略千里。"说者以为着屐岂可登楼!又尝赋潘庭之清逸楼诗,有云:"归来陶隐居,拄颊西山云。"或谓:既已休官,安得手板而拄之也!②

恰如周剑之在《宋诗叙事性研究》一书中谈到"宋人对过程理性的体认"时指出的那样,宋人对于过程理性的体认主要表现在两个方面:一是"对前后发展顺序的把握",二是"对于因果关系的理性体认"。③ 由以上三例可见,无论是丁谓将老杜诗中"恰有三百青铜钱"一句释为唐人酒钱"斗直三百",山东二经生认为的山中野鹰亦"无计避王徭"是因为"是年必当索翎毛耳",还是时人对潘邠老"两屐上层楼""归来陶隐居,拄颊西山云"等诗句的"碍理"之评,其共同特点就在于这些批评者均采取了"遗神取貌"的方式对相关诗作进行解读,其着眼点不在于诗境的整体是否和谐,而是更关注于其中的具体内容在现实生活中是否存在、是否合情合理。究其本质,这些都是宋人将"重理求实"的思维方式运用于文学批评中的具体表现,同时也是宋人"主理尚意的诗学思维和诗美内质"④ 的生动体现。

二 "重理求实"在南宋书院中的强化

由上文所述可知,这种"重理求实"的思维方式并非南宋书院

---

① (宋)刘攽:《中山诗话》,载(清)何文焕辑《历代诗话》(上),中华书局1981年版,第342页。
② (宋)魏庆之著,王仲闻点校:《诗人玉屑》,中华书局2007年版,第342页。
③ 周剑之:《宋诗叙事性研究》,中国社会科学出版社2013年版,第24—25页。
④ 赵敏俐主编:《中国诗歌史通论》,人民文学出版社2013年版,第198页。

所特有，而是整个南宋文人士大夫所普遍具有的思维方式。但不可否认的是，这种"重理求实"的思维方式之所以会成为南宋文人士大夫在分析和处理具体问题时最为常用的一种思维方式，与南宋书院教育中的特别强化有着密不可分的关系。因此，有必要在此讨论这一思维方式在南宋书院教育中得到强化的原因及其表现方式，以此探寻其对南宋书院创作观在价值判断上所产生的深刻影响。

先来看这种"重理求实"的思维方式在南宋书院教育中得到强化的原因。关于宋人"尚理"的原因，前辈学者已多有讨论，其中有一种观点认为这与宋代社会的实际情况有关。由于赵宋王朝自立国之初便处于各种矛盾交织重叠的包围中，且"这些矛盾的危机性与深刻性均超越了宋前的任何一个时代"，而这种强烈的危机性及其所带来的衰落感，促使那些以天下存亡为己任的文人士大夫"纷纷出来编制理论"，希望通过这种方式来探索出一个能够彻底解决这些矛盾和危机的合理方案。由于这些士大夫所提倡的理论观点不同，并经常为此展开激烈的论辩，进而直接促成了"北宋理性化的时代特点"。笔者认为，若将这一思路与南宋社会的实际情况以及书院的教学目标相结合，便可以得出南宋书院强化这种"重理求实"思维方式的原因。从大的背景来看，靖康之变、宋室南渡使整个社会的矛盾性和危机感进一步加剧，面对山河巨变的覆亡之痛，文人士大夫通过"编制理论"以求收拾人心、重整山河的愿望较北宋而言更为强烈，不同观点之间的争论亦由此而趋于白热化。从书院的创办宗旨及其教学目标上讲，有鉴于宋代官学教学的种种弊端及其带来的严重后果（这一点笔者前文已有讨论，此处不再赘述），南宋书院中人普遍将"化解和消融书院生徒的利禄之心，培养传道济民的人才"[①] 作为其创办书院的目的；而"讲论学问"原本就是南宋书院的常态之一，既然有"讲"有"论"，那么自然会经常出现不同观点之间相互争论的情况。正是这几方面因素的共同叠加，最终促成

---

① 邓洪波：《中国书院史》（增订版），武汉大学出版社2012年版，第143页。

了"重理求实"的思维方式在南宋书院中得到进一步强化。

关于这种"重理求实"的思维方式在南宋书院教育中强化的表现,笔者认为主要可以概括为以下两个方面。一是从其思维方式本身来看,南宋书院教育的系统训练使求学者能够以一种更为严谨、更加思辨的方式去思考问题。从本质上讲,这种思考问题的方式就是对"重理求实"的进一步强化:

> 三百篇,性情之本;《离骚》,辞赋之宗。学诗而不本之于此,是亦浅矣。然学者所急,亦不在此。学者之要务,反求诸己而已。反求诸己别无要妙,《语》、《孟》二书精之熟之,求见圣贤所以用意处,佩服而力持之可也。①

> 胸中存留悔心,极害事。且如贾谊号为通达,及观长沙之《赋》,悲忧伤挠,无一闲念,竟以是死。夫梁王坠马以死,固当自责,然岂遽至殒身?胸中有滞碍处,故必至此。如《鹏鸟赋》,视其言,非不洞达死生之理,然谊实只以此自广,又何尝广得分毫?②

> 使谈高说妙,不过渺茫臆度,譬犹无根之木,无本之水,其何益乎?学者当立志以为先,持敬以为本,而精察于动静之间,毫厘之差,审其为霄壤之判,则有以用吾力矣。③

由引文可见,无论是治学还是学习诗文创作,"反求诸己"是对书院中人的共同要求。"反求诸己"一语出自《孟子·公孙丑上》

---

① (宋)朱熹撰,郭齐、尹波点校:《朱熹集》(九),四川教育出版社1996年版,第5620页。
② (宋)吕祖谦著,黄灵庚、吴战垒主编:《吕祖谦全集》(第四册),浙江出版联合集团浙江古籍出版社2017年版,第248页。
③ (宋)张栻:《孟子讲义序》,杨世文点校《张栻集》,中华书局2015年版,第972页。

"不怨胜己者,反求诸己而已矣",此处书院中人所提倡的"反求诸己",就是要求后学者将关注点放在自己内心的修持和自我参悟上,以"吾日三省吾身"的精神反思自身之不足;而这种注重"向心内求"的参悟方法亦促使那些就学于书院的后学者在面对具体问题时将关注的重心从对事物外在表象的关注转向对事物内在结构和逻辑规律的探求;具体到文学批评而言,这样的思维方法亦促使这些求学者在进行文学批评时将关注的重点从对艺术形象外在表现的重视转向对其内在规律和性质的探寻。更为引人注意的是,书院中人在论及"反诸求己"这一问题时多将其摆在"首要"的位置,这无疑是在鼓励后学者在面对和处理具体问题时应该先通过"向内探求"的参悟方式予以解决。从文学批评这一角度来看,这亦是在鼓励后学者在批评实践中先使用"重理求实"的思维方式思考和解决问题,而这一点在南宋各书院讲学者和求学者的批评实践中多有体现:

> 杜诗:"万里戎王子,何年别月支?"后说花云云。今人只说道戎王子自月支带得花来。此中尝有一人在都下,见一蜀人遍铺买戎王子,皆无。曰:"是蜀中一药,为本草不曾收,今遂无人蓄。"方晓杜诗所言。①

> 琳溪张君老于学,故其诗事核而思远,不事时世妆以谄逐近好者,骎骎乎古人邯郸之步矣。②

> 物性各有宜,不必概以先得和气为快。如梅枝正宜此耳,生意在物,内含蓄为滋液,外发见为英华,人徒以其发见者爱之,遂欲穷消息之理,则浅露而易,不若深沈而难也。……暖

---

① (宋)黎靖德编,王星贤点校:《朱子语类》(第八册),中华书局1986年版,第3326页。
② (宋)何梦桂:《琳溪张兄诗序》,载曾枣庄、刘琳主编《全宋文》(第三五八册)卷八二九四,上海世纪出版股份有限公司上海辞书出版社、安徽出版集团安徽教育出版社2006年版,第107页。

第四章　徘徊于"经"与"文"之间的价值判断

故生意浅露，寒故生意深沉。①

由引文可知，《朱子语类》中所引杜诗"万里戎王子，何年别月支"二句语出《陪郑广文游何将军山林十首》（其三），与那些置身书院之外的士人或将关注点放在此诗"记林间花卉之奇"的整体大意，或专注于讨论此诗"第五句'空'字不应用'徒'字"等问题相比，朱熹此处所关注的却是"戎王子"究竟为何物、盛产于何地的问题；从何梦桂评琳溪张君诗可见，其之所以不吝笔墨对张诗予以称赞，正是因为其优点在于"事核"（此处"核"即"真实，确实"之意），可见在这些讲学者和求学者看来，一首诗的创作若想取得成功，用事的真实合理是其所必须具备的要素；而从欧阳守道《题北枝小稿》中可见，其所提倡的观察事物是不仅要"以其发见者爱之"，还应该"穷消息之理"，深入其内部以发掘其"深沉"者。这些例证无一不在表明，这种"重理求实"的思维方式不仅在南宋书院的教学过程中得到了进一步强化，而且还成为这些活跃于南宋各书院的讲学者和求学者思考和解决问题（自然也包括进行文学批评实践）的首选思维模式。

二是从南宋书院教学的目标和关注重点对其文学批评实践产生的影响来看，这些书院的创办者和讲学者虽所属学派不同、治学方法各异，但其教学目标和关注重点却共同集中在"明道义"和"读书穷理"上。在书院中人看来，既然这个"理"是天地万物之根本，那么后学者无论是读书治学还是进行诗文创作和批评时，都应该将对于"理"的关注放在首要位置，而这也从另一方面促成了"重理求实"思维方式的强化，同时亦促使书院中人将"是否合理"作为评判诗文作品之好坏的重要参考标准：

---

① （宋）欧阳守道：《题北枝小稿》，载曾枣庄、刘琳主编《全宋文》（第三四七册）卷八〇一三，上海世纪出版股份有限公司上海辞书出版社、安徽出版集团安徽教育出版社2006年版，第34页。

刘叔通屡举简斋"六经在天如日月，万世随时更故新。江南丞相浮云坏，洛下先生宰木春前谓荆公后谓伊川。先生（朱熹）曰："此诗固好，然也须与他分一个是非始得。天下之理，那有两个都是？必有一个非。"①

大凡论不必作好语言，意与理胜、则文字自然超众。故大手之文不为诡异之体而自然宏富；不为险怪之辞而自然典丽，奇寓于纯粹之中，巧藏于和易之内。不善学文者，不求高于理与意，而务求于文彩辞句之间，则亦陋矣。故杜牧之云："意全胜者，辞愈朴而文愈高；意不胜者，辞愈华而文愈鄙。"昔黄山谷云："好作奇语，自是文章一大病；但当以理为主。"理得而辞顺，文章自然出群拔萃。②

夫士之于学，所以穷理而致用也，文虽学之一事，要亦不外乎此。故今所辑以明义理切世用为主，其体本乎古、其指近乎经者，然后取焉，否则辞虽工亦不录。③

结合引文所举例证可知，无论是朱熹、陈亮之评还是真德秀"以明义理切世用为主"之说，其首要的着眼点均在于一个"理"字——换言之，这些讲学者和求学者已经将内容是否"合于理"作为评判诗文作品好坏的首要标准。若进一步结合"重理求实"思维在南宋书院教育中的强化这一命题加以考察可见，二者其实形成了在某种程度上的相互促进关系——即这种"重理求实"的思维方式

---

① （宋）黎靖德编，王星贤点校：《朱子语类》（第八册），中华书局1986年版，第3331页。
② （宋）陈亮：《书作论法后·意与理胜》，载吴文治主编《宋诗话全编》（第七册），江苏古籍出版社1998年版，第7342—7343页。
③ （宋）真德秀：《文章正宗纲目序》，载曾枣庄、刘琳主编《全宋文》（第三一三册）卷七一七〇，上海世纪出版股份有限公司上海辞书出版社、安徽出版集团安徽教育出版社2006年版，第176—177页。

在批评实践中的运用促使这些讲学者和求学者将关注点放在对"理"的重视上，进而将是否"合于理"作为评判诗文作品好坏的重要标准；而这一标准的确立又反过来促使他们在批评实践中更加注重运用"重理求实"的思维方式对诗文作品进行考察，其最终结果依旧导向"重理求实"的思维方式在南宋书院中的不断强化。

三 "重理求实"思维导致的缺陷

需要特别强调的是，这种"重理求实"的思维方式在南宋书院教育中的强化及其在文学批评实践中的普遍应用并非没有缺陷，而这些缺陷的存在亦直接导致南宋书院创作观在价值判断上（特别是涉及对诗歌的价值判断上）一直处于徘徊在"经"与"文"之间的特殊状态。笔者通过认真阅读和梳理相关资料发现，这一思维方式导致的缺陷主要体现在以下几个方面。

一是因缺乏想象力和形象思维导致鉴赏诗歌作品时对其整体性把握不够，甚至出现穿凿附会的问题。刘勰《文心雕龙·知音篇》曰："夫缀文者情动而辞发，观文者披文以入情，沿波讨源，虽幽必显。"可见诗文鉴赏是一个需要逻辑思维与形象思维密切配合才能完成的工作。恰如前辈学者指出的那样，对于诗文作品的鉴赏来说，它既需要读者通过"披文以入情""瞻言而见貌"去感受或"再现"作品中所描绘的形象，使作品的书面语言得以"立体化"；又要求读者以此为基础，将这些形象背后所隐藏的本质和意义抽绎出来加以理解和阐释。换言之，形象思维是诗文鉴赏的基础，逻辑思维则是诗文鉴赏得以最终深入和升华之必需，二者的配合唯有相得益彰，才能使读者在鉴赏诗文作品时更好地把握其整体性。反观本节所论之"重理求实"，这种思维方式的最大缺陷便在于使读者将关注的重心放在"是否符合生活常理（事件常理）"这一问题上，限制了读者想象力和形象思维的发挥，最终导致读者在进行诗文鉴赏时对作品的整体性把握较为欠缺，甚至出现为使之"合于常理"而穿凿附会、曲解诗意的情况：

杜诗最多误字。蔡兴宗《正异》固好而未尽。某尝欲广之，作《杜诗考异》，竟未暇也。如"风吹苍江树，雨洒石壁来"。"树"字无意思，当作"去"字无疑，"去"字对"来"字。①

古今赋昭君词多矣，唯白乐天云："汉使却回凭寄语，黄金何日赎蛾眉？君王若问妾颜色，莫道不如宫里时。"前辈以为高出众作之上，亦谓其有恋恋不忘君之意也。欧阳公《明妃词》自以为胜太白，而实不及乐天。至于荆公云"汉恩自浅胡自深，人生乐在相知心"，则悖理伤道甚矣。②

引文所举两例都是在鉴赏诗歌作品的过程中以"重理求实"的思维方式进行考察而导致对作品整体性把握有所欠缺的情况。按前辈学者的分析，朱熹此处对杜诗"多误字"的评价主要是着眼于其"树"字于常理不合，且与后句结尾的"来"字不对，故应改为"去"字；这种说法看似有理，实则却忽略了全诗意在表达"云雾先兴，风雨并作"之势，故"风吹苍江树"一句其实是在写暴雨来临之前狂风大作，"风先吹树而继雨来"的场面，较之于朱熹所改"去"字而言，"树"字显然更为具体，与全诗"风雨并作"的气氛亦更为契合。而南宋末罗大经《鹤林玉露》谓王安石《明妃曲》"汉恩自浅胡自深，人生乐在相知心"二句为"悖理伤道"之语亦是这种"重理求实"的思维方式在南宋书院教育中得以强化并不断扩大其影响力的产物——在罗氏看来，诗人以昭君出塞为题材进行创作时唯有表达"恋恋不忘君"之意方为"合于理"，却忽略了王安石此作意在借明妃之酒杯浇自己之块垒，恰如陈衍《宋诗精华录》中所言，"'汉恩'二句，即与我善者为善人之意，本普通公理，说

---

① （宋）黎靖德编，王星贤点校：《朱子语类》（第八册），中华书局1986年版，第3327页。

② （宋）罗大经撰，王瑞来点校：《鹤林玉露》，中华书局1983年版，第141页。

第四章　徘徊于"经"与"文"之间的价值判断

得太露耳。二诗,荆公自己写照之最显者"①,可见王氏所要表达的诗意与所谓"悖理叛道"其实并无关联。

二是过于强调"重理"导致这些书院中人在进行实际创作和鉴赏过程中对于诗歌某些特点的忽略,后人对南宋书院文学创作和鉴赏之"拙"的评价亦多由此而来。张栻《论作诗》曰:"诗不可直说破,须如诗人婉而成章。"可见南宋书院中人对于诗歌"婉而成章",善于借助形象传达诗人之意的特点是有一定程度的认识和了解的;但随着这种"重理求实"思维方式在南宋书院教育中的不断强化及其在批评实践中的广泛应用,直接导致了一些后学者在创作和批评实践中将"是否合于理"作为唯一的批评标准,不仅忽略了"诗"本身"婉而成章"的特点,而且亦使得"诗"与"经""文"之间的差别被消解了,导致南宋书院文学在面对价值判断(特别是对于诗歌的价值判断)的问题时常常表现出一种徘徊在"经"与"文"之间的特殊状态:

> 学以狂失,亦以狂得。狂之失未合乎中行也,一裁而约之中,则得之矣。……故狂而至于简也固也,非得圣人中立而裁之,则狂而无所归矣。……石泉洪子好古,窃取圣门知裁之义以名其诗篇,盖亦自惧其狂,将求有以裁之,而卒归乎中道也。②

> 诗难言也,自洙泗圣人既删之后,惟唐杜工部实擅其全。垂今千年,炳炳一日,凡当时号为隽逸清新,奇古平澹,专美一家者,至是皆声销芳歇矣。盖少陵少年献赋,固自不凡,加以往来梓潼山谷凡十余年,涉患深,行道熟,则其所养可知矣。

---

① (清)陈衍编,高克勤导读,秦克整理集评:《宋诗精华录》,上海古籍出版社2008年版,第42页。
② (宋)何梦桂:《洪石泉知裁集序》,载曾枣庄、刘琳主编《全宋文》(第三五八册)卷八二九四,上海世纪出版股份有限公司上海辞书出版社、安徽出版集团安徽教育出版社2006年版,第100页。

> 人谓诗人穷而后工，工何足言哉！人而至于穷，则于道益深耳。①

结合以上引文可见，无论是何序还是程序，二者均将以"是否合于理"为评价诗作好坏的最重要的标准，故洪石泉诗的优点在于其能够秉持"中道"，杜甫诗的优点则在于其"于道益深"；但若由此进一步观察就会发现，这样的评价标准不仅适用于诗，而且更适用于"经"和"文"。换言之，当这些书院中人将这种"重理求实"的思维方式运用于批评实践时，他们虽然极力希望在自己的序言中突出作者之"诗"的独到之处，但就实际效果而言，其所关注的重点依旧落实在作者之诗"是否合于理"的问题上，而并未揭示出"诗作本身的独到之处"。这种情况在元人唐良瑞为金履祥编《濂洛风雅》所作的序言中有着更为明确的体现：

> 诗者，志之所之也。志有正有偏，有通有蔽，则诗有淳有驳，有晦有明。故偏滞之辞不若中正之发，而旷放悲愁之态不若和平冲淡之音。生于其心，则发于其言；发于其言，则作于其事，所关非细故也。……仁山金子吉翁馆我斋芳书舍，暇日相与纵言，因见其所编粹有曰《濂洛风雅》者，开卷徐展，但以师友渊源为统纪，而未分类例，然皆涵畅道德之中，歆动风雩之意，淡平者有淳厚之趣，而浩壮者有义理自然之勇，言言有教，篇篇有感，异乎平昔之所闻，因相与抽绎之。②

结合引文可知，唐氏在《濂洛风雅序》中总结出好诗之特点主要包括，这些作品"皆涵畅道德之中，歆动风雩之意，淡平者有淳厚之趣，而浩壮者有义理自然之勇"；换言之，"是否合于理"仍然

---

① （宋）程珌：《曹少监诗序》，载曾枣庄、刘琳主编《全宋文》（第二九七册）卷六七八四，上海世纪出版股份有限公司上海辞书出版社、安徽出版集团安徽教育出版社2006年版，第383页。

② （宋）金履祥选：《濂洛风雅》，中华书局1985年版，第1页。

第四章　徘徊于"经"与"文"之间的价值判断 ❖

是其鉴赏和评价诗作时最为看重的标准。与上文分析的情况一样，这样的总结和评价也面临同样的问题——即这样的"诗之特点"放在"经"和"文"的批评上亦同样适用，而那些"诗"区别于"经""文"的独特性，特别是其"婉而成章"的特点却被有意识地忽略了。由此亦导致后世批评家在评价南宋书院中的文学创作和创作观中的价值判断问题时多以"拙"谓之：

> 余谓西河卜子传《诗》于尼山者也，《大序》一篇，确有受授，不比诸篇小序，为经师递有加增。其中"发乎情，止乎礼义"二语，实探《风》、《雅》之大原。后人各明一义，渐失其宗。一则"止乎礼义"而不必其"发乎情"，流而为金仁山《濂洛风雅》一派，使严沧浪辈激而为"不涉理路，不落言荃"之论；一则"发乎情"而不必其"止乎礼义"，自陆平原"缘情"一语引入歧途，其究乃至于绘画横陈，不诚已堪轶！①

结合引文可见，在以纪昀为代表的后世批评家看来，与那些将"发乎情"视为绝对准则的情况一样，这种作诗评诗之时将"止乎礼义"（即"合于理"）为唯一标准的情况是对于《诗》所提倡的"《风》、《雅》之大原"的另一种背离——它虽然提倡"合于理"，要求写作者做到"以理节情"，但经过南宋书院教育中对这种"重理求实"的思维方式不断强化甚至将其作为品评诗作之优劣的唯一标准时，所带来的弊病亦是非常明显的——一些仅仅属于"诗"的特性仅仅因其"不合于理"便被有意忽略甚至消解，进而导致受这种观念影响的后学者们在具体创作中表现出"诗味不足""（其诗）似押韵之讲章"以及在鉴赏过程中对诗歌作品的整体性把握较差等问题，这些缺陷和问题同样是在讨论南宋书院教学或课余的文学批评活动及其价值判断问题时不应忽略的。

---

① （清）纪昀：《云林诗钞序》，孙致中、吴恩扬、王沛霖等点校《纪晓岚文集》第九卷，河北教育出版社1995年版，第198页。

小　结

　　以稽考南宋书院中人书院执教期间或执教之余的评诗论文活动为基础,探讨这些文学批评活动背后呈现出的价值判断问题是本章关注的重心。通过笔者的梳理与分析可知,这种价值判断可以用"徘徊于'经'与'文'之间"予以概括,且这种"徘徊"在书院中人对于"理想之诗"的批评上表现得尤为典型。对于这些活跃于南宋各书院的讲学者和求学者而言,《诗经》可谓其心目中"理想之诗"的楷模,对于"诗人之心"的探寻和解读则是后学者学习这种"理想之诗"的重要方式,故本章第一节通过对吕祖谦"诗人之心"的解读予以专门讨论。此外,以选本或选本批评为媒介亦是展现这些书院中人心目中"理想之诗"的重要途径。因此,本章第二节和第三节从"批判"与"提倡"两个不同维度探寻这些书院中人所追寻的"理想之诗"及其特质。值得注意的是,之所以会造成其在"理想之诗"的价值判断上呈现出徘徊于"经"与"文"之间的特殊状态,"重理求实"的思维方式在南宋书院教育中的强化及其在批评实践中的普及应用是一个非常重要的原因。故本章第四节主要讨论"重理求实"思维影响下的"理想之诗",意在通过梳理宋人"重理求实"的传统及其在文学批评上的实际应用,分析其在南宋书院教育中得到强化的原因及其表现方式,并进一步探寻这一思维方式对南宋书院创作观在价值判断上所产生的深刻影响。

第五章　诗学史视野中的南宋书院创作观

本章主要讨论诗学史视野中的南宋书院创作观。如果说前几章论述的重点在于以稽考南宋各书院讲学者、求学者们的评诗论文活动为基础,把握南宋书院创作观中创作指向、创作方法、审美指向、价值判断等方面的特征,那么本章则重在从整体上梳理和总结南宋书院创作观的特征。此外,这一创作观所表现出的优势和劣势及其对后世书院教育所产生的影响亦是本章所要关注和讨论的重点内容。

第一节　南宋书院创作观的总体特征

本节主要讨论南宋书院创作观的总体特征。笔者通过梳理前辈学者的相关研究成果发现,关于这一问题,前辈学者或从其中有代表性的人物入手进行某一方面的概括,或仅就其特征中的某一方面作相应的总结,几乎没有对于其总体特征进行过相应的描述和总结。综合前文各章所述可知,南宋书院创作观主要具有全面性、针对性、包容性和争议性四大特征。本节将在总结前文的基础上再结合相关材料予以详细论述,以求教于方家。

一　南宋书院创作观的总体特征之一:全面性

朱汉民在《书院精神与儒家教育》一书中指出:"儒学的成就不仅仅是它重视教育,还体现在儒家教育具有鲜明的人文特色。"[①]

[①] 朱汉民:《书院精神与儒家教育》,华东师范大学出版社2013年版,第144页。

而这种体现为"人文化成"的教育特色本身即具有全面性的特点。因此,具体到南宋书院创作观而言,其总体特征亦先体现在全面性上。具体来说,南宋书院创作观的全面性特征主要表现在以下三个方面。

一是其内容涉及非常广泛。综合前四章的分析和论述可知,南宋书院创作观的内容涵盖了创作指向、创作方法、审美指向、价值判断等多个方面,且每一个方面都有着非常丰富的具体内容。如就其创作指向而言,与那些置身官学之中,将"科举"视为唯一创作指向的士人不同,南宋书院中人文学的创作指向是复合的,其中既包括为实现其"修齐治平""传斯道而济斯民"的理想而参加科举考试的"应试"型创作指向,同时又包括于读书治学、师友交游中陶冶情操、愉悦内心的"怡情"型创作指向;而在宋末冗官问题突出,士人进身之阶困难的情况下,个别书院中又出现了"以文为货",即通过诗文创作来谋求进身之阶或生存之道的创作指向。又如就其创作方法而言,南宋书院创作观中的创作方法问题主要涉及从创作伊始的构思活动到创作过程中对作品的内容、风格、形式、语言等多个方面的规范,足见其要求之严格,内容之丰富;由此观之,则将"全面性"作为南宋书院创作观的特征之一,可谓实至而名归。

二是其形成过程中参与人数众多。参与人数众多亦是促成南宋书院创作观"全面性"特征的一大要素。综合前四章的相关论述可见,随着书院各项制度的不断完善和朱熹、吕祖谦、张栻等一批饱学之士投身书院教学之中,对于广大南宋学子而言,无论是其心怀兼济之志,希望借科举取士以步入仕途,还是仅仅有志于学而并无入仕为官之念,选择书院作为求学之所可谓实现其人生理想的最佳选择。因此,纵观整个南宋一朝,无论是从创办书院的数量而言还是就执教(就学)于书院的人数来看,南宋书院的发展都大大超越了前代的水平。具体到南宋书院文学创作和文学批评而言,虽然数量众多的讲学者和求学者在创作风格、批评视角等方面存在这样或是那样的差异,但他们都通过自己的创作和批评实践参与到南宋书院创作观的整体建构

第五章　诗学史视野中的南宋书院创作观

之中，这也使得南宋书院创作观能够涵盖从创作指向到价值判断等各方面的不同内容，更加凸显其"全面性"的特点。

三是其影响范围非常广泛。众所周知，南宋书院一般采用传统儒家教学中"一师对多徒"的教学模式，虽然其中亦不乏个别求学者一生中就学于不同书院"转益多师"的情况，但从整体上看，这些求学者一旦选定就学书院及其师从对象便会终身追随其师学习（这一点在朱熹及其弟子身上有着尤为明显的体现）。因此，对于朱熹、胡宏、张栻、吕祖谦等将毕生精力投入书院教学且颇具影响力的"书院大师"而言，其治学方法和创作观之所以能够得以广泛传播并取得巨大影响，其众多弟子及再传弟子起到的推广传播之功是一个不能忽视的重要原因。如以朱熹对"干禄文风"的批判为例，这一观点自朱熹提出后，其弟子和再传弟子均延续了对于这一问题的高度关注，一些早年从学于朱熹的弟子甚至在自己步入仕途后以奏议的形式向最高统治者建言献策，要求最高统治者以发布诏令的方式来扭转这种弥漫于文坛上的不正之风①，足见朱熹这一主张的影响之深远；又如反映吕祖谦诗歌选编思想的《丽泽集诗》是流行于南宋书院以及坊间书肆的经典选本，其中所传达出的对于"理想之诗"的价值判断（特别是那些凸显"书院特色"，有别于官方选本的部分）不仅影响了一代又一代南宋学子，更得到了元代批评家方回的特别赞赏，将其奉为后人学诗之典范，足见其影响范围之广。总之，无论是从南宋书院创作观所涉及的内容和影响范围之广来看，还是就其形成过程中众多的参与人数而言，南宋书院创作观的总体特征都可以用"全面性"予以概括，这也是南宋书院创作观的第一总体特征。

二　南宋书院创作观的总体特征之二：针对性

针对性强是南宋书院创作观的又一显著特征。综合前四章的相

---

① 如早年曾从学于朱熹的杜范在其《辛丑知贡举竣事与同知贡举钱侍郎曹侍郎上殿札子》中称当时文坛"士习积久，文气日卑，相师成风，竞趋险薄……盖文弊至今极矣，不敢不为陛下言之"。

关论述可见，无论是南宋书院创作观中的创作指向、创作方法问题还是审美指向、价值判断问题都与当时文坛的实际状况紧密相连，有着极强的现实针对性。笔者认为，南宋书院创作观的针对性特征主要可以总结为以下两个方面。一是南宋书院创作观中重点关注的问题多与当时文坛的弊端有关。如针对当时官学中盛行"唯科举之马首是瞻"的创作指向，南宋书院中人虽亦以"应试"为其创作指向之一，但他们却十分注意将其与批判"干禄文风"之弊端、通过学规等方式强调诗文创作应以"明道义"为主、强调诗文创作的最终目的在于"用"等问题紧密相连；而之所以要采取这样的方式对上述问题加以强调，正是为了避免书院学子在以"应试"为指向进行文学创作时堕入"唯科举之马首是瞻"的"俗学"之道，或为求高中而作"干禄之文"，或只知高谈阔论而不能解决实际问题。

二是其所重点关注的问题多为初学者们最需要引导和解决的实际问题。如针对当时最为流行且最考验诗人创新才能和技巧的和韵诗，同时代的批评家虽然对这一问题亦多有讨论，却多忽略和韵诗已经成为时人交游酬答之必需的事实而仅仅着眼于其可能出现"过分重视技巧而忽略内容"的问题，对和韵诗的创作予以简单的否定。面对当时流行的创作趋势和批评家们近乎"一边倒"的简单否定，初学者在无人引导的情况下往往容易陷入迷茫之中，甚至误入歧途。南宋书院中人正是基于初学者的实际需要开始关注这一问题，他们并没有像一些置身书院之外的批评家那样简单否定和韵诗存在的必要性，而是从"和韵诗流行于世"的实际情况出发，结合自身的创作实践进行总结，通过对"执正而驭奇"的倡导使后学者找到一条正确的创作方法，避免出现和韵诗创作过程中经常出现的过分重视形式而忽略内容之弊。总之，无论是针对当时文坛弊端还是针对后学者的现实关切，都体现了南宋书院创作观针对性强的总体特征。

三　南宋书院创作观的总体特征之三：包容性

李国钧主编的《中国书院史》在提到南宋书院的特点时指出，

第五章　诗学史视野中的南宋书院创作观

南宋书院"允许不同学派进行讲学，一定程度上体现了'百家争鸣'精神"①，如据《白鹿洞书院志》记载，朱熹曾邀请陆九渊至白鹿洞书院讲授"利义之辨"，《长沙府岳麓志》中亦有张栻邀请朱熹至岳麓书院讲学的记载；从这些不同学派之间相互交流的实例中可见，南宋书院有着非常强大的包容精神。而结合本书前四章的相关论述可知，这种包容性特征不仅体现在南宋书院的读书治学上，更体现在其创作观上。南宋书院不仅鼓励各学派之间相互讨论，而且还开创了"讲会"这一特殊形式，为各派不同观点之间的碰撞和交锋提供了最为广阔的舞台。具体到本书所论"南宋书院创作观"这一命题而言，无论是其复合的创作指向、极具规范的创作方法还是其以"理""趣"为中心的审美指向、徘徊于"经"与"文"之间的价值判断，都包含着不同学派之间相互交融、切磋讨论的成果。如以第三章所论南宋书院中的酬唱诗风及其诗学问题为例，由于书院中人多秉承尚"理"的审美指向，故其在涉及酬唱诗风及其诗学问题时亦能独具慧眼，探讨是否应该将这种现象视为"溺于诗"的表现及其"群居切磋"的意义问题。朱熹、张栻二人在这一问题上虽然持论不尽相同，但二人始终能以一种平和而包容的态度展开论述，并且二人均赞同书院应该采取"群居相切磋"的态度对待这种酬唱诗风及其诗学问题。又如第四章所论南宋书院创作观中的价值判断问题，朱熹对吕祖谦所选《宋文鉴》诗虽有"衰飒"之评，但这样的评价并没有影响到二人之间正常的书信往还和对于相关问题的交流讨论，较之于后世（特别是明代）不同诗派之间为一己之私而相互攻讦，甚至"为了驳倒对方而不问是非，不辨对错"的"诗社习气"，类似的争论更能体现出南宋书院创作观中这种不同讲学者乃至不同学派之间相互包容的可贵之处——它既是"百家争鸣"精神的体现，同时这种"不惟上，不惟师，只惟实"的包容精神和严谨态度亦有力地推动了南宋书院创作观的进一步深化和发展。

---

① 李国钧主编：《中国书院史》，湖南教育出版社1994年版，第169页。

四 南宋书院创作观的总体特征之四：争议性

笔者通过梳理和总结相关资料及前人研究成果发现，争议性亦是南宋书院创作观的总体特征之一。这样的"争议性"既是针对当时以及后世的批评家而言，同时也是针对前人学者对于这一问题的相关看法而言。如针对本书第一章论析的"以文为货"的创作指向这一问题，虽然其仅表现在南宋末个别书院的某些讲学者和学子身上，却依旧因其功利性指向太过强烈而受到同时代其他书院讲学者的指责和批评，这样的分歧虽然出现在"书院"这个特殊环境之内，却是南宋书院创作观中"争议性"特征的典型表现之一；又如对于本书第二章讨论的南宋书院创作观中"日趋规范的创作方法"这一问题，后世部分批评家及一些前辈学者均认为这种从构思到创作过程中的内容、形式、语言等各个方面都作出如此具体而详细的规范对于写作者而言是一种不必要的束缚，甚至认为如此具体而严格的要求过分束缚作家天性的自由发挥，对于南宋文学的发展"阻碍大于贡献"；但也有一些批评家和前辈学者从有利于后学者学习角度出发，认为从文学创作的规范化这一角度而言，其贡献不容忽视，这样的争议虽然产生于后世批评家和学者之间，却同样体现了南宋书院创作观具有"争议性"的总体特征。同样的情况亦出现在第四章所论南宋书院创作观中的价值判断问题上，对于"重理求实"这一思维模式在南宋书院教育中的加强及其在文学批评实践中的广泛应用，当时及后世批评家同样存在很大的争议。赞同者如翁方纲《石洲诗话》中特别赞赏这一思维模式对诗歌作品内在规律的探寻和挖掘，认为"谈理至宋人而精，说部至宋人而富，诗则至宋而益加细密，盖刻抉入里，实非唐人所能囿也"；不以为然者如严羽《沧浪诗话》认为这种思维模式过于重"理"而忽略了诗歌创作和鉴赏本身所必需的形象思维，限制了写作者想象力的发挥，有伤诗之真美，认为"诗有别材，非关书也；诗有别趣，非关理也"。这同样是产生于同时代以及后世批评家之间的争议。总之，无论是产生于同时期书院内部的争议还是后世批评家、学者之间的争议,都是南宋书院创作观中"争议性"特征的典型表现,可见争议性亦是南宋书院创作观的总体特征之一。

综上所述,南宋书院创作观的总体特征主要包括全面性、针对性、包容性和争议性四个方面。其中全面性和包容性是南宋书院创作观得以海纳百川,囊括从创作指向、创作方法到审美观念、价值判断等多方面内容的重要基础;而针对性和争议性则更多地体现出南宋书院创作观中"个性化"的一面,是南宋书院创作观区别于当时其他群体特别是官学教学体系的关键所在。至于这样的总体特征所体现出南宋书院创作观的优势和劣势之所在,笔者将在下一节予以详细论析。

第二节 南宋书院创作观评价

本节主要讨论南宋书院创作观中的优势和劣势问题。综合前文所论可知,南宋书院创作观可以总结为全面性、针对性、包容性和争议性四大特征。这样的特征使得作为一个独立于官学之外教育机构的南宋书院及其创作观既有着书院之外难以企及的特殊优势,但其自身也同样存在一些不能回避的缺陷和问题。本节通过书院内外的对比进行讨论,并结合相关材料分析南宋书院创作观的优势和劣势之所在,以求教于方家。

一 南宋书院创作观的优势

朱汉民在《中国书院文化简史》中指出,作为"中华古文化发展的高峰期",南宋书院以其数量之众多、制度之完善、讲学内容之丰富著称于世,不仅成为后世书院所景仰的榜样和楷模,同时亦"几乎达到能够补充和代替官学的地步,其蓬勃发展的气势足以使官学在相形之下黯然失色"[①]。可见作为独立于官学之外的文化教育机

[①] 朱汉民:《中国书院文化简史》,中华书局、上海古籍出版社2010年版,第16页。

构，南宋书院确实有着非常独特的优势。这种优势不仅体现在其读书治学上，同时也体现在其创作观上。笔者通过梳理和总结前四章内容发现，与书院之外相较而言，南宋书院的创作观主要有以下三大优势。

一是对当时文坛弊端有着更为清晰的理解和认识。作为独立于书院之外的文化教育机构，南宋书院对于盛行于当时的官学之弊和文坛之弊均有着更加清醒的认识，而南宋书院许多创作观的提出亦多针对官学和当时文坛的种种弊端而来。如本书第一章所论南宋书院创作观的创作指向问题，较之于官学以"科举应试"为唯一的创作指向而言，南宋书院文学的创作指向则是复合的——它既包括"应试"的创作指向，同时也有着"怡情"和"谋生"的创作指向。且单就"应试"的创作指向而言，南宋书院中人对于"应试"的态度不仅更为豁达（要求学生达到"与流辈相追逐"的水平即可，没有必要苛求金榜题名），而且也更接近于有宋一朝科举取士的本来目的（选拔关怀民瘼的经世之才），这些主张显然是对官学之弊的有效纠偏。此外，宋末个别书院中出现的"谋生"的创作指向虽然看似与南宋书院创作观中所一贯批判的"纷纷鹄袍之士"相左，但笔者通过仔细考察和进一步梳理相关资料发现，这些书院中人虽然在创作上"以文为货"，却能够坚持提出"风清骨峻""不为俗韵"等主张，较之于那些仅以"丽"为内核而遑论其他的江湖文人而言，这样的坚持亦是南宋书院创作观中"反俗"的一面对其产生深刻影响的表现。总之，正是因为有着独立于官学之外的"特殊身份"，南宋书院中人在观察和思考问题时才能够以一个旁观者的视角认真观察，深入剖析并提出更有针对性的解决方案，进而促进整个南宋文学的健康发展，这是南宋书院创作观的第一大优势。

二是南宋书院中的创作观多以其教学过程中师生之间的积极互动为基础，所提出的创作观亦因此而更契合后学者的现实需要。诚如前文所论的，与官学机构掌教者"取其善为科举之文，而尝得隽于场屋者"教之，学生亦"不过为解额之滥、舍选之私"而学之，

第五章　诗学史视野中的南宋书院创作观

以致"师生相视,漠然如行路之人"成为南宋官学中的普遍情况相比,南宋书院的讲学者与求学者之间不仅可以通过日常的课堂讲论进行充分交流,还可以在书院教学之外的交游酬唱中接续相关问题的讨论。这也使得各书院的讲学者们能够更清楚地了解到这些求学者的所思所想,从而在教学过程中采取更为实用、更有针对性的措施来契合这些求学者的现实需要和关切。如本书第二章所论南宋书院创作观中的创作方法问题就是这一优势的典型表现——南宋书院的讲学者们从创作伊始阶段如何构思到创作过程中作品内容、形式、风格、语言等多个方面均提出了相当严格的规定,而这些规定亦是促使初学者能够从作文伊始便步入正轨,避免其沾染时下文坛种种不良习气的重要保障。值得注意的是,南宋书院的讲学者们对于这些细致入微的规定并非死板讲授,而是常常结合自身或本朝士人的创作实例予以说明,使后学者于潜移默化之中树立规则意识,培养其良好的创作习惯。由此可见,这种一切以育人为本,于讲学之间建立师生良性互动的教学方式使得南宋书院的创作观能够更加关注并契合书院学子在求学过程中的所思所想,更有针对性地解决其学习诗文创作过程中遇到的问题,这是南宋书院创作观的第二大优势。

三是南宋书院在教学过程中特别注重对学生独立思考和实际应用能力的培养,而这样的培养方式亦促使那些就学于书院的求学者能够就某些创作观问题提出自己的独到见解,这些见解的提出不仅有利于南宋书院创作观的不断完善,同时也促进了整个南宋文学理论批评的健康发展。综合前四章所论可知,与南宋官学中人多属于为求科举高中而"屑屑于章句之间"的"鹄袍之士"不同,南宋书院特别注重对学生独立思考和实际应用能力的培养;具体到本书所论"南宋书院的创作观"这一命题而言,就是不仅要求后学者必须在师法前人优秀作品的过程中形成自己的理解和看法,学会去粗取精,不可"如矮人看戏般"人云亦云;而且特别提倡后学者在创作实践中不仅要将"有益教化""有补于世"为最终目的,更应该注意在遵守规范的前提下突出自身特色,避免"千人一面"。这些主张不仅对匡正时下文坛"重形式而轻内容"、为"炫技逞博""功名利禄"而作文的"竞躁"之风颇有助益，同时也有力促进了南宋书院的创作观向着多元化的方向纵深发展。这是南宋书院创作观的第三大优势。

二 南宋书院创作观的局限性

不可否认的是，南宋书院的创作观中亦有着自身无法弥补的"短板"。笔者通过梳理和总结前四章的相关论述发现，南宋书院创作观的劣势可以概括为以下三个方面。

一是对诗文创作的形式和技巧问题关注不够。刘勰《文心雕龙·风骨篇》云："夫翚翟备色，而翾翥百步，肌丰而力沈也；鹰隼乏采，而翰飞戾天，骨劲而气猛也。文章才力，有似于此。若风骨乏采，则鸷集翰林；采乏风骨，则雉窜文囿；唯藻耀而高翔，固文笔之鸣凤也。"① 可见一部文学作品若想取得成功，其内容和形式的配合应该是相得益彰、不可偏废的；但诚如笔者在第二章论述南宋书院创作观中的创作方法问题时指出的那样，这种对于创作方法的严格规范虽然涵盖了从创作伊始的构思到创作过程中的作品内容、形式、语言等各个方面，但其中涉及形式问题的仅有"论和韵诗的执正以驭奇"一项，关于诗文创作的技巧问题则完全没有涉及。笔者认为，这一问题的出现既与这些讲学者和求学者意欲纠正当时文坛"重形式而轻内容"的弊端有关，同时亦是其在"重理"思维影响下提倡"文学工具论"的反映。因为痛感当时文坛"重形式而轻内容"、为"炫技逞博"而吟诗作文等种种弊端，故其在提出主张予以匡正之时常常侧重于对诗文内容的强调而忽略对形式和技巧的要求，这种忽略虽然未必是刻意而为之，却在客观上造成了南宋书院创作观在诗文形式和技巧问题上的"短板"。此外，由于这些讲学者和求学者特别提倡文学创作的最终目的在于"明道义""有补于

---

① （梁）刘勰著，范文澜注：《文心雕龙注》（下），人民文学出版社1958年版，第514页。

世",故在其看来只要文学作品的内容"皆从道中流出"即可,至于形式、技巧如何则无关紧要,这种"重理"思维影响下的"文学工具论"亦导致南宋书院创作观中"重理尚意"论的盛行,而忽略了形式和技巧在文学创作中应有的作用,这是南宋书院创作观的第一大缺陷。

二是"重理求实"思维导致的形象思维缺乏,进而南宋书院创作观中的价值判断(特别是对诗歌的价值判断)始终处于一种徘徊于"经"与"文"之间的特殊状态。这一点在第四章第四节中已多有论及,此处不再赘述。由于许多当时以及后世批评家对南宋书院文学创作以及创作观予以"拙"的评价多由此而来,可见其对南宋书院创作观的影响是整体性的,故笔者将其列为南宋书院文学的第二大缺陷。

三是名人、名作、名集缺乏的问题。综观整个南宋书院文学的基本状况可见,除朱熹、张栻、吕祖谦、魏了翁、真德秀等著名学者和"书院大师"外,南宋书院文学的参与者中几乎再也看不到名人或是名作的身影。就其诗文创作之裒集而言,除朱熹、张栻、林用中三人唱和之作收为《南岳倡酬集》外,亦再无类似能够引起后学者关注的集子出现。笔者认为,出现这样的问题一方面是因为南宋书院文学的参与者中讲学者少而求学者多,对于大多数求学者而言,其创作之路尚处于探索和起步阶段,故不大可能有特别优秀的作品或诗文集问世,亦不大可能提出特别富有建设性的理论来指导其创作实践;另一方面亦与南宋一朝书院众多,一些书院虽然在地方上影响力较大但现存资料有限,一些相关的作品及文学批评资料未能保存下来有关。总之,这不能不说是南宋书院文学的一大遗憾,同时也是南宋书院创作观的第三大缺陷。

综上所述,作为独立于官学体系之外的文化教育机构,南宋书院的创作观对当时文坛之弊端有着更为清晰的理解和认识、以其教学过程中良好的师生互动为基础所提出的创作观能够更加契合后学者的现实需要以及在教学过程中特别注重对学生独立思考和实际应用能力的培养这三大优势。这些优势表明，南宋书院创作观在整个南宋文学理论批评史上有着独特的地位和相应的贡献，特别是其在教授后学方面所做出的成绩是不容忽视的。同时还应该看到，南宋书院文学同样有着对诗文创作的形式和技巧问题关注不够，"重理求实"思维导致的形象思维缺乏甚至影响到南宋书院创作观中的价值判断（特别是对诗歌的价值判断）始终在"经"与"文"之间徘徊，名人、名作、名集缺乏自身难以弥补的三大劣势。笔者认为，对于南宋书院的创作观，既不必如某些前辈学者那样，徒见其劣势而忽略其优势，认为其"对南宋文学的发展主要起阻碍作用"；同时亦应该以一个客观的眼光去看待其自身具有的不足之处，不必过分拔高其地位。

小　　结

"诗学史视野下的南宋书院创作观"是本章重点讨论的问题，通过总结前面四章内容可知，就其总体特征而言，南宋书院创作观的总体特征可以归纳为全面性、针对性、包容性和争议性四个方面；就其优势和劣势而言，南宋书院因其独立于官学之外的特殊地位而具有对当时文坛之弊端的理解和认识更为清晰、以其教学过程中良好的师生互动为基础所提出的创作观更能够契合后学者的现实需要以及在教学过程中特别注重对学生独立思考和实际应用能力的培养三大优势，但同时亦有着对诗文创作的形式和技巧问题关注不够，"重理求实"思维导致的形象思维缺乏甚至影响到南宋书院创作观中的价值判断（特别是对诗歌的价值判断）始终于"经"与"文"之间徘徊以及名人、名作、名集缺乏自身难以弥补的三点劣势。既要看到其优势对整个南宋文学批评所作出的贡献，同时也应该正视其自身存在的缺陷和不足，如此才能对南宋书院的创作观作出一个客观公正的评价。

结　　语

综合全书所述可见，南宋书院的文化精英以其日常教学实践和书院生活为基础，集数代学者多年努力所形成的自具体系的南宋书院创作观，给传统中国文学批评体系带来了一些新的变化，并在一定程度上影响对其后来的发展和走向产生了深刻影响。

笔者通过梳理前人研究成果发现，在谈到南宋书院这一问题时，以往学者多从教育史或地域文化的角度进行关注和研究，几乎没有学者从文学特别是书院的创作观这一角度进行论述。纵观一部中国书院史，就南宋书院本身而言，其文学价值的丰富程度亦丝毫不亚于其文化价值。本书从南宋书院的创作观这一角度进行关注，就是要发掘其自身内容及其丰富的文学价值，关注其在整个南宋文学批评发展过程中所起到的独特作用和贡献。

从文学的存在价值这一角度而言，中国古代传统儒家文论素以"经夫妇，成孝敬，厚人伦，美教化，易风俗"为文学创作之最终目标，以"有补于世""有益教化"为文学创作之根本职责。因此，一些前辈学者亦将中国古代传统儒家的创作观称为"务实创作观"或"教化创作观"。而结合本书所论可知，南宋书院创作观在很大程度上继承并进一步发展了这种以"教化"为终极目标的创作观。无论是其复合的创作指向、日趋规范的创作方法还是其"理""趣"为中心的审美指向及其徘徊于"经""文"之间的价值判断，都可以看到传统儒家文论中"明道""教化"的影子。且较之于传统儒家文论而言，这些活跃于南宋书院的文化精英充分发挥书院教学的优势，以匡正当时文坛弊端为着力点，将传统儒家文论中"明道"

"教化"等有利于革除弊端的积极因素向着规模化和规范化方向进行拓展,为当时的诗文创作向"道统"回归作出了一定贡献。

从文化价值这一角度而言,南宋书院之所以会成为后世所师法的榜样和楷模,很大程度上缘于其求真务实、开放包容的办学理念以及"传斯道而济斯民"的担当意识和书院精神。关于这一点,前辈学者多从地域文化的角度予以阐释,却忽略了南宋书院的文学作品及其创作观亦是这种精神的典型表现。综观全文所论,不论是南宋书院创作观中的创作指向、创作方法还是其审美指向、价值判断,其中每一项具体内容都是对这种书院精神的最佳诠释,这一点在笔者第五章总结南宋书院创作观的总体特征时亦有着详细论述。由此观之,对南宋书院创作观的研究亦是从另一角度对南宋书院精神及其文化价值进行的阐释。

从中国古代文学批评这一角度而言,中国古代文学自唐代特别是中唐以后开始逐步注重对于诗文创作规则的提炼,按张伯伟《论唐代的规范诗学》一文中所言的,这种规则的提炼使得文学批评完成了"由'写什么'向'怎么写'的转变"[1],而这种转变所带来的一大益处便是使初学者能够从创作伊始便能够在这些规范的指引和匡正下走向诗文创作之正途,避免出现"路头一差,愈骛愈远"的情况。综合本书所述可知,较之于唐代的规范诗学而言,南宋书院在这一点上不仅在规模性和规范化程度有了进一步的扩展,其在关注和阐释问题的深度和厚度上亦有相应的提高。虽然亦有前辈学者认为南宋书院创作观中这种细致且日趋规范化的创作方法对于写作者的创作个性造成了钳制和束缚,但结合这些讲学者对于当时文坛之弊端的批判可知,这些规范本身存在的意义就是要促使当时文坛摆脱无序的状态,同时避免初学者受到这种无序状态的干扰,使整个文坛回归到"文道合一"的统序之中。而这种对于极致规范化追求的背后,是南宋书院创作观乃至整个南宋文学批评中最具代表性

---

[1] 张伯伟:《论唐代的规范诗学》,《中国社会科学》2006年第4期。

的理性主义精神。

从南宋书院的创作观对后世书院的影响而言，除上文提到的元代方回主办的虚谷书院外，明清两代书院中亦有着这种创作观广泛而深刻的影响印迹。如以创作指向这一问题为例，明清两代书院虽多偏重于"应试"一端，但其中亦不乏如方孝孺、金善等有识之士提出"嗜名而务耀，炫智而自材，吾未见其能也""勿局于章句文辞之习"等主张，要求书院学子在学习诗文"以应科举"的过程中注重脚踏实地，"正其本而逢其源"，避免堕入"剿其处辞以质利禄"的俗儒之道。这与南宋书院创作观中"应试"创作指向中将"应试"与反对"科举俗学"相结合的主张可谓一脉相承；而类似的例证在涉及创作方法、审美指向和价值判断问题时亦多有体现。总之，纵观明清两代书院的发展历程，其间虽几经波折，但只要涉及"诗文创作观"的相关问题时，总会从明清两代书院人的主张中看出其对南宋书院创作观的继承和发展。这也从另一角度体现着南宋书院创作观在整个中国古代文学批评史上所起到的重要作用。

参考文献

凡例：

· 参考文献分为古籍文献、今人著作、研究论文（包括学位论文）三类。

· 古籍文献按照经、史、子、集四部分类。

· 内部排序以时间升序排列：古籍依据作者朝代之先后，今人著作及研究论文依据作者姓氏的汉语拼音字母顺序排列（B-Z），姓氏字母相同的作家按其作品出版年份之先后排序。

古籍文献

（汉）许慎：《说文解字》，中华书局1963年版。

（晋）陆机著，张少康集释：《文赋集释》，人民文学出版社2002年版。

（唐）李鼎祚：《周易集解》，文渊阁《四库全书》本。

（宋）程颐：《程氏经说》，文渊阁《四库全书》本。

（宋）朱熹：《论语精义》，文渊阁《四库全书》本。

（宋）朱熹：《四书章句集注》，中华书局1983年版。

（宋）吕祖谦：《春秋左氏传说》，文渊阁《四库全书》本。

（宋）朱熹集注，赵长征点校：《诗集传》，中华书局1958年版。

《十三经注疏》整理委员会整理，李学勤主编：《十三经注疏》（标点本），北京大学出版社1999年版。

（宋）李心传撰，徐规点校：《建炎以来朝野杂记》，中华书局2000年版。

（宋）祝穆撰，祝洙增订，施和金点校：《方舆胜览》，中华书局2003年版。

（元）脱脱等：《宋史》，中华书局1977年版。

（清）陆心源撰，吴伯雄点校：《宋史翼》，浙江出版联合集团浙江古籍出版社2016年版。

（汉）扬雄撰，韩敬注：《法言注》，中华书局1992年版。

（魏）王弼注，楼宇烈校释：《老子道德经注校释》，中华书局2008年版。

（宋）朱熹：《延平答问》，文渊阁《四库全书》本。

（宋）叶采集解，程水龙校注：《近思录集解》，中华书局2017年版。

（宋）黎靖德编，王星贤点校：《朱子语类》，中华书局1986年版。

（清）王先谦撰，沈啸寰、王星贤点校：《荀子集解》，中华书局1988年版。

（清）王先谦、刘武撰，沈啸寰点校：《庄子集解　庄子集解补正》，中华书局1987年版。

（宋）吕祖谦编，齐治平点校：《宋文鉴》，中华书局1992年版。

吴文治主编：《宋诗话全编》，江苏古籍出版社1998年版。

北京大学古文献研究所编，傅璇琮、倪其心、孙钦善等主编：《全宋诗》，北京大学出版社1998年版。

唐圭璋编：《全宋词》，中华书局1965年版。

曾枣庄、刘琳主编：《全宋文》，上海世纪出版股份有限公司上海辞书出版社、安徽出版集团安徽教育出版社2006年版。

王水照编：《历代文话》，复旦大学出版社2007年版。

（宋）叶梦得著，逯铭昕校注：《石林诗话校注》，人民文学出版社2011年版。

（宋）王十朋著，梅溪集重刊委员会编：《王十朋全集》，上海古籍出版社1998年版。

（宋）胡宏著，吴仁华点校：《胡宏集》，中华书局1987年版。

（宋）朱熹著，郭齐、尹波点校：《朱熹集》，四川教育出版社1996

年版。
（宋）朱熹著，朱人杰、严佐之、刘永翔主编《朱子全书》，上海古籍出版社、安徽教育出版社 2002 年版。
（宋）张栻著，杨世文点校：《张栻集》，中华书局 2015 年版。
黄灵庚、吴战垒主编：《吕祖谦全集》，浙江出版联合集团浙江古籍出版社 2017 年版。
（宋）陆九渊著，钟哲点校：《陆九渊集》，中华书局 1980 年版。
（宋）陆游著，李剑雄、刘德权点校：《老学庵笔记》，中华书局 1979 年版。
（宋）陈傅良著，周梦江点校：《陈傅良集》，浙江出版联合集团浙江古籍出版社 2012 年版。
（宋）魏了翁撰，张京华校点：《渠阳集》，岳麓书社 2012 版。
（宋）吴子良：《林下偶谈》，中华书局 1985 年版。
（宋）刘克庄撰，王秀梅点校：《后村诗话》，中华书局 1983 年版。
（宋）严羽著，郭绍虞校释：《沧浪诗话校释》，人民文学出版社 1961 年版。
（宋）魏庆之著，王仲闻点校：《诗人玉屑》，中华书局 2007 年版。
（宋）罗大经撰，王瑞林点校：《鹤林玉露》，中华书局 1983 年版。
（元）方回选评，李庆甲集评校点：《瀛奎律髓汇评》，上海古籍出版社 1986 年版。
（元）方回：《桐江续集》，文渊阁《四库全书》本。
（元）陶宗仪：《说郛》，文渊阁《四库全书》本。
（明）杨士奇、黄淮等：《历代名臣奏议》，文渊阁《四库全书》本。
（明）胡应麟：《少室山房笔丛》，上海书店出版社 2009 年版。
（清）黄宗羲原著，全祖望补修，陈金生、梁运华点校：《宋元学案》，中华书局 1986 年版。
（清）纪昀著，孙致中、吴恩扬、王沛霖等点校：《纪晓岚文集》，河北教育出版社 1995 年版。
（清）厉鹗辑撰：《宋诗纪事》，上海古籍出版社 1983 年版。

（清）徐松辑：《宋会要辑稿》，中华书局 1957 年版。
（清）何文焕辑：《历代诗话》，中华书局 1981 年版。
（清）丁福保辑：《历代诗话续编》，中华书局 1983 年版。
王国维著，徐调孚注，王幼安校订：《人间词话》，人民文学出版社 1960 年版。
（梁）钟嵘著，曹旭集注：《诗品集注》，上海古籍出版社 1994 年版。
（梁）刘勰著，范文澜注：《文心雕龙注》，人民文学出版社 1958 年版。

今人著作：

褚斌杰：《中国古代文体概论》（增订本），北京大学出版社 1990 年版。

褚斌杰主编：《〈诗经〉与楚辞》（第二版），北京大学出版社 2012 年版。

程千帆、吴新雷：《两宋文学史》，上海古籍出版社 1991 年版。

陈植锷：《北宋文化史述论》，中国社会科学出版社 1992 年版。

陈竹：《中国古代气论文学观》，华中师范大学出版社 1995 年版。

杜海军：《吕祖谦年谱》，中华书局 2007 年版。

邓洪波：《中国书院史》（增订版），武汉大学出版社 2012 年版。

方智范、邓乔彬、周圣伟等著，施蛰存参订：《中国词学批评史》，中国社会科学出版社 1994 年版。

方彦寿：《朱熹书院与门人考》，华东师范大学出版社 2000 年版。

郭绍虞：《照隅室古典文学论集》，上海古籍出版社 2009 年版。

郭英德主编：《中国古代文学与教育之关系研究》，北京大学出版社 2012 年版。

胡云翼：《宋诗研究》，巴蜀书社 1993 年版。

赵敏俐、吴思敬主编，韩经太等著：《中国诗歌通史·宋代卷》，人民文学出版社 2012 年版。

韩经太：《韩经太古典诗学论文集》，北京语言大学出版社 2012 年版。

李邦国：《朱熹和白鹿洞书院》，湖北教育出版社 1989 年版。

李国钧主编:《中国书院史》,湖南教育出版社 1994 年版。
李兵:《书院与科举关系研究》,华中师范大学出版社 2005 年版。
束景南:《朱熹年谱长编》,华东师范大学出版社 2001 年版。
王运熙、顾易生主编,顾易生、蒋凡、刘明今著:《中国文学批评通史·宋金元卷》,上海古籍出版社 1996 年版。
王兆鹏:《唐宋词史论》,人民文学出版社 2000 年版。
王水照、熊海英:《南宋文学史》,人民出版社 2009 年版。
吴洪泽、尹波主编:《宋人年谱丛刊》,四川大学出版社 2003 年版。
王凯旋:《中国科举制度史》,北方联合出版传媒(集团)股份有限公司万卷出版公司 2012 年版。
魏崇周:《邵雍文学思想研究》,中州古籍出版社 2009 年版。
魏中林等:《古典诗歌学问化研究》,中国社会科学出版社 2012 年版。
于北山:《陆游年谱》,上海世纪出版股份有限公司上海古籍出版社 2006 年版。
于北山著,于蕴生整理:《杨万里年谱》,上海世纪出版股份有限公司上海古籍出版社 2006 年版。
俞兆鹏:《史林杂俎——俞兆鹏史学文选之二》,江西教育出版社 2009 年版。
杨新勋:《经学蠡测》,凤凰出版传媒股份有限公司凤凰出版社 2012 年版。
叶朗主编,朱良志副主编,潘立勇、陆庆祥、章辉等著:《中国美学通史 5·宋金元卷》,江苏人民出版社 2014 年版。
张宏生:《江湖诗派研究》,中华书局 1995 年版。
祝尚书:《宋人总集叙录》,中华书局 2004 年版。
张少康:《中国文学理论批评史》,北京大学出版社 2005 年版。
祝尚书:《宋元文章学》,中华书局 2013 年版。
周裕锴:《宋代诗学通论》,上海世纪出版股份有限公司上海古籍出版社 2007 年版。
赵敏俐主编:《中国诗歌史通论》,人民文学出版社 2013 年版。

朱汉民：《中国书院文化简史》，中华书局、上海古籍出版社2010年版。

朱汉民：《书院精神与儒家教育》，华东师范大学出版社2013年版。

周剑之：《宋诗叙事性研究》，中国社会科学出版社2013年版。

研究论文

蔡方鹿：《张栻与岳麓书院》，《社会科学研究》1991年第4期。

程杰：《"美人"与"高士"——两个咏梅拟象的递变》，《南京师大学报》（社会科学版）1999年第6期。

陈晓强、陈小芒：《江西书院文化谈》，《西南民族大学学报》（人文社科版）2004年第11期。

陈忻：《宋代理学家"记"类短文的理趣》，《文学遗产》2008年第2期。

程嫩生：《岳麓书院雅集活动与文学创作》，《中州学刊》2014年第5期。

杜海军：《吕祖谦的〈诗〉学观》，《浙江社会科学》2005年第5期。

邓洪波、赵路卫：《2011年中国书院研究综述》，《北京联合大学学报》（人文社会科学版）2012年第4期。

姜锡东：《论"圣贤气象"——宋代朱熹、吕祖谦〈近思录〉研究之一》，《河北学刊》2006年第1期。

李建中：《文论与心论》，《学术研究》1992年第2期。

李才栋：《朱熹与中国书院》，《江西教育学院学报》1995年第5期。

李光生：《吕祖谦的教育实践及影响》，《内蒙古师范大学学报》（教育科学版）2010年第8期。

李光生：《宋代书院与语录体》，《兰州学刊》2011年第2期。

李光生：《书院语境下的文学传播——以朱熹〈白鹿洞赋〉为考察对象》，《山西师范大学学报》（社会科学版）2011年第3期。

吕肖奂、张剑：《两宋科举与文学教育》，《阅江学刊》2010年第4期。

马东瑶：《吕祖谦的文学教育》，《河南教育学院学报》（哲学社会科学版）2008年第6期。

聂振斌：《理学家的理趣与艺术情趣》，《哲学研究》2004年第6期。

沈松勤：《经学中的诗学——宋代"诗经学"的特点及其意义》，载《第六届宋代文学国际研讨会论文集》，成都，2009年。

陶礼天：《〈文心雕龙〉与六朝审美心物观》，《文艺研究》1997年第4期。

[美] 田浩撰，黄梓根译：《宋代中国的儒家书院》，《湖南大学学报》（社会科学版）2005年第6期。

夏静：《"教化"新论》，《中国文化研究》2014年冬之卷。

殷国明：《"心动说"——中国古代心理美学思想的重要源流》，《文艺理论研究》1989年第2期。

殷慧：《岳麓书院学术的传承和发展》，《中国文哲研究通讯》2011年第3期。

杨世文：《张栻〈南轩诗说〉钩沉》，《儒藏论坛》第七辑，四川大学出版社2014年版。

周建华：《朱熹南赣理学和文学活动考》，《朱子学刊》2003年第1辑。

祝尚书：《"举子事业"与"君子事业"——论宋代科举考试与文学发展的关系》，《厦门大学学报》（哲学社会科学版）2004年第4期。

张伯伟：《论唐代规范诗学》，《中国社会科学》2006年第4期。

朱琳：《书院视角下的学术与文学》，《北京大学学报》（哲学社会科学版）2008年第3期。

曾春海：《朱熹、陆象山的书院理念及其现代意义》，《哲学与文化》2008年第9期。

祝尚书：《论科举与文学关系的层级结构——以宋代科举为例》，《华南师范大学学报》（社会科学版）2010年第1期。

赵国权：《南宋时期书院的教学活动探微》，《北京联合大学学报》（人文社会科学版）2013年第4期。

查洪德：《元代诗学"主唐""宗宋"论》，《晋阳学刊》2013 年第 5 期。

学位论文

李兵：《书院与科举关系研究》，博士学位论文，厦门大学，2004 年。

石明庆：《理学诗论与南宋诗学》，博士学位论文，南开大学，2003 年。

毛小庶：《论南宋书院理学大师的学术精神——以朱熹、张栻、陆九渊、吕祖谦为例》，硕士学位论文，江西师范大学，2007 年。

熊艳娥：《宋代书院记研究》，硕士学位论文，南京师范大学，2005 年。

后　　记

走笔至此，望着桌上厚厚的书稿，内心依旧感慨万千：若从2016年博士毕业算起，书院研究这条路我已经走了八年。八年的光阴匆匆而过——我经历了博士毕业到博士后入站，再到出站离京赴陕工作的身份变化，最终如愿站上三尺讲台，成为一名高校教师；而这本小书亦从最初积累到历经了多次重新思考、修改、打磨，即将出版。时间可以改变很多东西，但也有很多东西不会改变，比如自身的坚持和努力，对专业的热爱和执着；以及那些值得永远铭记的感恩和感谢：

本书能够顺利出版，首先要感谢我的博士生导师党圣元老师。从2013年考入党师门下求学至今，我的每一步成长、每一点进步都离不开恩师的悉心指导和耐心教诲。还记得最初尝试以"南宋书院教学中的文学批评"为切入点进行相关研究时，我一度觉得材料浩如烟海，自己虽有准备，但亦不免无所适从，理不出头绪。得知我的困惑后，党师专门抽出时间帮我梳理思路，引导我不要急于求全求多，可以尝试从个案研究入手，寻找问题突破口；2018年到西安工作后，我又一度困扰于自己的项目申请屡战屡败，甚至纠结于是否需要放弃关注已久的"南宋书院"领域。从微信聊天中发现我状态不佳后，党师借着出差到西安的机会单独跟我聊天，鼓励我从失败中总结经验，调整思路，特别是一定要把研究问题的视域放得开阔些，不要就"南宋"而论"南宋"。党师的鼓励给了我继续坚持的信心和勇气，也促使我静下心来，思考如何将自己关注的"南宋书院"置于整个中国古代诗学发展史的视野中进行研究和讨论。

后 记

  2020年1月，我终于获批教育部人文社会科学研究青年项目"诗学史视野中的南宋书院考论"（项目编号：20XJC751001），2022年8月，该项目顺利结题；如今作为该项目结项成果的书稿亦出版在即。回首过去八年经历的点点滴滴，更加感激、感谢党师的悉心培养和教诲，前路漫漫，依旧会有很多挑战在等着我，唯有不断努力，不断向前，方能不负党师的鼓励和期待。

  本书能够顺利出版，还要感谢我的硕士生导师董希平老师和学业启蒙导师郭鹏老师。还记得2006年入读山西大学文学院并选择"汉语言文学专业"作为自己的本科专业时不过是出于对文学专业最简单的喜爱，是郭师的启蒙和指导为我打开了一扇通向"中国古代文论"的大门，让我有了继续深造的想法；2010年，我进入中国传媒大学开始研究生阶段的学习时将"唐宋文学"作为自己研究方向，是董师的严格要求和耐心教导让我逐渐明白"学术研究"必须遵循的规范，带我走进了宋代文学的广阔天地并鼓励我继续考取博士研究生。一路走来，两位老师的关心、鼓励和支持让我始终充满希望，勇敢前进。

  本书能够顺利出版，还要感谢在我博士求学过程中，特别是在博士学位论文开题、写作过程中和答辩期间给予我诸多教诲、鼓励、支持的各位老师：感谢在论文开题和写作过程中给予我宝贵建议和热情鼓励的彭亚非老师、吴光兴老师、郑永晓老师、刘方喜老师和王达敏老师。感谢参加我学位论文答辩和评阅工作的左东岭老师、傅刚老师、蒋寅老师、吴光兴老师、张剑老师和担任外审工作的陶礼天老师、夏静老师；常常觉得自己很幸运，能够在那些独自求学的日子里得到老师们的耐心指点和鼓励，作为一名学术道路上的"新兵"，老师们的每一条意见都将成为我不断审视自身不足，努力前进的不竭动力。

  本书能够顺利出版，同样离不开西安外国语大学中国语言文学学院诸位领导、前辈老师的大力支持，离不开中国社会科学出版社编辑杨康女史的细致校勘、核对，离不开各位同门兄弟姐妹的关心和鼓励，在此一并致谢。

  最后，感谢我的父母和爱人，正是有了他们的支持，才能让我在产后更快地恢复身体，投入工作，继续全力奔跑，追寻自己的希望和梦想。

董　晨
2024 年 2 月 1 日